LA RED OSCURA

SERIE NEGRA

DEAN KOONTZ

LA RED OSCURA

Traducción de
JUAN PASCUAL MARTÍNEZ FERNÁNDEZ

RBA

Esta es una obra de ficción. Los nombres, personajes, lugares y eventos son producto de la imaginación del autor o están usados de manera ficticia, así que cualquier parecido con personas reales, vivas o fallecidas, establecimientos comerciales, sucesos o lugares, es fortuito.

Título original: *The Silent Corner*.
Autor: Dean Koontz.

© Dean Koontz, 2017.
© de la traducción: Juan Pascual Martínez Fernández, 2019.
© de esta edición: RBA Libros, S.A., 2019.
Av. Diagonal, 189 - 08018 Barcelona
rbalibros.com

Primera edición: marzo de 2019.

REF.: OBFI263
ISBN: 978-84-9187-158-3
DEPÓSITO LEGAL: B-3.124-2019

PLECA DIGITAL · PREIMPRESIÓN

Impreso en España - *Printed in Spain*

Queda rigurosamente prohibida sin autorización por escrito del editor cualquier forma de reproducción, distribución, comunicación pública o transformación de esta obra, que será sometida a las sanciones establecidas por la ley. Pueden dirigirse a Cedro (Centro Español de Derechos Reprográficos, www.cedro.org) si necesitan fotocopiar o escanear algún fragmento de esta obra (www.conlicencia.com; 91 702 19 70 / 93 272 04 47).
Todos los derechos reservados.

PARA GERDA: HACES QUE ME ESTREMEZCA.

Los mayores avances en las civilizaciones... siempre destrozan las sociedades en las que ocurren.

ALFRED NORTH WHITEHEAD

Contemplo esa colmena o nido de avispas... Y observo cómo esparcen su cera y fabrican su miel, cómo crean su veneno y se ahogan con el sulfuro.

THOMAS CARLYLE,
Sartor Resartus

LA RED OSCURA: de aquellos que están realmente fuera del sistema y a los que no se los puede seguir con ninguna tecnología, pero que son capaces de moverse y utilizar Internet sin problemas, se dice que están en «la red oscura».

PRIMERA PARTE

ESTREMÉCEME

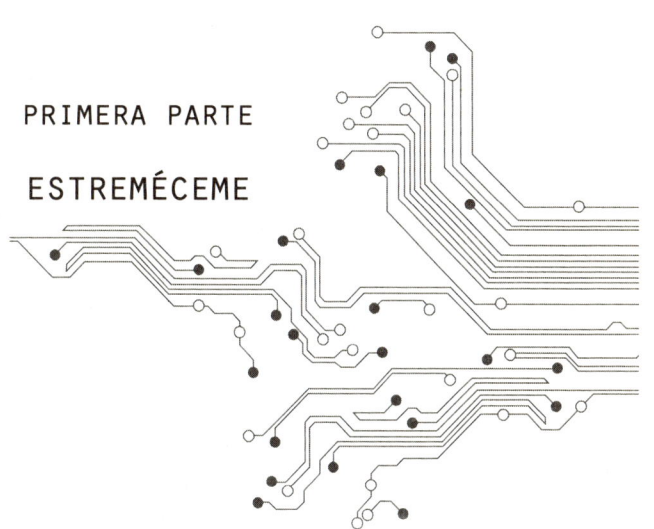

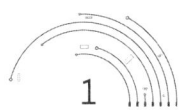

1

Jane Hawk se despertó en la fría oscuridad y durante un momento no fue capaz de recordar dónde se había dormido, solo que, como siempre, estaba en una cama de tamaño regio y tenía la pistola debajo de la almohada sobre la cual debería encontrarse la cabeza de su pareja, si no estuviera viajando sola. El gruñido de un motor diésel y el zumbido de la fricción de dieciocho neumáticos sobre el asfalto le recordaron que estaba en un motel, cerca de la carretera interestatal, así que era... lunes.

El reloj de la mesita de noche informó con un suave resplandor numérico verdoso de la mala pero no inusitada noticia de que eran las 4:15 de la madrugada, demasiado temprano para lograr las ocho horas de sueño, demasiado tarde para imaginarse que podría volverse a dormir.

Se quedó tumbada un rato, reflexionando sobre lo que había perdido. Se había prometido a sí misma dejar de recordar un pasado lleno de amargura. Ya pasaba menos tiempo mortificándose, lo cual podría considerarse un avance si últimamente no hubiera empezado a pensar en lo que aún no había perdido.

Cogió una muda de ropa y la pistola y entró en el baño. Cerró la puerta y la sostuvo con una silla de respaldo recto que había trasladado desde el dormitorio al registrarse la noche anterior.

El servicio de limpieza era tan malo que, en la esquina sobre el lavabo, los hilos radiales y las espirales creadas por una araña se extendían a través de un área más amplia que su mano. Cuando se había acostado a las once, la única provisión que colgaba en la red era una polilla que no dejaba de forcejear. Durante la noche, la polilla se había convertido en una cáscara, en un cuerpo hueco translúcido, con las alas desprovistas de su polvo de terciopelo, quebradizas y fracturadas. La regordeta araña vigilaba en esos momentos a un par de lepismas capturados, una comida menos abundante, aunque algún otro bocado no tardaría en caer en aquel matadero de telaraña.

Fuera, la luz de una lámpara de seguridad doraba el vidrio esmerilado de la pequeña ventana del cuarto de baño, que no era suficientemente grande como para permitir que ni siquiera un niño fuera capaz de entrar. Sus dimensiones también le impedirían a ella escapar en una situación de crisis.

Jane colocó la pistola sobre la tapa cerrada del inodoro y dejó abierta la cortina de vinilo mientras se duchaba. El agua estaba más caliente de lo que esperaba de un alojamiento de dos estrellas, y le alivió el dolor acumulado en los músculos y los huesos, pero no permaneció bajo el chorro de agua tanto tiempo como le hubiera gustado.

La pistolera de hombro incluía una funda con un enganche giratorio, un cargador de repuesto y un arnés de gamuza. El arma colgaba justo detrás de su brazo izquierdo, una colocación profunda que permitía una ocultación magnífica bajo sus abrigos deportivos especialmente diseñados para ello.

Además del cargador de repuesto, guardaba otros dos en los bolsillos de la chaqueta, con un total de cuarenta balas, contando las de la pistola.

Quizá llegaría el día en que cuarenta no fueran suficientes. Ya no tenía respaldo, ningún equipo en una furgoneta a la vuelta de la esquina si todo se iba a la mierda. Esos días se habían terminado de momento; tal vez para siempre. No podía armarse para librar un combate infinito. En una situación en la que cuarenta balas no fueran suficientes, tampoco lo serían ochenta u ochocientas. No se engañaba a sí misma respecto a sus habilidades o a su resistencia.

Llevó sus dos maletas al Ford Escape, levantó la puerta trasera, cargó el equipaje y cerró el vehículo.

El sol que aún no había salido debía haber producido una o dos llamaradas solares. La brillante luna plateada que se ponía en el oeste reflejaba tanta luz que las sombras de sus cráteres se habían desdibujado. No parecía un objeto sólido, sino un agujero en el cielo nocturno, una luz pura y peligrosa que brillaba procedente de otro universo.

Devolvió la llave de la habitación en la recepción del motel. Detrás del mostrador, un tipo con la cabeza afeitada y perilla le preguntó si todo había sido de su gusto, casi como si de verdad le importara. Casi le respondió «con todos los bichos que hay, me imagino que muchos de sus huéspedes son entomólogos», pero prefirió no dejarlo con una imagen más memorable de ella de la que tendría al imaginarla desnuda.

—Sí, todo bien —contestó, y salió de allí.

Había pagado en efectivo por adelantado al llegar, y había utilizado uno de sus permisos de conducir falsificados para proporcionar la identificación requerida, según la cual, Lucy Aimes, de Sacramento, acababa de abandonar el edificio.

Los primeros escarabajos voladores de alguna especie de principios de la primavera chasqueaban al chocar contra los conos de metal de las lámparas montadas en el techo de la pasarela cubierta, y sus exageradas sombras de patas saltarinas se agitaban en el cemento iluminado bajo sus pies.

Mientras caminaba hacia el restaurante contiguo, que formaba parte del edificio del motel, se fijó en las cámaras de seguridad, pero no miró directamente a ninguna de ellas. La vigilancia se había vuelto ineludible.

Sin embargo, las únicas cámaras que podían descubrirla eran las de los aeropuertos, las estaciones de tren y otras instalaciones similares, que estaban conectadas a computadoras que ejecutaban avanzados programas de reconocimiento facial en tiempo real. Sus días de volar se habían terminado. Iba a todas partes en coche.

Cuando todo comenzó, era una rubia natural de cabello largo. En esos momentos, era una morena con el pelo más corto. Los cambios de ese tipo no podrían engañar al reconocimiento facial si alguien te estaba persiguiendo. A menos que se cubriera con un disfraz tan obvio que también llamaría una atención no deseada, no podía hacer demasiado para cambiar la forma de su cara o los muchos detalles únicos de sus rasgos para escapar de esa detección mecanizada.

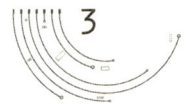

3

Una tortilla de queso de tres huevos, una loncha doble de tocino, una salchicha, mantequilla extra para el pan tostado, sin patatas fritas caseras, y café en vez de zumo de naranja. Se alimentaba de proteínas, porque demasiados carbohidratos la hacían sentir lenta y torpe. No le preocupaba la grasa, porque tendría que vivir otras dos décadas para desarrollar arteriosclerosis.

La camarera le trajo más café. Tendría treinta años y era bonita, pero como una flor algo marchita, demasiado pálida y demasiado delgada, como si la vida la adelgazara y la blanqueara día tras día.

—¿Se ha enterado de lo de Filadelfia?

—¿Qué ha pasado?
—Unos pirados han estrellado un avión privado directamente contra cuatro carriles llenos del típico atasco mañanero. La tele dice que debían ir hasta los topes de combustible. Han incendiado casi dos kilómetros de autopista, un puente se derrumbó por completo, los coches y los camiones estallaron, con toda esa pobre gente atrapada dentro. Horrible. Tenemos un televisor en la cocina. Es demasiado horrible para verlo. Te dan arcadas. Dicen que lo hacen por Dios, pero llevan el diablo dentro. ¿Qué vamos a hacer?
—No lo sé —respondió Jane—. No creo que nadie lo sepa.
—Yo tampoco lo creo.
La camarera regresó a la cocina y Jane terminó de desayunar. Si dejas que las noticias te quiten el apetito, no habrá un solo día en el que puedas comer...

4

El Ford Escape negro parecía recién sacado de la fábrica de Detroit, pero este tenía algunos secretos bajo el capó y la velocidad necesaria para dejar atrás cualquier clase de vehículo policial.

Dos semanas antes, Jane había pagado el Ford en efectivo en Nogales, Arizona, que estaba directamente al otro lado de la frontera internacional con Nogales, México. El automóvil lo habían robado en Estados Unidos, le habían colocado nuevos números de bloque de motor y más caballos de potencia en México, y lo habían devuelto a Estados Unidos para venderlo. Las salas de exhibición del distribuidor eran una serie de graneros en un antiguo rancho de caballos; nunca anunciaba su inventario, nunca emitía un recibo ni pagaba impuestos. Cuando se lo pidió, le proporcionó una matrícula canadiense y una tarjeta de registro legítima garantizada por el Departamento de Vehículos Motorizados de la provincia de Columbia Británica.

Cuando amaneció, todavía estaba en Arizona, a buena velocidad hacia el oeste por la Interestatal 8. La noche palideció. A medida que el sol iluminaba lentamente el horizonte a su paso, las altas nubes de cirros que tenía delante se tiñeron de rosa antes de oscurecerse hasta convertirse en un tono coralino, y el cielo se encendió a través de los distintos tonos de un azul cada vez más intenso.

A veces, en los viajes largos, le apetecía escuchar música. Bach, Beethoven, Brahms, Mozart, Chopin, Liszt. Esa mañana prefirió el silencio. En aquel estado de ánimo, incluso la mejor música sonaría discordante.

Sesenta kilómetros después del amanecer, cruzó la frontera del estado que llevaba al sur de California. Durante la siguiente hora, las nubes altas y blancas de algodón descendieron, se acumularon y se tiñeron de gris formando una densa masa compacta. Después de otra hora, el cielo se había vuelto más oscuro, hinchado, maligno.

Salió de la carretera interestatal cerca de la periferia occidental del Bosque Nacional de Cleveland, en dirección a la ciudad de Alpine, donde el general Gordon Lambert había vivido con su esposa. La noche anterior, Jane había consultado una de sus antiguas pero todavía útiles Guías Thomas, un libro de mapas encuadernado en espiral. Estaba segura de que sabía cómo encontrar la casa.

Además de otras modificaciones realizadas al Ford Escape en México, le habían eliminado todo el sistema de GPS, incluido el transpondedor que permitía rastrear continuamente su posición por satélite y otros medios. No tenía sentido estar fuera de la red si el vehículo que conducías se conectaba a una red cada vez que doblabas una curva.

Aunque la lluvia era tan natural como la luz del sol, aunque la naturaleza funcionaba sin tener unas intenciones precisas, Jane vio maldad en la tormenta que se avecinaba. En los últimos tiempos, su amor por el entorno natural lo había puesto a prueba la percepción, quizás irracional pero profundamente sentida, de que la naturaleza estaba actuando como cómplice de la humanidad en algunos asuntos perversos y destructivos.

En Alpine vivían catorce mil personas, y seguro que una buena parte de ellas creían en el destino. Menos de trescientas eran de la tribu de indios kumeyaay de la reserva de Viejas, que poseían el casino de Viejas. Jane no tenía ningún interés en los juegos de azar. La vida ya era una continua tirada de dados a cada minuto, y eso era todo el juego que podía soportar.

El barrio comercial, con pinos y robles alineados en las calles, era pintoresco al estilo de la frontera del Oeste. Algunos edificios realmente databan del Viejo Oeste, pero otros de construcción más reciente imitaban ese estilo con diversos grados de éxito. La gran cantidad de tiendas de antigüedades, galerías, tiendas de regalos y restaurantes sugería un turismo anual que era anterior al propio casino.

San Diego, la octava ciudad más grande del país, estaba a menos de cincuenta kilómetros y seiscientos metros de altura. Dondequiera que al menos un millón de personas vivieran muy cerca las unas de las otras, una parte importante necesitaría, algún día, huir de la colmena para ir a un lugar menos abarrotado.

La casa de listones de madera blancos y persianas negras de los Lambert estaba en las afueras de Alpine, y ocupaba aproximadamente veinte áreas de terreno, con el patio delantero delimitado por una valla y el porche amueblado con sillas de mimbre. La bandera roja y blanca, alzada hasta lo más alto del mástil situado en la esquina noreste de la casa, ondeaba suavemente con la brisa, con el recuadro con las cincuenta estrellas tenso y claramente a la vista recortado contra el melancólico cielo cuajado de nubes.

Los cuarenta kilómetros por hora del límite de velocidad le permitieron a Jane conducir lentamente sin revelar que estaba estudiando el lugar. No vio nada fuera de lo común, pero si sospechaban que estaba allí debido al vínculo que compartía con Gwyneth Lambert, serían circunspectos casi hasta el punto de ser invisibles.

Pasó por delante de otras cuatro casas antes de que la calle llegara a un callejón sin salida. Una vez allí, giró y aparcó el Escape en el arcén del camino, en dirección al recorrido que acababa de hacer.

Aquellas casas se encontraban en la cima de una colina con vistas al lago El Capitán. Jane siguió un sendero de tierra a través de un bosque abierto y luego a lo largo de una ladera verde sin árboles con una hierba salvaje que sería tan dorada como el trigo a mediados de verano. Al llegar a la orilla, caminó hacia el sur examinando el lago, que parecía a la vez plácido y desordenado porque las nubes revueltas se reflejaban en la serena superficie espejada. Prestó la misma atención a las casas que tenía a su izquierda levantando la vista como si las admirara una por una.

Las cercas indicaban que aquellas propiedades ocupaban solo las parcelas aplanadas de la parte superior de la colina. Las vallas blancas que había delante de la casa de Lambert se repetían por todas partes.

Caminó detrás de dos residencias más antes de regresar a la propiedad de los Lambert y subir la ladera. La puerta trasera tenía un simple pestillo de gravedad.

Tras cerrar la puerta a su espalda, estudió las ventanas, que tenían las cortinas completamente abiertas y las persianas levantadas para dejar entrar la mayor cantidad posible de la luz trémula del día. Le pareció no ver a nadie observando el lago o vigilando cómo se acercaba.

Con todo decidido ya, siguió la cerca por el lado de la casa. Subió los escalones del porche y llamó al timbre mientras las nubes bajaban y la bandera chasqueaba bajo una brisa que olía débilmente a lluvia o al agua del lago.

Un momento después, una delgada y atractiva mujer de unos cincuenta años abrió la puerta. Llevaba puestos unos vaqueros, un suéter y un delantal hasta la rodilla, decorado con fresas bordadas.

—Señora... ¿Lambert? —preguntó Jane.

—Dígame.

—Tenemos un vínculo al que espero poder recurrir.

Gwyneth Lambert sonrió a medias y alzó las cejas.

—Ambas nos casamos con marines —dijo Jane.

—Eso es un vínculo, sin duda. ¿En qué puedo ayudarla?

—También somos viudas las dos. Y creo que las dos podemos culpar de ello a las misma personas.

6

La cocina olía a naranjas. Gwyn Lambert estaba horneando magdalenas de chocolate y mandarina en tal cantidad y con tal laboriosidad que era imposible no suponer que estaba tan ocupada como defensa contra los bordes más afilados de su dolor.

En las encimeras había nueve platos, cada uno con media docena de magdalenas recién enfriadas y ya cubiertas con envoltura de plástico, destinadas a sus vecinos y amigos. Un décimo plato de dulces todavía tibios estaba sobre la mesa del comedor, y otra tanda estaba subiendo en el horno.

Gwyn era una de esas maestras cocineras impresionantes que lograban maravillas culinarias sin apenas esfuerzo aparente. No había cuencos con restos de mezcla o platos sucios en el fregadero. No había una capa de harina sobre las encimeras. No había migas ni otros restos en el suelo.

Después de rechazar una magdalena, Jane aceptó una taza de café solo muy cargado. Ella y su anfitriona se sentaron a lados opuestos de la mesa mientras el vapor fragante se elevaba lánguidamente de la intensa infusión.

—¿Dijiste que tu Nick era teniente coronel? —preguntó Gwyn.

Jane había usado su nombre real. El vínculo entre ella y Gwyn requería que esa visita se mantuviera en secreto. En esas circunstancias, si no podía confiar en la esposa de un marine, no podría confiar en nadie.

—Coronel —corrigió Jane—. Lucía el águila de plata.

—¿Con solo treinta y dos años? Un muchacho con esa energía en la vida se habría acabado ganando sus estrellas.

El marido de Gwyn, Gordon, había sido teniente general, con tres estrellas, un nivel por debajo de los oficiales con mayor rango del cuerpo.

—Nick recibió la Cruz Naval y un DDS más un pecho entero lleno de otras condecoraciones —le explicó Jane.

La Cruz Naval estaba justo un nivel por debajo de la Medalla de Honor. Con una modestia innata, Nick nunca había hablado de sus medallas y condecoraciones, pero a veces Jane sentía la necesidad de fanfarronear de él, de confirmar que él había existido y de que su existencia había hecho que el mundo fuera un lugar mejor.

—Lo perdí hace cuatro meses. Estuvimos casados seis años.

—Cariño, serías una auténtica novia adolescente —comentó Gwyn.

—En absoluto. Tenía veintiún años. La boda fue la semana siguiente a mi graduación en Quantico y mi admisión en el FBI.

Gwyn pareció sorprendida.

—¿Eres del FBI?

—Si vuelvo alguna vez. Ahora mismo estoy de baja. Nos conocimos cuando Nick estaba asignado al Mando de Desarrollo de Combate del FBI en Quantico. No vino a por mí. Tuve que acercarme a él. Era la cosa más hermosa que hubiera visto en mi vida, y yo soy una mula muy tozuda cuando quiero conseguir algo. —Se sorprendió cuando su corazón se le agarrotó y la voz se le quebró—. Estos cuatro meses a veces me parecen cuatro años... Luego me parece que solo han pasado cuatro horas. —Su desconsideración la consternó de inmediato—. Mierda, lo siento. Tu pérdida es más reciente que la mía.

Gwyn le contestó agitando la mano para quitarle importancia mientras los ojos se le llenaban de lágrimas sin derramar.

—Un año después de que nos casáramos, fue en 1983. Gordie estaba en Beirut cuando los terroristas volaron el cuartel de los Marines y mataron a doscientos veinte. A menudo estaba en algún lugar muy malo, así que lo imaginé muerto miles de veces. Pensé que todo lo que imaginaba me prepararía para enfrentarme a ello si un día alguien vestido de uniforme azul llamaba a la puerta con un aviso de muerto en combate. Pero no estaba preparada para... para la forma en que sucedió.

Según las noticias, un sábado, apenas poco más de dos semanas antes, cuando su esposa estaba en el supermercado, Gordon salió por la puerta trasera de la cerca de la casa y bajó la colina hacia la orilla del lago. Llevaba una escopeta con empuñadura de pistola añadida y cañón corto. Se sentó cerca del agua, con la espalda apoyada en una orilla cubierta de hierba. Debido al cañón corto, fue capaz de alcanzar el gatillo. Los navegantes en el lago presenciaron cómo se pegó un tiro en la boca. Cuando Gwyn llegó a casa después de la compra, encontró la calle llena de coches de policía, la puerta de su casa abierta, y su vida cambió para siempre.

—¿Te importa que te haga algunas preguntas? —inquirió Jane.

—Estoy destrozada pero no rota. Pregunta.

—¿Existe alguna posibilidad de que fuera al lago acompañado de alguien?

—No, ninguna. Nuestra vecina lo vio bajar solo, y llevaba algo en las manos, pero no se dio cuenta de que era un arma.

—Los navegantes que lo presenciaron, ¿los han investigado a todos?

Gwyn pareció desconcertada.

—¿Investigados?

—Tal vez tu marido fuera a reunirse con alguien. Quizá se llevó la escopeta por precaución.

—¿Y que tal vez fuera un asesinato? No pudo serlo. Había cuatro barcos en la zona. Al menos media docena de personas lo presenciaron.

Jane no quería hacer la siguiente pregunta porque podría parecer una acusación de que el matrimonio de los Lambert había tenido problemas.

—Tu esposo... ¿Gordon estaba deprimido?

—Nunca. Algunas personas abandonan toda esperanza. Gordie la conservó toda su vida, era muy optimista.

—Me recuerda a Nick —comentó Jane—. Cada problema que surgía en su camino no fue más que un desafío, y le encantaban los desafíos.

—¿Cómo sucedió, cariño? ¿Cómo lo perdiste?

—Estaba preparando la cena. Fue al cuarto de baño. Como no regresaba, fui a ver, y lo encontré completamente vestido, sentado en la bañera. Había usado su cuchillo de combate, el Ka-Bar, para cortarse el cuello tan profundamente que se seccionó por completo la arteria carótida izquierda.

7

Había sido un invierno húmedo con El Niño, el segundo en la última media década, con una lluvia normal en los años intermedios, una anomalía climática que había terminado con la sequía del estado. En esos momentos, la luz de la mañana en las ventanas se atenuaba como si estuviera atardeciendo. Aunque antes se mostraba cristalino, el lago exhibía ya salpicaduras blancas por la fuerte brisa que lo cruzaba como si fuera una gran serpiente durmiendo a la sombra de la tormenta amenazante.

Mientras Gwyn sacaba del horno las magdalenas ya terminadas y las ponía en la rejilla para que se enfriaran, el tictac del reloj de pared pareció aumentar de volumen. A lo largo del mes anterior, los relojes de todo tipo habían atormentado periódicamente a Jane. De vez en cuando le parecía oír débilmente el tictac de su reloj de pulsera; se volvió tan irritante que se lo quitó y lo guardó en la guantera del automóvil o, si estaba en un motel, lo llevaba al otro lado del cuarto para enterrarlo debajo del cojín de un sillón hasta que lo necesitara. Si se le estaba acabando el tiempo, no quería que nada le recordara insistentemente ese hecho.

Gwyn sirvió café para las dos, y Jane le hizo otra pregunta.

—¿Gordon dejó una nota?

—Ni una nota ni un mensaje de texto ni un mensaje de voz. No sé si me gustaría que hubiera dejado algo o estar contenta de que no lo haya hecho.

Dejó la jarra de cristal de nuevo en la cafetera y se sentó en su silla otra vez.

Jane trató de hacer caso omiso del reloj; el tictac sonaba más fuerte, pero, sin duda, era algo imaginario.

—Guardo una libreta y un bolígrafo en el cajón de mi dormitorio. Nick los usó para escribir un último adiós, si una es capaz de convencerse a sí misma de verlo de esa manera. —Lo inquietante de esas cuatro oraciones le helaba el corazón cada vez que pensaba en ellas. Las citó—: «Hay algo mal en mí. Necesito. Lo necesito mucho. Necesito estar muerto».

Gwyn había cogido su taza de café, pero la dejó de nuevo en la mesa sin tomar ni un sorbo.

—Eso es muy extraño, ¿no?

—Eso pensé. Creo que la policía y el forense también creyeron lo mismo. La primera frase estaba en su cursiva apretada y meticulosa, pero la calidad de las demás estaba deteriorada, como si tuviera que luchar por controlar la mano.

Se quedaron mirando el día oscuro, compartiendo el silencio, y luego Gwyn habló de nuevo.

—Debe haber sido horrible para ti ser quien lo encontrara.

Esa observación no necesitaba una respuesta.

Jane volvió a hablar sin dejar de mirar su taza de café, como si su futuro pudiera leerse en los patrones del brillo reflejado procedentes de las luces del techo.

—La tasa de suicidios en Estados Unidos cayó hasta alrededor de diez y medio por cien mil personas a finales del siglo pasado. Pero en las últimas dos décadas, ha vuelto a la media histórica de doce y medio. Hasta el pasado abril, cuando comenzó a subir. A finales de año, el dato anual era de catorce por cien mil. Como promedio, eso son más de treinta y ocho mil casos. La tasa más alta es de cuatro mil quinientos suicidios añadidos. Y por lo que puedo decir, en los primeros tres meses de este año, ya hay más de mil quinientos, lo que para el 31 de diciembre supondrá casi un total de ocho mil cuatrocientos casos por encima de la media histórica.

Mientras le recitaba aquellas cifras a Gwyn, las repasó una vez más, pero siguió sin tener ni idea de qué hacer con ellas ni por qué parecían relacionadas con la muerte de Nick. Cuando levantó la vista, se dio cuenta de que Gwyn la miraba con bastante más intensidad que antes.

—Cariño, ¿me estás diciendo que estás investigándolo? Sí,

sí que lo estás haciendo. Entonces, hay mucho más en todo esto, mucho más de lo que me has dicho, ¿verdad?

Había mucho más, pero Jane no quería compartir demasiado y posiblemente poner en peligro a la viuda de Lambert. Gwyn la presionó.

—No me digas que estamos de vuelta en otra clase de guerra fría con todos sus trucos sucios. ¿Hay muchos militares entre esos ocho mil cuatrocientos suicidios adicionales?

—Bastantes, pero no se trata de una parte desproporcionada. Se distribuye por igual entre todas las profesiones. Doctores, abogados, maestros, policías, periodistas... Pero son suicidios inusuales. Personas de éxito y equilibradas sin antecedentes de depresión o problemas emocionales o en mitad de una crisis financiera. No encajan en ninguno de los perfiles habituales de aquellos con tendencias suicidas.

Una ráfaga de viento golpeó la casa, haciendo sonar la puerta trasera como si alguien probara con insistencia el pomo para ver si la cerradura estaba echada.

La esperanza sonrojó la cara de Gwyn y le brindó una vivacidad que Jane no había visto antes.

—¿Estás diciendo que tal vez Gordie estaba... qué? ¿Drogado o algo así? ¿No sabía lo que hacía cuando salió con la escopeta? ¿Hay una posibilidad de que...?

—No lo sé, Gwyn. He encontrado algunas pistas diminutas que he unido, y todavía no puedo entender su significado, si es que significan algo. —Le dio un sorbo al café, pero ya había bebido suficiente—. ¿Hubo algún momento el año pasado en el que Gordon no se sintiera bien?

—Quizás un resfriado. Un diente cariado y una endodoncia.

—¿Ataques de vértigo? ¿Confusión mental? ¿Frecuentes dolores de cabeza?

—Gordie no era una persona a la que le dieran dolores de cabeza. Ni nada que lo frenara.

—Me refiero a algo llamativo, una verdadera migraña incontenible, con las características luces centelleantes que te nublan la visión. —Vio que aquello le recordaba algo a la viuda—. ¿Cuándo fue, Gwyn?

—En el WIC, la conferencia «Y si», este septiembre, en Las Vegas.

—¿La conferencia «Y si»?

—El Instituto Gernsback reúne a un grupo de futuristas y de escritores de ciencia ficción durante cuatro días. Los reta a pensar fuera de lo común sobre la defensa nacional. ¿En qué amenazas no nos estamos centrando que podrían ser más graves de lo que pensamos dentro de un año, diez años, veinte años?

Se llevó una mano a la boca y frunció el ceño.

—¿Pasa algo? —le preguntó Jane.

Gwyn se encogió de hombros.

—No. Por un segundo, me pregunté si debería estar hablando de esto. Pero no es un gran secreto ni nada parecido. Ha atraído mucha atención de la prensa a lo largo de los años. Verás, el instituto invita a cuatrocientas de las personas con las ideas más avanzadas, desde oficiales militares de todas las ramas del servicio hasta científicos clave e ingenieros de los principales contratistas de defensa, para escuchar en las mesas redondas paneles y hacer preguntas. Es todo un acontecimiento. Los cónyuges son bienvenidos. Las parejas asistimos a las cenas y a los actos sociales, pero no a las mesas redondas. Y no es ningún tipo de soborno, por cierto.

—No pensé que lo fuera.

—El instituto es una organización sin ánimo de lucro y apolítica. No tiene ningún vínculo con los contratistas de defensa. Y cuando recibes una invitación, tú te tienes que pagar el viaje y el alojamiento. Gordie me llevó con él a tres conferencias. Y he de decir que le encantaban.

—Pero ¿el año pasado tuvo una migraña grave en el evento?

—La única que ha tenido. El tercer día, por la mañana, pasó

casi seis horas en la cama. Insistí en llamar a la recepción y encontrar un médico, pero Gordie era de los que pensaba que cualquier cosa menos grave que una herida de bala es mejor dejar que se arregle sola. Ya sabes que los hombres siempre tienen que demostrarse cosas a sí mismos.

Jane se estremeció ante un recuerdo.

—Nick estaba tallando un trozo de madera y se rajó la mano cuando se le escapó el formón. Probablemente necesitaba cuatro o cinco puntos de sutura, pero él se limpió la herida, la cubrió bien de crema antibiótica y se la tapó con cinta adhesiva. Pensé que moriría por envenenamiento de la sangre o que perdería la mano, y a él le parecía que mi preocupación era muy graciosa. ¡Graciosa! Deseé darle un tortazo. De hecho, se lo di.

Gwyn sonrió.

—Bien hecho. De todos modos, la migraña desapareció a la hora del almuerzo, y Gordie solo se perdió una mesa redonda. Como no fui capaz de convencerlo de que pasara por el médico, fui al *spa* y me pagué una sesión de masaje. Pero ¿cómo te enteraste de lo de la migraña?

—Por una de las otras personas a las que he entrevistado, un viudo de Chicago. Su esposa tuvo su primera y última migraña dos meses antes de ahorcarse en el garaje.

—¿Fue a la misma conferencia?

—No. Ojalá fuera así de simple. No logro encontrar conexiones como esa entre un número importante de ellos. Solo hilos frágiles, relaciones tenues. Esa mujer era la directora ejecutiva de una organización sin ánimo de lucro que presta servicios a personas con discapacidades. Según todos los informes, era feliz, productiva y amada por casi todos.

—¿Tu Nick tuvo también una única migraña?

—No me dijo nada al respecto. Los suicidios sospechosos que me interesan... En los meses anteriores a su muerte, algunos se quejaron de breves episodios de vértigo, o de sueños extraños e intensos. Otros sufrieron temblores en la boca y en la mano izquierda que desaparecieron después de una semana o dos. Algunos experimentaron un sabor amargo que aparecía y poco después desaparecía. Cosas diferentes y, en su mayoría, de escasa importancia. Pero Nick, al menos que él me dijera, no tuvo ningún síntoma inusual. Cero, nada, nada de nada.

—¿Has entrevistado a los seres queridos de esta gente?
—Sí.
—¿A cuántos?
—A veintidós personas hasta ahora, incluyéndote a ti. —Al ver la expresión de Gwyn, Jane se explicó—. Sí, lo sé, es una obsesión. Tal vez sea una insensatez.

—No eres ninguna insensata, querida. Es que a veces, simplemente, es... difícil seguir. ¿Adónde irás ahora?

—Hay alguien que vive cerca de San Diego con quien me gustaría hablar. —Se reclinó en la silla—. Pero esas conferencias en Las Vegas todavía me intrigan. ¿Tienes algo de eso, un folleto, un programa concreto de esos cuatro días?

—Probablemente habrá algo de eso en el estudio de Gordon, en el piso de arriba. Voy a buscarlo. ¿Más café?

—No, gracias. He tomado mucho en el desayuno. Lo que sí necesito es un baño.

—Hay un lavabo en el pasillo. Ven, te lo enseñaré.

Un par de minutos más tarde, en el cuarto de baño libre de polvo y de arañas, mientras Jane se lavaba las manos en el lavabo, se miró cara a cara en el espejo. Se preguntó, y no era la primera vez que lo hacía, si al emprender aquella cruzada dos meses antes no habría empeorado más todavía algo que ya de por sí resultaba nefasto.

Tenía tanto que perder, y no solo su vida. Lo de menos, de heho, era su vida.

Desde el techo, a través del conducto del baño, el viento creciente hablaba desde el segundo piso hasta el primero, como un troll que se hubiera mudado desde su morada habitual bajo un puente hasta una casa con vistas.

Justo cuando salía del baño, un disparo restalló escaleras arriba.

8

Jane desenfundó la pistola y la empuñó con ambas manos con el cañón apuntando hacia la derecha, hacia el suelo. No era su arma reglamentaria del FBI. No se le permitía llevar esa arma mientras estaba de permiso. La que empuñaba también le gustaba mucho, tal vez incluso más: una Heckler & Koch Combat Competition Mark 23, con cañón para la munición .45 Colt.

El ruido había sido un disparo. Era inconfundible. No había oído ningún grito antes ni después, ni tampoco sonido de pasos.

Sabía que no la habían seguido desde Arizona. Si alguien la hubiera estado esperando allí, habría acabado con ella cuando todavía estaba sentada a la mesa de la cocina, con la guardia bajada.

Tal vez el tipo retenía a Gwyn y había disparado una vez para atraer a Jane al segundo piso. Eso no tenía sentido, pero la mayoría de los malos se dejaban llevar por la emoción, con poca lógica y razón.

Se le ocurrió otra posibilidad, pero no quiso profundizar en ella todavía.

Si la casa tenía escaleras traseras, probablemente estarían en la cocina. No había visto nada de eso. Había dos puertas cerradas. Una despensa, por supuesto. La otra probablemente era la puerta del garaje. O la del lavadero. Vale, las escaleras delanteras eran las únicas escaleras.

No le gustaban las escaleras. No había sitio para esquivar a la izquierda o a la derecha. No había posibilidad de retirarse, porque le daría la espalda al tirador. Una vez que empezaba el ascenso, no quedaba más que subir, y cada uno de los dos tramos estrechos sería una galería de tiro de corto alcance.

Se mantuvo medio agachada en el rellano entre los dos tramos, y giró rápidamente alrededor del poste de la escalera. No había nadie allí arriba. El corazón le retumbaba como un tambor de desfile. Hizo frente al miedo. Sabía lo que tenía que hacer. Ya lo había hecho antes. Uno de sus instructores había dicho que era un ballet sin mallas ni tutús, que tan solo se necesitaba saber qué movimientos hacer, justo dónde hacerlos, y al final de la actuación, te arrojaban flores a los pies, metafóricamente hablando.

El último tramo. Allí era donde un profesional intentaría acabar con ella. Apuntando hacia abajo, su arma estaría justo debajo del nivel de los ojos; apuntando hacia arriba, ella estaría en su línea de visión, lo que le proporcionaría mayor seguridad en el disparo a su posible oponente.

La parte superior de las escaleras y seguía viva.

Mantente agachada y cerca de la pared. Empuña la pistola con las dos manos. Los brazos extendidos. Detente y escucha. Nadie en el pasillo de arriba.

Había llegado el momento de despejar las puertas, lo que era casi tan jodido como las escaleras. Al cruzar un umbral la podrían acribillar, justo casi al final de la inspección.

Gwyn Lambert ocupaba un sillón en el dormitorio principal y tenía la cabeza girada hacia la izquierda. El brazo derecho le había caído en el regazo y todavía empuñaba flojamente el arma. La bala le había entrado por la sien derecha, le había abierto un túnel en el cerebro y le había salido rompiendo la sien izquierda, lo que había salpicado la alfombra con trozos de hueso y mechones de cabello y cosas peores.

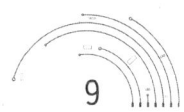

9

No parecía que aquello fuera una puesta en escena. Era un verdadero suicidio. No se había oído ningún grito antes del disparo, ni pasos u otros sonidos después. Solo el movimiento y el acto, y el terror o alivio o arrepentimiento en el instante entre ellos. Vio un cajón de la mesita de noche abierto, donde quizás estaba guardada el arma para proteger la casa.

Aunque Jane no había conocido a Gwyneth el tiempo suficiente como para sentirse abrumada por la pena, sí que la afligió una tristeza apagada pero terrible y una ira intensa, esta última porque no se trataba de un suicidio ordinario, no era consecuencia de la angustia o la depresión. Para ser una mujer que solo dos semanas antes había perdido a su esposo, Gwyn lo había llevado tan bien como cualquier otra persona pudiera hacerlo. Se había puesto a hornear magdalenas para llevarlas a los familiares y amigos que la habían apoyado en ese momento tan angustioso, pensando en el futuro. Además, por lo poco que había averiguado sobre esta otra esposa de un militar, una cosa que sabía sin lugar a dudas era que Gwyn no habría atormentado a otra viuda afligida poniéndola en la situación de tener que ser la primera en descubrir otro suicidio.

Un pitido repentino hizo que girara en redondo. Le dio la espalda al cadáver y alzó la pistola. No había nadie. El sonido procedía de una habitación contigua. Se acercó a la puerta abierta con precaución hasta que reconoció el tono como la señal de la compañía telefónica alertando a su cliente de que un teléfono había quedado descolgado.

Cruzó el umbral del estudio de Gordon Lambert. En las paredes había fotografías suyas de cuando era más joven, con su equipo de combate y sus hermanos marines en lugares exóticos. Gordon vestido de uniforme de gala, alto y guapo, posando en la foto con un presidente. Una bandera enmarcada que había ondeado en combate.

El auricular del teléfono del escritorio yacía sobre la alfombra, colgando de su cable en espiral. Se sacó un pañuelo de algodón de un bolsillo de la chaqueta, que solo llevaba para evitar dejar huellas dactilares, y colgó el teléfono mientras se preguntaba con quién habría hablado Gwyn antes de tomar aquella decisión mortífera. Levantó el teléfono y marcó el código de rellamada automática, pero no obtuvo respuesta.

Gwyn aparentemente había subido las escaleras para buscar un folleto o un programa de la conferencia «Y si». Jane se acercó al escritorio y abrió un cajón.

El teléfono sonó. No se sorprendió. No apareció el identificador de llamadas.

Levantó el auricular pero no dijo nada. Su cautela quedó pareja con la de la persona que había al otro lado de la línea. No fue una llamada fantasma iniciada por un fallo del sistema ni un número incorrecto. Escuchó música de fondo, una canción antigua del grupo America, grabada antes de que ella naciera, «A Horse With No Name».

Ella fue la que colgó. Teniendo en cuenta las extensas propiedades en aquel barrio, era poco probable que nadie hubiera oído el único disparo. Sin embargo, tenía cosas urgentes que hacer.

10

Quizá ya estuviera acudiendo alguien. O tal vez no tenían ningún agente en las cercanías, pero la prudencia requería que se esperara visitas hostiles. No tuvo tiempo de buscar en el despacho del general.

Limpió todo lo que recordaba haber tocado en la planta baja.

Lavó y guardó rápidamente las tazas de café y las cucharas. Aunque nadie podía oírla, realizó cada tarea en silencio. Con el paso de cada semana, se había vuelto más silenciosa en todos sus actos, como si se estuviera preparando para ser un fantasma y quedar en silencio para siempre.

En el lavabo, el espejo captó su atención durante un momento. Tal era la naturaleza fantástica de la misión que había emprendido, tan extraños eran los descubrimientos que estaba haciendo, que a veces parecía razonable pensar que lo imposible podría ser posible, y en ese caso que, cuando saliera del lavabo, su imagen permaneciera en el espejo para incriminarla.

Cuando salió de la casa por la puerta principal, no se sentía diferente del ángel de la Muerte. Ella había llegado, una mujer había muerto y ella se marchaba. Algunos decían que algún día no habría muerte. Si tenían razón, la muerte también podría morir.

Al pasar por delante de las casas de los vecinos, no vio a nadie en las ventanas, a nadie en un porche ni a ningún niño jugando debido al riesgo de la tormenta que se avecinaba. Los únicos sonidos que se oían eran aquellos que el inconstante viento provocaba en los objetos diarios, como si la humanidad hubiera sido expurgada, y sus construcciones intactas, pero condenadas a ser borradas poco a poco por eones de desgaste por el clima.

Condujo hasta el final de la manzana, donde podía girar a la izquierda o seguir recto. Siguió conduciendo durante más de un kilómetro, giró a la derecha y luego a la izquierda, sin un destino inmediato en mente, mirando repetidas veces por el espejo retrovisor. Confiada ya en que no tenía a nadie siguiéndola de lejos, encontró la interestatal y condujo hacia el oeste, hacia San Diego.

Quizá llegaría el día en que la Tierra cayera bajo una observación tan precisa y continua que los vehículos sin transpondedores no fueran menos rastreables que los legalmente equipados. En un mundo así, ella nunca habría llegado a la casa de Lambert, para empezar.

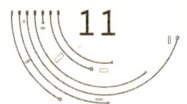

11

Una noche del noviembre anterior, seis días antes de la muerte de Nick, mientras lo esperaba en la cama y él se cepillaba los dientes, había visto una historia en las noticias de televisión que la intrigó y que últimamente había vuelto una y otra vez a su memoria, como si fuera pertinente a lo que ella estaba soportando en esos momentos.

La noticia trataba sobre unos científicos que estaban desarrollando implantes cerebrales utilizando proteínas sensibles a la luz y fibras ópticas. Dijeron que mantenemos una conversación incesante con nuestros cerebros: nuestros sentidos «anotan» la información, nuestros cerebros la interpretan y «leen en alto» las instrucciones. Se estaban realizando experimentos en los que los implantes cerebrales captaban las instrucciones del cerebro y las transmitían más allá de los puntos donde se interrumpía la comunicación, como en los daños producidos por un accidente cerebrovascular o en un nervio espinal, lo que hacía posible que un parapléjico moviera las extremidades protésicas simplemente pensando en moverlas. Las personas con ciertas enfermedades de las neuronas motoras que bloqueaban sus cuerpos, incluso negándoles la capacidad de hablar, podrían, con tales implantes, «pensar» su parte de una conversación y escucharse hablar. Sus pensamientos, traducidos en impulsos luminosos por las proteínas sensibles a la luz, serían procesados por programas informáticos y traducidos al lenguaje por un ordenador.

En ese momento, Jane se había maravillado de que todo estuviera cambiando con tanta rapidez, que el futuro pareciera acercarse a toda velocidad cargado con un mundo lleno de milagros y maravillas.

Ahora estaba atrapada en un mundo de violencia y horror en el que esa vieja noticia parecía no tener relevancia. Y, sin embargo, seguía recordándola, como si tuviera una tremenda importancia.

Quizá recordaba la historia no por nada en concreto, sino por lo que Nick le había dicho poco después. Llegó a la cama agotado por un día difícil, lo mismo que ella. Ninguno de los dos tenía energía para hacer el amor, pero disfrutaron de estar uno al lado del otro, cogidos de la mano y hablando. Justo antes de que ella se durmiera, él se llevó la mano a los labios, la besó y dijo:

—Haces que me estremezca.

Sus palabras la siguieron a los sueños más encantadores, donde fueron pronunciadas en una variedad de situaciones caprichosas, siempre con gran sensibilidad.

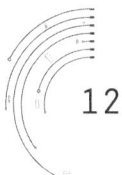

12

En Benny's at the Beach, el ataque contra los viajeros de Filadelfia era tan importante para la clientela como lo sería la Stanley Cup. Las veinticuatro horas del día, siete días a la semana, había suficiente cobertura de deportes televisivos, en vivo y en diferido, para saciar a cualquier fanático, pero a esa hora, la del almuerzo, las dos pantallas del bar estaban sintonizadas a las noticias por cable, con los textos inferiores móviles de las pantallas dedicados a los recuentos de muertos y a las declaraciones de indignación de políticos en vez de a victorias pasadas y estadísticas de jugadores.

De hecho, Benny's no estaba en la playa, sino a dos manzanas del sonido de las olas rompientes, y si había sido uno de los lugares favoritos de San Diego durante cincuenta años, como su cartel decía, lo más probable era que ya no fuera propiedad de alguien llamado Benny, si alguna vez lo había sido. Los clientes parecían ser de clase media, un grupo demográfico cada vez más reducido durante la última década. A esa hora, ninguno había bebido lo suficiente como para saltar indignado ante aquel horror, aunque Jane notó como algo casi tangible la ira, el miedo y la necesidad de formar parte de un grupo, algo que los había llevado hasta esos taburetes y sillas.

Comía en el último reservado, que era más estrecho que los otros, hecho para dos en lugar de cuatro. La mesa de granito laminado seguramente había sido de formica cuando Benny mandaba en el lugar. Las mesas y la tela de diseño en los cojines del banco y los taburetes, junto con un suelo de mármol en forma de arlequinado, proclamaban una prosperidad y un estatus en realidad nunca logrado, pero tan estadounidense que Jane lo encontró sorprendentemente conmovedor.

Entre los clientes había un columnista del periódico local que estaba almorzando y tomando una cerveza o dos, aunque no podía contener sus instintos de reportaje. Ella lo vio moverse por la larga estancia con una libreta, un bolígrafo y una botella de Heineken, repartiendo su tarjeta e invitando a los clientes a discutir el último acto de terrorismo.

Tenía unos cuarenta años y un buen pelo, en el que parecía haberse gastado en estilismo más de lo que un contable le habría aconsejado. Estaba orgulloso de su trasero, y llevaba los pantalones vaqueros un poco más apretados de lo necesario. También le gustaban sus antebrazos varoniles, y llevaba las mangas de la camisa arremangadas en un día que no era suficientemente cálido como para eso.

Llegó a su reservado como reportero y como hombre, con un cálculo en la mirada que algunas mujeres encontrarían ofensivo, aunque ella no. No se mostró grosero, y no tenía manera alguna de saber que ella había abandonado aquel juego. Era consciente de que los hombres se fijaban en ella en cualquier circunstancia, y sabía que si rechazaba una entrevista de tres minutos, ya fuera de un modo educado o despectivo, se demoraría más y la recordaría más vívidamente.

Se llamaba Kelsey, y ella le dijo que se llamaba Mary. Por invitación suya, el periodista se sentó al otro lado de la mesa.

—Un día terrible.

—Uno de ellos.

—¿Tienes amigos o familiares en Filadelfia?

—Solo conciudadanos.

—Sí. Pero duele de todas maneras, ¿no?

—Debería.

—¿Qué crees que deberíamos hacer al respecto?

—¿Tú y yo?

—Todos nosotros.

—Darnos cuenta de que es parte de un problema mayor.

—¿Y cuál es?

—Las ideas no deberían importar más que las personas.

Él levantó una ceja.

—Eso es interesante. Explícate un poco.

A modo de explicación, ella revirtió el orden de dos palabras y eliminó la negación.

—Las personas deberían importar más que las ideas.

El periodista esperó a que continuara. Cuando, en cambio, ella tomó el casi último bocado de su hamburguesa, dijo:

—Mi columna no es política, sino de interés humano. Pero si tuvieras que ponerte una etiqueta política, ¿cuál sería?

—Asqueada.

Él se echó a reír mientras tomaba notas.

—Podría ser el mayor partido político de todos. ¿De dónde eres?

—De Miami —mintió—. ¿Sabes una noticia que deberías investigar?

—¿De qué se trata?

—De la creciente tasa de suicidio.

—¿Está aumentando?

—Compruébalo.

Él le dio un trago a la cerveza sin dejar de observarla.

—¿Por qué una chica como tú tiene un interés tan morboso?

—Soy socióloga —volvió a mentir—. ¿Alguna vez sospechaste que una mierda como este ataque de Filadelfia se podría usar?

Aunque escribía una columna de historias humanas e intelectuales, tenía la mirada de periodista policial que no solo veía las cosas, sino que las analizaba capa por capa.

—¿Usar cómo?

Ella señaló con un gesto la televisión más cercana.

—Esa historia a la que dedican como un minuto de cada hora, entre los episodios de cobertura de Filadelfia.

Un ex gobernador de Georgia había matado a tiros a su esposa, a un generoso colaborador de sus campañas, y luego se había suicidado.

—Te refieres a la atrocidad de Atlanta —dijo Kelsey. Era el titular que la prensa amarilla ya le había dado al caso—. Es algo espantoso.

—Si hubiese sucedido ayer, sería la gran historia. Pero ocurre el mismo día que lo de Filadelfia, y ya nadie lo recordará la próxima semana.

Kelsey no pareció entender lo que quería implicar.

—Dicen que la esposa y el donante de bolsillos generosos estaban teniendo una aventura. —Después de terminarse la hamburguesa, se limpió las manos en una servilleta—. Ahí tienes uno de los mayores misterios de nuestro tiempo.

—¿Cuál?

—Quiénes son «ellos», esos que siempre «dicen» lo que oímos.

Él sonrió y le señaló su botella vacía.

—¿Te invito a una Dos Equis?

—Gracias, pero una es mi límite. ¿Sabías que la tasa de homicidios también ha aumentado?

—Hemos escrito sobre eso, claro.

Apareció la camarera y Jane pidió la cuenta. Inclinándose sobre la mesa hacia Kelsey, le susurró:

—Apuesto a que subirán más dentro de poco.

Él contestó inclinándose hacia ella, tomando su intimidad como algún tipo de invitación.

—Cuéntame.

—Asesinatos con suicidio. Lo del gobernador podría ser una indicación de lo que vendrá. La próxima fase, por así decirlo.

—¿La siguiente fase de qué?

Había sido sincera hasta este punto, pero a partir de ahí, habló de forma inexpresiva cuando entró en la fantasía que lo haría levantarse y seguir su camino.

—De lo que comenzó en Roswell.

Era un periodista demasiado experimentado como para dejar que su sonrisa se petrificara o poner los ojos en blanco.

—¿Roswell, Nuevo México?

—Ahí es donde llegaron por primera vez. ¿No serás un negacionista de los ovnis, verdad?

—Por supuesto que no. El universo es infinito. Ninguna persona con criterio podría creer que estamos solos aquí.

Pero para cuando la camarera trajo la cuenta, Kelsey se había negado a morder el anzuelo cuando le preguntó si creía en los secuestros extraterrestres, le había agradecido a Jane, o a Mary de Miami, que compartiera la información, y pasó a hacer otra entrevista.

Después de pagar en efectivo y pasar serpenteando entre la multitud del almuerzo, echó un vistazo atrás, tal vez de forma intuitiva, y vio al columnista mirándola. Cuando apartó la mirada, él se llevó un móvil a la oreja.

No era más que un tipo que se había acercado a ella, un tipo del que ella se libró con bastante habilidad, solo un tipo al que todavía le gustaba lo que veía. El teléfono no había sido más que una coincidencia; no tenía nada que ver con ella.

Sin embargo, una vez fuera, se movió con rapidez.

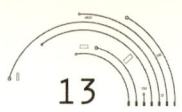

13

Unas cometas blancas recortadas contra las nubes de color oscuro volcánico de la inminente tormenta, las gaviotas que se abalanzaban desde el mar y descendían por el cielo hasta refugios seguros en los aleros de los edificios y entre las frondas de las palmeras fénix.

Jane podría haber aparcado en el estacionamiento del restaurante. No lo había hecho. Había dejado el Ford en un parquímetro de la esquina y a dos manzanas de distancia.

Se acercó al vehículo desde el otro lado de la calle, sin demostrar tener ningún interés en él, mientras en todo momento estudiaba con atención los alrededores para determinar si estaban vigilando al Ford.

Se dijo a sí misma, y no por primera vez, que así era la forma en que los paranoicos se movían por la vida, pero aún creía en su propia cordura.

Aunque no vio ninguna vigilancia, caminó una manzana más allá del Escape antes de cruzar la calle y acercarse por detrás.

El periodista le había dado las gracias por compartir la información, y, de hecho, siempre había sido una persona que compartía, en el sentido de que había sido abierta con los demás con respecto a sus sentimientos, esperanzas, intenciones y creencias. Su aislamiento actual, por lo tanto, resultaba mucho más difícil de soportar. Debido a que la amistad requería compartir, tuvo que renunciar a ver a viejos amigos y hacer otros nuevos durante todo el tiempo. Compartir podría ser su muerte o la de aquellos con quienes ella compartiera cualquier cosa.

Cuando vendió su casa, cuando convirtió todo lo que tenía en efectivo y lo escondió donde no se podía encontrar fácilmente, pensó que «la duración» podría ser de seis meses. En ese momento, tras dos meses de ese viaje y a casi a cinco mil kilómetros de donde había comenzado, ya no tenía la falsa confianza de poner una fecha aproximada para el fin de la misión.

Se apartó de la acera y metió al Ford en un río de vehículos. En casi todos los casos, cada automóvil y todoterreno y camión y autobús señalaba continuamente su posición en beneficio de los recolectores comerciales de megadatos, las agencias policiales y cualquier persona que poseyera el futuro.

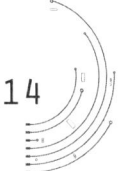

14

La nueva Biblioteca Central de San Diego, ya fuera un triunfo posmoderno o una mezcolanza lamentable, según el gusto de cada uno, tenía casi ciento cincuenta mil metros cuadrados repartidos en nueve pisos, lo que la hacía demasiado grande para lo que quería Jane. Sus espacios estaban demasiado vigilados como para que se sintiera cómoda, y era demasiado difícil salir con rapidez y sigilo en caso de una emergencia. Fue en busca de una biblioteca más antigua.

Se había deshecho de su ordenador portátil semanas antes. Hoy en día, servían de localizadores tanto como el GPS de un vehículo. Su fuente de ordenadores preferida era una biblioteca pública, dondequiera que estuviera. Incluso así, dependiendo de la información que buscaba y revisaba en línea, no se demoró mucho en ningún lugar.

Encontró una filial de la biblioteca en un edificio al estilo de las misiones españolas, de una arquitectura poco original pero honesta, con un techo de tejas de cañón, paredes de estuco amarillo pálido, ventanas con marcos de bronce y travesaños. Las florecientes palmeras plataneras se alzaban en el aire con sus grandes frondas, como si fueran a remar y a llevar el edificio al pasado, a una época más serena.

El área de estacionamiento de la biblioteca también daba a un parque con caminos sinuosos, una zona de pícnic y un área de juegos para niños. Como ya se había convertido en su costumbre, Jane pasó por delante de su destino y detuvo el coche en una calle lateral a una manzana y media. Después de sacar una pequeña libreta, un bolígrafo y una billetera, metió su bolso debajo del asiento antes de salir y cerrar las puertas.

Dentro de la biblioteca, había muchos más pasillos de libros que de ordenadores. Eligió un puesto de consulta que estaba a dos sillas de otro ocupado por un vagabundo de aspecto desaliñado, cuya presencia le aseguró que cualquier otro visitante evitaría todo ese conjunto de ordenadores.

Tenía el cabello oscuro enmarañado como la escoba de una bruja, y una barba de profeta de esquina callejera erizada y cruzada con un mechón blanco como si un rayo la hubiera dejado rígida y selectivamente blanqueada. Llevaba puestas unas botas de cordones, unos pantalones de camuflaje y una camisa de franela verde, y encima de todo, una voluminosa chaqueta negra de nailon acolchada. El enorme hombre aparentemente había logrado superar los bloqueos de la biblioteca frente a las páginas web obscenas y estaba viendo pornografía con el sonido apagado.

Ni siquiera miró a Jane, y no se estaba acariciando. Estaba sentado con las manos sobre la mesa, y contemplaba lo que se veía en la pantalla con algo parecido al aburrimiento, e incluso con lo que parecía ser una especie de desconcierto. Había drogas, como el éxtasis, que si se tomaban en una cantidad demasiado elevada durante demasiado tiempo, hacían que el cerebro dejara de producir endorfinas naturales, por lo que ya no podría experimentar el asombro, la alegría o la sensación de bienestar sin ayuda química. Tal vez esa podría ser su condición, porque su cara arrugada y quemada por el sol no mostró expresión alguna mientras miraba con la quietud y la aparente incomprensión de la escultura de un ser humano.

Una vez conectada, Jane buscó y encontró el Instituto Gernsback, que organizaba la conferencia anual «Y si», entre otros eventos. Su propósito declarado era «inspirar la imaginación de los líderes empresariales, científicos, gubernamentales y artísticos con el propósito de alentar la especulación informada en busca de soluciones innovadoras a los problemas significativos a los que se enfrenta la humanidad».

Bienhechores. Para las personas con intenciones malvadas, no existía una cobertura mejor que una organización sin ánimo de lucro dedicada a mejorar la condición humana. De hecho, la mayoría de las personas en el instituto podrían tener buenas intenciones y estarían haciendo el bien, pero eso no significaba que comprendieran las intenciones ocultas de sus fundadores o su misión principal.

Anotó en el cuaderno los datos que parecían más pertinentes para su investigación. Usó códigos numéricos y alfabéticos que había diseñado ella misma, de modo que toda esa información estuviera anotada de una manera que nadie más que ella podría leer. Después tecleó los nombres codificados de los directores ejecutivos y de los nueve miembros de la junta del instituto, solo uno de los cuales, David James Michael, le resultó familiar.

David James Michael. El hombre con tres nombres de pila. Estaba en otro lugar en toda aquella compilación de nombres, fechas y lugares. Lo estudiaría más tarde para encontrarlo.

Tras salir de la página de pornografía, el vagabundo veía vídeos de perros en YouTube, nuevamente con los altavoces silenciados, con las manos descansando a cada lado del teclado y la cara devorada por el tiempo tan inexpresiva como un reloj.

Después de cerrar la sesión y guardarse el cuaderno y el bolígrafo, Jane se puso en pie, se acercó al individuo y le puso un par de billetes de veinte dólares en la mesa, junto al ordenador.

—Gracias por su servicio al país.

Él la miró como si hubiera hablado en un idioma desconocido. Sus ojos no estaban inyectados en sangre ni estaban lacrimosos por el alcohol, sino que mostraban una mirada gris, clara y agudamente observadora.

Al ver que no decía nada, ella le señaló el tatuaje en el dorso de su mano derecha: una punta de lanza azul como fondo, dentro de la cual había una espada alzada en dorado dividida por tres relámpagos dorados, la insignia de las Fuerzas Especiales del Ejército, y debajo de eso las letras DDT.

—No debe haber sido un servicio fácil.

El vagabundo señaló con la barbilla los cuarenta dólares.

—Hay gente que lo necesita más que yo —dijo con la voz de un oso con la garganta irritada.

—Pero a ellos no los conozco —respondió ella—. Me sentiré agradecida si se los entrega por mí.

—Eso puedo hacerlo. —No cogió el dinero, sino que volvió a centrar su atención en los vídeos de perros—. Hay un comedor social cerca de aquí al que siempre le vienen bien las donaciones.

Jane no sabía si había hecho lo correcto, pero era lo único que podía hacer.

Cuando salió de la zona donde estaban colocados los ordenadores, miró hacia atrás, pero él no la estaba mirando.

15

La tormenta no había estallado todavía. El cielo sobre San Diego seguía cargado con una oscuridad de mediodía, como si todo el peso del agua y los truenos potenciales almacenados en el lejano

Alpine se hubieran deslizado hacia la ciudad a lo largo de las horas anteriores, para agregar presión al diluvio costero que se avecinaba. A veces, tanto el clima como la historia estallaban con demasiada lentitud para aquellos que esperaban impacientes lo que venía después.

En el parque adyacente a la biblioteca, siguiendo un camino sinuoso, vio delante de ella una fuente rodeada por un estanque lleno de agua reflectante. Caminó hacia allí y se sentó en uno de los bancos frente al agua que surgía floreciente en numerosos arroyos finos y cubría el aire de diminutos pétalos plateados.

El parque estaba escasamente ocupado para la hora que era, solo había media docena de personas a la vista, dos de ellas paseando perros con menos calma de la que podrían tener bajo un cielo más benevolente.

Jane sacó su cuaderno del bolsillo interior de una chaqueta deportiva, buscó en la creciente lista de nombres y encontró una entrada anterior para David James Michael. Era el individuo que, como había descubierto en su reciente sesión de la biblioteca, formaba parte de la junta directiva del Instituto Gernsback que organizaba la conferencia «Y si», a la que solo se podía asistir por invitación, en la que estuvieron Gordon y Gwyn Lambert, ambos muertos por suicidio.

La anotación que aparecía después de la primera mención de Michael la llevó al suicidio de un tal T. Quinn Eubanks en Traverse City, Michigan. Eubanks, un hombre de riqueza heredada y logros personales considerables, formó parte de la junta directiva de tres fundaciones benéficas, incluida la Seedling Fund, donde uno de sus colegas directores era David James Michael.

Su siguiente línea de investigación estaba clara, o tan clara como cualquier otra cosa en aquel caso.

Antes, sin embargo, tenía que hacer una llamada a Chicago.

Llevaba encima en todo momento un móvil desechable con minutos de prepago. Por lo que ella sabía, los desechables nunca habían sido rastreables. Incluso si tales modelos de ganga emitían ya señales de identificación, ella siempre los compraba con dinero en efectivo y no necesitaba identificación para activar el servicio.

Un grupo de colegialas uniformadas pasaron apresuradamente en respuesta a las prisas de una monja con un hábito contemporáneo, que parecía pensar que la tormenta estallaría en cualquier momento.

El aire estaba todavía demasiado quieto. Como las placas tectónicas, una masa de aire fresco y una masa más caliente que la otra se deslizarían la una contra la otra y provocarían una repentina ráfaga de viento, y el aguacero llegaría uno o dos minutos después de eso.

Segura de su intuición atmosférica, y sin querer usar el teléfono mientras estaba en el coche, donde podría quedar atrapada en caso de que estuviera equivocada sobre la seguridad de un móvil desechable, Jane sacó el teléfono que utilizaba en ese momento del bolsillo interior de la chaqueta y marcó el número de la línea directa de Sidney Root.

La esposa de Sidney, Eileen, había sido la abogada defensora de los derechos de las personas con discapacidades en Chicago, de quien Jane le había hablado a Gwyneth Lambert. Eileen Root sufrió un primer y último dolor de cabeza por migraña mientras estaba fuera de casa en un seminario, y tres semanas después se ahorcó en el garaje de la casa familiar.

Al igual que el marido de Jane, la esposa de Sidney dejó una nota antes de suicidarse, un mensaje aún más perturbador y críptico que el de Nick: «El bueno de Sayso dice que se ha sentido solo durante todos estos años, por qué Leenie dejó de necesitarlo, él siempre estuvo ahí para Leenie, ahora necesito estar ahí para él».

Ni Sidney ni los tres hijos que tuvo con Eileen («Leenie»), habían oído hablar de un individuo llamado Sayso.

Jane había viajado a Chicago y se había reunido con Sidney Root poco después de que le concedieran una licencia en el FBI, al principio de su investigación extraoficial, antes de que descubriera que, debido a tales investigaciones, se vería perseguida por una misteriosa conspiración tan esquiva como una confederación de fantasmas. Había usado su verdadero nombre en aquel momento, y, por necesidad, lo empleó de nuevo cuando le contestó a la tercera señal de llamada.

—Oh, sí, traté de llamarte hace unos días —dijo—, pero el número que me diste estaba fuera de servicio.

—Me mudé, pasé por muchos cambios —contestó, y era toda la explicación que le daría—. Pero todavía tengo esta obsesión, ya sabes, todavía estoy buscando una explicación, y esperaba que pudieras dedicarme unos minutos.

—Por supuesto. Espera que cierre la puerta de la oficina. —Era un arquitecto en un gran despacho, con cuatro colegas. La puso en espera, y unos segundos después volvió—. Bueno. ¿Qué puedo hacer por ti?

—Sé que el mundo de las organizaciones sin ánimo de lucro es enorme, y que fue tu mujer la que se movió en esos círculos, tú no tanto, pero ¿recuerdas a Eileen hablando de algo llamado Instituto Gernsback?

Pensó un momento, pero luego dijo:

—No me suena de nada.

—¿Y el Seedling Fund?

—Eso tampoco.

—Ahora un par de nombres. ¿David James Michael?

—Mmmmm... Lo siento, no.

—¿Quinn Eubanks?

—No siempre soy bueno con los nombres.

—El seminario en Boston donde Eileen tuvo la migraña, dijiste que el evento fue una presentación de la Universidad de Harvard.

—Sí. Puedes buscarlo.

—Lo hice. Pero me pregunto si ella asistió a alguna otra conferencia poco antes o después de esa.

—A Eileen le apasionaba su trabajo. Tenía una agenda muy ocupada. No puedo recordar, pero podría buscártelo.

—Te estaría muy agradecida, Sidney. ¿Te parece a esta misma hora mañana?

—Realmente todavía tienes esa obsesión.

—No olvides las estadísticas de suicidio que te di.

—Las recuerdo. Pero como te dije en ese momento, fíjate en toda la locura del mundo que nos rodea, toda la violencia y el odio que hay hoy en día, las crisis económicas, y no necesitarás ninguna otra explicación de por qué más personas tienden a estar más deprimidas que nunca...

—Excepto que Eileen no estaba deprimida.

—Bueno, no. Pero...

—Y tampoco lo estaba Nick.

—No estaba deprimida —dijo Sidney—, pero por eso traté de llamarte el otro día. ¿Recuerdas la nota que dejó?

Jane citó de memoria el comienzo.

—«El bueno de Sayso dice que se ha sentido solo durante todos estos años...».

—Al principio, no compartimos mucho el contenido —le explicó Sidney—, porque... Bueno, porque era muy extraño, nada propio de Eileen. No queríamos que la gente la recordara... como una enferma mental, supongo. Hace poco, su única tía viva, Faye, se enteró de la nota y resolvió el misterio. Durante cierto tiempo, cuando Eileen tenía unos cuatro o cinco años, tuvo un amigo imaginario llamado Sayso. Hablaba con él, se inventaba historias sobre él. Como ocurre siempre con ese tipo de cosas, se le pasó. ¿Quién sabe por qué al final ella recordaría eso?

Jane se estremeció ante la idea de que un amigo imaginario, olvidado desde hacía mucho tiempo, llamara a una mujer de cincuenta años para que se uniera a él en la muerte, aunque si le hubieran pedido que explicara el escalofrío, no podría haberlo hecho.

—¿Cómo vas? —le preguntó Sidney.

—Bastante bien. No duermo bien.

—Yo tampoco. A veces, si me despierto por mis propios ronquidos, me disculpo con ella por el ruido. Quiero decir en voz alta. Olvido que ya no está allí.

—He viajado mucho, quedándome en moteles —dijo—, y no puedo dormir en una cama doble. Nick era un tipo grande. Así que tiene que ser de matrimonio. De lo contrario, es como admitir que ha muerto, y no duermo en absoluto.

—¿Todavía estás de baja en el FBI?

—Sí.

—Hazme caso, vuelve al trabajo. Al verdadero trabajo, en lugar de buscar una explicación para algo que nunca se podrá explicar por completo.

—Tal vez lo haga —mintió ella.

—No quiero ponerme pesado, pero de verdad que el trabajo me ha ayudado.

—Tal vez lo haga —mintió de nuevo.

—Dame tu nuevo número de teléfono para que pueda llamarte cuando averigüe si Eileen estaba en otra conferencia más o menos por esas fechas.

—Te llamaré mañana —respondió—. Gracias, Sidney. Eres un amor.

Cuando colgó, le pareció que era la única persona que quedaba en el parque. Los céspedes y caminos estaban desiertos hasta los límites de su visión. Ni una paloma que se pavoneara por allí. Ni una ardilla corriendo.

En el momento equivocado, en el lugar equivocado, una ciudad podía estar tan aislada como el Ártico.

El tráfico pasaba por las calles que la flanqueaban al norte y al sur: los murmullos de motores, los chirridos de neumáticos, los silbidos de los frenos de aire, los pitidos ocasionales de claxon, el traqueteo de una tapa de alcantarilla suelta. Incluso cuando se alejó del chisporroteo de la fuente de salpicaduras, el ruido del tráfico parecía curiosamente amortiguado, como si el parque estuviera cerrado con un vidrio de doble panel aislado. El aire se mantuvo tranquilo bajo la presión atmosférica, con el cielo lleno de montañas oscuras como el hierro que pronto se desplomarían en forma de diluvio, con la ciudad expectante, las ventanas de los edificios reluciendo con la luz que normalmente se apagaría con el sol a esa hora, los conductores encendían los faros y los vehículos se deslizaban a través del falso atardecer como sumergibles siguiendo carriles submarinos.

Jane se había alejado tan solo unos pocos pasos de la fuente cuando detectó un zumbido semejante a avispas enfurecidas. Al principio, le pareció que procedía de encima de ella y luego de detrás, pero cuando giró en círculo y quedó de nuevo frente a la arboleda de palmeras fénix hacia la que se había estado moviendo, vio el origen flotando a unos seis metros de ella: un dron.

16

El dron cuadricóptero civil de alta gama, más pequeño que cualquier versión militar, se asemejaba a un vehículo de aterrizaje lunar en miniatura no tripulado combinado con un insecto. Parecía similar al DJI Inspire 1 Pro, aunque algo más grande, aproximadamente unos siete mil dólares en aeronáutica. Las compañías inmobiliarias solían utilizar esos aparatos para filmar propiedades a la venta, y cada vez más empresas comerciales de otras clases les sacaban partido. También eran los preferidos de aficionados con dinero, que iban desde los legítimos entusiastas de los drones hasta los equivalentes contemporáneos a los mirones de antaño.

Allí, a solo dos o tres metros del suelo, bajo las sombras de las copas en cascada de las palmeras, era una efigie del temido dios máquina de mil películas y relatos, una amenaza más ligera que el aire con un impacto tan potente como un golpe de martillo pilón que le provocó una sacudida de miedo que la recorrió por completo. La nave incumplía todas las leyes que se aplicaban al uso de naves no tripuladas civiles, al menos como Jane las conocía. No creyó que su presencia allí pudiera ser una mera coincidencia. Su cámara de tres ejes se mantuvo fija en ella.

De alguna manera, les había proporcionado su ubicación. Cuál podía haber sido su error no importaba en ese momento; ya podría resolver eso más tarde.

Si una batería de apoyo le proporcionaba a la nave el doble de tiempo de vuelo que un Inspire 1 Pro, podría permanecer en el aire aproximadamente de media hora a cuarenta minutos. Eso significaba que lo debían haber lanzado desde algún lugar cercano, probablemente desde una furgoneta de vigilancia.

El operador del dron la vigilaría hasta que llegaran suficientes agentes para arrestarla. O tal vez no eran de un cuerpo de orden público, en cuyo caso no habría agentes, y ellos simplemente la... apresarían. Ellos la estaban persiguiendo. Los omnipotentes, casi místicos «ellos». Pero ella no tenía idea de quiénes podrían ser «ellos».

En cualquier caso, ya estaban cerca.

El parque todavía parecía desierto. No por mucho tiempo.

No intentó echar a correr de inmediato, sino que se movió hacia el dron cuando se percató de algo en el aparato que requería que mirara mejor. Su atrevimiento le permitió darse cuenta, antes de lo que hubiera ocurrido de otra manera, de que aquello no era un modelo civil, o que lo habían modificado radicalmente después de adquirirlo. Tal vez la luz de la tormenta y las sombras la engañaban, aunque sabía que no era así, o tal vez en su paranoia se imaginaba a partir de una silueta inocente la presencia de un silenciador que rodeaba el estrecho agujero de un cañón, pero sabía que la paranoia no tenía nada que ver con eso.

Le habían montado un arma al dron.

Cuando el aparato se dirigió hacia ella, se echó hacia un lado y se puso detrás del grueso tronco de una palmera fénix. Si se hubiera girado y hubiera echado a correr de inmediato, le habrían disparado por la espalda.

En ese breve y desesperado momento de cobertura, sacó la Heckler & Koch de su pistolera de hombro.

Pensó a toda velocidad tratando de comprender la amenaza en su totalidad. El problema del peso impedía que un dron civil se convirtiera en un arma con un cargador de gran capacidad. Sin un arma, una nave corriente, con cámara y batería, pesaba alrededor de unos tres kilos y medio. El peso del arma y la munición afectaría a la estabilidad y reduciría considerablemente el tiempo de vuelo, así que tendría que ser un arma de poco calibre cargada con unos cuantos proyectiles, y dudaba que tuviera mucha precisión.

Por supuesto, solo necesitaba acertar en el blanco una vez.

Esperaba que el asesino por control remoto apareciera a su izquierda. Luego lo oyó circunnavegar la enorme y vieja palmera... por la derecha.

Antes de que la cámara pudiera encontrarla, se apartó del tronco. Con la espalda pegada al tronco de tres metros de diámetro de la inmensa palmera, siguió la estela del dron mientras giraba hacia ella.

El mecanismo de disparo no sería un arma completa. Sin empuñadura, sin cargador estándar. Solo lo esencial. Un arma de calibre 22. Algo así como una cinta de alimentación en miniatura con, digamos, cuatro proyectiles.

Ella tenía la ventaja de oír. El dron tenía un ojo pero no una oreja. El operador remoto estaba básicamente sordo.

Pero los proyectiles de punta hueca con funda de cobre, incluso los de calibre 22, podían matar a corta distancia.

Ella dejó de tratar de esconderse. Se alejó del árbol, lo rodeó rápidamente, y se acercó con audacia al dron por detrás.

El operador tenía tal vez un campo de visión de 70 grados. Debió sentir una amenaza en su zona ciega. Con un zumbido de avispa furiosa, el dron comenzó a girar repentinamente en modo flotante. Con la pistola empuñada a dos manos, a quemarropa, Jane disparó tres, cuatro, cinco veces, y el rugido de cada disparo rebotó como una bola de billar en cada tronco de palmera en el parque. La puñetera máquina era poco más que unas patas de aterrizaje y hélices, con un fuselaje estrecho, la cámara suspendida en un anillo de cardán, y no era un objetivo muy grande, por lo que deseó que su pistola hubiera sido una escopeta. Por otro lado, aquel abuelo de Terminator no estaba blindado ni, en ningún sentido, diseñado para resistir una ráfaga de disparos. No importó si le acertó con un proyectil o con cinco, el aparato empezó a soltar pedazos de sí mismo, se tambaleó en el aire, rebotó contra otra palmera y se estrelló rodando en la hierba, con miles de dólares reducidos a centavos de chatarra.

No se dio cuenta de que había un segundo dron hasta que lo vio venir muy rápido desde la fuente.

Dos drones, una furgoneta de vigilancia desde la cual fueron lanzados, seguramente un grupo de cuatro o más tipos a punto de llegar en cualquier momento: tenían recursos y querían atraparla, tal vez incluso con más ganas de lo que ella se había imaginado.

Cuando se giró para huir del segundo aparato, la enorme y vieja palmera le bloqueó el camino. Antes de que pudiera rodear el árbol, una ráfaga de agujas de acero delgadas trazó sobre la madera una línea vertical, fallando por unos escasos centímetros.

Debería haberlo sabido. Un dron aéreo de entre tres y cuatro kilos y medio no podría soportar el retroceso ni siquiera de un arma del calibre 22 y a la vez mantener la precisión. Se trataba de un arma de aire comprimido de poco retroceso y que disparaba dardos. No eran exactamente dardos, ya que no tenían estabilizadores, por lo que a nivel técnico eran versiones en miniatura de los virotes utilizados por las ballestas. ¿Veneno? ¿Tranquilizante? Tal vez esto último. Querrían interrogarla, así que, desde su punto de vista, el veneno podría ser preferible.

Fuera de la vista de la calle, Jane se movió entre las palmeras fénix, y el aparato zumbó en su persecución mientras los pájaros salían disparados de la protección de las copas de los árboles, chillando y graznando su consternación al verse obligados a salir a la tormenta inminente. Las grandes copas de las palmeras provocaban que los troncos estuvieran más separados de lo que ella necesitaba, lo que la obligó a pasar demasiado tiempo al descubierto. Sin dejar de zigzaguear y de agacharse, contaba con que el dron no podría apuntarla con precisión, pero mientras buscaba urgentemente una cobertura, se dio cuenta de que no había otra opción excepto la continua evasión frenética. El aparato podía volar a unos veinte metros por segundo con el aire en calma, mucho más rápido de lo que podía correr. No podría esquivarlo durante mucho tiempo. Y nunca más se saldría con la suya con el truco de rodear el árbol que le había funcionado antes; puede que el dron no tuviera cerebro, pero su operador remoto sí que lo tenía.

Los disparos atraerían a la policía, pero eso no era necesariamente algo bueno. Dos meses antes, cuando todo aquello comenzó, había aprendido que no todos los policías estaban del lado de los justos, que en aquella época peligrosa donde las sombras proyectaban sus propias sombras, cuando la oscuridad a menudo fingía ser la luz, el justo y el injusto llevaban el mismo rostro.

Sin dejar de zigzaguear de un árbol a otro en un maratón de carrera de obstáculos que nunca podría ganar, en un extraño enfrentamiento onírico entre las palmeras fénix del que no se alzaría como un ave fénix si la mataban, Jane sintió un tirón en la manga derecha. Esquivó otro tronco de palmera y vio tres dardos finos clavados a través del tejido suelto de su abrigo deportivo, y que habían fallado en acertarle la piel por menos de un centímetro.

Al principio ya del crepúsculo de la tarde oscurecida, un brillo repentino restalló de un modo apocalíptico centelleando a través del parque como si quisiera incinerar todo lo que tocaba y anunciar un mundo de cenizas que pronto llegaría. Todas las sombras saltaron de regreso hacia las cosas que las provocaban o temblaron por el césped y se extendieron como espíritus desposeídos en busca de un nuevo objeto que los alojara. No se dio cuenta de que el cielo había lanzado un rayo que había caído cerca hasta un segundo después del fogonazo, cuando el trueno sacudió el día con tanta fuerza que sintió cómo temblaba el suelo bajo sus pies.

Una de las muchas lecciones que le habían enseñado en Quantico era a guiarse por su entrenamiento, hacer lo que se sabía que había funcionado en otras mil ocasiones para otros mil agentes, pero también darse cuenta cuándo seguir al pie de la letra las normas supondría un epitafio y una condecoración *post mortem*, y por ello confiar en una intuición que era más certera que cualquier otra cosa aprendida. Tras la luz cegadora, la marea de sombras desterradas se apresuró a regresar a su origen en respuesta a la llamada del trueno. Mientras el día se oscurecía a su alrededor, se dejó caer al suelo, rodó sobre su espalda, tan vulnerable como una ofrenda en un altar azteca, con el verdugo aéreo acercándose como si respondiera a la llamada de la sangre del sacrificio. Vio que el dron ajustaba el cañón de su arma en montura giratoria y apuntó la pistola hacia el aparato para disparar los cinco proyectiles que le quedaban en la pistola.

Un destello de acero le pasó al lado de la cara y acribilló el suelo cuando el aparato disparó una ráfaga y falló. El dron se estremeció hacia arriba y hacia atrás al sufrir un impacto, como si quisiera ganar altitud y retirarse. En cambio, al haber perdido una de sus alas rotativas, descendió y se balanceó, y luego osciló mientras se esforzaba por realizar un giro, para finalmente acelerar en un picado hacia un hueco en los árboles y chocar contra un tronco de palmera a unos diez metros por segundo, donde se partió como un huevo estrellado.

Jane se puso de pie sin recordar cómo se había levantado. Sacó el cargador vacío, se lo guardó en el bolsillo, metió otros diez proyectiles en la Heckler & Koch, enfundó el arma y echó a correr.

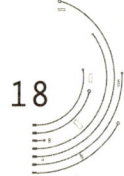

18

Fuera de la arboleda de palmeras, al aire libre, cerca de la fuente, por fin los vio aparecer. Dos individuos se apresuraron a salir del estacionamiento de la biblioteca, que estaba al oeste de ella, y otros tres llegaron corriendo desde la calle en el lado norte del parque. Ninguno de ellos iba de uniforme, aunque seguramente no se trataba de ciudadanos que hicieran ejercicio.

El Ford Escape estaba en una zona de parquímetros a una manzana al sur del parque, pero no quería llevarlos hacia el coche, por si todavía no lo tenían localizado.

Huyó hacia el este, la parte más extensa de aquella zona verde, contenta de haber evitado regularmente los carbohidratos, de hacer ejercicios de estiramiento todas las noches y de correr de forma habitual.

Incluso de lejos se dio cuenta de que los cinco que la perseguían eran suficientemente fornidos como para haber jugado para la NFL en posiciones defensivas: eran tipos enormes, de grandes músculos y una resistencia considerable. Pero ella pesaba cincuenta y dos kilos, y cada uno de sus perseguidores pesaba el doble de su tamaño; un mayor peso requería energía adicional para moverlo. Ella era delgada y veloz, y su motivación, su supervivencia, le proporcionó un impulso más potente que cualquier otra cosa que pudiera impulsarlos a ellos. No miró hacia atrás. Hacerlo la retrasaría. La atraparían o no, y la carrera la ganaba más a menudo la presa que confiaba en su resistencia.

El segundo rayo quemó el cielo, más brillante que el primero, y partió hasta el corazón el árbol más alto que estaba a la vista, un roble vivo cercano, del cual surgió una lluvia de astillas ardientes, de trozos incandescentes de corteza. Todo un bloque se separó del tronco principal con una fronda de ramas intrincadas, como si fuera una fantástica antena receptora de microondas que captara señales de incontables mundos.

Aunque la masa que se derrumbó se estrelló cerca de ella, Jane simplemente levantó un brazo para taparse la cara y protegerse los ojos de la metralla de ramas rotas, ramitas y hojas ovaladas de color marrón crujiente incendiadas y que pululaban en el aire como una plaga de escarabajos.

Mientras el último de los restos se desplomaba detrás de ella y el estruendo del trueno se alejaba por la ciudad, al llegar al extremo este del parque, el cielo, antes oscuro, palideció bruscamente verdoso, y la catarata de lluvia cayó con fuerza silbando a través de los árboles y la hierba. Las gotas se estrellaron contra el pavimento y repiquetearon contra las tapas de metal de los bidones de basura, llevando con ellas el tenue olor a ozono, una forma de oxígeno creada por la alquimia de los rayos.

Los torrentes de lluvia plateada quedaron teñidos de repente con hebras rojas cuando las luces de freno revelaron a los conductores que reaccionaban ante el abrupto descenso de la visibilidad. Sin dudarlo, saltó de la acera al asfalto reluciente bajo sus pies y se sumergió en el tráfico en mitad de la manzana, donde fue recibida por el sonido de las bocinas y el bramido de los frenos. Vislumbró brevemente algunas caras sorprendidas y algunas furiosas detrás del rítmico compás de los limpiaparabrisas antes de que se desvanecieran detrás de la lluvia fresca que humedecía el vidrio.

Tras llegar intacta a la otra acera, giró hacia el sur y corrió a toda velocidad esquivando a otros peatones que podrían haber estado molestos pero no sorprendidos de ver a una mujer joven, sin paraguas, apurada por encontrar refugio. Giró hacia el norte en la esquina, corrió media manzana antes de cambiar la calle por un callejón, luego el callejón por un estrecho pasaje de servicio entre edificios, adecuado solo para el tránsito peatonal.

A mitad del claustrofóbico pasaje, por fin se arriesgó a mirar hacia atrás. No vio a ninguno de los cinco matones del parque, pero sabía que no se habría deshecho de todos ellos. Estaban en la zona, y probablemente se cruzarían en su camino por sorpresa.

Se detuvo solo para dejar caer su teléfono móvil desechable a través de las barras de una rejilla de drenaje. Incluso por encima del coro de la lluvia, lo oyó caer en el agua oscura que había abajo, y luego echó a correr una vez más.

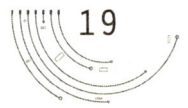

19

Salió del estrecho pasaje y entró en una nueva calle a mitad de manzana. Estaba a punto de cruzarla cuando se dio cuenta, a cincuenta o sesenta metros a su izquierda, en el lado opuesto de la avenida, de la presencia de un hombre grande con ropa oscura, tan empapado como ella, ajeno a los bulliciosos peatones que lo rodeaban. Podría haber sido cualquiera, alguien sin importancia, a la búsqueda de otra persona, pero la intuición le advirtió que retrocediera hacia el pasaje del que había salido un momento antes.

Justo un instante antes de que se escondiera de nuevo, se dio cuenta de que la había visto. Levantó la cabeza y se puso rígido, igual que un perro de ataque se quedaría inmóvil durante un segundo al captar el olor de la presa.

Se retiró al pasaje de un metro de ancho y corrió parpadeando para quitarse la lluvia de los ojos, desanimada por el sonido de su trabajosa respiración con la boca abierta. Tenía la garganta caliente y enrojecida. Le martilleaba el corazón y advirtió un leve reflujo de ácido en la parte posterior de su garganta.

Aquella caza a la mujer a plena luz del día, en una ciudad repleta de gente, era una locura. Una locura, algo increíble, pero no más increíble que Nick suicidándose con su cuchillo de combate, que Eileen Root ahorcándose en el garaje, que los yihadistas estrellando un avión contra cientos de automóviles, camiones y autobuses en una autopista concurrida, era una locura.

Llegó en tromba al callejón por el que había pasado antes, muy consciente de que no tenía tiempo para alcanzar ningún extremo de la manzana antes de que llegara su perseguidor, y en ese momento vio una camioneta aparcada en la parte trasera de un restaurante, con el logotipo de una panadería adornando uno de sus lados. El conductor estaba entregando pan, pasteles o ambas cosas, y llevaba puesto un impermeable amarillo mientras terminaba de apilar cuatro cajas grandes de plástico a prueba de lluvia en una carretilla de mano, que empujó hasta el almacén de recepción o la cocina de su cliente.

Se dirigió a toda prisa hacia la puerta del conductor, miró dentro de la cabina a través de un vidrio parcialmente nublado por la condensación interior, vio que nadie lo ocupaba, y se apresuró hacia la parte trasera del vehículo. Decidió no ir al área de carga, donde el conductor había dejado una de las dos puertas entreabiertas, tal vez porque tenía más mercancías que descargar. Se subió a la parte delantera del camioneta por el lado izquierdo y cerró la puerta del pasajero de la cabina detrás de ella antes de deslizarse por debajo del nivel de la ventana, tan metida en el espacio para los pies como pudo.

La lluvia corría por el parabrisas, y la visión por las ventanas en ambas puertas laterales quedaba parcialmente oculta por la condensación. La luz interior de la cabina estaba apagada, con el salpicadero a oscuras. Mientras se mantuviera allí abajo, probablemente no la verían, a menos que su perseguidor abriera una puerta. Pero era más probable que pensara que había encontrado una entrada desbloqueada en uno de los negocios que quedaban en el callejón, el más obvio, el restaurante.

Mientras trataba de calmar la respiración, oyó ruidos fuera. No los distinguió con claridad debido a la lluvia.

Luego oyó el característico crujido de una voz transmitida por una radio de mano, aunque las palabras no fueron del todo discernibles.

El individuo que tenía la radio estaba cerca, demasiado cerca. Debía estar de pie al lado de la camioneta de la panadería. Su voz era profunda y apagada, pero suficientemente clara.

—A media manzana al este de tu posición. Detrás de un lugar llamado Donnatina's Restaurant.

La voz lejana chasqueó, y Jane tampoco pudo entenderlo en esta ocasión.

—Está bien —dijo el individuo más cercano—. Vosotros dos por delante. Barred bien todo el lugar, los baños, por todos lados, haced que venga a mí.

Su voz se desvaneció cuando se alejó de la camioneta hacia la entrada trasera de Donnatina's.

Jane pensó en sacar su pistola. Pero acurrucada en el espacio para los pies, con la espalda encajada entre el asiento y la puerta del pasajero, mirando hacia el volante, en realidad no sería capaz de disparar en condiciones a nadie llegado el caso.

De todos modos, no le darían una razón para disparar primero. Ya fuera porque se tratara por casualidad de una autoridad legítima de alguna clase o de un grupo totalmente ilegal, querrían llevársela para interrogarla.

Ellos.

Aunque no podía ponerles nombre en ese momento, algún día conocería su identidad. Eso era lo que le había prometido a Nick, y aunque se trataba de una promesa hecha después de que él llevara semanas en la tumba, ella la cumpliría como si se la hubiera hecho al hombre vivo, la cumpliría de un modo tan sagrado como había cumplido sus votos matrimoniales.

Pasaron un par de minutos antes de que el conductor abriera la puerta del compartimento de carga que había dejado entreabierta cuando había llevado la primera parte de su entrega al restaurante.

La ventanilla de paso entre la cabina y la parte trasera de la camioneta se había quedado abierta. Oyó al individuo de la radio de mano, ahora con voz clara, que se dirigía al conductor.

—¿Ha visto a una mujer, morena, de uno setenta de alto, una tía buena pero medio ahogada en lluvia como yo?

—¿Que si la he visto dónde?

—Aquí, en el callejón. Tal vez entrando en este lugar.

—¿Cuándo?

—Desde que está aquí.

—He estado entregando.

—Así que no la ha visto.

—¿Con este tiempo de mierda, con una capucha y la cabeza gacha?

Una voz masculina diferente entró en la conversación.

—La zorra es lista, Frank. Está en otro sitio.

Frank dijo:

—Odio a esa cabrona.

—Ponte a la cola. ¿Quién es este plátano de plástico?

El conductor del impermeable amarillo contestó:

—Llevo haciendo entregas aquí desde hace cinco años y nunca he visto lo que llamaría una tía buena.

Frank le habló al recién llegado.

—Es el tipo de la panadería. No tiene nada.

—Lo que tengo es trabajo pendiente, con esta lluvia de mierda. Bueno, ¿y ustedes, qué son, policías o algo así?

—Mejor no pregunte —replicó Frank.

—Mejor no —dijo el conductor, y comenzó a descargar más cajas de plástico a prueba de agua llenas de productos horneados.

Jane esperó, escuchó, deseando ver en cualquier momento un rostro en una de las ventanas, borroso y amenazador como una cara en un sueño.

La fuerte lluvia tamborileó sobre el camión. Ya no hubo más rayos o truenos. La lluvia en California rara vez iba acompañada de semejante pirotecnia.

El conductor no tardó en volver. Ella lo oyó meter la carretilla en la camioneta. Cerró la puerta trasera sin hablar con nadie.

Jane casi se levantó del espacio para los pies para salir de la camioneta, pero en ese momento oyó la voz entrecortada y llena de estática de alguien que hablaba por una radio de mano, que habían subido de volumen para compensar la mala recepción.

La puerta del conductor se abrió y el repartidor se colocó detrás del volante antes de asustarse al verla.

—Por favor, no —le susurró ella.

20

El conductor tenía más o menos la edad de Jane. Su cara ancha y agradable, cubierta de pecas y rematada por unas cejas de color óxido sugería un cabello pelirrojo bajo la capucha de color amarillo brillante.

Cerró la puerta, encendió el motor, activó los limpiaparabrisas y se alejó del restaurante. Antes de llegar al final de la manzana, dijo:

—Vale, ya están muy atrás. Puedes levantarte.

—Prefiero quedarme aquí un poco más. Déjame salir en tu próxima parada.

—No hay problema.

—Gracias.

Frenó al final de la manzana.

—Pero si hay algún lugar concreto al que quieras ir, tampoco hay problema.

Ella se lo pensó mientras giraba a la derecha hacia la calle.

—¿Cómo te llamas?

—Lo creas o no, Ethan Hunt.

—¿Por qué no me lo iba a creer?

—Bueno, Ethan Hunt... como Tom Cruise en esas películas de *Misión: imposible*.

—Te gastan bromas con eso, ¿verdad?

—No por alguien que sepa la verdad sobre la entrega de productos de panadería. Desarmo armas nucleares y salvo al mundo una vez al mes.

—Una vez al mes, ¿eh?

—Bueno, cada seis semanas.

A ella le gustó su sonrisa. No había ni suficiencia ni engreimiento en él, algo que caracterizaba tantas sonrisas hoy en día.

—Necesito llegar a mi coche. —Le dijo dónde estaba aparcado—. Pero si en algún momento ves a alguno de esos matones, no pares, sigue adelante.

Salió retorciéndose del espacio para los pies y se sentó en el asiento del pasajero.

La lluvia cubría las calles y las alcantarillas rebosaban. Los faros de halo de los vehículos que se aproximaban hacían que la lluvia que caía pareciera aguanieve y cubriera el asfalto con hielo.

—Probablemente sea mejor que no te pregunte tu nombre —comentó Ethan Hunt.

—Sería más seguro para ti.

—¿No crees que los paraguas sirvan para algo?

—El aspecto de rata ahogada es tan atractivo —respondió ella.

—Si alguna rata ahogada tuviera la mitad de tu atractivo, me casaría con ella.

—Gracias. Creo.

—Voy por una ruta indirecta solo para asegurarme de que no haya ningún problema.

—Eso me ha parecido que estabas haciendo.

—Además, quiero que esto continúe un poco.

—Ha pasado demasiado tiempo desde la última maleta nuclear, ¿eh?

—Me parece una eternidad. Esos de ahí atrás eran unos tipos malos de verdad.

—Sí, lo sé.

—¿Seguro que puedes encargarte de ellos por tu cuenta?

—¿Te estás ofreciendo voluntario?

—Ni hablar. A mí me aplastarían como a un bicho. Solo preguntaba.

—Me las apañaré.

—Me haría sentir mal pensar que no podrías. —Se detuvo junto a su Ford Escape—. No hay matones a la vista.

—Eres un hombre encantador, Ethan Hunt. Gracias.

—Supongo que no hay ninguna manera de que esto pueda llevar a una cita.

—Hazme caso, Ethan, sería una cita infernal.

Salió a la lluvia y, cuando cerró la puerta, oyó que él le decía:

—Pero no serías aburrida.

21

Aquellos que parecían entender lo que estaba detrás del aumento de los suicidios, que incluso podrían haberlo diseñado, estaban claramente relacionados con unas agencias gubernamentales que todavía no había identificado. Jane asumió que también tendrían influencia con las autoridades a nivel estatal, incluida la Patrulla de Autopistas de California.

Al salir de la ciudad, evitó las autopistas porque allí era donde se encontraban en mayor número las patrullas policiales. Había puntos estrechos de paso obligatorio en los que el tráfico podía detenerse o reducirse fácilmente para una inspección minuciosa. Los drones habían transmitido un vídeo de ella, y los individuos de los que había escapado en la persecución a pie habían visto que su largo cabello rubio ahora era más corto y castaño. Los encargados de atraparla ya tendrían una nueva descripción sobre ella.

Tenía pensado recorrer unos pocos kilómetros de costa hasta llegar a La Jolla, ver a un hombre esa noche y hacerle una pregunta que, según su respuesta, podría decidir su futuro. En vez de eso, siguió una serie de calles cubiertas de lluvia hacia la costa, rodeó la ciudad de La Jolla y se encaminó hacia la Reserva Estatal de Torrey Pines.

Desde allí entró en la carretera S12 del condado. Esa ruta costera recorría una serie de pintorescas ciudades costeras desde Del Mar y Solano Beach hacia el norte, hasta Oceanside.

En la playa de Torrey Pines aparcó en una zona de estacionamiento, que estaba desierta con aquel tiempo. Rebuscó debajo del asiento del pasajero en busca de un pequeño juego de herramientas y de ahí sacó un destornillador.

Salió a la tormenta. Los altos pinos susurraban. La lluvia, empujada por el viento, bailaba sobre el suelo y se alzaba desde la acera con el silbido amenazante de un millar de serpientes enojadas.

Los dedos húmedos resbalaron sobre el destornillador, pero logró quitar las placas de matrícula delantera y trasera, todo ello, según creía, sin ser observada por nadie.

Si había cámaras de tráfico cerca de donde ella había dejado el coche antes de caminar hacia la biblioteca, como había en casi todas partes en las áreas metropolitanas en la actualidad, los agentes no tardarían en comenzar a revisar el vídeo de todas las calles que salían desde el parque donde casi la habían atrapado.

Incluso con la visibilidad notablemente reducida por la lluvia, seguro que esperaban encontrar un vídeo en el que ella saliera del coche y que luego regresara allí. Tenía que asumir que sabían que ella estaba conduciendo un Ford Escape negro y que tenía matrícula canadiense.

En California, un automóvil sin matrícula a menudo no llamaba la atención de la policía, porque los concesionarios no proporcionaban matrículas temporales a los coches recién comprados. Mejor ir sin matrícula que pasearse con una que podría estar en la lista de delincuentes buscados por la policía al cabo de un par de horas.

Puso las placas de matrícula debajo del asiento del conductor, se sentó al volante y encendió el motor. Empapada de nuevo, encendió la calefacción subiéndola unos cuantos grados y aceleró el chorro de aire.

Cuando los limpiaparabrisas barrieron la lluvia incesante del parabrisas, vio el Pacífico cercano, azotado por la tormenta y cubierto de bruma, y más que una masa de agua que se dirigiera hacia la orilla parecía un mar de humo gris surgido de los incendios de algún inmenso holocausto nuclear.

22

Después de pararse en Cardiff-by-the-Sea para repostar, dejó la carretera costera hacia la Interestatal 5. Estaba a más de treinta kilómetros de los límites de la ciudad de San Diego, y la autopista merecía el riesgo por la mayor velocidad que permitía.

Salió de la tormenta justo al norte de Oceanside, donde el terreno costero era plano y estaba cubierto de matorral, un lugar inhóspito bajo la luz intensa y clara de finales de invierno.

Durante el viaje, con tiempo para pensar, decidió que su primer error fue responder a la pregunta de Gwyn Lambert: «¿Adónde irás ahora?». Ella le había dicho que tenía que ver a alguien cerca de San Diego.

El vínculo entre Jane y Gwyn había merecido su confianza. Eran esposas de marines. Viudas de marines. El triple vínculo de servicio, deber y dolor. Le había caído bien la mujer. No había tenido ninguna razón para sospechar que Gwyn estaba de alguna manera comprometida y en un precipicio emocional.

¿Con quién había hablado Gwyn por teléfono antes de suicidarse? ¿Por qué había hablado con alguien? ¿Para decirle que Jane se dirigía a algún punto cerca de San Diego? Si ellos, esos «ellos» con ramificaciones por todos los lados como tentáculos, no tenían un agente suficientemente cerca de Alpine como para detenerla, saber cuál era su siguiente destino reduciría en gran medida sus parámetros de búsqueda.

Pero «cerca de San Diego» abarcaba quizás unos doscientos sesenta kilómetros cuadrados y hasta un millón y medio de personas. Tal vez eso redujera la búsqueda, pero, ciertamente, no localizaba su paradero.

A lo largo de las semanas anteriores, sus perseguidores tal vez habían supuesto que estaba usando los ordenadores de las bibliotecas para hacer sus búsquedas en Internet. Sin embargo, había numerosas bibliotecas en la zona de San Diego, incluidas muchas en colegios y universidades. Podrían anticipar que querría saber más sobre la conferencia «Y si» y el Instituto Gernsback después de enterarse de su existencia por Gwyn. Pero para encontrarla, tendrían que haber montado una vigilancia en esas páginas web, con la capacidad de identificar en tiempo real todas las consultas de cualquier biblioteca de la zona de San Diego; luego habrían necesitado ser capaces de rastrear de inmediato la consulta e identificar la firma única del puesto del ordenador.

Si los buscadores ya se le estaban acercando incluso mientras terminaba su tarea en la biblioteca y le daba cuarenta dólares al veterano sin hogar, su segundo error había sido quedarse en el parque que estaba al lado y llamar por teléfono a Sidney Root a Chicago. Si conocieran a cada una de las veintidós personas de quienes había reunido pruebas hasta ese momento, esperarían que se pusiera en contacto nuevamente con una o más de ellas. Vigilar el tráfico telefónico en tiempo real para tantas personas, en múltiples plataformas de telecomunicaciones, sería una tarea enorme, y no estaba segura de que ni siquiera la tecnología actual lo permitiera.

Suponiendo que todo eso fuera posible, también tendrían que rastrear su llamada, recorriendo el laberinto de microondas de millones de llamadas a la vez a las transmisiones particulares desde el teléfono desechable, y luego, de alguna manera, usar esa señal en una búsqueda de GPS para ubicarla en el parque.

Todo en cuestión de unos pocos minutos.

Con solo unas pocas horas de aviso desde el momento en que Gwyn los había llamado, habrían necesitado colocar equipos de agentes en puntos estratégicos por toda la ciudad, de modo que, si lograban determinar la posición de Jane, al menos un equipo tendría la oportunidad de llegar hasta ella en cuestión de minutos.

Tal vez habían tenido suerte. Pero en cualquier caso, suerte o no, la entidad que se encontraba en su camino de repente parecía ubicua, de mayor poder y alcance que cualquier otra organización de orden público, más eficiente que cualquiera de las agencias gubernamentales con las que estaba familiarizada, casi omnipresente y omnisciente.

Aunque hubieran identificado su vehículo, esperaba usarlo durante cierto tiempo todavía. Sus recursos financieros no eran ilimitados, y aquel era su segundo coche desde que había comenzado esa odisea.

Salió de la Interestatal 5 en San Juan Capistrano hacia la carretera estatal 74. Mientras el Escape subía por las escarpadas colinas cubiertas de chaparral del Bosque Nacional de Cleveland, el estado de ánimo de Jane se ensombreció con mayor rapidez que el creciente crepúsculo. El paisaje desértico de la zona fronteriza, más verde en esa época del año de lo que lo estaría más tarde, era muy apreciado por excursionistas y los entusiastas de la naturaleza, y algunos lo consideraban hermoso. A ella le parecía inhóspito, incluso desolado, como si más allá de las ventanillas del Ford yaciera un planeta herido que luchaba bajo un sol moribundo.

Luego descendió hacia el lago Elsinore y siguió más allá. Era un mundo rural que parecía aislado. Prados exuberantes y matorrales de valle. Caminos privados con grava y pintura que conducían a propiedades apartadas de la ruta estatal. Las pequeñas arboledas de álamos y coníferas separadas entre sí daban testimonio de un acuífero bajo una tierra en la que de otro modo habría sido difícil arraigar.

La sensación de una zona remota era una ilusión, porque la colmena del sur de California seguía siendo rápidamente accesible al oeste, e incluso en aquel imperio interior menos bullicioso, las ciudades «pequeñas» como Perris y Hemet se jactaban de tener setenta u ochenta mil habitantes cada una.

Llegó a un carril privado flanqueado por robles, giró a la derecha y se detuvo delante de una puerta de tablones pintada de blanco y llena de alambre. Bajó la ventanilla y alargó la mano hacia un telefonillo. Sin embargo, no necesitaba anunciarse. Ella tenía un código personal de cinco dígitos que pulsó en el teclado, y la puerta se abrió. Más allá se encontraba, para ella, el lugar más importante del mundo.

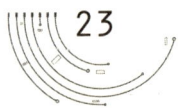

23

La casa de tablones blancos era una residencia modesta aparte del lujo de un amplio porche que la rodeaba por completo.

Duke y Queenie estaban tumbados en ese porche, entre las sillas de mimbre, y se pusieron de pie de un salto cuando el Ford llegó al final del largo camino de entrada. Eran dos pastores alemanes, magníficos ejemplares con pechos amplios y costillas bien arqueadas y lomos rectos, tanto mascotas familiares como perros guardianes que habían sido bien entrenados.

Jane se detuvo detrás de la preciada camioneta Ford verde manzana de 1948 de Gavin, que había cortado, canalizado y modificado él mismo, agregando un guardabarros de un La Salle de 1937 y una sección del morro también La Salle muy personalizada con una rejilla de acero inoxidable, lo que la convertía en un vehículo propio con un estilo muy singular.

Los perros la reconocieron porque había dejado la ventanilla del conductor bajada para asegurarse de que captaran su olor incluso antes de que saliera del Ford.

Bajaron los escalones del porche y corrieron hacia ella, con las colas azotando el aire con alegría. Si ella hubiera sido una desconocida, su acercamiento habría sido muy diferente, circular y cauteloso y lleno de amenazas.

Se arrodilló sobre una pierna y le dio a cada perro su parte de afecto. Le lamieron profusamente las manos, un saludo amistoso que podría haber provocado rechazo a algunas personas, pero que ella recibió con alegría. Eran los guardianes de su tesoro, y ella dormía mejor sabiendo que estaban allí.

Por mucho que amara a los perros y admirara la disciplina que Gavin les había inculcado, no había ido allí principalmente para verlos. Después de un minuto, se puso de pie y se dirigió hacia la casa, con los pastores dando saltos a su lado.

Con el paso elástico y fluido de una doble amputada, cuyas prótesis desde las rodillas terminaban en patas en forma de cuchilla que la permitían ser una dura competidora en una carrera de 10 kilómetros, Jessica cruzó la puerta principal y entró en el porche. Pelo negro azabache. Tez cheroqui. Bendecida con la belleza que provenía de los orígenes de su reserva genética, como siempre, era una figura llamativa.

Había perdido las piernas nueve años antes, cuando tenía veintitrés, sirviendo en Afganistán. No formaba parte de las tropas de combate del Ejército, pero los artefactos explosivos en las carreteras no distinguían entre las tropas armadas y los servicios de apoyo. A pesar de que había perdido las extremidades en ese país abandonado de la mano de Dios, allí fue donde conoció a Gavin, un combatiente que había visto mucha acción pero que había salido intacto. Llevaban ocho años casados.

Jane subió corriendo los escalones antes de que Jess pudiera bajarlos, y se abrazaron con fuerza allí, en el porche, mientras que a su alrededor los perros se movían de un lado a otro, golpeando las sillas de mimbre con sus colas, gimiendo de placer ante aquella reunión inesperada.

—¿Por qué no has llamado? —le preguntó Jess.

—Luego te cuento.

Tenía tres teléfonos desechables de repuesto, todos activados. Había comprado cada uno de ellos en una tienda diferente, en tres ciudades muy separadas. Aún no había usado ninguno de ellos, y no había forma de que sus perseguidores pudieran rastrearlos, pero lo ocurrido en San Diego la había asustado tanto que no quería correr el riesgo de llamar a este lugar especial, a este refugio en un mundo que de lo contrario era cada vez más una jungla de peligro y caos.

—Tienes buen aspecto —comentó Jess.

—Mientes como un vendedor de alfombras, amiga.

—Habla de ti todo el rato.

—Pienso en él todo el rato.

—Dios, me alegro mucho de verte.

El chico salió por la puerta principal. Los ojos azules le brillaban de emoción, pero era tímido, y se quedó parado allí, a la sombra de la galería, en esos momentos indiferente a los perros con los que solía juguetear. Ella lo había visto solo una vez en los últimos dos meses, y en esa ocasión, como parecía ser el caso en ese preciso momento, había tenido miedo de hablar o de correr hacia ella, como si temiera que ella pudiera evaporarse como lo hacía en sus sueños.

Con solo cinco años, Travis ya era la viva imagen de su padre. El pelo despeinado de Nick. La nariz fina de Nick, el mentón fuerte. La intensidad de su presencia y el aura de inteligencia que, al menos para su madre, irradiaba de sus ojos, recordaban de forma misteriosa a Nick.

—Eres tú de verdad —murmuró.

Jane se arrodilló, no solo para estar a su nivel, sino también porque notó que las piernas se le debilitaban de repente y le fallaban. Se abalanzó en sus brazos, y ella lo abrazó como si alguien pudiera intentar arrancarlo de ella en cualquier momento. No pudo dejar de acariciarlo y de besarle en la cara. El olor de su pelo era embriagador, lo mismo que la suavidad de su piel.

Cuando comenzó su búsqueda de la verdad, nunca imaginó que tendría que enfrentarse a gente tan poderosa y despiadada cuya primera amenaza hacia ella fue matar a su único hijo, el único que podría tener, ese muchacho que era el testimonio vivo del extraordinario amor que ella había conocido con su padre.

No conocía ningún otro lugar donde pudiera esconderlo con tanta esperanza y paz mental como había sentido cuando lo llevó allí. Jessica y Gavin habían sido unos desconocidos para él dos meses antes, pero ahora eran de la familia.

Decidida a limpiar el nombre de Nick, a demostrar que no se había suicidado en ninguna interpretación significativa de la palabra, había emprendido sin saberlo un camino del que no podía haber retirada. Aquellos a quienes trataba de sacar a la luz no permitirían que se alejara y viviera ni siquiera en la profunda humillación de la derrota. Habían traído algo nuevo y terrible al mundo, con un propósito que ella aún no entendía, y tenían la intención de que su plan, fuera cual fuera, saliera adelante a cualquier precio. Ya había muchos asesinatos involucrados, así que dos asesinatos más, una madre y su hijo, para ellos ni siquiera sería un inconveniente.

Sabía poco, pero sabía demasiado y sospechaba más, y no habría nadie a quien pudiera arriesgarse a pedir ayuda hasta que lo supiera todo.

El chico se aferró a ella.

—Te quiero, mamá.

—Yo también te quiero. Tanto, tanto. Haces que me estremezca, cariño.

SEGUNDA PARTE

LA MADRIGUERA DEL CONEJO

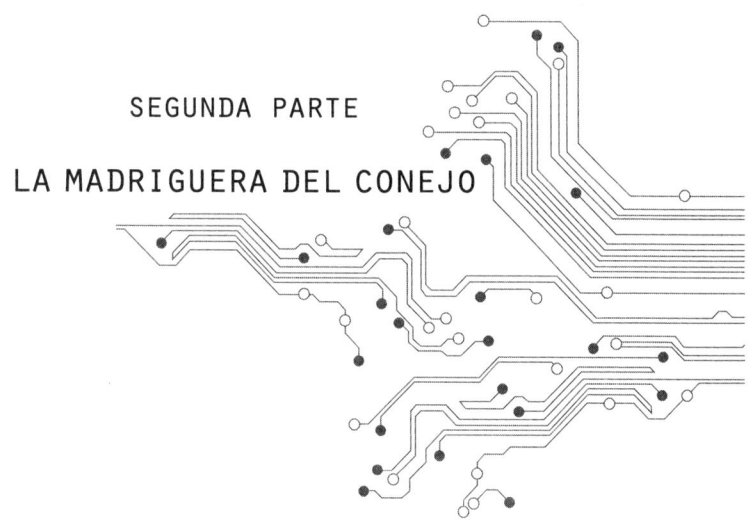

1

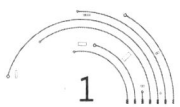

Travis llevó a su madre a visitar a los caballos con la luz dorada de la tarde, bajo las nubes blancas dispersas con bordes bruñidos. El establo estaba a la sombra de los robles que mantenían sus pequeñas hojas ovaladas durante todo el año. El terreno circundante se rastrillaba un par de veces a la semana. Los remolinos de líneas paralelas de hojas marcadas en el suelo blando por los dientes del rastrillo parecían patrones que ciertos antiguos chamanes esculpían en piedra para representar los misteriosos giros del destino, los ciclos interminables de un universo inescrutable a pesar de su diseño aparente.

Bella y Sampson, yegua y semental, estaban alojados lado a lado, frente a dos compartimentos vacíos, uno de los cuales había sido equipado con una puerta inferior para acomodar a un poni que aún no se alojaba en el establo.

Los caballos estiraron el cuello por encima de las puertas de sus compartimentos para ver acercarse a sus visitantes, y relincharon a modo de bienvenida.

Travis llevaba una manzana cortada a trozos metida en un vaso de papel, dos trozos para cada caballo. Los animales tomaron las golosinas de sus pequeños dedos con sus suaves labios.

—Gavin todavía no ha encontrado el poni adecuado —dijo.

Un mes antes, Jane había aprobado el deseo de su hijo de aprender a montar y la preferencia de Gavin de que el niño comenzara con una montura pequeña.

—No podría montar a Sampson todavía, pero estoy bastante seguro de que podría montar a Bella si me dejaseis. Ella es muy dulce.

—Y es como quince veces más grande que tú. De todos modos, Sampson podría ponerse celoso si alguien que no fuera Jess la montara. Él es el único hombre para Bella.

—¿Los caballos se ponen celosos?

—Oh, claro que sí. Lo mismo que Duke y Queenie se ponen celosos si acaricias a uno mucho más que al otro. Los caballos y los perros han compartido sus vidas con las personas durante tanto tiempo que han llegado a tener algunos de los mismos sentimientos que nosotros tenemos.

Bella bajó la cabeza tanto por encima de la media puerta que Travis pudo llegar suficientemente alto como para acariciarle las mejillas, algo por lo que la yegua sentía una afición especial.

—Pero apuesto a que podría montar a Bella si no le pareciera mal a Sampson.

—Tal vez podrías, vaquero. Pero nadie se convierte en un jinete experto si no es paciente y está dispuesto a aprender paso a paso.

—Jinete experto. Eso sería genial.

—Tu padre se crio en un rancho, hizo unos cuantos rodeos cuando tenía diecisiete años. Lo llevas en la sangre. Pero también llevas el sentido común, así que sé un buen chico y escucha a tu sentido común.

—Lo haré.

—Sé que lo harás.

Ella deslizó una mano a lo largo del musculoso cuello de Sampson y de esa hendidura llamada ranura yugular, y sintió el poder de su pulso contra la palma de la mano.

—¿Todavía estás buscando al... al asesino?

—Sí. Todos los días.

Ella no le había dicho que su padre se había suicidado, y nunca lo haría. Cualquiera que alguna vez le repitiera esa mentira a Travis se ganaría su enemistad eterna.

—¿Te da miedo? —quiso saber el niño.
—No me da miedo —le mintió ella. Y luego añadió con un deje de verdad—: Es un poco peligroso a veces, pero sabes que llevo haciendo esto desde hace años y nunca me he dado ni un golpe en un dedo del pie.

Cuando no estaba de permiso, proporcionaba apoyo de investigación para las unidades de análisis de comportamiento 3 y 4, específicamente respecto a los asesinos en masa y los asesinos en serie.

—¿Ni siquiera un dedo del pie?
—Ni siquiera.
—Porque tienes sentido común, ¿verdad?
—Correcto.

Sampson la observó con su mirada límpida y líquida. Jane sintió, y no por primera vez, que los caballos, como los perros, con sus cinco sentidos aumentados, o incluso con un sexto, podían descifrar a las personas mucho mejor de lo que las personas podían descifrarlos a ellos. En la mirada fija y oscura del semental, parecía existir una conciencia del miedo que ella negaba y de su doble pena por la pérdida de un marido y la separación necesaria de aquel hijo.

Después de la cena, tras una sesión de juego en la oscuridad temprana con un *frisbee* luminoso y los dos perros, después de que Jane le leyera a Travis una parte del libro de cuentos que Jessica había comenzado tres días antes, después de que él se durmiera, y después de que estuviera de pie junto a él, hechizada por su cara, en la que vio a Nick y a sí misma, fue a la sala de estar de la cocina.

Jess y Gavin se sentaron en los sillones y los perros dormitaron cerca de la chimenea. La única luz procedía del fuego de la lumbre, en la que los troncos crepitaban, explotaban y estallaban brevemente cada vez que las llamas abrían una nueva veta de savia.

Había un sillón para ella, con un vaso de cabernet en la pequeña mesa de al lado. Se sintió agradecida por ambos detalles.

La televisión estaba apagada y la música sorprendió a Jane en cierto modo. Windham Hill no parecía ser una discográfica o un género que Gavin o Jess pudieran apreciar tanto. Era un álbum de antología con solos de piano de Liz Story y George Winston, y solos de Will Ackerman en guitarra acústica.

La elegante sencillez de la música llevó una paz a la estancia con tanta seguridad como el fuego de la chimenea.

Se dio cuenta de por qué solo estaba la luz del fuego, por qué la música, cuando lo primero en lo que pensó después de tomar un sorbo de vino fue:

—¿Qué es lo último que se sabe de Filadelfia?

—Trescientos cuarenta muertos confirmados —dijo Gavin.

—Subirá un centenar más, tal vez más. Y tantos heridos, quemados, desfigurados —añadió Jess.

Gavin estaba sentado con una mano cerrada sobre el reposabrazos de su sillón y la otra alrededor de una copa de vino.

—Está en todas las cadenas. Si intentas mirar otra cosa, te sientes... como si hubieras perdido tu humanidad.

—No vamos a verlo, joder —soltó Jess—. La forma en la que lo tratan no es como una tragedia ni como un horror, y claramente no es un reportaje de guerra. Es todo un espectáculo, y una vez que te permites verlo de esa manera, tu alma comienza a convertirse en polvo.

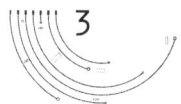

3

Ella y Nick habían conocido a Gavin y Jessica Washington catorce meses antes, en una gala de recaudación de fondos de todo un fin de semana para la fundación Wounded Warriors, en Virginia. Cuando compitió en la carrera de cinco kilómetros, que no estaba pensada para aquellos con discapacidades, sino para los atletas de cuerpo entero, el tiempo de Jess fue menos de un minuto respecto a lo que Jane tardó en cruzar la línea de meta.

Los cuatro se habían reconocido como espíritus afines sin necesidad de largas discusiones sobre el estado del mundo, simplemente por los matices del habla y los gestos y las expresiones faciales, tanto por las cosas que no se dijeron como por las que se dijeron.

Habían pasado tiempo juntos en un segundo acontecimiento cuatro meses más tarde, y fue como si hubieran sido amigos desde la infancia. La complicidad entre ellos se parecía a la de los hermanos más cercanos.

Gavin se ganaba la vida escribiendo novelas de género militar y más recientemente una serie de novelas con una serie de operaciones de las Fuerzas Especiales. Todavía no había disfrutado de un éxito de ventas, pero tenía un editor importante y una reputación cada vez mayor que lo había sorprendido teniendo en cuenta que había caído en la escritura más por casualidad que por planear su carrera literaria.

Jess trabajaba como voluntaria muy ocupada para las causas de los veteranos, y había demostrado que tenía una gran capacidad de organización y una habilidad para hacer que otros donaran tiempo y dinero sin que se sintieran culpables.

De las cualidades que a Jane le gustaban de Gavin, su devoción por Jess era la que más valoraba. Muchos hombres habrían profesado su amor por Jess hasta que sus piernas desaparecieron de las rodillas para abajo, y luego se hubieran desvanecido como si no fueran nada más que manifestaciones fantasmales de hombres. Gavin nunca la había conocido sin prótesis, que él parecía considerar que no eran más incapacitantes que la necesidad de unas gafas para leer.

Jane había sido una de esas mujeres que hacían que algunas cabezas se giraran para mirarla, y había visto deseo en los ojos de los hombres, un deseo que no esperaban poder cumplir, pero que no podían ocultar. Sin embargo, cuando Gavin la miraba, bien podría haber sido un monje o un hermano del tipo más convencional, porque no había en él ninguna aceleración del pulso, ningún deseo más allá de la amistad.

Ella y Nick habían planeado reunirse con los Washington para un fin de semana de tres días en Las Vegas a principios de diciembre, pero Nick no había vivido tanto.

A mediados de enero, la insistente negativa de Jane a aceptar que la muerte de su marido era lo que parecía ser, sus pesquisas sobre otros suicidios peculiares y su investigación llamaron la atención de algunas personas que la vigilaron con puro desprecio venenoso. Sin nombre, sin rostro, lanzaron una amenaza tan convincente contra Travis que incluso si ella los obedecía y abandonaba su investigación, sabía que tanto ella como el niño seguirían corriendo peligro.

Además, ella no cedería ante ellos, ni entonces ni nunca.

Travis no habría estado a salvo con la familia o con amigos antiguos. Si aquella gente peligrosa hubiera querido encontrarlo, no habría tardado en hacerlo.

Jess y Gavin Washington no vivían totalmente alejados de la sociedad, pero no estaban acostumbrados a frecuentar las redes sociales. Al igual que Jane y Nick, tampoco tenían una página de Facebook o una cuenta de Twitter, tal vez porque el guerrero veterano que había en todos ellos reconocía de forma intuitiva el peligro de deshacerse del camuflaje para mostrarse a plena luz del sol. Una búsqueda en línea no los relacionaría con sus nombres. Su amistad se desarrolló cara a cara, mediante cartas de correo que no dejaban el rastro indeleble de los mensajes de texto y por teléfono. Incluso si alguien escaneaba los registros telefónicos, el número de llamadas entre ellos no era suficiente como para provocar la sospecha de que su relación podría ser suficientemente profunda como para que Jane les confiara a su hijo.

Una vez que se dio cuenta de que sus días de vivir una vida a la vista habían quedado atrás, se compró su primer automóvil sin GPS, un Chevy antiguo que adquirió en un desguace de vehículos usados, sin recurrir todavía a un vehículo robado reutilizado y mejorado en México. Había conducido a través del país con Travis, desde Virginia hasta California, empleando su entrenamiento policial para asegurarse de que no la seguían y no dejar rastro, siempre pagando en efectivo y manteniendo un perfil bajo.

No había llamado a los Washington para avisarles, ni desde un teléfono público ni con un móvil desechable, diciéndose que incluso una conexión tan tenue era demasiado arriesgada, aunque en realidad su verdadero temor era que Jess y Gavin se negaran a asumir la responsabilidad de ocuparse de Travis. En ese caso, ella estaría en el borde de un acantilado y sin opciones.

No se habían negado. De hecho, se mostraron de acuerdo sin dudarlo.

En su corazón, Jane sabía que siempre los había entendido bien y que se podía confiar en ellos en caso de crisis. Sin embargo, su decisión la había hecho llorar, aunque en los días posteriores al funeral de Nick había renunciado a las lágrimas, se había prohibido todas las expresiones de duda y debilidad hasta que hubiera puesto fin a este asunto.

Dejar a su hijo en California le había partido el corazón. Cuando no podía estar estar con él, sentía como si le faltara una extremidad básica.

De vuelta a Virginia, vendió la casa, liquidó las inversiones y distribuyó el dinero ocultándolo donde solo ella podría encontrarlo. Sus enemigos parecían haber interpretado su pausa en la investigación como una rendición absoluta. Cuando se dieron cuenta de que estaba siguiendo de nuevo su rastro, la buscaron de forma implacable.

Con la música de Windham Hill y los ronquidos de los perros, contentos a la luz del fuego, pasaron dos horas con vino y conversación, pero sin más comentarios sobre Filadelfia, antes de que regresara a la habitación de Travis para pasar la noche. Jessica quería hacer la cama en la habitación de invitados, pero Jane no podía soportar estar alejada esa distancia del niño.

No quiso despertarlo metiéndose con él en la cama. Se sentó en un sillón, con las piernas apoyadas en un reposapiés, envuelta en una manta, observándolo dormir bajo la luz de la lámpara.

No tenía nada por lo que vivir, excepto la venganza y ese precioso niño. Disfrutaría con la venganza, pero si ella muriera por cualquiera de las dos causas, la única muerte buena sería morir por él.

Durante un largo rato no pudo dormir, porque recordó...

Está en casa ese día en enero, trabajando en su ordenador, recogiendo todavía más historias de suicidios improbables de los periódicos locales de costa a costa, debido a que muchas de las muertes más extrañas no han aparecido en los medios a nivel nacional.

Travis está en su habitación, construyendo con sus bloques de LEGO. No se ha mostrado muy interesado en jugar desde la muerte de Nick, y su reciente obsesión por construir fortalezas LEGO es un primer paso hacia una infancia normal o una expresión callada de su miedo y su sensación de estar indefenso en un mundo que le quitó a su padre.

Travis aparece en la puerta de su estudio, serio y con los ojos brillantes.

—Mamá, ¿qué significa?

Ella se aparta de su ordenador.

—¿Qué significa qué?

—Nad sat. ¿Qué significa?

—Bueno, supongo que significa «nada», pero dicho por alguien muy fino.

Se aleja entre risas, y el sonido de los pasos resuena a lo largo del pasillo hacia su habitación.

Jane está desconcertada, pero también encantada y esperanzada, porque esta es la primera vez que lo oye reír en semanas. Un minuto después, vuelve.

—No, eso está mal. Nadsat es una palabra de verdad. ¿Puedo tomar un poco de leche-plus?

—¿Leche-plus? ¿Es una marca nueva?

—No lo sé. Espera. Me enteraré.

Riéndose como antes, corre a su habitación una vez más.

Nadsat, leche-plus... La mente de Jane está ocupada con los detalles de los suicidios improbables, desconcertada por las notas inquietantes y crípticas que dejaron algunos de los que se suicidaron, pero poco a poco surge el recuerdo de un momento que ahora parece tan lejano como la Roma de César, de su época en la universidad.

Se está levantando de la silla del despacho cuando el niño aparece una vez más, lleno de entusiasmo.

—El señor Drugo dice que sabes lo que es la leche-plus.

Sí, ahora lo recuerda. Tiene diecinueve años y estaba en su último año de un programa universitario intensivo, y se queda impresionada por la novela *La naranja mecánica* de Anthony Burgess. La trama se basa en una sociedad futura que se hunde rápidamente en el desorden y la violencia brutal, y eso le influye para dedicarse a una carrera como agente de la ley.

En el libro, nadsat es un dialecto hablado por los jóvenes matones británicos, acuñado a partir del lenguaje romaní, el ruso y las palabras utilizadas por bebés, todo hablado con ritmo del habla gitana. Los bares de leche sirven leche aderezada con una serie de drogas. Los matones ultraviolentos, enloquecidos por las drogas, se llaman a sí mismos drugos.

Para cuando se levanta de la silla de su estudio, Jane está totalmente alarmada.

En la puerta, Travis sigue en un estado de inocente delicia, sin darse cuenta de que sus siguientes palabras engendran en ella un temor cada vez más angustioso.

—El señor Drugo dice que él y yo tomaremos algo de leche-plus y luego jugaremos a un juego realmente divertido llamado violación.

—Cariño, ¿cuándo hablaste con este señor Drugo?

—Está en mi habitación, es muy divertido.

Mientras habla, el niño se aleja de ella.

—¡Travis, no! ¡Vuelve aquí!

Él no le presta atención. Sale al pasillo y se va. Sus pasos se alejan atronando.

El tiempo medio para que la policía responda a una llamada de emergencia en su área es de tres minutos. En este caso, no hay diferencia entre tres minutos y la eternidad.

Abre de golpe un cajón del escritorio y saca la pistola que puso allí cuando se sentó a trabajar.

Nadsat, leche-plus, drugo...

Esto no es un allanamiento de morada común. Alguien ha investigado su pasado. En profundidad. Todo su pasado hasta la universidad.

En ese instante, se da cuenta de que ha estado esperando algún tipo de represalia, una respuesta a su persistente investigación sobre la plaga nacional de suicidios. Una respuesta, pero no algo tan atrevido y cruel como esto.

Olvida todas las reglas para registrar y despejar una casa, tan asustada como cualquiera que no se hubiera graduado en la academia del FBI en Quantico, y más tarde no recordará que fue del despacho a la habitación de su hijo. Solo recuerda estar allí y encontrarlo de pie en un leve desconcierto, diciendo:

—¿Dónde se ha ido?

La puerta del armario está cerrada. De pie a un lado, ella tira y la abre de golpe con la mano izquierda, con la pistola en la derecha, cruzada sobre el brazo izquierdo, para derribarlo, matarlo, si se abalanza sobre ella. Pero él no está en el armario.

—Quédate detrás de mí, cerca de mí, callado y cerca —le susurra ella.

—No vas a dispararle, ¿verdad?

—¡Callado y cerca! —repite, y hay una dureza en su voz que nunca antes había oído dirigirle al niño.

Lo último que quiere hacer es despejar la casa con un niño a cuestas. Hay mil maneras de que las cosas puedan salir mal. Pero no puede dejarlo allí, no se atreve, porque tal vez él no estará allí cuando regrese, no estará en ningún lugar donde alguna vez lo encuentre.

Él se mantiene cerca, tranquilo, porque es un buen chico. Está asustado, ella lo ha asustado, pero eso es bueno, eso significa que, al menos, tiene una pequeña idea de lo que está en juego.

Su propio miedo es tan grande que le produce náuseas, pero lo reprime, lo domina.

En la cocina, sobre la mesa, hay un ejemplar de *La naranja mecánica*. Un regalo y una advertencia.

La puerta trasera está abierta. La había cerrado con llave. Demasiadas personas hacen el tonto con las cerraduras. Ella sabe el valor que tienen, las mantiene cerradas en las ventanas y las puertas exteriores a todas horas, día y noche.

—¿Lo dejaste entrar? —le pregunta con un susurro.

—No, nunca, no —le asegura el chico, y ella le cree.

Suena el teléfono. Cuelga de la pared cerca del fregadero. Lo mira fijamente, sin querer hacer caso de la distracción. Ha estado recibiendo llamadas y no tiene conectado el contestador. El teléfono suena, suena, suena. Ninguna persona esperaría después de tantos tonos a menos que sepa que está en casa.

Por fin ella levanta el auricular, pero no dice nada.

—Es un niño maravillosamente confiado —dice la persona que llama—. Y muy tierno.

Ninguna respuesta que dé tendrá importancia. Pero cualquier cosa que diga este hombre podría darle una ventaja inadvertidamente.

—Por pura diversión, podríamos mandar al chavalín a algún nido de serpientes del Tercer Mundo, entregarlo a un grupo como ISIS o Boko Haram, donde no tienen el menor reparo en poseer esclavos sexuales.

Hay dos cualidades que hacen que su voz sea memorable. Primero, habla con un tono afectado que pretende ser una leve imitación de un acento británico, y lo ha hecho durante tanto tiempo que ahora es natural para él. Ha oído a otros hacer eso mismo, a menudo a ciertos graduados de las universidades de la Ivy League que te informarán sin que les preguntes por ello sobre cuál es la universidad de prestigio en la que han estudiado, las generaciones de su familia que han estudiado también allí, y que desean que sepas que han recibido una educación excesiva y que pertenecen a una élite intelectual. En segundo lugar, tiene una voz de medio tenor que, cuando pone demasiado énfasis en una palabra, de vez en cuando se desvía hacia el alto, como con «confiado» y «diversión».

Cuando ella no dice nada, su interlocutor la presiona.

—¿Me escuchas? Quiero saber que me escuchas, Jane.

—Sí. Te escucho.

—Algunos de esos cabrones de allí son tan tremendamente aficionados a los niños pequeños como a las niñas pequeñas. Incluso podría pasar de mano en mano hasta que tenga diez u once años, antes de que alguno de esos bárbaros se canse de él y, por último, le corte su bonita y pequeña cabeza.

Las palabras «tremendamente» y «bárbaros» se deslizan hacia un tono agudo. Agarra el auricular del teléfono con tanta fuerza que le duele la mano y el plástico queda resbaladizo con su sudor.

—¿Comprendes por qué esto era necesario, Jane?

—Sí.

—Bien. Sabíamos que lo entenderías. Eres una chica muy lista. Eres más de mi gusto que tu hijo, pero no dudaría en mandarte con él y dejar que esos muchachos de Boko que van en ambas direcciones tengan un lote doble. Ocúpate de tus propios asuntos en vez de los nuestros y todo irá bien.

Colgó.

Mientras colgaba el auricular, Travis se aferró a ella.

—Lo siento, mami. Pero es que era agradable.

Se agachó con una rodilla doblada y lo abrazó, pero sin soltar la pistola.

—No, cariño, no era agradable.

—Parecía agradable, y era divertido.

—Las personas malas pueden fingir ser agradables, y es difícil saber cuándo están fingiendo.

Lo mantiene a su lado cuando va hacia la puerta de atrás, la cierra y echa la llave.

Ese mismo día, compra el Chevy antiguo al vendedor de coches usados.

Esa noche, se marcha con Travis hacia el hogar de Gavin y Jess Washington en California.

6

Él gimoteó, y se levantó del sillón para detenerse ante él. Sus ojos se movieron rápidamente bajo los párpados cerrados y sombríos, e hizo una mueca, aunque profundamente dormido y soñando.

Le puso una mano en la frente para asegurarse de que no tuviera fiebre, y, por supuesto, no tenía. Le alisó el pelo para quitárselo de la frente, lo que también pareció apartar la pesadilla. No se despertó, pero la cara se le relajó y dejó de lloriquear.

El día que el señor Drugo les hizo una visita, Jane supo que quienes fueran aquellos que querían que se olvidara de una plaga de suicidios debían tener asociaciones gubernamentales. No era necesariamente una operación federal, pero tenían conexiones.

Había puesto en su puerta trasera dos cerrojos Schlage, las mejores cerraduras disponibles. Ningún ladrón de casas podría abrirlas con el típico juego de ganzúas. Para abrir ambas cerraduras con poco ruido y con rapidez, sin duda el señor Drugo debía poseer una pistola de ganzúas de LockAid, una pistola automática de apertura de cerraduras que se vende solo a las agencias policiales. Por razones obvias, las LockAid se mantienen guardadas bajo llave, y cualquier agente que tuviera un uso legítimo para utilizar una tendría que firmar en el inventario del equipo para sacarla después de presentar una orden de registro emitida por el tribunal que limitara su uso a una dirección específica.

Tal vez «ellos» en sí no era un cuerpo policial, tal vez ni siquiera formaban parte de ninguna estructura gubernamental de ningún tipo, lo más probable es que no fuera así, pero tenían bases firmes en esos ámbitos oficiales.

Dedujo todo esto también por otras dos razones.

Podrían haber fingido un robo de coche o un robo con allanamiento y haberle disparado en la cabeza. Podrían haber simulado un accidente, un incendio en la casa o una explosión de gas, y haberla eliminado tanto a ella como a Travis. El asesinato no les provocaba ninguna punzada de reproche, y, ciertamente, ningún remordimiento. En vez de tan solo matarla, le habían advertido que lo dejara, y a ella no se le ocurría ninguna explicación para recibir la piedad de unas personas despiadadas más que, en reconocimiento de su condición de agente del FBI, mostrar cierta cortesía profesional, ya fuera por propia voluntad o porque alguien en el FBI o en otro departamento gubernamental les había pedido que lo hicieran.

Además, la advertencia que le habían dado era demasiado cruel y la habían transmitido con la desconcertante confianza de que podían cumplir la amenaza y llevarse al niño para ponerlo en brazos de los asesinos más salvajes y los peores abusadores de niños del planeta, a medio mundo de distancia. El banquero maligno corriente o el malvado hombre de negocios, tan habituales en la ficción moderna, no disponían de semejante capacidad de transporte en la vida real. El señor Drugo le estaba haciendo saber que tenía conexiones, tal vez personas corruptas en los servicios de inteligencia o en el Departamento de Estado, que podían y llevarían a Travis a una nueva vida lejos de casa, una vida de brutal violación y humillación sin fin, solo para mantenerla callada o para hacerle mucho daño si no la silenciaban.

El problema con una amenaza tan vil, sin embargo, fue que la convenció de la perfección de su maldad. No puedes hacer tratos con el diablo, porque el diablo no tiene honor y nunca cumpliría los términos del contrato. Si la advertencia la disuadía de buscar la verdad, si la reducía a la más pura cobardía, finalmente la recompensarían matándola a ella y a Travis de todos modos, cuando se sintiera segura y bajara la guardia.

Solo le quedaba un papel que desempeñar: David contra Goliat. No se hacía ilusiones de poder derribarlos con una piedra y una honda. No eran un gigante. Eran un ejército de Goliats, por lo que ella sabía, y sus posibilidades de salir triunfante y viva eran un punto decimal lejos de cero.

Sin embargo, se juega con las cartas que te han repartido, y si los comodines estaban contigo, mantenías la esperanza de que cayera uno antes de que terminara la partida.

Volvió al sillón y apoyó las piernas en el taburete. Se tapó con la manta.

Podía ver el reloj de la mesita de noche... 11:36.

Por fin, le empezaron a pesar los párpados, y en la parte posterior de sus párpados aparecieron proyectadas débiles constelaciones de estrellas que, al girar, la hicieron sentir agradablemente mareada y la llevaron en espiral hacia el sueño.

En algún momento de la noche, se despertó a medias por el sonido de uno de los perros que olisqueaba a lo largo del umbral de la puerta cerrada del dormitorio.

Gavin afirmaba que cuando él y Jess se acostaban, los perros rara vez dormían al mismo tiempo, sino que se comunicaban y patrullaban la casa por turnos. No los habían entrenado para hacerlo, pero el instinto de asumir el servicio de guardia estaba en los genes de pastor.

Ya fuera Duke o Queenie, el perro se convenció de que Travis permanecía en la cama y todo estaba bien. Sus uñas chasquearon en el suelo de caoba mientras continuaba con su ronda.

Cuando Jane volvió a dormirse, también cayó en el pasado y era una niña, arrebujada cómodamente en una manta mientras la nieve caía por las ventanas, con los perros cerca para mantenerla a salvo. Aquello no era la verdad de su infancia, sino una versión de fantasía, ya que ella no tuvo perros ni sensación de seguridad.

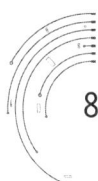

8

Jane empezó a preparar café, tostó el pan y lo untó con mantequilla. Gavin cascó los huevos y los revolvió, y vigiló la sartén de patatas fritas. Jess puso a freír varias lonchas de jamón con rodajas de pimientos amarillos y cebollas, y luego lo colocó todo en la bandeja calentadora.

Aunque ya les habían dado de comer, los perros permanecieron atentos y esperanzados, aunque no se pusieron en medio para estorbar.

Como se habían atareado mucho cocinando, haciendo que pareciera más una tarea de lo que realmente era, convirtiéndola en una distracción frente a la inminente partida de Jane, también habían hecho mucha comida, como si todos estuvieran muertos de hambre. Y la conversación fue un poco demasiado fuerte, demasiado rápida, con algunas de las risas forzadas.

Travis habló de lo que podrían hacer durante el día, como si su madre fuera a quedarse para siempre, incluyendo la cena y un rato de juego con un *frisbee* brillante durante el atardecer. Sugirió nombres para el poni, habló sobre ensillarlo por primera vez como si Jane fuera a verlo dar su paseo inaugural dentro de unos días. Ella lo dejó hablar, se unió a él en el nombramiento del poni, porque él sabía que, a pesar de todo lo que hablaban, ella se iría. Aquello no era más que un simple deseo sincero, mientras todavía había tiempo para desear el día que debía llegar y tener la esperanza de imaginar en su lugar el día que debería ser.

Cuando llegó el momento, después de que ella se hubiera despedido de Jess y Gavin, el muchacho la acompañó a solas al Ford Escape. Le pareció que el coche era genial, y se sentó con ella durante un rato mientras recordaban diversos momentos del viaje que habían hecho por todo el país en enero, en un automóvil menos fiable.

Cuando sintió que no habría más demora, apartó la mirada de ella, se volvió hacia la ventana lateral y se frotó los ojos con los puños. Se puso un nudillo salado en la boca para morderlo. Ella vio que se mordía con fuerza, para contener más lágrimas.

Ella no se mostró condescendiente diciéndole que no llorara. Su autocontrol sería más importante para él si lo lograba por su cuenta.

Tampoco le aseguró que saldría bien al final. No podía mentirle. Reconocería la mentira de inmediato, y lo asustaría que ella sintiera la necesidad de fingir que las cosas estaban mejores de lo que eran en realidad.

—Aquí estás a salvo —dijo ella.

—Lo sé.

—¿Te sientes seguro aquí?

—Sí.

—Y siempre has querido tener perros.

—Son buenos perros.

—Lo son. Son especiales.

—¿Cuándo podrás arrestar a alguien?

—Estoy avanzando.

—Eres del FBI. Puedes arrestarlos.

—Recopilar pruebas es lo primero —respondió ella, preguntándose si alguna vez podría desentrañar lo suficiente—. ¿Sabes lo que es una prueba?

—Una evidencia.

—Exacto. Eres un tipo del FBI, te sabes a la perfección todas esas cosas policiales.

Él la miró de nuevo. Tenía los ojos rojos, pero sus pestañas no estaban llenas de lágrimas recientes. Aquel pequeño hombretón era todo un personaje.

Sacó parte de un relicario de camafeo roto de un bolsillo de sus pantalones vaqueros: el rostro de una mujer de perfil, tallado en esteatita e incrustado en un óvalo plateado. A un lado tenía fijada la mitad de una bisagra. Tal vez guardara el mechón de cabello de un ser querido en la pequeña abertura cuando estuvo intacto y colgando de una cadena de plata.

—La última vez que viniste aquí, cuando te fuiste, encontré esto en el arroyo, encima de unas piedras de la orilla. Ella se parece a ti.

No había una semejanza notable, pero Jane dijo:

—Sí que se parece un poco, ¿verdad?

—Supe de inmediato que traía buena suerte.

—Como encontrar un centavo nuevo y brillante.

—Más suerte. Regresaste y todo. —Se mostró solemne cuando le tendió el camafeo—. Así que debes de tenerlo.

Ella entendió la necesidad de igualar su solemnidad. Aceptó el relicario.

—Lo llevaré siempre en mi bolsillo.

—También tendrás que dormir con él.

—Lo haré.

—Todas las noches.

—Todas las noches —aceptó ella.

La idea de un último beso, una última caricia, parecía ser demasiado para él. Abrió la puerta, salió del coche, cerró la puerta y se despidió con la mano.

Ella levantó un pulgar y luego se marchó.

Mientras seguía el largo camino de grava hacia la ruta estatal, él se mantuvo en todo momento en el espejo retrovisor, observándola mientras se alejaba, una pequeña figura que se redujo rápidamente, hasta que el carril se curvó y la columnata de robles se interpuso entre ellos.

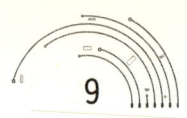

9

Durante la noche anterior, el valle había llegado a parecerle remoto, como ella deseaba que fuera, un refugio más allá del horizonte del mundo moderno, donde la civilización de la colmena mecanizada no te invadía, donde cada individuo podía existir para sí mismo, libre de la intimidad forzada del colectivo digital y, por lo tanto, seguro.

Cuando condujo hacia el oeste una vez más, no tardó en ascender sobre una cinta ondulante de asfalto negro a través de las colinas de chaparral que estaban igual que diez mil años antes. A la luz clara de la mañana, el paisaje desértico fronterizo no parecía natural; en cambio, parecía estar devastado, como si la última guerra en el fin del mundo se hubiera desatado en ese terreno hacía mucho tiempo.

Las consecuencias de ese conflicto se encontraban en las interminables y concurridas ciudades de la costa y, cuando pudo verlas, no pudo negar la verdad de la cercanía del valle, y la de su hijo, a todos los peligros de esa época problemática.

Solo podía esperar que Travis estuviera a salvo allí hasta que fuera capaz de entender la naturaleza y la intención de la conspiración que se encontraba detrás de la escalada de suicidios en el país y obtener pruebas suficientes para divulgar la historia al público. Incluso en la oscuridad más oscura, la esperanza era un salvavidas, aunque a veces era tan fina como un hilo.

10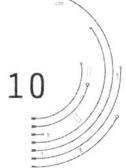

Desde la playa de Capistrano, Jane siguió la carretera de la costa hacia el norte hasta la playa de Newport, y luego se dirigió hacia el interior, hacia la ciudad de Santa Ana.

Aunque era menos probable que el Ford Escape llamara la atención de un policía ahora que le había quitado las placas de matrícula canadiense, el vehículo atraería aún menos atención si llevara matrícula de California. Robar matrículas no era una opción. Si la víctima presentaba una denuncia, el número estaría en un boletín de aviso en todo el país en menos de una hora.

La base de datos del Centro Nacional de Información Criminal mantenía listas continuamente actualizadas de personas buscadas con órdenes de arresto pendientes en los cincuenta estados; personas desaparecidas y propiedad robada que incluía automóviles, camiones, barcos, aviones, valores, armas y placas de matrícula. Los agentes de la ley locales, estatales y nacionales tenían acceso al CNIC y lo usaban de forma habitual.

Tenía la intención de comprar las placas, en lugar de robarlas. Era más probable encontrar a un vendedor en Santa Ana que en cualquier otro lugar del condado de Orange.

Esta ciudad, antaño próspera, llevaba bastante tiempo en una decadencia continuada antes de sufrir recientemente un proceso de gentrificación. A pesar de todos los esfuerzos de aquellos que querían devolver a Santa Ana a sus días de gloria, había muchos vecindarios deteriorados, y algunos de ellos eran peligrosos.

Dondequiera que florecieran el deterioro y la pobreza, solía haber menos dinero para los servicios públicos. Donde la policía no recibía la financiación adecuada y, a menudo, no era respetada, las bandas crecían como los hongos en cualquier lugar húmedo y oscuro, y era más fácil obtener lo que se deseaba.

Condujo sin prisas hasta que encontró un distrito industrial derribado por la competencia extranjera, la mala política económica y los reguladores que actuaron con las mejores intenciones, pero nunca caminaron por las calles donde su destrucción era manifiesta. Vio plantas abandonadas con paredes de estuco manchadas y desconchadas. Vio techos de metal oxidado. Ventanas destrozadas. Los estacionamientos, llenos de los coches de los empleados en el pasado, estaban vacíos, con el asfalto cubierto de depresiones que recordaban a los lugares donde las tumbas se habían hundido cuando los ataúdes y su contenido se deshacían en polvo.

Habían dividido un largo edificio de bloques huecos de hormigón y acero corrugado en una docena de garajes de anchura doble, sobre los cuales un letrero de techo ofrecía un garaje seguro y espacios de trabajo para alquilar. Cinco de las grandes puertas estaban levantadas y varios hombres trabajaban en coches, ya fuera dentro de esos garajes o en la franja de cemento que había delante de ellos.

Parecían ser jóvenes, en su mayoría de veintitantos años, y Jane supuso que algunos de ellos dirigían pequeños talleres de reparación de automóviles sin permiso de apertura. Otros quizás estaban trabajando en sus propios vehículos: coches antiguos modificados con todo lo mejor posible, coches modernos con la suspensión alterada para que la altura fuera ajustable y motores con esteroides y los típicos coches ostentosos.

Aparcó fuera del camino y eligió a un joven hispano que estaba arrodillado sobre protectores de rodillas asegurados con velcro y que trabajaba con cera de gel y una pulidora de mano en un Cadillac convertible de color gris perla del 60 que había sido completamente restaurado y estaba personalizado. Cuando se le acercó, apagó la pulidora y se puso de pie.

Los tipos de los demás garajes habían dejado un momento sus tareas para mirarla. Tal vez porque era atractiva. Sobre todo porque no parecía que encajara allí, y las personas que parecían proceder de fuera del vecindario podrían ser un problema.

El individuo del Caddy tenía el cabello cortado a rape y un bigote al estilo de Zapata. Llevaba puestas unas botas altas de cuero, pantalones vaqueros, camiseta de tirantes y una expresión tan impasible como una losa de hormigón.

Tenía los musculosos brazos cubiertos de tatuajes llamativos, pero no eran producto de una estancia en la prisión ni en el tema ni en el estilo. En el brazo derecho, una bandada de ángeles se extendía desde el dorso de la mano hasta el bíceps, donde se reunían alrededor de una representación radiante de la Santa Madre con el niño. Un tigre exquisitamente representado subía por su brazo izquierdo, con la cabeza girada hacia arriba para mirar hacia atrás; no tenía los colmillos al descubierto en un gruñido, pero sus ojos dorados transmitían una clara advertencia.

—Bonito coche —dijo señalando el Caddy.

Él no dijo nada.

—Esas son llantas Dayton, ¿verdad? Y neumáticos radiales hechos para que parezcan ruedas de sesgo, las propias de ese periodo.

Sus ojos marrones con leves estrías amarillas podrían haber sido pedernal a punto de producir una chispa. La amenaza de fuego salía de ellos.

—Radiales deportivas Coker Excelsior.

—¿Tu coche?

—No robo.

—No había esa implicación.

—Es estúpido pensar que podrías pillar algo en este lugar.

—No tomo drogas. Y no creo que todos con familiares en México sean camellos.

Tras un silencio durante el cual él estudió el pedernal que había en los ojos de ella, habló de nuevo.

—Sí, es mío.

—Un bonito trabajo.

Cuando él no respondió, miró a los demás tipos, que fingieron volver al trabajo, y luego volvió la vista de nuevo al dueño del Caddy.

—Estoy atrapada en una esquina. Puedo pagar mi salida. Pero necesito ayuda.

Él le sostuvo la mirada.

—¿Qué es lo que huelo?

—Hueles a un policía.

—Eres una clarividente, ¿eh?

Ella sintió que una mentira absoluta lo callaría del todo, que necesitaba mezclar algo de verdad en todo.

—Soy del FBI y me han suspendido.

—¿Por qué te suspendieron?

—Para castigarme mientras me montan una incriminación por una movida que no hice.

—Tal vez sea a mí a quien le están montando una incriminación.

—¿Y a ti por qué? No hay necesidad de engañar a los tíos para mantener las prisiones llenas cuando hay un millón de imbéciles que se ofrecen como voluntarios para una celda.

Después de otro silencio durante el cual mantuvieron contacto visual, él dijo:

—Voy a tener que cachearte.

—Lo entiendo.

La condujo al interior del garaje, a la parte posterior a oscuras.

Comenzó por los tobillos y subió por ambas piernas, dándole palmaditas, en busca de algún cable. La parte interna de los muslos, las nalgas, línea del cinturón, por la espalda, alrededor de los pechos. Sus manos fuertes la exploraron sin disculpa alguna, con su rostro impasible y una forma de actuar profesional.

Cuando encontró la pistola, apartó su chaqueta deportiva para examinar la pistolera y el arma, pero no sacó el 45 de la funda.

Dio un paso atrás.

—¿Qué es lo que quieres?

—Te daré quinientos por las matrículas del Caddy, y que no informes de que fueron robadas hasta dentro de una semana.

Él se lo pensó.

—Mil.

Antes de ir allí, había doblado cinco billetes de cien dólares en cada bolsillo delantero de sus vaqueros.

—Seiscientos.

—Mil.

—Setecientos.

—Mil.

—Esto es un atraco.

—Yo no no he ido a buscarte. Tú has venido a mí.

—Porque no tenías pinta de ser un pirata. Ochocientos.

Él se lo pensó y luego dijo:

—Cuéntalo.

Le puso ocho billetes en la palma abierta de la mano.

—Voy a traer mi coche en el primer hueco. Mete tu Ford en el segundo. Haremos el cambio aquí dentro.

—Esos tíos de ahí parecen estar interesados y ser buenos observadores. Cuando me vaya, verán tu matrícula en mi coche.

—Ellos no me preocupan. Son de fiar. Pero no sabemos quién pasa por la calle.

Bajó la gran puerta segmentada automática después de que los vehículos ya estuvieran en el garaje, cerrando el lugar al aire fresco, por lo que el olor a aceite, grasa y goma se intensificó.

Jane se sintió aislada, cautelosa, pero no alarmada.

El dueño del Caddy se acercó a ella después de cambiar las placas y de que la puerta subiera entre sacudidas y gruñidos.

—Dejaré el coche aquí, me llevaré mi carro habitual en su lugar. Quieres una semana, te daré dos antes de decirles a los policías que me robaron las placas.

—De repente eres generoso, pero me pregunto...

—No miento sobre cosas tan serias.

—Eso no era lo que quería decir. Lo que quería decir es que sé que puedes contar hasta siete, pero no estoy segura de que puedas hasta catorce.

Se le escapó una risa sorprendida.

—Eres una chica bonita, si supiera dónde las hacen como tú, me mudaría allí mañana.

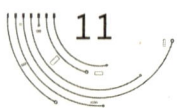

11

La dependienta de la tienda de pelucas de Santa Monica Boulevard, en el moderno West Hollywood, pensó que el púrpura de medianoche con las guirnaldas chinas era un complemento perfecto para la tez de Jane.

—Pero lo cierto es que cualquier cosa pegaría con esa piel tuya tan genial.

Tenían una sección de maquillaje con brillo de labios de color púrpura medianoche y sombras de ojos brillantes. La dependiente estaba emocionada de que Jane fuera a pasar de aburrida a despampanante.

—El estilo de joven abogada no te hace justicia. Tienes tus cosas bien colocadas en los lugares correctos, así que va siendo hora de que las luzcas en condiciones antes de que comience el largo declive. ¿Qué te van a decir en el trabajo?

—He conseguido algo de dinero —dijo Jane—. Ya no necesito trabajar. Mañana me despido.

—Entonces, vas a... ¿qué? ¿Vas a ir una última vez, mostrarles tu nuevo yo y les dirás que se jodan?

—Exactamente.

—Sensacional.

—¿Verdad que sí?

—Tíralos por tierra con eso.

—Lo haré —respondió Jane, aunque no estaba segura de lo que eso quería decir.

Al otro lado de la calle y media manzana más allá, en una boutique donde las vendedoras tenían aspecto de ciborgs del futuro muy atractivos, Jane compró un par de vaqueros acampanados de Buffalo Inka con un tiro alto que les daba un aspecto retro y una chaqueta de motociclista de piel de cordero, que, según las chicas, era una imitación perfecta de un Comptoir des Cotonniers, lo que quiera que fuera eso.

También eligió zapatos de plataforma de tacón alto de piel de serpiente con correas de tobillo. Le dijeron que eran una imitación de infarto de otro par de zapatos de Salvatore Ferragamo, de quien le parecía haber oído hablar, aunque creía que era una estrella del hockey o del fútbol.

Por último, compró un par de guantes negros de seda largos hasta la muñeca con costuras plateadas. Sin ellos, sus uñas de agente policial podrían desmentir su imagen de chica de vida fácil. Además, iba a un sitio donde no quería dejar huellas dactilares.

Tenía poca paciencia para ir de compras, sobre todo porque, cuando se probaba la ropa, tenía que dejar su pistolera y su arma debajo del asiento del conductor en el Ford cerrado. A pesar de lo que llevaba puesto, desde la peluca hasta los guantes, se sentía del todo desnuda.

Una vez fuera de West Hollywood, condujo hasta unos locales menos elegantes.

Durante décadas, los barrios del noroeste de Los Ángeles, al otro lado de las montañas de Santa Mónica, habían prosperado y se habían expandido. Pero demasiadas partes de Van Nuys, Reseda, Canoga Park y otras comunidades mostraban señales del declive del estado.

Las centelleantes comunidades costeras seguían siendo en su mayoría zonas de lujo, pero allí, en la mitad occidental del valle de San Fernando, la sordidez se iba extendiendo por todas partes.

Jane pasó por delante de unos cuantos moteles que habían acabado al nivel de las ratas y las cucarachas, y que parecían alquilar las habitaciones por semana a los drogadictos que vivían de cuatro en cuatro en habitaciones dobles.

En un vecindario mejor, un motel de cadena nacional aún parecía capaz de alojar a una familia. Se registró, pagó en efectivo y presentó una identificación falsa, confiada en que no tendría que levantarse en medio de la noche para intervenir en una pelea entre un adicto a las metanfetaminas y un cocainómano de barrio.

Comenzó su transformación de aburrida a despampanante.

12

Había trabajos en la zona, algunos de ellos bien remunerados, y el distrito comercial central se esforzaba por ser vanguardista, orientado a los jóvenes, el Lugar Donde Estar, si eras uno de los que pensaban que existía tal cosa como el Lugar Donde Estar. Unas pocas tiendas vacías indicaban la mentira de la plena prosperidad, pero los huecos no representaban una epidemia.

Por cada tres tiendas o restaurantes que tenían aspecto de tener un póster de Che Guevara en algún lugar del local, había un obstinado minorista jurásico que vendía trajes de punto para mujeres mayores o un restaurante italiano que ofrecía comer todo el pan de ajo que se pudiera y no se llamaba a sí mismo una *trattoria*.

Jane únicamente estaba interesada en una tienda donde el letrero sobre la puerta decía «Vinyl», solo esa palabra, porque estaba pensado para sugerir un negocio continuo sin atraer la molestia de demasiados clientes. No había ninguna indicación de qué producto o servicio podría venderse en aquel lugar. Las grandes ventanas estaban pintadas de verde, y ni exhibían mercancía ni permitían ver el interior.

Pasó conduciendo detrás de la tienda, y no vio indicios de vigilancia activa desde los edificios al otro lado del callejón.

Después de aparcar a una manzana de Vinyl y doblar la esquina, caminó por el lado sur de la calle, erguida sobre sus plataformas, sintiéndose fuera de lugar, pero no fuera de su elemento. Nunca se había sentido cómoda con el trabajo encubierto.

Se detuvo en un mal concebido negocio de comida para llevar que intentaba ser un bar de zumos, un moderno proveedor de té chai y bebidas similares, y una tienda de helados que ofrecía sabores exóticos, todo en un mismo espacio tan pequeño que los empresarios de la escuela primaria se mostrarían reacios a instalar un puesto de limonada.

Compró una botella de agua de coco, que sabía a pis de palmera, si es que existía algo así. Se la bebió de todos modos mientras caminaba por esa manzana y la siguiente fingiendo mirar escaparates.

Después de cruzar al lado norte de la calle, se dirigió lentamente hacia Vinyl. Ninguno de los vehículos aparcados en la zona parecía estar realizando una vigilancia del lugar.

Cuando cruzó la puerta de cristal pintado, unas campanillas anunciaron su entrada. Las filas de los contenedores de registro dividían la sala delantera en pasillos. Estaban llenos de álbumes de tocadiscos e incluso discos más antiguos de 78 rpm de la época anterior al disco compacto y la música digitalizada.

En las paredes colgaban hojas de publicidad enmarcadas, carteles de conciertos y pósteres que iban desde Bing Crosby hasta los Beatles. La tienda se adaptaba a los audiófilos, a los fanáticos del vinilo que preferían la música auténtica que no había sido grabada hasta la perfección sin alma. Tal era su propósito aparente, en todo caso.

En un taburete, detrás del mostrador, estaba sentada una chica de cara alargada con ojos grandes y pelo negro azabache que le llegaba hasta los hombros. Tenía un pequeño tatuaje de un cráneo en el hueco de la garganta, y debía haber pasado mil horas frente a un espejo, perfeccionando su aspecto de aburrida.

Girando en un tocadiscos cerca de ella, un álbum de «Kansas» ofrecía su mayor éxito, «Dust in the Wind», y le fue fácil suponer que esa chica no ponía nada más en todo el día.

Jane colocó una ficha en el mostrador. En ella había escrito con un rotulador de fieltro «El FBI tiene una orden judicial abierta que les permite grabar cada palabra que se dice en este lugar». En lugar de leer la tarjeta, la empleada dijo:

—¿Qué? ¿Eres sordomuda o algo así? No hacemos donativos.

Jane levantó el dedo corazón cubierto de negro en su dirección y luego con el mismo dedo tocó la ficha.

La chica se dignó a leer el mensaje y, si lo entendió, mantuvo una admirable expresión neutra.

En la segunda ficha ponía: «Si Jimmy Radburn no quiere pasar 20 años en prisión, tiene que hablar conmigo ahora mismo».

El tatuaje del cráneo en el hueco de la garganta de la dependienta pareció ensanchar su sonrisa sin labios cuando tragó saliva.

Arrancó las dos fichas del mostrador, se levantó del taburete, se dirigió a una puerta de su lado del mostrador de ventas y entró en una habitación trasera.

Jimmy Radburn se merecía pasar el resto de su vida siendo el juguete de un pandillero en la cárcel de Leavenworth o su equivalente.

Pero Jane lo necesitaba. Le repugnaba tener que recurrir a él. Había muchas cosas que le repugnaban en esos días y, sin embargo, no perdió el tiempo vomitando.

Kansas terminó de denunciar la desolación de la condición humana y pasó a otra canción.

13

Tras un par de minutos, la dependienta volvió con un chico de poco más de veinte años. Alto, delgaducho, con una barba de dos días. Cabello castaño rapado por los lados, algo más largo por la parte superior de la cabeza. En la camiseta gris que llevaba puesta tenía estampada una palabra en letras negras, «Malware». Los pantalones de chándal que vestía eran demasiado cortos y calzaba unas Nike, pero sin calcetines.

Cruzó una pequeña puerta que había al otro extremo del mostrador, miró a Jane de arriba abajo, pero no dijo nada. Se dirigió hacia la puerta de la tienda y la cerró con llave.

La dependienta, tras acomodarse en su taburete, quitó el disco de Kansas del tocadiscos y puso otro.

El chico se volvió hacia Jane y se la quedó mirando fijamente como si estuviera esperando a que demostrara algo.

—¿Jimmy Radburn? —preguntó en voz baja.

Teniendo en cuenta su afirmación de que todas y cada una de las palabras iban a quedar grabadas, se dio un par de golpecitos en el pecho con el índice, señalándose a sí mismo.

De hecho, no era Jimmy Radburn, no se parecía en nada al tipo en cuestión. Si era lo bastante estúpido como para dar por hecho que lo único que tenía para seguir investigando era el nombre, era probable que cometiera alguna que otra estupidez.

Le hizo un gesto para que lo siguiera y caminó delante de ella hacia la puerta del mostrador.

La chica del taburete volvió a mostrar su semblante de puro aburrimiento y colocó la aguja en uno de los surcos centrales del disco en lugar de en el surco inicial. Empezó a sonar «Funeral for a friend» de Elton John, y era imposible saber si había elegido la canción adrede o con un doble sentido sarcástico.

Jane siguió a Malware al cuarto trasero de la tienda. Había cajas de cartón sin etiqueta y baldes de plástico rectangulares llenos de discos de vinilo metidos en anchos estantes en las paredes, en mesas y debajo de mesas, sin orden aparente para ellos. En una esquina había un puesto de limpieza donde los discos de colección se podrían limpiar con cuidado con los productos químicos apropiados. No había nadie trabajando allí.

Bostezando como si el cansancio vital de la dependienta fuera contagioso, Malware cerró la puerta de la habitación delantera y luego se giró bruscamente para agarrar a Jane por la entrepierna y la garganta, y luego la empujó contra la pared junto a la puerta.

Debería haberla golpeado con todo el cuerpo para sujetarla con fuerza contra él, y en el mismo instante debería haber metido la mano debajo de la chaqueta abierta de motociclista para palpar si llevaba algo, pero todavía no se la había tomado suficientemente en serio. Y quería agarrarla por la entrepierna, lo deseaba mucho, porque sus dedos le apretaron y sondearon a través de la tela del pantalón mientras bajaba su rostro hacia el de ella con una intención estúpida u otra.

Cuando ella levantó la pierna derecha, él pensó que tenía la intención de darle un rodillazo en el paquete, pero era demasiado fácil bloquear ese movimiento, así que no era lo que ella tenía pensado. El borde duro de la suela de la plataforma de sus imitaciones de Ferragamo le golpeó su espinilla izquierda expuesta, le desgarró la piel, le arrancó la carne y golpeó el borde afilado de la tibia, desde el dobladillo de su pantalón de chándal hasta la lengüeta de su Nike, lo que podría hacerle pensar dos veces en el futuro lo de no usar calcetines.

La espinilla, una parte llena de nervios de la zona inferior de la pierna, está cubierta de venillas que devuelven la sangre desoxigenada a la vena safena pequeña. El dolor fue inmediato e intenso, y seguramente pudo sentir la sangre caliente fluyendo por su pierna, una sensación atemorizadora si no estabas entrenado para hacer caso omiso de ella. Para ser un hombre, Malware logró un notable grito de soprano. Perdió su agarre sobre ella. Se tambaleó un paso atrás mientras se inclinaba hacia delante para agarrarse la espinilla, y ella aprovechó para propinarle un fuerte rodillazo en la parte inferior de su barbilla. Oyó cómo le chasqueaban los dientes y se hizo a un lado cuando se desplomó en el suelo.

La puerta se abrió de golpe y la señora Aburrimiento apareció realmente comprometida con el mundo por primera vez. Sin embargo, se quedó paralizada en el umbral porque Jane ya había desenfundado su Heckler & Koch, proporcionándole a los ojos grandes y oscuros de la chica una visión íntima del cañón.

—Vuelve a tu taburete —dijo Jane—. Pon un poco de música feliz. Elton ha grabado mucha de esa.

Detrás de una puerta, unas escaleras llevaban al segundo piso, donde se realizaba el verdadero trabajo en Vinyl, y Jane quiso que Malware subiera por delante de ella. Esta gente no era peligrosa en el mismo sentido que el de las pandillas, y ciertamente no era tan sanguinaria y retorcida como los sociópatas homicidas que había perseguido durante los seis años anteriores. Sin embargo, si todos carecían del sentido común como este, podría derramarse sangre de forma innecesaria. Necesitaba usar a este asaltante humillado como escudo, subiendo detrás de él con su pistola lista para realizar la operación espinal definitiva, y así darle a la gente en el segundo piso tiempo para controlar el pánico.

A Malware le resultaba doloroso mantenerse derecho, pero a ella no le serviría de nada si subía las escaleras como un troll. Pensar en la pistola que le apuntaba a la espalda le proporcionó un poco de firmeza en el cuerpo. Necesitó el pasamanos, y cojeó paso a paso, pero subió totalmente erguido. Al principio la insultó escupiendo sangre porque se había mordido la lengua. Luego se dio cuenta de que lo que ella quería era un escudo humano, y algo tarde ya, se puso a gritar.

—¡Estoy delante, Jimmy, estoy delante de ella! ¡Soy yo el que va delante, Jimmy!

Había un largo tramo de escalera, empinado, sin puerta arriba. Cuando se acercaron a la parte superior, ella presionó el cañón de la pistola contra su espina dorsal, por si acaso Malware recuperaba su actitud de macho cuando viera a sus amigos.

Más allá de Malware, cuando llegaron al segundo piso, Jane vio una habitación grande que ocupaba toda la longitud del edificio, con las ventanas tapadas por tablones, una iluminación suave, y un piso de cemento cubierto de manchas. Había aproximadamente unos diez puestos de trabajo, y cada ordenador tenía sus propias impresoras, escáneres, cajas negras misceláneas y tecnología de apoyo. Un escritorio central elevado y circular proporcionaba una plataforma desde la cual se podía supervisar toda la sala.

Había siete tipos de pie y parados en diversos puntos mirando hacia las escaleras, todos veinteañeros y con poco más de treinta años. Algunos estaban escuálidos, otros gordos, otros barbudos y otros no. Todos estaban pálidos, pero no por el miedo, sino debido a su falta de interés por actividades realizadas a la luz del sol. Cada uno de los siete encajaba dentro del espectro del estilo friki del mundo de los ordenadores.

Solo uno de los siete, Jimmy Radburn, llevaba un arma, aunque a pesar de ella, no parecía más peligroso que un gatito. No tenía la postura correcta, con el pie izquierdo detrás y su peso demasiado sobre él en lugar de estar distribuido uniformemente. El criterio principal que había seguido cuando compró el arma debió de ser su aspecto intimidatorio. Tal vez un Colt Anaconda, un Magnum .44, con un ridículo cañón de veinte centímetros. Es posible que un kilo y medio, más pesado que un ladrillo grande. Lo empuñaba con una mano, con el brazo extendido, porque tal vez Clint Eastwood lo había hecho en una película de Harry el Sucio. Si alguna vez llegara a apretar el gatillo, el retroceso lo haría tambalearse hacia atrás, reventaría alguna de las costosas luces del techo y, probablemente, se quedaría tan sobresaltado que dejaría caer el revólver.

Cuando se trataba de armas de fuego, Jane prefería enfrentarse a tiradores con experiencia, porque si morías en el enfrentamiento, al menos no sería una muerte caricaturesca.

Jimmy sostenía en su mano libre las dos fichas en las que ella le había escrito los mensajes.

Jane empujó a Malware lejos de ella, pero no hacia Jimmy Radburn.

—Coge una silla.

Maldiciéndola una vez más, Malware se acercó cojeando a una silla de despacho.

Tal vez Jimmy se asustaba con facilidad, pero no era un estúpido. Había leído las fichas. Ella le había proporcionado información que lo mantendría fuera de la cárcel si actuaba adecuadamente. Incluso si lo que ella le había dicho resultara ser falso, lo que no sería así, no podría interpretarse como un acto hostil.

Contando con que él tendría más sentido común que el tipo cuya espinilla había raspado hasta el hueso, enfundó la pistola. Mientras él le continuaba apuntando a la cara con el cañón del arma, ella sacó otra ficha del bolsillo de la chaqueta y se la ofreció. Por un momento, Jimmy no supo qué hacer, y los seis miembros de su equipo se mantuvieron tensos y expectantes, como si aquello fuera la escena más típica de un *spaghetti Western*. Luego, Jimmy bajó el revólver.

Le hizo un gesto con la mano izquierda para que se le acercara, y tomó la tercera ficha que le ofrecía. En ella, ella había escrito «A algunas de tus líneas telefónicas les han incorporado transmisores infinitos».

El transmisor infinito no podía llamarse tecnología punta. Tenía más años que Jimmy, que llegaba a los treinta, quizás incluso más que su madre, pero funcionaba tan bien como cualquier otra cosa. Tal vez no fue la primera amenaza que el bebé de la señora Radburn tuvo en cuenta cuando pensó en pasar gran parte de su vida cenando en la prisión, pero Jane contó con que había oído hablar de esos aparatos.

Jimmy puso las fichas y el revólver en el escritorio elevado y redondo y se giró hacia su equipo.

—Cerrad la sesión y apagadlo todo.

De inmediato, regresaron a sus puestos para hacer lo que él les había ordenado.

Una vez que se conectaba un transmisor infinito a un teléfono, hibernaba hasta que se realizaba una llamada de activación desde una línea externa. Cuando se marca el último dígito del número, la persona que llama activa en el mismo momento un silbido electrónico en la boquilla. Eso enciende instantáneamente el transmisor infinito, lo que evita que el teléfono de destino suene, pero activa su micrófono. La gente en la sala, en aquella sala, no sabría que cada conversación entre ellos se transmitía a una agencia policial, que lo estaría grabando todo. Con una orden judicial abierta y prorrogable otorgada por razones de seguridad nacional, lo más probable era que el FBI escuchara los negocios de Radburn con frecuencia, pero no de manera continua, aunque no había ninguna razón por la que no pudieran grabarlo las veinticuatro horas del día de todo un año si lo deseaban.

Cuando todos los ordenadores se apagaron, Jimmy se dirigió a un armario alto de metal en la esquina noreste de la habitación. Contenía el sistema de conmutación para un negocio con un par de docenas de líneas telefónicas. Estuvo trasteando allí durante un minuto, y cuando cerró la puerta del armario, Jane supuso que había desconectado todo su paquete de telecomunicaciones.

Cuando regresó con ella, dijo:

—¿A qué viene lo de la peluca?

Ella señaló hacia las ventanas con tablas en el extremo sur de la habitación.

—Ya hay tantas cámaras de tráfico que la gente deja de verlas. Tienes una a mitad de manzana, frente a tu tienda, pero no es una cámara de tráfico.

—Qué mierda.

—Parece que está grabando de oeste a este, pero está dirigida a tu puerta principal.

—Cabrones orwellianos.

«Tú eres uno de ellos, pero no te has dado cuenta», pensó Jane.

—Toma imágenes cada dos segundos de todos los que entran o salen de Vinyl y las transmite por alta resolución. De ahí la peluca. Y la sombra de ojos. Al menos, lo último que sé es que la cámara no está conectada a un programa de reconocimiento facial.

—¿Cómo te llamas?

—Ethan Hunt —respondió por pura diversión tomando prestado el nombre del encargado de reparto de panadería en San Diego.

—Un nombre gracioso para una chica.

—No soy tu chica habitual.

15

Jimmy Radburn le mandó a Malware, que en realidad se llamaba Félix, que bajara las escaleras para que recibiera los primeros auxilios de la señora Aburrida, también conocida como Britta. Despachó a los otros seis muchachos de su equipo para que se fueran a la tienda a la espera de más instrucciones. Bajaron en tropel las escaleras empinadas.

—Cerrad la puerta al salir —les gritó, y alguien lo hizo.

Condujo a Jane hasta una mesa cubierta con cajas de galletas, paquetes de dulces, bolsas de patatas fritas, galletas saladas, nachos de maíz, latas y tarros de nueces, comida basura suficiente para satisfacer a una legión de fumetas durante un día entero para evitar fumar porros. La complejidad y la delicadeza de las tareas realizadas por el equipo de *hackers* de Vinyl descartaban la posibilidad de fumar hierba antes o durante y bastante después del trabajo, pero, evidentemente, creían que un atracón de carbohidratos con sal o un subidón de azúcar contribuía a la productividad.

Cogieron un par de sillas y se sentaron uno frente al otro.

Jimmy Radburn parecía uno de esos muñecos Kewpie regordetes, pero en versión adulta, agradablemente redondeado pero no del todo gordo, con un rostro liso y sin arrugas y casi sin barba. Estaba bien afeitado, recién lavado y tenía las manos de hombre mejor cuidadas que Jane hubiera visto.

—¿Cómo conseguiste esa información tuya, lo que has escrito en las fichas? Que, de todas maneras, probablemente será todo mierdura.

—No importa cómo la conseguí. Y no es basura. —No iba a decirle que era una agente del FBI de permiso. Él no podría testificar en un tribunal lo que no sabía—. Han ido a por ti con la tecnología del abuelo, y la pasaste por alto durante tus barridos de búsqueda porque siempre estás realizando un análisis directo, buscando brechas de seguridad donde las esperas. Cuando estás desarrollando tus productos, las aplicaciones, lo que sea, o intentas entrar en una red, quieres un progreso directo, pero sabes que también debes dar pasos de borracho.

—Respeto la aleatoriedad —respondió mostrándose de acuerdo—. El caminar de borracho. El movimiento browniano. El progreso aleatorio y no dirigido.

—Entonces, creo que también deberías aplicarlo a los barridos de seguridad.

—Soy un genio y un idiota. —Con aquella sonrisa, trató de proyectar una sensación de autocrítica, pero era una sonrisa que había tomado prestada de una cría de serpiente de cascabel—. Vale, entonces ¿cómo estoy jodido? ¿Debería vaciar este lugar hoy mismo?

—Te están dejando sedal, te permiten correr con el anzuelo en la boca mientras montan casos sobre el otro pez con el que nadas. Así que tienes tiempo. Tal vez unos meses, tal vez un año. Pero si yo fuera tú, me esfumaría de aquí a lo largo de un par de noches, usando la entrada trasera, y dejaría esta sala vacía para la próxima semana.

—Así que es una situación pésima.

—La contraria a la óptima —admitió ella—. No te diré cómo sé esto, pero si quieres, puedo contarte cómo dieron con tus huellas.

Jimmy sacó una Oreo de una bolsa de galletas mientras ella hablaba. Se la metió entera en la boca, como si fuera del tamaño de un ganchito, y la masticó con energía. Habló después de tragársela.

—Supongo que necesito saberlo. Bueno, dímelo.

—¿Recuerdas a un cliente llamado Carl Bessemer?

—Tengo como norma no recordar a los clientes.

—Una de tus aplicaciones permite que incluso los idiotas respecto a la tecnología puedan realizar una suplantación tremendamente fácil desde cualquier teléfono inteligente. La llamada o el mensaje de texto se enruta a través de un conector canadiense antes de que vuelva a Estados Unidos, donde rebota un poco más antes de ir al destinatario con un identificador falso de llamadas/remitente.

—Estoy orgulloso de eso. Mi autoestima victoriosa salió disparada por encima de los gráficos con eso.

Su expresión de suficiencia irritó tremendamente a Jane.

—Además, la llamada se escapa del sistema de facturación de la compañía telefónica, así que no hay pruebas posteriores de que alguna vez se haya realizado.

—Dame una azotaina. Soy un chico malo. —Sacó otra Oreo

de la bolsa—. En mi defensa, debo decir que tratamos de hacer un esfuerzo por identificar a los posibles terroristas y no venderles nada de eso.

—¿Y funciona?

—No tan bien como me gustaría —contestó mientras masticaba la galleta.

—También le vendiste a Bessemer un sintetizador de voz inteligente con una interfaz que le permitió utilizarlo con su teléfono inteligente. Si se le proporcionaba al sintetizador una muestra de un minuto de la voz de cualquier persona, que se puede grabar haciendo una llamada telefónica, el puñetero trasto te cambiaba la voz para imitar a la otra persona tan bien que hasta una esposa pensaría que estaba hablando con su marido, o un hijo con su madre, cuando en realidad era Bessemer.

—Otro producto estrella de Radburn —dijo, y mientras hablaba, lo celebró chocando un puño contra el otro.

Sus manos de dedos gruesos eran de color rosa pálido y completamente desprovistas de vello, como lo estaban sus muñecas hasta los puños de su camisa, suaves como la gola, aparentemente sin huesos, repelentes. Como las manos de algún androide criado en una cuba.

—Lo que es malo para ti es que Carl Bessemer no era un *hacker* de teléfonos corriente que intentaba aprovecharse de las compañías telefónicas. Ni siquiera era un delincuente ordinario.

—Según mi experiencia, no existe eso que llaman delincuente ordinario. Es una comunidad de individuos totalmente únicos —comentó Jimmy.

—Bessemer fingía ser quien no era para atraer a mujeres jóvenes a lugares solitarios. Luego las violaba y las mataba.

—No se puede culpar a General Motors por vender coches a tipos que se emborrachan y conducen.

Jane lo detestaba, pero lo necesitaba.

—Lo entiendo, no te estoy juzgando, solo te digo cómo tropezaron contigo los federales.

—No te preocupes, hermosa cabeza púrpura. Tengo buena nariz para el carácter. Lo puedo oler. Tu carácter tiene el mismo olor que el mío. No eres del tipo crítico.

—Bessemer no era su verdadero nombre.

—Muchos de los nombres de nuestros clientes no son sus nombres reales, Ethan Hunt. El anonimato es esencial para la privacidad, y la privacidad es un derecho.

—Su verdadero nombre era Floyd Sutter.

—Ah —dijo, y se hizo una idea de la situación—. Sutter el Cúter. La estrella de la prensa sensacionalista y las noticias de televisión. ¿Cuántas... quince, dieciséis asesinadas?

—Diecinueve.

Fue ella quien hirió a Sutter con un tiro en la pierna y lo inmovilizó con las mismas bridas que él usaba para atar a sus víctimas tras incapacitarlas.

—Tu mala suerte fue que no lo mataron cuando lo capturaron. Floyd es una cotorra. No sabía tu dirección...

—Ninguno de nuestros clientes la sabe. Somos estrictamente un negocio de *dark net*.

—Pero con lo que él sabía, con tu aplicación y el sintetizador, el FBI tuvo suficiente para encontrarte.

—Han encontrado a Jimmy Radburn, no a mí. —Cogió otra Oreo, pero le dio vueltas entre el pulgar y el índice en lugar de comérsela—. Jimmy no es mi verdadero yo, no más que Carl Bessemer, el verdadero él. Cuando me libre de este lugar, me libraré de Jimmy. —La miró fijamente durante medio minuto, y ella le permitió hacerlo—. No te preocupa ni por un segundo de que también pueda librarme de ti.

—Vi cómo manejabas ese trabuco. No hay ganas de matar en ti. No te importa si alguien sufre como un daño colateral de tu negocio, pero a ti no te gusta hacerlo en persona.

Él sonrió y asintió.

—Soy un amante, no un asesino. —Se inclinó hacia delante en

su silla—. ¿Mi excelente dominio del negocio y mi inteligencia no te ponen?
—No.
—A algunas chicas les pone eso.
—Estoy aquí para conseguir lo que necesito. Te di la oportunidad de librarte del arresto, el tribunal y la cárcel. Me lo debes.
—Yo siempre pago mis deudas. Así se hacen los buenos negocios. —Dejó de girar la galleta entre el pulgar y el índice, se la metió en la boca y se la comió con mucha exageración y movimiento de labios—. Podría comerte como una bolsa de Oreo. Dejo la oferta sobre la mesa. Ahora, ¿qué es lo que quieres?

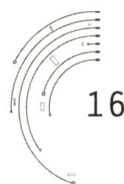

El hombre que en esos momentos se hacía llamar Jimmy Radburn no tenía un déficit de autoestima y sí un exceso de confianza en sí mismo. Siempre sabía lo que quería y cómo conseguirlo, y no había un problema para el cual no pudiera encontrar una solución. Si alguna vez había tenido dudas acerca de la carrera profesional que había elegido, aparentemente se habían esfumado hacía mucho tiempo. Si algo lo había desconcertado anteriormente, parecía haber borrado la experiencia de la memoria, porque la intensa perplejidad que expresó sobre las peticiones de Jane era como la de un niño precoz que se encuentra por primera vez con algo que lo desconcertaba.

Repasando la lista que le había dado, dijo:
—¿Treinta y dos forenses?
—Así es.
—¿Forenses de grandes ciudades, pequeñas ciudades, condados?

—Sí.
—¿Por qué tantos?
—No hay necesidad de que sepas el motivo de nada. Podría haberte encargado buscar diez veces más. No importa.
—Es que es raro, eso es todo. Es espeluznante. Tienes que admitir que es espeluznante. Es extraño.
—Te he dado sus nombres y sus páginas web. Ábrete camino para entrar allí, o comoquiera que lo hagas.
—Solo suicidios. ¿Por qué solo suicidios?
Ella le respondió con una mirada.
—Está bien, está bien. Mi interés es épsilon.
—Bien.
Puso las páginas en la mesa cubierta de bolsas de aperitivos y tomó notas con un bolígrafo.
—Todos los suicidios durante el año pasado en estas jurisdicciones. Un informe forense completo sobre cada uno. Quieres detalles de los exámenes del cerebro si llegaron hasta ese punto. Todo esto es de dominio público, ¿verdad?
—Sí, pero hay problemas de privacidad. Y el uso de la Ley de Libertad de Información puede llevar meses, incluso años. Además, hay algunas personas difíciles a las que no les va a gustar esto. No quiero llamar su atención.
Él enarcó una ceja.
—¿Difíciles significa cabronas?
—No te preocupes por eso.
—Si estás preocupada por eso, quizá yo también debería estarlo.
—No soy una *hacker*, tú sí.
—La palabra *cracker* es más precisa. Derivado de *safe-cracker*. Simplemente nunca se puso de moda.
—*Cracker*, *hacker*, lo que sea. Si yo me pongo a hurgar, lo sabrán. Tú puedes colarte y salir con lo que quiero, y ellos nunca sabrán que has estado allí.
—Eso es mucho trabajo.

—Pon a todo tu equipo en ello. Lo quiero todo para mañana al mediodía.

—Eres una cabrona exigente. Me gusta eso.

Sus ojos grises eran tan claros y directos como los de un niño pequeño e inocente. Si se hubiera dedicado a timar a ancianas para quedarse con sus ahorros, sus víctimas habrían quedado encantadas con sus ojos, aunque Jane vio en ellos el agudo interés de un depredador.

—No coquetees. No se te da bien. Digo muy en serio lo de mañana a las doce en punto.

—Te he oído. De acuerdo, ahora tú eres el pez gordo. Nos afanaremos hasta que esté listo. ¿Qué hay de este nombre en la última página?

—David James Michael. Forma parte de las juntas de esas dos organizaciones sin ánimo de lucro. Lo quiero saber todo sobre él, hasta los números de cuentas bancarias, el número de zapato que calza, si sufre estreñimiento.

—Si quieres una muestra de heces, tendrás que conseguirla por tu cuenta. Tendré el resto al mediodía, pero tendremos que tirarnos toda la noche trabajando.

Ella se levantó de su silla. Jimmy permaneció sentado.

—No me lo pases en una memoria USB. Me he vuelto primitiva. Lo necesito impreso.

Él hizo una mueca.

—Ahí va todo un bosque. Además, no hacemos impresiones de ese volumen, porque no tenemos una conexión de datos Mumble o posibilidad de impresión segura.

—¿Crees que soy idiota?

—Valía la pena intentarlo. De acuerdo, nada de memoria USB. Ven alrededor del mediodía, tendremos tu paquete.

—Me lo entregarás en Santa Mónica. Tú en persona. Solo.

—Eres una mujer acostumbrada a muchos servicios personales. Soy el as del servicio personal.

—Pero eres muy malo con los dobles sentidos. Santa Mónica. Palisades Park. En algún lugar entre Broadway y California Avenue. Consigue uno de esos globos metálicos llenos de helio. El lugar más fácil para encontrar uno es una floristería. Átatelo a la muñeca para que pueda verte venir desde lejos. No tendrás que encontrarme. Yo te encontraré a ti.

Jane fue al escritorio circular de la plataforma y cogió el Colt Anaconda .44 Magnum que él había puesto allí.

—Oye, ¿qué estás haciendo?

Jimmy se levantó de su silla, alarmado.

—Relájate. Cuando me vaya, lo dejaré en el suelo junto a la puerta principal. No quiero que esté aquí para tentarte cuando te dé la espalda.

—Tú eres quien dijo que no tengo pinta de asesino —le recordó Jimmy.

—De vez en cuando me equivoco.

Caminó hacia la escalera y se volvió hacia él. Todavía estaba de pie al lado de su silla, pero se dio cuenta de lo mucho que quería ir a por ella, de acabar con ella. A pesar de su aparente indiferencia ante las pullas que ella le había lanzado durante la conversación, Jimmy no aceptaba las órdenes ni las burlas de una mujer sin al menos fantasear con la venganza.

—Por si, en lugar de hacer este trabajo por mí, se te ocurre intentar salir de aquí esta noche, que sepas que tengo a alguien vigilando el lugar —mintió—. Llamaré a la oficina local del FBI, cumpliré con mi deber cívico. No tendrás metido el diez por ciento de todo esto en un camión antes de que te llegue una unidad de movilización rápida.

—Tendrás lo que quieres —le aseguró.

—Bien. Y no te olvides del globo.

Con la Magnum .44 empuñada con las dos manos, bajó las escaleras de costado, apoyada contra la pared, que carecía de una barandilla. Tenía la atención puesta en la puerta de la parte inferior, pero miró repetidamente hacia el segundo piso, por si acaso el Colt no era la única arma que Jimmy tenía allí.

Una vez en la planta baja, abrió la puerta, y no vio a nadie en la habitación de atrás, solo las cajas llenas de viejos discos de vinilo. La puerta de la parte delantera estaba abierta. No había puesta música. Se oía a la gente de Jimmy hablar animadamente, algo que no haría si la estuviera esperando. No montó una escena a la hora de cruzar la puerta, aunque tampoco la atravesó caminando sin preocupación.

Todos estaban reunidos en el extremo más alejado del mostrador de ventas. En ese lado, Félix se encontraba sentado en el taburete de Britta. La chica estaba de rodillas cubriéndole la espinilla raspada con un rollo de gasa. Otro miembro del grupo de trabajo estaba con ellos. Los cinco restantes estaban al otro lado del mostrador.

Cuando Jane cruzó la puerta, la observaron en silencio, como una panda de niños indisciplinados y petulantes a los que habían puesto temporalmente en su lugar por un adulto contra el que estaban conspirando para cometer todo tipo de maldades.

Abrió la puerta principal, dejó el Colt en el suelo y salió, y se sorprendió al descubrir que todavía era de día después de aquel reino de ventanas tapadas con tablas y pintadas.

17

Una vez más en su coche, a pocas manzanas de Vinyl, Jane se detuvo en un semáforo. Una mujer joven, que cruzaba la calle llevando de la mano a un niño pequeño, se acercó desde la izquierda.

El niño tendría unos seis o siete años. No se parecía en nada a Travis, pero Jane no pudo dejar de mirarlo.

Cuando la mujer y el niño pasaron frente al Ford, el niño se cubrió la boca con la mano como si estuviera tosiendo. Para cuando llegaron a la acera en la esquina más cercana, parecía respirar con dificultad. Su preocupada madre lo llevó a un banco de la parada del autobús y rebuscó en su bolso. Sacó un inhalador como los que utilizan los asmáticos y el niño lo aceptó con entusiasmo.

El semáforo había cambiado a verde sin que Jane se diera cuenta. El conductor de la camioneta Chevrolet que estaba detrás de ella tocó el claxon para avisarla.

Bajó la ventanilla del lado del conductor y agitó la mano a la camioneta para que pasara, y siguió mirando al niño sin aliento para cerciorarse de que estaba bien. Pero era evidente que el tipo de la camioneta llegaba muy tarde, y después de solo dos segundos, se puso a tocar el claxon como si ella debiera considerarlo algo parecido a una sirena y despejarle de inmediato el camino.

La madre tenía un brazo alrededor de los hombros del niño, y cuando se sacó el inhalador de la boca, ya no tenía el aspecto estrangulado que había contorsionado sus rasgos cuando se sentó en el banco.

Tres segundos más tarde, Jane había pasado el pie del freno al acelerador, pero el tipo en la camioneta, con la mano todavía en el claxon, hizo avanzar su vehículo hasta que golpeó suavemente la parte trasera del Ford Escape. Un golpe, un toque, no suficientemente fuerte como para causar el más mínimo daño. Pero la camioneta iba alzada sobre unos neumáticos de gran tamaño, y el emblema de Chevrolet quedaba centrado en el tercio inferior de su ventana trasera, y no había ninguna razón, ni una puñetera excusa, para que él intimidara con su monstruosa camioneta. Puso el coche en punto muerto y tiró del freno de mano antes de abrir la puerta del conductor y salir a la calle.

Había dos hombres en el compartimento de pasajeros, ambos en el asiento delantero. El conductor dejó de tocar el claxon cuando ella salió del coche, y luego lo volvió a tocar con fuerza. Ella se quedó mirándolo fijamente, presa no de una ira personal, sino de una feroz indignación.

Se preguntó cómo podía ser posible de que aquel imbécil pudiera ser tan impaciente apenas un día después del repugnante horror en la autopista de Filadelfia, un día después de que cientos de compatriotas quedaran desgarrados de una extremidad a otra por un avión que se había estrellado y los había quemado vivos en su trayecto matutino al trabajo.

Comenzó a caminar hacia la camioneta. El conductor dio marcha atrás, cambió otra vez de marcha, hizo girar la camioneta hasta el carril adyacente y aceleró rodeándola mientras el espécimen en el asiento del pasajero la llamaba estúpida y gritaba la palabra que empezaba con zeta y le mostraba el dedo corazón como si fuera a maldecirla con alguna plaga mortífera.

Jane rodeó su Ford en dirección a la madre y el niño, sentados en el banco de la parada de autobús.

—¿Está bien?

La mujer, con los ojos abiertos de par en par y claramente agitada, dijo:

—¿Qué? ¿Benny, quiere decir? Sí, está bien. Benny está bien. Se pondrá bien.

Jane se dio cuenta de que la ansiedad que la madre sentía en ese momento no estaba tan relacionada con el estado de su hijo como con el altercado que se había producido frente a ella. En la situación en la que se encontraba el mundo, nadie podía saber con certeza si un incidente tan pequeño podría convertirse en una violencia real y terrible, con daños colaterales. Jane tenía parte de la responsabilidad del miedo de aquella mujer, quizá tanto como el conductor de la camioneta.

—Lo siento. Eso no debería haber ocurrido. Lo siento. Es solo que... —Pero no fue capaz de encontrar una manera de explicar su propia angustia ante la vulnerabilidad de Travis y la distancia que la separaba de él—. Lo siento —repitió, y regresó al coche.

Dos manzanas más allá, salió de la calle y aparcó en el aparcamiento de un centro comercial con diez o doce tiendas.

Su breve pérdida de control la inquietó. A nadie que sufriera durante un largo periodo el estrés y la amenaza de muerte se le podría criticar por perder los papeles de vez en cuando, pero ella esperaba más de sí misma.

Parte de su problema era la falta de sueño. No había dormido más de seis horas por noche, a veces cuatro, a lo largo de la semana anterior.

La tienda con más clientes del centro comercial era la licorería. Ella no era mucho de beber. Un poco de vino tinto de vez en cuando. Solo había recurrido al vodka desde que empezó a huir, y solo cuando se acumulaban demasiadas noches malas una tras otra; a veces necesitaba dormir incluso a costa de la sobriedad.

Fue a la tienda de licores y compró una pinta de Belvedere para más tarde, después de la cena, si la oscuridad no descendía cuando cerrara los ojos, si, incluso detrás de los párpados bajos, los recuerdos de Nick florecían tan brillantes y llenos de movimiento como si estuvieran ocurriendo en ese momento, si Travis también estaba allí en un lugar resplandeciente, en un lugar abrasado por el sol donde todavía existía la esclavitud y los niños eran vendidos para un servicio impensable.

18

Jane condujo hacia el oeste, de vecindario en vecindario, hasta que estuvo lejos de la comunidad en la que había dormido en una habitación de motel. Era poco probable que la gente que la buscaba pudiera encontrarla mientras se encargaba de los siguientes asuntos. Pero si la localizaban, cuando apareciera su equipo de búsqueda, ella se hallaría fuera de la zona y ellos no estarían cerca del motel donde se había escondido.

Aparcó el coche bajo la sombra de un árbol de la calle, cerca del centro de personas mayores de Canoga Park, y apagó el motor.

Quedaban menos de dos horas de luz. El aire estaba seco y la luz del sol parecía fragmentarse al atravesarlo formando unas astillas brillantes que perforaban las superficies pulidas.

Además de un par de móviles desechables en su equipaje en el motel, tenía dos en la guantera del vehículo. Los había comprado en días distintos en ciudades diferentes. Todos ellos estaban activados previamente; no había utilizado ninguno todavía.

Sacó un teléfono de la guantera y llamó al móvil de Sidney Root en Chicago. Él respondió al tercer tono.

Le había pedido que revisara el programa de actos de su esposa para ver si Eileen había asistido a alguna otra conferencia o evento nocturno poco antes de haber estado en la conferencia de Harvard, donde había sufrido la migraña.

—No sé qué importancia puede tener —contestó Sidney—, pero una semana antes de la conferencia de Harvard, estuvo dos días en Menlo Park, entrevistando a Shenneck para un boletín informativo que publica su organización sin ánimo de lucro.

—¿Menlo Park, California?

—Sí. Los laboratorios de Shenneck están allí. ¿Has oído hablar de él?

—No.

—Bertold Shenneck. Ha conseguido casi todos los premios de ciencia importantes, excepto el Nobel.

—¿Me deletrearías el nombre?

Sidney se lo deletreó.

—Está a la vanguardia; no, es la vanguardia en lo que respecta al diseño de implantes cerebrales para ayudar a las personas con enfermedades de las neuronas motoras, como los pacientes con ELA en su última fase con síndrome de cautiverio. Esclerosis lateral amiotrófica.

—La enfermedad de Lou Gehrig —dijo ella.

—Correcto. Eileen se sintió muy impresionada por él.

Las lenguas verdes del árbol que se alzaba sobre ella temblaban bajo una suave brisa, y las sombras acariciaron los fragmentos dispersos de luz solar que brillaban en el parabrisas.

—Esas dos noches, ¿dónde se alojó Eileen?

—Pensé que quizá lo preguntarías. Me he acostumbrado a tu forma de pensar del FBI, aunque parece excesivamente sospechoso. Se alojó en el Stanford Park Hotel. Está a un kilómetro más o menos de la Universidad de Stanford. Yo también me he alojado allí una vez. Es un lugar encantador.

—¿Has visitado el laboratorio del doctor Shenneck?

—No, eso fue hace algunos años. Estaba en la zona para presentar una oferta para un proyecto arquitectónico.

—¿Sabes dónde cenó tu esposa?

—La primera noche en Menlo Grill, que está en el hotel. Yo también comí allí y se lo recomendé.

—¿Y la segunda noche?

—La invitaron a cenar en la casa del doctor Shenneck, con unos cuantos invitados más. Le pareció que tanto él como su esposa eran encantadores.

—Eso fue una semana antes de la migraña que tuvo en la conferencia de Harvard.

—Ocho o nueve días antes de la migraña.

—Su primera y única migraña —comentó Jane.

—Entiendo la necesidad de que un detective lo cuestione todo, pero puedo asegurarte que investigar al doctor Shenneck no te llevará a ningún lado.

—¿Por qué puedes asegurarme eso, Sidney?

—Basándome en sus logros. Es una persona humanitaria. No hay nada malo en él. Es ridículo pensar que sí.

—Probablemente tengas razón. Gracias por tu tiempo, Sidney. No creo que vuelva a molestarte.

—Oh, nunca has sido una molestia. Entiendo tu obsesión, la pena que la impulsa. Espero que encuentres aceptación y paz.

—Has sido muy amable —le dijo ella—. Y me ha gustado hablar contigo de nuevo. Pero aunque podría ser solo mi forma de pensar del FBI, apostaría casi cualquier cosa a que hay un tercer oído en esta llamada, además del tuyo y el mío. Solo una cosa más. En el último año, ¿alguna vez fuiste a una conferencia con tu esposa y pasaste la noche fuera de casa?

—No. En nuestra vida personal, Eileen y yo estábamos todo lo unidos que pueden estarlo dos personas, pero nuestras vidas profesionales eran mundos totalmente aparte.

—Me siento aliviada de saberlo. Aliviada por ti. Adiós, Sidney.

Después de colgar, recorrió un área residencial cercana hasta que encontró una casa en construcción, con un contenedor de restos junto al bordillo. Aunque solo había consumido una fracción de los minutos que venían con el teléfono, optó por no arriesgarse a su uso posterior. Desde su ventana abierta, la arrojó al contenedor de basura y se alejó.

Se dirigió al Pierce College, que estaba a solo unos kilómetros de distancia y, sin duda, contaba con una buena biblioteca con acceso a Internet.

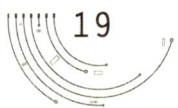

19

En el Pierce College, compró un pase de estacionamiento de un dispensador. Había numerosos árboles, robles, coníferas, ficus, que adornaban el encantador campus.

En esos momentos, no había ninguna manifestación en apoyo de una u otra visión utópica. Bien. Las bibliotecas universitarias y las facultades eran problemáticas si se podía ver retrasada por multitudes enojadas enarbolando pancartas y con el peligro de ser grabada por los medios de comunicación que corrían para cubrir tales acontecimientos, independientemente de su frecuencia.

La biblioteca era una estructura atrevida y hermosa, con su espectacular torre del reloj y su enorme techo en voladizo sobre las escaleras de la entrada principal. El laboratorio de computación estaba en la esquina noroeste de la planta baja, en aquellos momentos desierta.

Se sentó en la última fila de la sala de ordenadores, donde nadie podía sentarse detrás de ella.

El doctor Bertold Shenneck demostró ser un gran problema. Su nombre aparecía en tantos enlaces que necesitaría semanas para leer todo lo que se había escrito sobre él.

Entró en la página web de Shenneck Technology, una mina de datos. Había numerosos vídeos en los que aparecía Shenneck, pensados para explicar aspectos de su trabajo y obtener subvenciones multimillonarias del gobierno y la industria.

En el más reciente, Shenneck era un hombre de cincuenta años y apariencia joven con una cabeza con abundante cabello oscuro, el rostro de una persona amable y una sonrisa tan atractiva como la de cualquiera de los teleñecos más benignos. Si era un gigante intelectual, también era un excelente vendedor cuyo entusiasmo por el potencial de la biotecnología era contagioso cuando presentaba sus planes a los magnates de la industria y a los políticos que controlaban las bolsas más grandes.

La puerta del laboratorio se abrió. Un hombre entró. Poco más de treinta años. Cabello limpio pero despeinado, un desarreglo cuidadosamente elaborado. Alto. Un bronceado tan uniforme que tenía que ser producto de una máquina. Una de esas sonrisas blanqueadas con láser.

Llevaba una exclusiva chaqueta deportiva azul con un corte un tanto suelto, lo que le dejaba espacio para un arma si tenía licencia para llevarla. Una camisa de cambray que llevaba fuera del pantalón. Unos chinos de color azul pálido. Unos elegantes Rockports de suela de goma en lugar de mocasines u otros zapatos de cuero. Los Rockports proporcionaban una excelente tracción al suelo si tenías que moverte con rapidez y perseguir a alguien. Jane solía llevar puestos unos. Ese tipo tenía el aspecto adecuado para cierto tipo de trabajo encubierto.

Ella no le devolvió la sonrisa. Se centró de nuevo en la pantalla del ordenador, pero se mantuvo consciente de él con su visión periférica.

El individuo se dirigió al ordenador en el extremo más alejado de la fila que ella había elegido.

Al leer las descripciones de los otros vídeos de Shenneck, Jane optó por uno que mencionaba las proteínas sensibles a la luz, los implantes lectores cerebrales y los programas de traducción de pensamiento. Desarrollaba el mismo tema que la noticia de la televisión que había visto mientras esperaba en la cama a Nick, seis días antes de su muerte. De hecho, sospechaba que Bertold Shenneck había sido uno de los investigadores que habían aparecido en esa noticia, porque su cara le había parecido vagamente familiar en el vídeo anterior.

La historia llena de esperanza de unos implantes cerebrales que algún día permitirían a los pacientes mudos pensar lo que querían decir y hacer que sus pensamientos se convirtieran en un discurso a través de un ordenador no la había abandonado durante los últimos cuatro meses. Pensó que se había quedado en su memoria porque era lo último que había visto en la televisión esa noche antes de que Nick se acostara, se llevará su mano a los labios y le dijera: «Haces que me estremezca».

En el extremo más alejado de la fila, el recién llegado aún no había encendido su ordenador.

Hizo una llamada con su móvil. Su voz era tan baja que Jane no pudo distinguir ninguna palabra. La llamada duró como mucho un minuto.

Era muy consciente de que el tiempo pasaba, pero no creía que pudiera estar en peligro. Los conspiradores que parecían ser capaces de identificar sus exploraciones de sitios web sensibles, que parecían poder rastrear la fuente del ordenador que estaba usando, podrían estar buscándola en ese mismo momento si Shenneck estaba relacionado de alguna manera con el aumento de suicidios. Pero posiblemente no podían llegar hasta allí y acabar con ella apenas unos minutos después de haber iniciado sesión en Shenneck Technology.

El día anterior ella le había dicho a Gwyn Lambert que iba a ver a alguien en el área de San Diego, por lo que los perseguidores habían dispuesto de algunas horas para desplegar a su gente en puntos clave en el laberinto metropolitano. Ella no era tan vulnerable en esta ocasión.

Revisó rápidamente las descripciones de los muchos vídeos de Bertold Shenneck. Vio las palabras «implantes cerebrales nanomecánicos y el potencial de controlar el ganado para una crianza más eficiente», y aquello despertó su interés, así que inició el vídeo correspondiente.

Al final de la fila, Rockport Man hizo otra llamada telefónica.

El vídeo que había seleccionado Jane comenzó. Con su encanto habitual, su presentación convincente y su voz autoritaria, Bertold Shenneck predijo un sistema futurista, aunque pronto alcanzable, para monitorizar y controlar el ganado. Los nanomecanismos se construían con una cantidad mínima de moléculas, invisibles para el ojo humano. Programados como ordenadores, podían inyectarse en pequeñas unidades que se autoensamblaban formando una red una vez dentro del animal. Al no autorreplicarse, solo ensamblarse, no ponían en peligro al cuerpo al consumir su carbono para hacer más copias de sí mismos. Se alimentarían perpetuamente al aprovechar la actividad eléctrica de su animal huésped. Los nanomecanismos podrían monitorizar y transmitir detalles de la salud del animal, incluso podrían identificar una enfermedad contagiosa cuando aún estaba limitada a unos pocos individuos en la población. A través de dicha tecnología, las bandadas de aves de corral y los rebaños de ganado y otros animales podrían controlarse para eliminar las peleas entre ellos, así como las estampidas y otras respuestas de pánico que provocaban muertes y heridas en los rebaños.

—Disculpa —dijo el hombre en el otro ordenador.

Jane giró la cabeza y lo miró a los ojos.

—¿Eres una estudiante de aquí?

—Sí —mintió ella.

—¿Cuál es tu especialidad?

—Desarrollo infantil. Perdona, pero no quiero perderme nada de este vídeo.

Volvió su atención a la pantalla.

Supongamos que un tercer oído la había estado escuchando a ella y a Sidney Root.

Supongamos que asumían que todavía estaba en algún lugar de California.

Supongamos que Bertold Shenneck estaba metido hasta el cuello en aquello.

Supongamos que solo quince minutos después de la llamada a Sidney, el programa de vigilancia de su enemigo los alertó de una búsqueda en el sitio web de Shenneck Technology desde un ordenador del Pierce College.

Si esas suposiciones fueran correctas, dependiendo de la extensión de sus recursos, sobre todo si eran capaces de recurrir a una amplia variedad de agencias gubernamentales respecto al personal disponible, podrían encontrarla antes de lo que ella, incluso en las peores angustias de la paranoia, creía posible.

Observó su pantalla con la cabeza girada ligeramente hacia la derecha, manteniendo a Rockport Man a la vista lo suficiente como para saber si de repente se levantaba de su silla.

Seguía mirándola, y todavía no había encendido su ordenador. Bertold Shenneck, utilizando un grupo de cuarenta ratones blancos con implantes cerebrales nanomecánicos, proporcionó una visualización vívida de cómo un rebaño de animales de mayor tamaño podría algún día manejarse de manera más eficiente. Al soltarlos en una habitación, los ratones corrieron enloquecidos por todas partes. Cuando un técnico sentado delante de un teclado de ordenador transmitió una orden a los implantes, todos los ratones se quedaron inmóviles al mismo tiempo. Cuando le dio otras órdenes, los cuarenta roedores se movieron como uno en la misma dirección, de pared a pared y de vuelta. Se colocaron en fila india y dieron vueltas por la sala de pruebas; se reunieron en cuatro grupos de diez cada uno y se dirigieron a las esquinas a la espera de la siguiente orden.

El vídeo terminó un minuto después de los ratones. Se sintió agradecida por ello. Ya había visto lo suficiente como para sentirse helada hasta los huesos, con un escalofrío tan profundo que no podría calmarlo el aire caliente, el café caliente o cualquier otra cosa que no fuera el tiempo.

Cuando Jane se desconectó, Rockport Man le dijo:

—Mis amigos me llaman Sonny. ¿Cómo te llamas?

—Melanie —mintió ella.

—Tienes toda una imagen, Melanie. Llamativa pero estilosa.

Se había olvidado por completo de la peluca púrpura y la sombra de ojos y la ropa de West Hollywood.

—Me gusta tu estilo. ¿Estás en tu segundo año o primero? —le preguntó.

—Primero —contestó mientras se levantaba de su ordenador.

Él también se puso de pie. Cuando el hombre buscó debajo de su chaqueta con la mano derecha, Jane metió la suya debajo de la chaqueta de motorista abierta hacia la Heckler & Koch.

En lugar de una pistola, el individuo sacó una cartera larga de identificación del tipo que podría haber contenido una placa. De allí sacó una tarjeta de visita.

—Mi gente y yo nos reunimos con el director de servicios bibliotecarios para el posible uso de la biblioteca como localización. Localización para una película.

Alargó la mano con la tarjeta.

La tensión de su estómago se relajó. El ácido bajó de nuevo por su garganta, pero dejó un regusto amargo. Sacó la mano de la chaqueta y cogió su bolso.

Cuando ella no mostró interés por la tarjeta, él se acercó y se la tendió de nuevo.

—No me interesan las películas —le dijo.

—Cuando llega la oportunidad, no cuesta nada escuchar.

—Tenía una sonrisa devastadora, o eso pensaba él—. De todos modos, no tiene que ser estrictamente un asunto de negocios.

—Estoy casada.

—Yo también —repuso él cuando ella se dio la vuelta—. Segunda esposa. La vida es complicada, ¿eh?

Ella lo miró de nuevo. Sus dientes blanqueados parecían radiactivos.

—Sí —confirmó ella—. Complicada. Complicada de cojones.

—Toma la tarjeta. Mira el nombre. Lo conocerás. ¿Qué tienes que perder? Haz un nuevo amigo. Nada más. Una cena tranquila.

Ese maldito sabor amargo ácido.

Con el bolso colgado sobre el hombro izquierdo, buscó debajo de la chaqueta con la mano derecha, sacó la pistola y la sostuvo con el brazo extendido, a treinta centímetros de su cara, tan firme como si fuera una estatua tallada en piedra.

Su camisa de cambray tenía una urdimbre gris y una trama verde, y ambos colores parecían enrojecer su cara bajo el bronceado de máquina. No pudo encontrar las palabras o no pudo hablar.

Ella no podía creerse lo que estaba haciendo. No pudo evitar hacerlo.

—Para la cena, digamos que ponemos una gran manzana en tu boca, te enterramos en un pozo de brasas y tenemos un *luau* más tarde.

Necesitó hacer un esfuerzo para hablar.

—Yo... Tengo dos hijos.

—Me alegro por ti, lo siento por ellos. Retrocede y siéntate.

Retrocedió hasta la silla frente al ordenador que no había usado.

—Te quedarás sentado ahí cinco minutos, Sonny. Cinco minutos completos. Si me sigues, les ahorraré a esos dos niños la tristeza de un padre de mierda. ¿Lo tenemos claro?

—Sí.

Enfundó la pistola. Le dio la espalda. Fue una prueba, y él la pasó quedándose en la silla.

En la puerta, cuando salía de la estancia, apagó las luces. La oscuridad conducía a la contemplación.

20

Condujo de vecindario en vecindario, con el sol poniente bajando detrás de ella y el mundo lleno de sombras inclinando todas sus siluetas distorsionadas hacia el este.

Más de una vez, cuando se detenía en un semáforo en rojo, ajustaba el espejo retrovisor para mirar el reflejo de sus ojos. Todavía no se veía loca, pero se preguntaba si iba a acabar ocurriendo.

Siempre se había considerado firme como una roca. Pero la roca también podía fracturarse. Bajo suficiente presión, incluso el granito se desmoronaba, se rompía.

Apuntar con su pistola a ese imbécil, Sonny, había sido una estupidez. Él podría haber reaccionado de forma imprudente. Además, alguien podría haber entrado en la estancia mientras le estaba apuntando.

Se dijo a sí misma que el problema se debía a que dormía muy poco. Necesitaba una larga noche de descanso. Si tuviera pesadillas que la despertaran, bueno, tendría que darse la vuelta y entregarse a ellas en busca del descanso que pudieran permitir.

No podía soportar la idea de comer en un restaurante, de hacerle el pedido a un camarero, de sonreírle, de escuchar las conversaciones de las mesas de otros clientes.

Algunos días acababa muy asqueada de la gente, tal vez porque tenía que tratar con demasiadas personas del tipo equivocado. Recordó a la madre y al niño asmático en el banco de la parada del autobús, al amable vendedor en West Hollywood, pero no fueron suficientes para equilibrar el día.

Recorrió las calles en busca de un lugar donde comprar comida para llevar y encontró un establecimiento que no era una franquicia de esas de pan sin nada y mucho plástico. El bocadillo de carne de ternera y chucrut casi pesaba medio kilo. Un pepinillo encurtido, enorme y fragante. Un trozo de queso champagne para el postre y dos botellas de Diet Coke llenaron la bolsa.

En el motel, después de llenar un vaso de hielo en el hueco de la máquina expendedora, cerró la puerta con llave y corrió las cortinas. Se quitó la chaqueta de cuero. Luego la peluca morada y se cepilló el pelo. Se quitó la sombra de ojos y el pintalabios morado.

Se veía cansada. Pero no derrotada.

Había una radio reloj en una mesita de noche. No logró encontrar una emisora de música clásica y se conformó con una que emitía canciones antiguas. Taylor Dayne con «Love Will Lead You Back».

Una pequeña mesa redonda tenía el espacio suficiente para que comieran dos. Se sentó frente a la silla vacía, puso la pistola sobre la mesa y abrió la bolsa de comida.

Mezcló la Coca-Cola y el vodka con hielo en un vaso del motel. El bocadillo estaba delicioso.

El locutor prometió tres éxitos de los Eagles sin interrupciones comerciales. El primero fue «Peaceful Easy Feeling».

Jane se sintió invadida y superada por un anhelo tan agudo como el filo de una navaja. Al principio, pensó que su anhelo era por Nick. Pero a pesar de que lo echaba de menos todos los días, era demasiado práctica como para pensar tan intensamente en algo que nunca podría ser. Y aunque ella añoraba a Travis, tampoco se trataba de su hijo. Ella anhelaba su hogar, un lugar del corazón al que pertenecía, que era casi tan inútil como desear que la muerte de Nick pudiera no haberse producido, ya que ella ya no tenía un hogar ni la posibilidad de tener uno.

21

Dejó encargado que la llamaran a las 6:30 para despertarla y luego se sentó en un sillón en la oscuridad, con la única luz de color blanco hueso procedente del baño y que salía por la rendija del hueco entre la puerta y la jamba. Mientras bebía vodka y Coca-Cola y escuchaba la radio, pensó en Bertold Shenneck en Menlo Park, al sur de San Francisco. En el límite de Silicon Valley, si no dentro de él. El reino de los milagros tecnológicos. Esperaba soñar con ratones militarizados, y lo más probable es que fuera peor.

Tenía por delante un día muy atareado. Para empezar, reunirse con Jimmy Radburn en Palisades Park y salir de allí con la información que él le traería.

Aunque todavía no estaba borracha, no se atrevió a beber más. Se quitó la ropa, se fue a la cama de matrimonio, y metió la pistola debajo de la almohada de Nick.

Se quedó tumbada escuchando la radio, que había comenzado

a emitir un triplete de Bob Seger. «Still the Same» estuvo bien, pero cuando la segunda canción fue «Tryin' to Live My Life Without You», tuvo que apagar la radio. Últimamente, cierta música, ciertos libros, ciertas palabras, tenían para ella significados que nunca antes habían tenido.

Aunque tuvo varios sueños extraños, apenas se despertó. Cuando salió brevemente del sueño, fue debido a la terrible serenata de sirenas que aumentaban y disminuían, más sirenas de las que habrían roto la paz vecina solo una década o dos antes, como si un malvado maestro de una forma de origami similar a la mecánica cuántica pasara la noche doblando los males del mundo en aquellos lugares que antaño habían sido menos afligidos por ellos.

22

Jimmy Radburn en el infierno que es la realidad.

Un día cálido para marzo, con el sudor picándole en la nuca y goteándole por las axilas. El cielo azul claro, el océano como reflejo de ello, el resplandor del sol destellando el agua y entre los árboles y clavándose en sus ojos. Las olas rompen suavemente y empujan hacia la orilla el olor de algas en descomposición. Nada de eso es tan vívido, fascinante y acogedor como cualquier recreación de realidad virtual.

Debajo de los árboles, Palisades Park está verde y poblado de tontos en patines y corredores idiotas y niñas vestidas con Lululemon haciendo improvisadas sesiones de pilates en el césped.

Las puñeteras gaviotas chillando. Los cuervos posados en el respaldo de los bancos, en las papeleras, en los postes de las cercas y cagándose en todas las partes donde estaban posados. Odia a los pájaros. Un día él se jubilará en un lugar donde no haya pájaros.

Una vez, cuando Jimmy Radburn tenía nueve años, un pájaro que volaba por encima de él dejó caer una bomba de mierda sobre su cabeza. La gente se echó a reír, fue humillado, y nunca lo olvidó. Jimmy nunca olvida ninguna ofensa, nunca, jamás, no importa lo lejos que esté en el pasado o lo mínima que sea su importancia. Jimmy Radburn ha usado ese nombre solo durante cinco años. Sin embargo, vive tan intensamente esta identidad que puede hablar durante horas acerca de la infancia de Jimmy, todo inventado mientras habla, y pocos días después de haber creado una nueva parte del pasado de Jimmy, se llega a creer que es verdad como el ave faltándole el respeto a su cabeza.

Esta capacidad de creer sus propias mentiras es de gran valor en el trabajo que ha elegido como *cracker* y pirata del ciberespacio. En este nuevo mundo digital, la realidad es plástica y tu identidad es lo que quieras que sea. Lo mismo que tu futuro: deséalo, créalo, vívelo.

Lleva un maletín lleno en cada mano, un globo metálico repleto de helio atado a la muñeca izquierda y flotando dos metros por encima de la cabeza. Debido a que el globo no es para una ocasión especial como un cumpleaños, el cabrón del florista le dio uno que pone en letras rojas grandes «Happy, Happy». Una estupidez. Se siente avergonzado por el globo.

La perra de pelo púrpura, Ethan Hunt, o comoquiera que se llame de verdad, entra en su vida como un vendaval y lo derriba todo. Tiene razón sobre los transmisores infinitos colocados en sus líneas telefónicas. Así pues, es capaz de desmantelar todo su operativo y trasladarlo antes de que el FBI se dé cuenta de que se está desvaneciendo para huir de ellos. Lo ha salvado de la prisión. Pero él la odia, no obstante, porque lo avergonzó delante de su equipo. Desde que ese pájaro arrojó la bomba de mierda sobre la cabeza de Jimmy Radburn veintiún años antes, cualquiera que lo avergüence se gana su enemistad eterna, aunque el pájaro y la bomba sean imaginarios.

Además, debido a su aversión a los dispositivos de memoria, porque se ha «vuelto primitiva», los pesados maletines con todos los documentos impresos lo están matando mientras camina hacia el norte en el sendero del parque desde Broadway.

Algunas de las chicas que pasan corriendo o patinando llevan pantalones cortos y camisetas sin mangas y son dignas del interés romántico de Jimmy, pero ninguna lo mirará dos veces porque ahora su rostro brilla cubierto de sudor y las manchas de transpiración en su camisa son de carácter épico. Es simplemente un hecho que Jimmy no tiene la apariencia musculosa que puede hacer que el sudor sea sexy.

Persevera con una sonrisa porque tiene una sorpresa para la perra, y la sorpresa es su socio de Vinyl, Kipp Garner, el hombre con dinero que financió su empresa.

Ella tenía razón cuando dijo que Jimmy no es capaz de matar. Tiene una larga lista de cabrones a los que disfrutaría mucho matando, pero no tiene estómago para el trabajo sucio.

Por otro lado, a Kipp Garner, una montaña de músculos, le gusta mucho la violencia. Tal vez nació retorcido. O quizá, para levantar cantidades cada vez más grandes de pesas, toma tantos suplementos de esteroides y testosterona que el sexo por sí solo no puede domesticar a la bestia que hay en él, por lo que necesita la liberación de machacar a alguien de vez en cuando.

Incluso a través del receptor inalámbrico en la oreja derecha de Jimmy, la voz de Kipp retumba como un trueno lejano.

«Ya casi estás en Santa Mónica. ¿La ves?».

El pequeño micrófono que parece ser un botón de cuello está conectado debajo de la camisa de Jimmy a un transmisor de batería del tamaño de un paquete de chicle en el bolsillo derecho de su pantalón.

—Ella dijo en algún lugar entre Broadway y California Avenue.

La perra me hará arrastrar esta mierda hasta California. Y ahora no tendrá el pelo morado.
«Por supuesto que no tendrá el pelo morado», replica Kipp.
—Solo digo que podría no reconocerla.
«Te gustó mucho, ¿verdad?».
—Sí.
«Te gustó un huevo».
—Sí.
«Entonces la reconocerás».
Un viejo sin hogar como un yeti encogido y fuera de lugar, con una mochila, cargando una bolsa de basura repleta de pertenencias, trastabilla y se interpone en el camino de Jimmy.
—¿Un dólar para un veterano de Vietnam?
—Nunca estuviste en Vietnam —le replica Jimmy—. Aléjate de mí o te cortaré la lengua y se la daré a una de esas gaviotas de mierda.

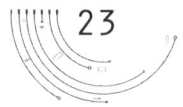

A las 11:55, empezando por California Avenue, Kipp Garner avanza lentamente a lo largo de la cerca que protege a los visitantes del parque para que no se caigan por las Palisades y acaben en la autopista de la costa del Pacífico. A su derecha, el mar está lleno de luz del sol, como una lámina de acero martillado, y a su izquierda, más allá del estrecho parque, el tráfico aumenta en Ocean Avenue.

Lleva puestas unas zapatillas negras y blancas de Louis Leeman, pantalones vaqueros rasgados y arreglados de NFS y una camiseta con la impresión de la palma de la mano de NFS que casi lleva a los límites de su resistencia a la destrucción por los hombros, bíceps y pectorales. En una muñeca del tamaño de los antebrazos de algunos hombres llevaba un costoso reloj Hublot con manecillas en aleación azul Texalium, uno de una edición limitada de quinientos, que prácticamente gritaba «poder y dinero» a cualquier ojo que lo viera.

Kipp Garner lleva pistola solo en raras ocasiones, y no lleva una en este momento. Sus dos mejores armas son su mente y su cuerpo, aunque hoy, metido en un bolsillo, también tiene un trapo empapado de cloroformo dentro una bolsa de plástico autosellable para garantizar que la mujer no forcejee.

Durante la última hora y media, distribuidos en tres manzanas desde California Avenue hasta Santa Monica Boulevard, seis de los miembros de su personal han ocupado posiciones asignadas en anticipación a la cita entre Jimmy y la mujer. Dos parecen ser estudiantes universitarios con libros de texto que estudian mientras toman un poco el sol. Una está en una esterilla tejida sobre la hierba, practicando yoga. Otro intenta entregar folletos de la Iglesia Adventista del Séptimo Día a los transeúntes. Dos visten uniformes de mantenimiento del parque y recortan arbustos lo mejor que pueden. Cuatro de ellos son hombres, dos mujeres, todos con trapos empapados de cloroformo, y tres están armados con pistolas.

Estacionados a intervalos a lo largo del lado oeste de Ocean Avenue, junto al parque, hay seis todoterrenos. Sea donde sea donde tenga lugar el encuentro, uno de esos vehículos estará suficientemente cerca como para asegurarse de que pueden atrapar y meter a la mujer sin montar un espectáculo.

En este primer cálido día de marzo, la mayoría de las personas que están fuera no forman parte del equipo de Kipp. Los corredores más entregados se dedican a hacer carreras desde el muelle de Santa Mónica hasta el extremo superior de Will Rogers State Beach y de regreso, un viaje de ida y vuelta de casi diez kilómetros en total. Hay gente paseando a perros. Los jóvenes amantes se pasean cogidos de la mano.

También están los desechos humanos habituales: dos borrachos harapientos cargando todo lo que poseen, destinados a pasar la noche en un sueño borracho, escondidos en nidos de arbustos del parque; un fumeta de pelo largo desnudo hasta la cintura y con vaqueros, tan anoréxico y pálido que no debería quitarse la camisa ni siquiera en la ducha, sentado en un banco tocando la guitarra con tanta apatía que a Kipp le entran ganas de coger el instrumento y aplastarlo...

Jimmy, un tipo preocupado y quejumbroso de nacimiento, se agobia con la posibilidad de que mucha gente signifique demasiados testigos. Pero por muy inteligente que pueda ser con los ordenadores, Jimmy desconoce los aspectos más importantes del asalto físico y el secuestro. Cuanta más gente hubiera en el parque, más se distraerían los unos a los otros, sin darse cuenta de lo que Kipp y su equipo le hacían a la mujer. Y cuando comenzara el baile, más personas significarían mayor confusión, lo que aseguraría menos testigos fiables.

Kipp lleva consigo un pequeño par de prismáticos potentes. Los usa cada dos minutos y examina el parque a su izquierda y delante, lo que puede ver entre los árboles, vigilando a su gente y anticipando un primer vistazo de Jimmy Radburn.

A través del receptor que lleva metido en la oreja derecha, le llega la voz de Zahid, uno de los chicos que finge ser un estudiante universitario concentrado en su libro de texto.

«Jimmy se está acercando a mí, a un tercio de una manzana al norte de Santa Mónica. Parece que se viene abajo».

«Chúpamela —dice Jimmy—. Debería haber rellenado los puñeteros maletines con espuma de poliestireno».

—No sudarías, y la falta de peso sería obvia —le replica Kipp—. De todos modos, si esto sale mal, ella se lleva los maletines y no hay nada en ellos, entonces nos revienta una llamada telefónica. Cállate y suda.

No tiene intención de matar a la mujer que se hace llamar Ethan Hunt. La torturará, se enterará de cómo esa perra atrevida consiguió la información que necesitaba para hacerlos bailar a su ritmo, entender por qué está interesada en todas esas autopsias y en el tipo llamado David James Michael. Entonces la matará o no. Si no, la mantendrá encerrada mientras sacan todo su operativo fuera del espacio de Vinyl sin alertar al FBI, y luego la liberará. Si está tan buena como dice Jimmy, le dará una buena tanda de Kipp Garner para que lo recuerde antes de soltarla.

A poco más que a medio camino entre Wilshire y Arizona, que termina en Ocean Avenue, Kipp se desvía de la barandilla de Palisades y se adentra en el parque para poder ver mejor a través de los grupos de árboles. Se detiene y mira con los prismáticos el camino que hay por delante.

Ahí viene Jimmy, cargando con los maletines llenos y el globo metálico reflejando el sol y moviéndose sobre su cabeza. Se está acercando a Alika, quien está distribuyendo panfletos religiosos a unos pocos que los aceptan.

Kipp no ve a ninguna perra, con o sin cabello morado, suficientemente buena como para coincidir con la descripción de Jimmy. Eso no significa que no esté aquí, porque Jimmy es un salido que saltaría sobre una cabra si fuera la única hembra disponible cuando necesita una, un fantasioso que, al contarlo, convertirá a la cabra en una firme aspirante a Miss Universo.

Entonces, sucede algo inesperado.

24

El hotel de siete pisos sin mucha decoración, excepto algunos detalles Art Decó, se encontraba frente a Palisades Park. La entrada le proporcionaba el elemento de estilo necesario: seis escalones flanqueados por barandillas de acero inoxidable enrolladas para formar pilares de soporte conducían a un pórtico donde las columnas de mármol sostenían un arquitrabe curvo bajo el cual se alzaba un par de puertas de acero y vidrio pulido, flanqueadas por paneles de vidrios artísticos en los que se había grabado una escena de pájaros parecidos a garzas posados sobre algo que se asemejaba al agua.

En ese momento, las puertas estaban cerradas, y Jane se encontraba detrás de una de ellas vigilando el parque al otro lado de Ocean Avenue.

Fuera, en el pórtico, había un portero vestido de negro, excepto por una camisa blanca, esperando al próximo huésped. También estaba ayudando a Jane vigilando el parque por el sur, que estaba fuera de su línea de visión.

Había entregado su pistola de servicio cuando se había ido de permiso, y se suponía que también tenía que entregar su credencial del FBI. La guardó de manera intencionada. Su jefe de sección, Nathan Silverman, no se la pidió de inmediato, tal vez porque era uno de sus investigadores más exitosos y él esperaba que fuera suficientemente dura como para lidiar con su dolor y regresar al cabo de unas pocas semanas, en lugar de meses. O quizá también lo pasó por alto porque se tenían un gran respeto mutuo y eran amigos en la medida en que la diferencia en sus rangos, edades y géneros lo permitían. Para cuando podría haber insistido en que entregara su identificación, llevaba dos meses fuera de cualquier actividad, había vendido su casa, presentado una solicitud para ampliar el permiso y desaparecido en la clandestinidad.

Supuso que su situación actual en el FBI era problemática o inexistente.

Sin embargo, debido a que tenía pocas opciones más, le había presentado su credencial a la gerente del hotel, una amable mujer llamada Paloma Wyndham, a la que le solicitó cooperación en una pequeña operación encubierta. Paloma accedió a permitirle realizar la vigilancia del parque desde el vestíbulo, que no estaba muy ocupado porque el hotel solo tenía sesenta suites de lujo, ni habitaciones individuales ni dobles.

Jane le había ofrecido que el jefe de su sección en Washington hablara con ella, que era donde todo podría haberse derrumbado. Pero sabía que incluso en la actual atmósfera políticamente cargada, cuando se alentaba a las personas a desconfiar o incluso de manera explícita a no respetar la aplicación de la ley, el FBI era una de las pocas agencias federales, quizá la única, a la que la mayoría de los estadounidenses aún respetaba. Debido a que, en teoría, Jane estaba usando el hotel solo como un punto desde el cual realizar la vigilancia durante una hora, la gerente tan solo mandó por fax la identificación y le pidió que volviera a verificar su marcha cuándo hubiera concluido su trabajo.

De hecho, si Jimmy Radburn no jugaba siguiendo las reglas de su acuerdo, podría haber más acción dentro del hotel de lo que Jane había hecho creer a Paloma. Había recorrido el edificio temprano por la mañana y sabía cómo usar el lugar.

Desde su puesto en el pórtico, el portero se volvió hacia Jane con el pulgar hacia arriba, indicando que había visto al hombre con el globo metálico acercándose desde el extremo sur del parque, más allá de su línea de visión.

25

Sudando, sediento, deseando haberse acordado de aplicarse en la cara protector solar porque se quemaba fácilmente y murmurando para sí mismo por el peso de los maletines, Jimmy llega a una pequeña floresta de enormes árboles cuyas copas cubren el camino. Todavía no ve a nadie que pueda ser la puta que le puso la vida del revés, y todavía quedan dos largas manzanas hasta que llegue a California Avenue, momento en el cual probablemente estará deshidratado y a las puertas de la muerte.

De la nada, como un demonio invocado, la criatura de trapo y hueso que había afirmado que era un veterano de Vietnam se le echa encima con una furia aullante después de soltar la bolsa de basura con sus pertenencias y arrojar a un lado su mochila, y ataca a Jimmy con los puños huesudos como garras apretadas.

—¿Le vas a cortar la lengua al viejo Barney, se la vas a dar de comer a una gaviota, eso quieres? ¡Te sacaré los ojos y me los comeré yo mismo!

Su atacante no es más que un montón de ropa sucia con costra y cabello enredado y barba erizada, con unos ojos salvajes y dientes amarillos, que escupe saliva con cada amenaza, saliva que, sin duda, transmite enfermedades más allá de las que se pueden contar.

Jimmy deja caer los maletines para defenderse y abofetea ineficazmente al anciano, y no por primera vez demuestra que es lo menos parecido a un gladiador. El espantapájaros ambulante tiene muy poca sustancia como para ser un peligro para un hombre adulto, pero hace que Jimmy se tambalee antes de saltar hacia atrás, escupiendo, maldiciendo y pataleando como Rumpelstiltskin en aquel cuento de hadas que hizo que Jimmy, de niño, mojara la cama cuando su madre se lo leyó.

La locura parece haber terminado, pero no es así. Por el paseo aparece una amazona de unos cincuenta años con cascos y patines vestida con unos pantalones cortos negros de licra y un sujetador deportivo amarillo canario. Se detiene bruscamente con un giro y agarra ambos maletines.

La ladrona está bronceada, tiene músculos robustos y le sonríe con desdén. Él la llama por lo que cree que es ella, «Dame eso, puta bollera», y trata de recuperar uno de los maletines. La mujer ejecuta una maniobra propia del patinaje de contacto, clava el tope de goma de un patín en el pavimento, se balancea sobre la pierna izquierda como una bailarina y lo patea en las pelotas con su otro patín.

Jimmy se dobla a la altura de las caderas, de las rodillas, y se pliega hacia el suelo, haciendo un sonido como una corriente de aire que escapa de una válvula bajo una presión extrema. Aunque los ojos se le nublan por las lágrimas, ve a Alika dejar caer sus panfletos Adventistas del Séptimo Día y meter la mano en la mochila que tiene a los pies, donde tiene guardada una pistola. Los disparos atraerán a la policía, pero él quiere de todos modos que Alika le pegue un tiro a la bollera.

Lo que sucede, en cambio, es que la reina del patinaje de contacto gira en un círculo completo, tal vez dos veces, balanceando uno de los maletines como si fuera un disco y lo fuera a lanzar, excepto que lo que hace es golpear con él en la cabeza a Alika, derribándola al suelo, inconsciente.

Y la perra loca sale huyendo del paseo del parque a través de la hierba hasta la acera pública a lo largo de Ocean Avenue, a la esquina y a la calle en el paso de peatones. Recibe una sonora pitada de un Honda que sale de la calle lateral y estaba girando hacia el sur en Ocean, pero la luz está con ella mientras se aleja, cargada con los maletines.

26

Jane había albergado la esperanza de que Jimmy no hiciera ningún truco, que le entregaría los maletines a Nona y se marcharía. Pero también se había preparado para la posibilidad de que, después de haberlo salvado de la cárcel, él prefiriera devolverle el favor con una patada en la cabeza. Esos vaqueros del ciberespacio se consideraban los amos del universo y les molestaba verse superados por alguien.

Ella había estado en el parque desde las ocho hasta las diez, estudiando a los paseantes habituales, desde los mendigos harapientos a los fanáticos del deporte. Sus años de experiencia en el Grupo de Respuesta a Incidentes Críticos le habían proporcionado las herramientas necesarias para analizar a los candidatos para su propio equipo improvisado, y un suministro rápido de dinero en efectivo le permitió convencerlos para que la ayudaran.

A ella no le gustaba usar a la gente de esa manera. A ellos no les importaba que los utilizara, pero su disposición no la excusaba. Algo podría salir mal. Alguien podría resultar herido, quedar lisiado, acabar muerto. Pero como todos los demás, ella tenía sus prioridades. Su prioridad era su hijo. Usaría a cualquiera para mantenerlo a salvo y para mantenerse viva para él.

A las 10:15, una hora y cuarenta y cinco minutos antes de su cita con Jimmy, ya estaba en su coche en un parquímetro en el lado de Ocean Avenue más alejado del parque, buscando con los prismáticos algo inusual, cuando el convoy de los todoterrenos apareció en dirección norte y frenó a intervalos entre Santa Monica Boulevard y California Avenue. Los ocupantes de los vehículos se reunieron brevemente alrededor de un fortachón que parecía haber salido de una película de Marvel, y luego se dispersaron.

Tal vez no eran la gente de Jimmy Radburn, pero se le parecían mucho. Si estaban con Jimmy, a Jane no le sorprendió que pensaran que llegar casi dos horas antes de la cita fuera una manera de asegurarse estar allí antes de que ella apareciera. La maldad es poco imaginativa y perezosa.

Ahora, después de la pelea que involucró a Jimmy y a la panfletista, con ambos maletines en su poder, Nona patinó por el asfalto, y Jane hizo una mueca cuando el Honda casi la atropelló. Cruzó Ocean Avenue, se deslizó por el bordillo en la esquina, subió los seis escalones delanteros en sus patines, y todo con tanta rapidez que Jane apenas tuvo tiempo de abrir la puerta a tiempo para dejarla entrar en el vestíbulo del hotel.

El portero en el pórtico parecía asombrado, y su asombro aumentó cuando, de un bolsillo de la chaqueta, Jane sacó una cadena y un candado que había comprado antes en una ferretería. Encadenó las largas manijas verticales de las puertas de vidrio y las cerró con candado para que no se pudiera entrar en el hotel.

Tras pasar Nona, el semáforo había cambiado, y tres tipos, uno de ellos el forzudo, intentaban cruzar Ocean, frenados por la necesidad de esquivar a los impacientes automovilistas.

Los frenos chillaron y uno de los tres cayó derribado.

Nona había pasado junto a Jane, y tras cruzar el suelo de terrazo pasando por la entrada del elegante bar Art Decó, había llegado al ascensor. Cuando Jane llegó allí, las puertas del ascensor ya se abrían deslizándose.

Entraron en el cubículo y pulsaron el botón en el que ponía «Garaje».

—Eso ha molado —declaró Nona.

—Lo siento, se puso peliagudo.

—Cuanto más peliagudo, más divertido.

—¿Barney está herido?

—Nah. Ese viejo es más duro de lo que parece.

Cuando las puertas se cerraron y el ascensor comenzó a bajar, Jane pulsó el botón de parada. Se detuvieron entre dos pisos. Metió la mano en el bolsillo interior de la chaqueta y sacó una gran bolsa de basura verde y resistente que llevaba doblada, y se la entregó a Nona.

Mientras la patinadora sacudía la bolsa para abrirla, Jane comprobó el contenido de los maletines. Había papeles impresos metidos en bolsas de plástico transparentes y selladas.

—Pensé que podría ser dinero —comentó Nona mientras se sentaba en el suelo del ascensor para quitarse los patines.

El forro de los maletines probablemente ocultaba unos sofisticados transpondedores, lo que permitiría rastrearlos. Jane volcó el contenido en la bolsa de basura.

—Lamento decepcionarte. Nunca dije que había dinero.

—No sigas disculpándote. Ha sido una semana aburrida hasta ahora.

Jane volvió a pulsar el botón de parada. Mientras el ascensor continuaba hacia el garaje, ella anudó la bolsa de basura con sus cordones de cierre.

Nona fue la primera en entrar en el garaje del hotel llevando al hombro sus patines. Las ruedas chasqueaban al chocar entre sí, y los rodamientos repiqueteaban.

Jane se detuvo solo para pulsar el botón del séptimo piso en el panel, y arrastrando la bolsa de basura, salió apresuradamente del ascensor.

El garaje solo para clientes olía a lubricante de motor, a la cal sobre el cemento y a los humos de escape del automóvil más reciente que había salido o entrado. Un techo bajo. Una iluminación inadecuada que permitía sombras en las que acechar. Las paredes mostraban manchas de agua como enormes caras distorsionadas y figuras fantasmales retorcidas. «Una tumba, catacumbas», pensó.

Se habían movido con rapidez. Pero tal vez no con la rapidez suficiente.

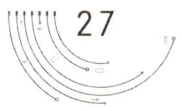

Zahid cruza Ocean Avenue con el semáforo en verde y cae atropellado por un Lexus azul, aunque no le pasa por encima. Tirado en la acera, le señala el hotel a Kipp y Angelina, diciendo «Seguid, seguid, estoy bien».

Kipp no necesita que le anime a seguir, no le importa si Zahid está bien o no, no tiene ninguna intención de pararse para administrarle los primeros auxilios. Le habían reventado la trampa que habían preparado con otra trampa lanzada contra ellos, y una situación que va mal hay que corregirla. Están en una profesión en la que los negocios siempre van antes que el personal, sin nada de esas tonterías románticas de las películas de la mafia y otras organizaciones criminales, nada de esa mierda sentimental sobre la familia y el honor entre los ladrones. En esta era digital, las personas son fuentes de datos; su valor principal es cualquier información útil que tengan y que uno necesite. En ese momento, Zahid no tiene datos que necesiten; se ha estrellado.

Cuando Kipp llega al hotel, el portero está de pie frente a la entrada, mirando hacia el vestíbulo. Kipp lo echa a un lado de un empujón, agarra un asa y descubre que las puertas no se abren.

Kipp Garner es sobre todo un empresario práctico con un enfoque ordenado de los problemas de la vida. No es de los que se dedican a gritar ni a entregarse a una indignación violenta cuando no se sale con la suya. Disfruta de vez en cuando sometiendo a golpes a algunas personas y dejarlas con algún tipo de lesión u otra que garantice que el tipo en cuestión siempre le tema, pero sus objetivos son desconocidos que encuentra en bares o en circunstancias solitarias. Cuando la ejecución responsable de uno de sus negocios le exige matar a alguien que conoce, cumple la tarea de manera eficiente, con poca emoción.

Kipp se ha autoanalizado mucho durante sus treinta y seis años de vida, y sabe que su única debilidad como persona, su único y verdadero defecto es que no puede controlar su temperamento cuando una mujer lo insulta o de alguna manera le pasa por encima. Por suerte, la mayoría de las mujeres sienten eso de él en el primer encuentro y son muy cuidadosas en su presencia.

Pero esta Ethan Hunt, a la que vislumbró brevemente y de lejos cuando le abrió la puerta del hotel a su cómplice de patinaje sobre ruedas, lo ha tomado por tonto. Muy tonto. El rostro le arde de vergüenza. Una mujer lo ha mortificado delante de su equipo. Siente que toda su gente se está riendo de él a escondidas. No solo su equipo. Todos en el parque, los automovilistas en Ocean Avenue, el escuálido portero a quien ha apartado, todos se están riendo de él.

Cuando ese defecto, esa debilidad singular, se manifiesta en Kipp Garner, a veces pierde el control y actúa irracionalmente, nunca durante mucho tiempo, quizás un minuto, o cinco. Esta vez, es un minuto más o menos, durante el cual agarra las asas de acero inoxidable y tira de ellas, tira y empuja de las puertas del hotel, las agita hasta que parece que se van a romper, y el candado no deja de golpear contra una de las manijas interiores y la cadena no para de repiquetear contra el cristal.

La voz de Angelina finalmente logra atravesar la neblina roja que le nubla el pensamiento.

—¡Tío grande! Eh, semental, don Grande, seguro que quieres ver esto.

Es una de las falsas estudiantes del parque, el tipo de chica que siempre sabe cuál es su lugar. Ella cruzó la calle con él y Zahid. Está agitando su teléfono inteligente delante de él porque está usando una aplicación, una de las mejores de Jimmy, para rastrear los maletines.

—Se han vuelto verticales, tío grande.

Esta aplicación no solo mapea el transpondedor y lo sigue horizontalmente en cualquier dirección. También lleva incorporado algo que Jimmy llama capacidad de procesamiento tridimensional del reconocimiento de señales en el espacio cúbico. Kipp se aleja de imendiato de las puertas y mira en dirección al hotel.

—¿Quieres decir que están subiendo?

—Vertical, sí —confirma Angelina.

—¿Hasta dónde?

—Tal vez tengan una habitación aquí. De lo contrario, van a la azotea.

—No hay ningún sitio al que puedan ir desde la azotea. Está claro que tienen una habitación.

28

El garaje tenía dos rampas de acceso, una para los vehículos que entraban y otra para los que salían. Jane llevaba la voluminosa bolsa de basura que contenía la investigación que había ordenado, y Nona, calzada solo con calcetines, cargaba con sus patines. Ambas subieron corriendo la rampa de salida hacia el callejón que había detrás del hotel. Jane no se habría sorprendido de chocar de frente con algunos de los mejores amigos de Jimmy Radburn; pero en ese momento, la calle trasera estaba desierta.

El hotel se encontraba al norte de la manzana, y en la mitad del callejón, en el lado más alejado, había un gran aparcamiento que daba servicio a un edificio de oficinas que daba a la calle 2nd Street. El callejón daba acceso a él; noventa minutos antes, Jane había trasladado su Ford Escape de un parquímetro en Arizona Avenue a un espacio para visitantes en el aparcamiento, el espacio más cercano al hotel que pudo encontrar.

Esperó oír gritos detrás de ellas mientras corría a lo largo del callejón con Nona, pero no oyó ninguno. Una vez en el aparcamiento, tiró la bolsa de basura en el asiento trasero de su automóvil, y Nona se sentó en el asiento del pasajero delantero con sus patines mientras Jane se colocaba detrás del volante. Salieron de allí sin ver ninguna persecución en el espejo retrovisor.

29

Kipp se disculpa con el portero por empujarlo a un lado un momento antes, y pone un billete de cien dólares doblado en la mano del hombre.

Angelina y él se retiran del pórtico a la acera mientras Zahid se acerca cojeando por su encuentro con el Lexus, aunque insiste en que no está gravemente herido.

—Al parecer, tienen una habitación en el hotel —afirma Kipp—. No pueden quedarse allí para siempre. Necesitamos tener vigilada la entrada delantera y también la parte de atrás. Lleva un coche a...

—Tío grande —lo interrumpe Angelina, concentrándose en su teléfono inteligente—. Están bajando.

—¿Qué?

—Están bastante arriba, tal vez en uno de los dos pisos superiores. Esta aplicación no es fiable en la vertical. En estos momentos están bajando.

30

Al final del callejón, Jane giró a la izquierda en Santa Mónica y luego a la derecha en 4th Street.

Nona Vincent, exsargento del Ejército de Estados Unidos, ahora retirada, que estaba pasando por su cuenta unas vacaciones de una semana procedente de Carolina del Sur, dijo:

—Esto ha sido lo más divertido que me ha pasado desde hace mucho tiempo. Pero cuando le pateé los cojones a Tipo Globo hasta la nuez, espero que le estuviera dando su merecido a un chico malo, no a uno medio bueno.

—Totalmente malo —le aseguró Jane.

—Le dije que yo puedo llamarme a mí misma lo que me dé la gana, pero que él no puede llamarme tortillera ni a mí ni a nadie. No estoy segura de que me oyera, porque se lo dije después de la patada, cuando estaba sumido en un mundo de dolor.

—Estoy segura de que recibió el mensaje.

Cuando Jane frenó en un semáforo en la esquina de 4th y Pico, Nona preguntó:

—¿Así que estás suspendida del FBI?

—Sí —mintió Jane—. Como ya te dije.

No había dicho que estaba de permiso, porque no quería tener que contar toda la historia del suicidio de Nick.

—¿Por qué dijiste que estabas suspendida?

—No lo dije.

—No me parece que seas una corrupta.

—No lo soy.

—De lo contrario no estaría aquí ahora.

—Lo sé. Te estoy muy agradecida de que me hayas ayudado.

El semáforo cambió. Jane siguiendo conduciendo por Pico hacia Ocean Boulevard.

—Lo que me imagino es que estabas en un caso de corrupción que involucraba a un político y tus superiores te dijeron que lo dejaras, y no lo hiciste, así que te suspendieron hasta que rectifiques.

—Tienes poderes psíquicos.

—Y tú estás llena de mierda.

Jane se echó a reír.

—Totalmente.

—Pero sigo creyendo que eres una buena mujer.

Nona se alojaba en Le Merigot, un hotel de la cadena Marriott con vistas al mar, al sur del muelle de Santa Mónica y más o menos a una docena de manzanas de donde había patinado sobre los testículos de Jimmy Radburn. Jane no entró en el camino de acceso al hotel, sino que se detuvo en el bordillo, a la escasa sombra que las palmeras daban al mediodía.

A primera hora le había dado a Nona Vincent quinientos dólares con la promesa de quinientos más. Le ofreció el segundo pago en ese momento.

—No debería aceptarlo. Probablemente lo necesitas más que yo.

—No incumplo mis deudas.

—No debería aceptarlo pero lo haré. —Nona se metió los quinientos en su sujetador deportivo amarillo—. Cuando vuelva a casa y cuente esta historia a mis amigos, siempre puedo decir que me negué a cogerlos.

—Pero dirás la verdad.

Nona la miró con una solemnidad inusitada.

—¿Tienes un título en psicología o algo así?

—Algo así. Escucha, esos tipos probablemente se habrán largado de la zona, pero no deberías salir a patinar hoy, porque seguro que te guardan rencor.

—Es mi último día de todos modos. El hotel tiene un *spa*. Me quedaré y dejaré que me mimen.

Jane le tendió la mano.

—Encantada de conocerte.

Mientras se estrechaban las manos, Nona dijo:

—Cuando llegue el día en que hayas resuelto el embrollo en el que estás metida, llama al número que te di. Quiero escuchar toda la puñetera historia.

—La verdad es que tiraré el número. Si la gente equivocada lo descubriera, no sería bueno para ti.

Nona sacó uno de los billetes de cien dólares del fajo de cinco y lo dejó caer en el regazo de Jane.

—¿Qué es esto? —preguntó Jane mientras cogía el dinero.

—Te pago para que memorices el número. Si no me cuentas de qué va todo esto, me moriré de curiosidad.

Jane se guardó los cien.

—Soy casi el doble de vieja que tú —dijo Nona—. Cuando estaba creciendo en el Jurásico, nunca imaginé que el mundo se volvería tan feo.

—Yo nunca me lo imaginé así hace diez años. Ni hace uno.

—Vigila tu espalda.

—Lo mejor que pueda.

Nona salió del coche. Con los pies calzados solo con unos calcetines y sus patines al hombro, recorrió el camino de acceso del hotel.

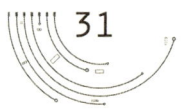

31

Kipp y Angelina están en el garaje del hotel. Al lado del ascensor. Esperan durante casi quince minutos. Ninguno de los dos habla mientras aguardan. Kipp no está de humor para hablar. Angelina comprende su estado de ánimo. Como siempre.

Se entienden bien. Él confía en ella. Ella nunca quiere darle una razón para que no confíe en ella. Puede tener cualquier tipo de sexo con ella. O con otras chicas. No es celosa. Solo quiere ser en la que más confíe. No su única chica. Su mejor chica. Su mejor amiga. Si a veces necesita lastimarla, puede hacerlo. Un día, se enterará dónde guarda su mayor escondite de dinero en efectivo, y será tan fiable que cuando le pegue un tiro en la nuca, él irá al infierno pensando que algún asesino la ha matado a ella también.

El portero del hotel los ha puesto en contacto con un botones. El responsable de botones. Como si fuera militar o algo así. El ascensor tintinea. El responsable de botones sale de su interior. No tiene pinta de botones. Parece un médico. Sabio, muy serio. Pelo blanco. Gafas de montura metálica.

—Había dos maletines vacíos en el ascensor —les dice.

—¿Dónde están? —pregunta Kipp.

—La señora Wyndham, la gerente general, los tiene en su oficina. Dice que el FBI podría quererlos.

Angelina detecta la alarma de Kipp. Una repentina electricidad en el aire.

—¿Qué tiene que ver el FBI con esto? —quiere saber Kipp.

—La señora que estaba con la patinadora le mostró una placa del FBI o algo parecido a la señora Wyndham. La señora Wyndham cree ahora que era una identificación falsa, y tiene que decírselo al FBI.

La situación se aclara de inmediato para Angelina. La perra de Ethan Hunt se ha largado. Su amiga bollera se ha largado. Va siendo hora de olvidarse de ellas. Que se vayan. Hay que salir de aquí.

A Kipp le dice:

—Mejor desaloja Vinyl deprisa y corriendo.

Kipp parpadea al mirarla. Luego asiente. Siempre está dos segundos por detrás de ella. Le da dos billetes al responsable de botones. El garaje está tranquilo. Solitario.

—Un poco de músculo también —aconseja Angelina.

—Sí —dice Kipp, y agarra por la garganta al responsable de botones para estamparlo contra la pared. Se pega a su cara—. Nunca nos has visto a ninguno de los dos. Nunca has hablado con ninguno de los dos. ¿Lo entiendes?

El responsable de botones no puede hablar, asfixiado. Solo puede asentir.

—Si dices una palabra sobre nosotros, te encontraré una noche, te cortaré la nariz y te la haré tragar. Y haré lo mismo con el portero. Díselo a él.

El responsable de botones, con el rostro congestionado, vuelve a asentir. Sus ojos parecen a punto de saltar. Su boca es una «O» mientras se esfuerza por respirar. Ya no parece un médico. Se parece a un pez rojo. No es nada ataviado con su elegante uniforme. Es un gran cero. Un debilucho.

Kipp suelta la garganta del debilucho. Le lanza un fuerte puñetazo en el estómago. El debilucho cae de rodillas.

Kipp deja que el gran cero se quede con los doscientos. Es una forma de humillarlo. Como diciendo que aceptó los doscientos para permitir que Kipp le golpeara.

Angelina y Kipp se alejan.

Detrás de ellos, el debilucho vomita en el suelo del garaje.

Angelina echará de menos eso cuando mate a Kipp. Echará de menos ver cómo muestra a la gente lo pequeña que es, lo nada que es. Y también ver cómo lastima a la gente.

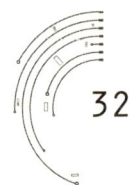

A las dos en punto, según lo acordado, Barney estaba esperando a Jane en Oceanfront Walk, sentado en los escalones que conducían al centro de entretenimiento interior conectado con el muelle de Santa Mónica. Allí era donde ella lo había visto por primera vez al principio del día. Estaba encorvado bajo el peso de su mochila, con la bolsa de basura de sus bienes terrenales a su lado, mirando el pavimento entre sus pies como si el significado de la vida estuviera escrito en el cemento a la sombra de su cuerpo.

Esa mañana, al presentarse, ella le había llevado un plato de desayuno de una cafetería cercana, que comprensiblemente no habrían estado dispuestos a servirle si él hubiera entrado en todo su esplendor harapiento, ya que la mayoría de clientes se habría dado a la fuga a su llegada.

Se había preguntado por sus motivos, pero se había comido lo que ella le había llevado. Después de quince minutos de conversación, dejó claros sus motivos cuando contó cinco billetes de veinte dólares y se los puso en la mano y luego le habló sobre un hombre que, al mediodía, caminaría por Palisades Park con unos maletines y con un globo metálico atado a una muñeca.

Barney no estaba tan sucio como parecía. Sus manos estaban arrugadas pero razonablemente limpias, y mientras estaba con ella, se las había enjabonado varias veces con gel antibacteriano. Tenía el cabello y la barba erizados, como si albergaran una carga eléctrica peligrosa, pero no estaban enredados y llenos de suciedad. Pensó que debía ducharse en algún refugio para vagabundos o bañarse en el mar por la noche.

Sin embargo, su ropa estaba tan sucia como parecía, y era necesario hablar con él a un metro para evitar marchitarse y envejecer prematuramente por su horrible aliento. En ese momento, estaba sentada en el escalón que él ocupaba, a la distancia necesaria para evitar su halitosis.

—Hiciste un buen trabajo en el parque.

Levantó su espesa cabeza y la miró fijamente desde debajo de un enredado seto de cejas, y, por un momento, pareció que no sabía quién era ella. Sus ojos llorosos eran de un azul pálido y desteñido, un tono que nunca había visto antes, y se preguntó si demasiado alcohol y la desgracia podrían haberlos oscurecido.

Aunque sus ojos no se aclararon, apareció en ellos un atisbo de reconocimiento.

—La mayoría no vendría como prometió, pero sabía que tú lo harías.

—Bueno, te debo otros cien dólares.

—No me debes nada, solo lo que me quieras deber.

—Nona dijo que asustaste muchísimo a Jimmy.

—¿El chico del globo con cara de bebé? Es un gilipollas. Perdona mi lenguaje. No le quería dar ni un simple dólar a un veterano de Vietnam.

—¿Eres un veterano de Vietnam, Barney?

—¿Cuántos años crees que aparento?

—¿Cuántos años crees que aparentas? —le preguntó ella.

—Eres una puñetera diplomática regulera. Creo que aparento setenta y ocho años.

—No discutiría contigo sobre eso.

—Lo que realmente tengo son cincuenta. O tal vez cuarenta y nueve. No soy mayor de cincuenta y uno. Yo era un mocoso cuando Vietnam estaba en su apogeo.

De un bolsillo del saco extrajo una botella de Purell y comenzó a desinfectarse las manos.

—Usas mucho esa cosa —comentó.

—Me lo bebería a litros si en mi interior hiciera el mismo trabajo que hace en mis manos.

—¿Ya has almorzado?

—No como tres veces al día. No lo necesito.

—Bueno, puedo traerte algo de almuerzo de la cafetería. Te gustó su desayuno.

Cuando entrecerró los ojos en aquella cara peluda, pareció estar mirándola desde unos arbustos.

—No saldrá de tus cien —dijo, y le dio otros cinco billetes de veinte.

Mientras guardaba el dinero, miró a su alrededor con suspicacia, como si innumerables ladrones estuvieran reunidos en las escaleras detrás de él, esperando la oportunidad de darle la vuelta y vaciarle los bolsillos.

—Por otra parte, no puedo soportar la idea de ofender a una dama.

—¿Qué te gustaría?

—¿Hacen una buena hamburguesa con queso?

—Creo que sí. ¿Quieres patatas fritas u otra cosa?

—Solo una buena hamburguesa con queso y un 7 Up.

Ella le llevó la hamburguesa con queso en una bolsa y un vaso de papel de tamaño medio de 7 Up.

—Les dije que no pusieran mucho hielo.

Él mezcló a escondidas parte de un botellín de whisky con el refresco.

—Eres una mujer que da miedo por la forma en que conoces la mente de un hombre.

No habló mientras comía. Ella descubrió que era mejor no mirar. Arriba, las gaviotas ejecutaban ballets. Chillaban todo el día y, aunque sus gritos hubieran sido molestos si se oyeran de cerca, eran de otro mundo e inquietantes desde lo alto.

Cuando Barney terminó de comer, dijo:

—No tiene por qué importarte en realidad, pero ¿sabes qué es lo que más me gusta de ti?

—¿Qué?

—Que me das dinero sin sermonearme para que no me lo gaste en bebidas.

—Ahora es tu dinero, no el mío.

—No queda mucha gente que no se dedique a dar puñeteras conferencias sobre cada puñetera cosa. —Después de tirar la bolsa de hamburguesas y el vaso de papel, recogió su bolsa de basura llena de pertenencias—. ¿Me acompañas al otro lado del muelle? ¿Hasta que esté seguro de que ningún pirata codicioso me está siguiendo?

—Claro.

Habían avanzado un poco cuando habló de nuevo.

—Tomé muchas malas decisiones en mi vida, pero ¿sabes qué?

—¿Qué?

Él se echó a reír.

—Si me dieran la oportunidad, las volvería a tomar. —Se quedó callado por unos pocos pasos. Luego dijo—: Es un mundo hermoso y terrible, ¿no?

Ella sonrió y asintió.

—¿Sabes lo que era antes de convertirme en lo que soy? Una vez fui camarero en un restaurante elegante. Las propinas eran generosas. Gané un buen dinero. Una vez fui como consejero juvenil y ministro laico en mi iglesia. Entrené a un equipo de la Pequeña

Liga. Conocía el béisbol como nadie. —Se había detenido. Miró a las gaviotas que volaban en el aire caliente del soleado día—. Es curioso, pero la mayoría de las veces, no puedo recordar cómo desapareció todo eso.

—Nunca lo hizo —respondió Jane—. Todavía forma parte de lo que eres. Siempre lo hará.

Su mirada era más clara ahora que antes.

—Es una manera de pensar al respecto. Y tal vez sea cierta. —Miró hacia atrás por el camino que habían seguido—. Nadie está al acecho. Ya estoy suficientemente seguro.

Cuando volvió a mirarla, un recuerdo de la infancia la devolvió por un momento veinte años atrás. Ella había encontrado un nido de pájaros que algún depredador debía haber arrojado del árbol al césped. Había tres pequeños huevos arañados con garras y abiertos a mordiscos, con su contenido devorado. Los ojos de Barney no eran de un color azul vaquero desteñido; eran precisamente del mismo azul pálido de los huevos tristes y rotos del petirrojo.

—¿Qué? —le preguntó Barney.

—¿A qué te refieres?

—¿Qué es lo que quieres preguntar? —Como ella no respondía, él la instó—: Adelante, sea lo que sea, no te preocupes. Ya nadie ni nada me ofende.

Después de una vacilación, ella dijo:

—Las otras personas que... que viven como tú vives. ¿Alguno de ellos se ha suicidado?

—¿Suicidado? Bueno, tienes que dejar a un lado la mitad de ellos, porque están locos como putas cabras. Perdona mi lenguaje. No saben nada del suicidio porque no están seguros de si están vivos o si ya están muertos. ¿El resto de nosotros? ¿Suicidio? Joder, nos agarramos a la vida todos los días solo para seguir. A menos que te refieras a un suicidio lento que lleva cuarenta años de picaduras de garrapatas y pulgas, de dientes podridos y de dormir fuera en las noches frías, porque no quiero que ninguna niñera de refugio me diga lo que tengo que hacer. Pero eso no es suicidio. Es más como la jubilación anticipada y las aventuras de los pobres. Si Dios quiere sacarme de aquí, va a tener que tirar muy fuerte, porque tengo unas raíces como un roble.

—Me alegra oírlo.

La comprensión tardía suavizó su rostro enloquecido.

—¿Quién de los tuyos se quitó la vida?

Ella se sintió sorprendida cuando se lo dijo.

—Mi marido.

Por un momento, Barney pareció abrumado por esta revelación. Abrió la boca pero no pudo pensar nada que decir. Miró a las gaviotas muy arriba y luego a ella de nuevo. Las lágrimas brillaron en sus ojos.

—Está bien —le dijo—. Lo siento. No quise molestarte, Barney. Estoy lidiando con eso. Estoy bien.

Él hizo un gesto de asentimiento, movió la boca sin hacer ruido, asintió de nuevo y contestó al fin:

—Fuera lo que fuera por lo que lo hizo, nunca pudo ser por tu culpa.

Se apartó de ella y se alejó, inclinado bajo su mochila, cargando su bolsa de basura, apurándose todo lo que podía, como si fuera de ese tipo de cosas, las tragedias del mundo, de las que había estado huyendo durante tanto tiempo.

—Raíces como un roble, Barney —le gritó.

Levantó un brazo para saludar, indicando que la había oído, pero no se volvió en ningún momento.

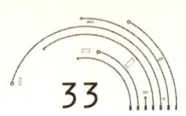

33

Desde la costa, Jane condujo por Wilshire Boulevard hacia el este, en dirección a Westwood, con los grandes riesgos del día a su espalda, y un riesgo menor por delante.

El intenso tráfico avanzaba lentamente bajo la luz del sol, con los conductores agresivos, con pocos concediendo la igualdad a otros bajo las reglas de la carretera, con la consecuencia de un avance a trompicones, muchos chirridos de frenos, muchos bocinazos.

Por alguna razón, recordó a Bertold Shenneck como lo había visto en sus vídeos: la cara amable, la sonrisa atractiva. Y pensó en los ratones con implantes cerebrales, marchando en falanges organizadas, como si oyeran música marcial en un patio de armas...

Lo único que lamentaba de la operación en Palisades Park era que había necesitado usar su insignia del FBI para que le permitieran estudiar el hotel a fondo y así determinar la mejor manera de usarlo, además de para realizar la vigilancia desde el interior de sus puertas.

Paloma Wyndham, la gerente, tal vez sentiría que la había manipulado una agente arrogante del FBI o supondría que la identificación era falsa. En cualquier caso, era casi seguro que llamaría a la oficina de campo de Los Ángeles para presentar una queja o cumplir con su deber ciudadano e informar sobre una impostora de agentes.

Lo último que Jane necesitaba era tener al FBI diligentemente en su persecución, además de las fuerzas todavía anónimas y decididas a poner fin a su investigación sobre la plaga de suicidios.

De todos los edificios que había frente al parque, el hotel era, con mucho, la mejor instalación para servir como una estación de paso en la transferencia de los archivos de los maletines a la bolsa de basura, aunque también había considerado usar su Ford. Podría haber aparcado a lo largo de Arizona Avenue, a poca distancia de Ocean, y haber esperado al volante con el motor en marcha. Nona podría haber patinado hasta el vehículo. Pero si la gente de Radburn estaba muy cerca de ella cuando llegara al Ford, no habría habido manera de retrasarla, ni el equivalente de una cadena y un candado, para evitar que atraparan a Nona.

Además, si ella hubiera usado el automóvil, Jimmy y su equipo lo habrían visto y conseguido el número de la matrícula. Si posteriormente los conspiradores detrás de los suicidios la seguían hasta Vinyl y Jimmy, entonces «ellos» sabrían qué vehículo estaba utilizando y tendría que abandonar el Escape. No tenía los bolsillos profundos del gobierno federal; no podía desechar automóviles cada pocos días.

En Westwood, cerca de la UCLA, Jane condujo lentamente en busca de una casa donde una vez había asistido a una cena. No recordaba la dirección, pero sabía que reconocería el lugar.

Diez minutos más tarde la encontró. La arquitectura georgiana. Majestuosa pero no inmensa. Un porche delantero de columnas sin barandilla. Paredes de ladrillo pintadas de blanco.

Aparcó a dos manzanas de distancia en una calle paralela y regresó a la residencia del doctor Moshe Steinitz.

Moshe era un psiquiatra forense, recientemente jubilado a los ochenta años. Había tenido su propia consulta psiquiátrica además de ser un valorado profesor en la UCLA. Había dado conferencias con periocidad en la academia del FBI en Virginia y, a veces, aconsejaba a las unidades de análisis de comportamiento 3 y 4 sobre casos difíciles relacionados con asesinos en serie.

Tres años antes, Moshe medio razonó, medio intuyó, la respuesta a por qué un asesino que actuaba en los vecindarios de las afueras de Atlanta había sacado los ojos de sus víctimas y se los había llevado. Esa teoría llevó a la captura de un individuo retorcido, Jay Jason Crutchfield, la misma noche en que habría asesinado a una octava mujer.

Jane dudaba que una visita a Moshe Steinitz implicara un gran riesgo. Había dejado de dar clases en el FBI cuando se jubiló más de un año antes. Ella y el psiquiatra no eran amigos cercanos, pero él la había aconsejado en tres de sus casos; se caían bien.

Subió los escalones de la entrada y llamó al timbre.

Salió a la puerta con una camisa blanca, una pajarita azul, pantalones de vestir de color negro y zapatos deportivos Skechers con cordones pálidos. Él siempre había usado unos Oxford. Los Skechers eran equipamiento de jubilado.

Apareció con el ceño fruncido sobre las gafas de lectura colocadas a mitad de la nariz, y parecía estar esperando una molestia u otra, pero sonrió al ver quién había llamado.

—Qué mundo de maravillas —declaró—. Pero si es la chica con los ojos más azules que el cielo.

—¿Cómo está usted, doctor Steinitz?

Él la tomó del brazo para acompañarla por el umbral mientras hablaban.

—Estoy muy bien de verdad, y estoy aún mejor ahora que has llegado como una brisa fresca.

—Siento no haber llamado antes de venir.

Tras cerrar la puerta detrás de ellos, Moshe dijo:

—Entonces no habría sido una sorpresa, y disfruto con las sorpresas. Pero ¿qué le ha pasado a tu largo y hermoso cabello dorado?

—Me lo corté, me lo teñí. Necesitaba un cambio.

Con su poco más de metro sesenta, solo unos tres centímetros más bajo que Jane, pero con aspecto de ser más bajo todavía, Moshe era un poco regordete, con una sonrisa cálida y unos ojos tristes. Su rostro había sido doblegado por el tiempo con tanta suavidad y mostraba los efectos la gravedad con tanto respeto que la edad avanzada era, en su caso, una gracia.

—Espero no interrumpir nada —dijo.

La miró con atención como si estuviera evaluando a un bisnieto a quien no hubiera visto desde hacía meses y cuyo crecimiento encontrara notable.

—Como sabes, estoy jubilado por segunda vez, sin una profesión, solo con actividades de ocio, así que, por supuesto, estoy desesperado por que me interrumpan.

—Le agradecería que me dedicara una hora de su tiempo. Necesito sus ideas acerca de algo.

—Vamos, ven conmigo, volvamos a la cocina.

Ella lo siguió más allá del arco hacia la sala de estar, donde había un piano Steinway. Colocadas sobre la tapa había una serie de fotografías enmarcadas en plata de Moshe y su difunta esposa, Hanna, con hijos y nietos.

Jane no había conocido a Hanna, quien había muerto nueve años antes, pero durante la última cena a la que fue invitada a esa casa, la habían convencido para que tocara el piano para Moshe y sus invitados. Interpretó dos piezas de su elección: la sonata «Claro de luna» de Beethoven y «Anything Goes» de Cole Porter.

Cuando le preguntaron sobre su padre, como siempre le pasaba, explicó que fue su madre quien fomentó su afición por la música, y desvió las preguntas de tal manera que quedara claro que se mostraba muy protectora de la privacidad de su padre. Había notado que Moshe la observaba con gran interés durante esos momentos, y estaba segura de que él sospechaba que la verdadera razón de su discreción era más siniestra de lo que ella sugería, aunque nunca había abordado el tema con ella.

En ese momento, uno o dos pasos más allá del arco de la sala de estar, Moshe se detuvo, se volvió hacia ella y se llevó una mano a la boca, como si se le hubiera ocurrido que había cometido un error.

—Antes de retirarme, muchos de los estudiantes de la universidad se ofendían si alguien usaba la palabra «chica» para referirse a una mujer de dieciséis años o más. Me dijeron que había que decir «mujer». Espero no haberte ofendido cuando te llamé chica en la puerta.

—No me dedico a preocuparme por las tonterías políticamente correctas, Moshe. Me gusta ser la chica con ojos más azules que el cielo.

—Bien, bien, me alegro mucho. Una de las razones por las que me jubilé la segunda vez es que, hoy en día, cuanto más infantiles son los estudiantes, con más seriedad se toman a sí mismos. Por lo general, son gente con muy poco sentido del humor.

Una vez en la cocina, él le acercó una silla para que se sentara a la mesa.

—¿Café, té, un refresco? ¿Tal vez un aperitivo? Son las cinco menos cuarto, a solo quince minutos de una respetable hora de cóctel.

Ella votó por el aperitivo y él sirvió dos vasos pequeños de un vino dulce, un Maculan Dindarello.

Mientras se sentaba a tomar su bebida, Moshe dijo:

—Me quedé sorprendido y consternado cuando me enteré de lo de Nick. Una pérdida terrible. Lo siento mucho, Jane.

Debido a que él llevaba jubilado un año y ya no ayudaba en los casos del FBI, Jane había supuesto que no sabía que Nick había muerto.

Se preguntó si Moshe todavía tenía contactos en el FBI, y si había cometido un grave error al acudir a verlo.

34

La primera vez que Moshe Steinitz se jubiló tenía sesenta y cinco años. Hanna murió cinco años después, y a los setenta, Moshe volvió a trabajar como psiquiatra, como profesor y como consultor del FBI de vez en cuando.

Después de su segunda jubilación, a los setenta y nueve años, terminó con los tres trabajos sin intención de regresar a ninguno. O eso afirmó él.

—Le dijo que sabía lo de Nick solo porque Nathan Silverman, el jefe de Jane, le había mandado la noticia por correo electrónico una semana después de su fallecimiento.

—Para entonces, supuse que habías hablado de eso con tanta gente, que lo último que necesitabas era volver a revivirlo conmigo.

—Estaba afligida y furiosa al mismo tiempo, y no sabía con quién estar furiosa. No estaba en condiciones de hablar con nadie.

—Por genuina que sea —dijo Moshe—, demasiada comprensión puede comenzar a parecer lástima, lo que hace que el dolor sea más deprimente. Le pedí a Nathan que te transmitiera mis condolencias, que te dijera que me llamaras si querías. Lamento enterarme de que no te transmitió el mensaje.

—Puede que lo hiciera —comentó Jane—. Hubo algunas cosas que simplemente no escuché durante las primeras dos semanas después de que sucediera.

Según su experiencia con él, Moshe era lo más contrario a un mentiroso. Se sintió impulsada a confiar en él. Tomó un sorbo del Dindarello y dijo:

—Bueno, entonces, ¿cómo es la jubilación por segunda vez?

—Leo novelas que antes nunca tenía tiempo de leer cuando trabajaba. Doy largas caminatas. Cuido el jardín, viajo un poco, juego al póquer con algunos amigos que son viejos chochos como yo. Pierdo el tiempo con tonterías, hago chapuzas y vagueo.

Para cuando llegó el momento de contar el propósito de su visita y hablarle sobre la creciente tasa de suicidios, él ya había servido un segundo vaso de vino dulce. El cielo más allá de la ventana tenía un tono de azul más profundo que antes, y ya empezaban a acumularse las primeras partículas de hollín del atardecer.

Sacó de su bolso el cuaderno en el que había anotado los nombres codificados y los hechos pertinentes a su investigación. También había anotaciones escritas sin codificar, incluidos los contenidos de las declaraciones finales que habían dejado algunos que se habían suicidado. Había recopilado información sobre veintidós suicidios, aunque solo diez habían dejado una nota.

—Los he estudiado hasta que se han convertido simplemente en palabras —dijo—. Tal vez hay un significado en ellos que no puedo ver. Quizá usted sepa verlo.

De vez en cuando compartía las notas con las personas que entrevistaba, y tenía un par de fotocopias dobladas en el cuaderno.

Cuando ella le dio una copia a Moshe, él la puso boca abajo sobre la mesa.

—Por favor, léemelas primero a mí. Luego las miraré. La palabra hablada y la palabra escrita se ponderan de manera diferente. Hay matices que solo se oyen, luego se ven y después se comparan las impresiones.

Comenzó con la más personal de las diez.

—Esto es lo que Nick dejó. «Hay algo mal en mí. Necesito. Lo necesito mucho. Necesito estar muerto».

Moshe se quedó en silencio durante un momento después de que Jane leyera las palabras de Nick. Luego dijo:

—No es una última voluntad típica. No explica sus razones ni pide perdón. No dice adiós.

—No parece Nick. Es su letra, pero, aparte de eso, creería que otra persona lo escribió y lo puso junto a su cadáver.

Moshe cerró los ojos y ladeó la cabeza como si escuchara esas doce palabras en la memoria.

—Está diciendo que se ve obligado a suicidarse, y sabe que esa compulsión está mal. Un porcentaje significativo de suicidios no cree que estén haciendo algo incorrecto. Si pensaran eso, no lo harían —Abrió los ojos—. ¿Cuál era el estado mental de Nick justo antes de...?

—Era feliz. Hablaba sobre el futuro. Lo que quería hacer cuando se retirara de los Marines. Podía leerlo como si fuera un libro, Moshe. No podía fingir ser feliz y engañarme. De todos modos, nunca,

nunca estuvo deprimido. Yo estaba haciendo la cena. Él había puesto la mesa y abierto una botella de vino. Cantaba siguiendo la música, un disco de Dean Martin. Nick era totalmente retro en lo que se refería a la música. Dijo que iba al baño, que volvería enseguida.

—Lee otra.

Ella identificó al segundo fallecido como un ejecutivo de televisión de treinta y cuatro años, con un sueldo elevado y que ascendía rápidamente en la compañía. Había dejado la nota a su novia, una actriz. «No llores por mí. Esto será un viaje agradable. Me lo han dicho. Estoy deseando que llegue el viaje».

—¿Un hombre entregado a su religión? —preguntó Moshe.

—No. Por lo que todo el mundo sabía, no era creyente. Ciertamente, no iba a la iglesia.

—«Me lo han dicho». Entonces, si no es Dios, si no es la Biblia, el Corán o la Torá, ¿quién o qué le dijo que el viaje sería agradable? La conclusión más sencilla es que debía estar oyendo voces.

—¿Esquizofrenia?

—Excepto que no hay señal alguna de paranoia, de la sensación de sentirse oprimido que caracteriza a los esquizofrénicos tan avanzados en sus delirios como para contemplar una solución tan radical para su sufrimiento. Familia, prometida, compañeros de trabajo, ¿alguien presenció algún momento en el que expresara falsas creencias, o delirios obvios?

—No.

—Tenía un trabajo que requería habilidades de comunicación. ¿Alguien vio síntomas esquizoides desorganizados?

—¿Cuáles son?

—Lo más común sería oírle hablar de una manera aparentemente normal, pero con unas frases que no tuvieran ningún sentido.

—Nadie lo mencionó. No es algo que olvidarían.

—No, no lo olvidarían. Es un síntoma alarmante. ¿Cómo murió?

—Vivía en Manhattan, en el piso veinte. Saltó.

Moshe hizo una mueca.

—Lee otro.

La tercera difunta en su lista era una mujer de cuarenta años, directora ejecutiva de una de las mayores empresas de desarrollo inmobiliario de todo el país. Casada. Tres hijos. «Se supone que no debo dejar una nota. Pero debes saber que me siento feliz por hacer esto. Será un viaje agradable».

—Palabras compartidas con la anterior —dijo Moshe enderezándose en su silla—. «Agradable». «Viaje». En ambos, está implícito que están siguiendo instrucciones, o al menos algún tipo de orientación.

Jane citó al ejecutivo de televisión.

—«Me han dicho» —Luego, a la ejecutiva inmobiliaria—. «Se supone que no...».

—Exactamente. ¿La ejecutiva vivía en Nueva York, tal vez se movía en los mismos círculos que el ejecutivo de televisión?

—No. Los Ángeles.

—¿Cómo se suicidó?

—En su garaje. En un Mercedes antiguo. Envenenamiento por monóxido de carbono. ¿Qué probabilidad hay de que las dos notas sean tan similares?

—Las probabilidades en contra son astronómicas. Lee otra.

La siguiente nota la había dejado una mujer de veintiséis años, una programadora informática muy inteligente que había pasado de trabajar para Microsoft a crear una sociedad empresarial con sus antiguos empleadores. Soltera. El único apoyo de sus padres discapacitados. «Hay una araña en mi cerebro. Me habla».

Cuando levantó la vista de su cuaderno y se encontró con los ojos de Moshe sobre la mesa, Jane se dio cuenta de que él se había quedado tan helado por esas palabras como se había quedado ella cuando las leyó por primera vez.

—Tres de cada cuatro parecen oír voces —dijo el psiquiatra—. Pero en este cuarto caso, como en los otros, las características habituales de la esquizofrenia paranoide no son tan obvias como se podría pensar al principio. En un caso clásico, el paciente cree que las voces amenazadoras provienen de fuera, de fuerzas poderosas que buscan perseguirlo y engañarlo. Una araña en el cerebro... Eso es nuevo para mí.

35

Las últimas nieves caían en Telluride, y apenas había viento en la noche de Colorado, de modo que la tormenta no era feroz y los copos apenas bajaban en ángulo. Había un par de centímetros de armiño en el suelo, con un encaje de punto natural en la corteza rugosa de las coníferas.

April Winchester iluminó con la linterna el viejo abeto, tan alto que el haz de luz no llegaba hasta las ramas más altas, que desaparecían en la oscuridad y la nieve. Era un árbol más alto que la noche, que llegaba hasta las estrellas a través de la tormenta, una idea que la complació y la hizo sonreír.

Cuando bajó la luz a lo largo del tronco, encontró sus dos nombres donde él había cortado y sacado una sección de corteza para tallar su declaración de amor en la madera que había debajo: «Ed ama a April».

Edward, su Eddie, siempre había sido un romántico. Había tallado las mismas palabras en el tronco de un arce rojo en Vermont cuando ambos tenían catorce años, casi dieciséis años antes.

Esta última declaración de profundo afecto la había tallado en el abeto hacía tan solo once meses, cuando compraron su residencia de invierno a las afueras de Telluride. Ambos eran esquiadores ávidos.

Fuera de temporada, vivían en Laguna Beach, California. Ya

estuvieran en la costa cálida o en las montañas de San Juan, él escribía novelas, y ella componía canciones, y la vida que habían imaginado cuando eran adolescentes se desarrollaba con una elegancia que superaba sus sueños más extravagantes.

Ed había escrito cuatro novelas, todas ellas un éxito de ventas memorable e importante. Ella había compuesto más de cincuenta canciones publicadas, veintidós de las cuales, interpretadas por varios artistas, habían acabado entre las cuarenta más vendidas, y doce de ellas, entre las diez primeras. Cuatro habían logrado el codiciado número uno.

Se volvió para mirar la casa, una estructura de perfil bajo de piedra nativa y madera recuperada, con líneas exquisitas que armonizaban con el paisaje. Las ventanas del primer piso estaban llenas de luz cálida, pero solo la luz del estudio de Eddie en el segundo piso brillaba con fuerza.

Estaba llegando al final de una escena difícil y quería terminar antes de que hicieran la cena juntos.

Ella había preparado algo para él en la cocina, le sobraban unos minutos, así que había salido a ver el abeto por capricho. Llevaba zapatillas deportivas altas, no botas, una falda de seda blanca plisada y un suéter fino que bajaba más allá de la cintura. Aquel aspecto ecléctico le encantaba a Eddie y lo llevaría a la cama en cuanto cenaran, pero no era adecuado para una tormenta de invierno.

Cuando salió corriendo de la casa, encantada por la nieve, se había olvidado del frío. Luego comenzó a temblar. Al darse cuenta del frío, la sensación la dominó con más fuerza y comenzó a estremecerse violentamente.

Se apresuró a regresar a la casa, donde se quitó las deportivas altas cubiertas de nieve y las dejó en el vestíbulo. La nieve comenzó a caerle de la ropa y el cabello cuando entró en la cocina, derritiéndose en el suelo de anchos tablones de castaño. Tuvo la sensación de que debía preocuparse por la nieve derretida, que debía limpiarla, aunque, en realidad, no le importaba.

En el escurridor, junto al fregadero, estaba la comida especial que le había preparado a Eddie para facilitarle la última página de la problemática escena de su novela. En una bandeja había un plato que contenía dados de queso Havarti, un platillo de almendras con sal y pimienta, una copa y una botella de sauvignon blanc, de la que le serviría un poco después de ponerlo todo sobre su escritorio.

«Llévaselo, llévaselo, llévaselo...».

Le gustaba hacer cosas especiales como esa para Eddie. Siempre era muy agradecido.

Con la nieve todavía cayendo de la ropa y el pelo goteando, llevó la bandeja a las escaleras traseras. Estaba a mitad de camino del segundo piso cuando se dio cuenta de algo muy extraño. No llevaba la bandeja. Tenía en la mano un cuchillo. Un cuchillo de guarnición.

Ella lo miró fijamente, desconcertada. No había tomado vino mientras preparaba el tentempié para él. De vez en cuando tendía a distraerse, pero no hasta ese punto.

Sin queso, sin almendras, sin vino. Solo un cuchillo de guarnición. Qué tontería. ¿En qué había estado pensando distraída? Bueno, eso no serviría de nada, no serviría en absoluto.

Regresó a la cocina a buscar la bandeja.

36

Más allá de las ventanas de la cocina, el cielo sobre Los Ángeles y sus alrededores se asemejaba a la cola de un pavo real, cubierto de azules y verdes iridiscentes y un naranja vaporoso, un último y brillante desafío a la inevitable oscuridad que se avecinaba.

El quinto fallecido en la lista de Jane era un abogado de treinta y seis años, recientemente nombrado para ser juez en el Tribunal de Apelaciones del Quinto Circuito. Soltero. Su nota de suicidio la encontraron en un sobre con los nombres de sus padres. Se pegó un tiro en la cabeza. «Os quiero. Nunca me habéis fallado. No estéis tristes. Lo he hecho cientos de veces en mis sueños. No va a doler».

—Esto está algo más en la tradición de este tipo de notas —comentó Moshe Steinitz—. En concreto, las garantías de amor, la exención de la culpa. Pero el resto de la nota... Nunca he oído hablar de alguien que haya tenido sueños repetitivos de suicidio.

—¿Se podrían programar los sueños? —preguntó Jane.

—¿Programarlos? ¿A qué te refieres?

—¿Digamos mediante un hipnotizador, alguien que use drogas y sugerencias subliminales? ¿Podrían usarse los sueños programados para que, de alguna manera, el soñador realmente desee suicidarse?

—En los cómics, tal vez, o en las películas. El hipnotismo es mejor como acto escénico que como una forma de modificación o control de la conducta.

El sexto ejemplo en el cuaderno de Jane era el mensaje que dejó Eileen Root, quien, antes de colgarse, sugirió que de alguna manera estaba cumpliendo la obligación de un amigo imaginario de la infancia. «El bueno de Sayso dice que se ha sentido solo durante todos estos años, por qué Leenie dejó de necesitarlo, él siempre estuvo ahí para Leenie, ahora necesito estar ahí para él».

—Es el cuarto de los seis que escucha voces —señaló Moshe—. Y hay una calidad esquizoide definida en el hecho de que un amigo imaginario de su infancia resurja en el presente. ¿Le mencionó a Sayso a su marido, a cualquiera, en las semanas previas a que se suicidara?

—Aparentemente, no.

—¿Cómo de cercana era la relación con su marido?

—Muy cercana, creo.
—¿Vio alguna señal de disociación con la realidad?
—No.

La séptima nota la había escrito el vicepresidente de la división de hipotecas de uno de los cinco bancos más grandes del país, a los cuarenta años. «Oigo la llamada, es incesante, al despertar y al dormir, el suave y dulce susurro y el olor a rosas».

April estaba en el vestíbulo, mirando las deportivas de tobillo alto cubiertas de nieve derretida...

Quería desesperadamente volver al arce rojo y ver la proclamación de amor que Eddie había tallado en el tronco. Pero el arce estaba en Vermont, a casi dieciséis años en el pasado.

El abeto, entonces. Necesitaba ver el abeto que se encontraba a poco más de treinta metros de la casa, necesitaba verlo con una urgencia que nunca antes había sentido, como si su propia vida dependiera de poner sus dedos en el tronco y trazar las letras que él había tallado en la madera.

En su lugar, se encontró en la cocina, de pie junto al fregadero, mirando la bandeja en el escurridor: Havarti, almendras, vino.

Un desagradable tono rítmico electrónico atrajo su atención hacia el teléfono de la pared. El auricular estaba sobre la encimera.

¿Cuánto tiempo llevaba sobre la encimera? ¿Había llamado a alguien? ¿Había recibido una llamada?

Dejó el cuchillo de guarnición. Colgó el teléfono.

«Llévaselo, llévaselo, llévaselo...».

April recogió la bandeja y la llevó a la escalera de atrás.

A mitad del segundo piso se dio cuenta de algo extrañísimo. No llevaba la bandeja. En la mano derecha empuñaba el cuchillo francés de chef, mucho más grande que el cuchillo de guarnición. Y más afilado.

38

A lo lejos, la sangre se acumulaba en el cielo inferior, una luz roja tan brillante como la propia base de la vida, mientras que allí en la tierra, la oscuridad ya presionaba las ventanas de la cocina.

El octavo fallecido, una mujer de treinta y cinco años que trabajaba en el Senado del estado de Florida, madre de cuatro hijos, en una lucha aparente contra ella misma, había fallado los dos primeros disparos y se había destrozado el cuello con el tercero. Jane leyó: «Coge la pistola coge la pistola coge la pistola hay alegría esperándote en ella».

Moshe se puso de pie y deambuló por la estancia.

—No está escribiendo la nota a su familia.

—No —se mostró de acuerdo Jane.

—Se lo está escribiendo a sí misma, convenciéndose para hacer eso tan terrible.

—O quizás...

Moshe se volvió hacia ella.

—¿Quizá qué?

—Tal vez estuviera escribiendo lo que estaba oyendo. La voz en su cabeza. La araña en su cerebro que le habla.

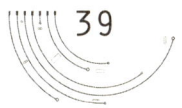

39

April está en el pasillo de arriba, en el umbral de la puerta abierta; el estudio de su esposo está en la habitación que hay al otro lado. Entró en silencio, llevando la bandeja. Estaba sentado delante del ordenador, de espaldas a ella. Estaba muy metido en la escena, retrocediendo para borrar una frase que no le satisfacía para escribir con rapidez una nueva línea, desplazándose hacia atrás a la página anterior para revisar lo que había escrito allí...

Cuán profundamente se adentraba en su ficción cuando estaba escribiendo, de la misma forma en que el mundo alrededor de April se desvanecía cuando estaba al piano, trabajando en una melodía, buscando el tercer grupo correcto de ocho compases en un coro de treinta y dos compases.

Su trabajo era tan lírico como encantador era él, y mientras lo observaba trabajar, escuchándolo murmurar críticamente para sí mismo, se descubrió llorando en silencio, conmovida por todo lo que habían pasado juntos, todo lo que habían experimentado, los triunfos y las tragedias, su único hijo nacido muerto, su amor soportando cada pérdida y contratiempo, como soportaría lo que vendría después.

«Llévaselo, llévaselo, llévaselo...».

Más allá de las ventanas se alzaban las montañas oscuras y las hadas de nieve bailando contra el cristal.

Puso la bandeja en una mesa de trabajo que estaba prácticamente cubierta con libros de consulta. Cogió la botella de sauvignon blanc, se la llevó y la giró de izquierda a derecha, como si bautizara un barco, con su cabeza como proa. La blandió con tanta fuerza que la botella explotó, y él se desplomó con la silla de oficina cayendo al suelo bajo una ducha de vino oloroso.

April apartó la silla, miró a Eddie y vio que estaba consciente pero aturdido, confundido, sin comprender. Dijo su nombre, pero como si no estuviera seguro de que ella fuera, de hecho, April.

Ella había requerido tanto la botella como el cuchillo francés de chef para hacer lo que debía hacerse. Para asegurarse de que se hacía bien. Cogió el cuchillo de la bandeja y se volvió hacia Eddie.

—Te quiero mucho —dijo—, tanto, tanto...

Cada palabra era un sollozo, y cayó sobre él con el cuchillo en la mano.

El noveno era un profesor universitario de treinta y siete años y un aclamado poeta que se había lanzado a las vías al paso de un convoy del metro.

—«La liberación de la acción y el sufrimiento, la liberación de la compulsión interna y externa» —leyó Jane.

Mirando a la noche a través de la ventana sobre el fregadero, Moshe Steinitz dijo:

—Suena a poesía.

—Lo es, pero no es suya. Lo busqué. Es de «Burnt Norton», de T. S. Eliot.

Ella tenía uno más. El décimo fallecido era, con mucho, el más joven, una estudiante graduada de veinte años, tan inteligente que entró en la universidad a los catorce años, recibió su licenciatura a los dieciséis años, su maestría en astrofísica a los dieciocho años y estaba escribiendo una tesis doctoral en cosmología. Se había prendido fuego a sí misma.

—«Tengo que irme. Necesito irme. No estoy asustada. ¿No estoy asustada? Que alguien me ayude».

41

Cuando Eddie estuvo donde tenía que estar, cuando estaba con los muertos, April se habría tallado una proclamación de su amor en su propia carne si hubiera soportado vivir el tiempo suficiente como para terminar la tarea, pero con Eddie muerto, ella no quería saber nada más de este mundo siniestro. Se arrodilló a su lado y empuñó el cuchillo francés con ambas manos para clavárselo en el abdomen casi hasta la empuñadura. El dolor la golpeó como un relámpago y la hundió en un silencio negro. No mucho más tarde, se despertó demasiado débil como para sentir más dolor y se encontró tirada en el suelo junto a él. Buscó a tientas su mano, la encontró y la sostuvo y recordó Vermont hacía tanto tiempo ya y los arces rojos con sus brillantes hojas de otoño y el amor joven, y en el último momento veloz pensó: «¿Qué he hecho?».

42

Tras escuchar las diez notas leídas en voz alta, Moshe se sentó a la mesa de la cocina y las leyó de la fotocopia que Jane le proporcionó.

Había puesto música que inundaba la casa a través de los altavoces en todas las habitaciones: el «K. 488» de Mozart, un extraordinario concierto que, con su piano y sus clarinetes, se abría con un movimiento fuerte más allá del alcance de cualquier otro compositor, lo que aportó incluso en aquel momento solemne en la vida de Jane un sentimiento de optimismo que deseó poder atrapar y conservar.

Sentada a la mesa, escuchó con los ojos cerrados, con una mano rodeando el vaso de Dindarello.

Tras un rato, Moshe habló tan bajo como siempre, pero su voz se oyó a través de la música.

—Me inclino a decir que estas personas, o al menos la mayoría de ellas, podrían encontrarse en algún estado alterado cuando se suicidaron. No tengo la sensación de depresión suicida, nada que me convenza de que las voces que oyeron pudieran indicar esquizofrenia, nada que sugiera las formas clásicas de enfermedad mental. Aquí hay algo único... y muy muy extraño.

El concierto contenía una secuencia de un carácter diferente de la música anterior y posterior, un movimiento lento y extraordinario de profunda melancolía, que sonó en ese momento. Jane no respondió a Moshe, sino que mantuvo los ojos cerrados y viajó con Mozart hasta donde él la llevó, al corazón del dolor más profundo, y ella pensó en Nick y en su madre perdida tantos años atrás. Cuando esa sección concluyó con un regreso a las emocionantes tensiones de un optimismo intrépido, descubrió que la había trasladado a las profundidades de su alma y, sin embargo, seguía con los ojos secos. La falta de lágrimas, el control que confirmaron sus ojos secos, la llevó a creer que estaba preparada para lo que vendría después, sin importar cuán difícil fuera el camino a seguir.

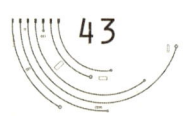

43

La residencia principal del doctor Bertold Shenneck y su esposa, Inga, se encuentra en Palo Alto, a poca distancia de sus laboratorios en Menlo Park.

También poseen una residencia de vacaciones de unas veintiocho hectáreas en el valle de Napa, en las estribaciones de las montañas costeras, una propiedad de bosques y prados llena de vida silvestre.

Para algunos, la casa parece fuera de lugar en su entorno rústico, ya que es una estructura ultramoderna de vidrio y acero y losas de revestimiento de granito. Sin embargo, Bertold e Inga son personalidades dominantes, y aprecian la forma en que la casa audaz se eleva sobre la tierra y afirma su superioridad sobre la naturaleza.

Se sientan en la terraza trasera, cada uno con una copa de Caymus Cabernet Sauvignon, para ver la puesta de sol y la llegada de la noche de la región vinícola.

Inga, veintiún años más joven que Bertold, podría pasar por una modelo de lencería. Aunque es una mujer de fuertes apetitos y deseos complejos, no es en absluto la chica fiestera que parece ser. Tiene intereses serios, ambición y una voluntad de poder igual que la de su esposo.

La mayoría de las esposas mucho más jóvenes que sus compañeros se resentirían si se llevaran su trabajo con ellos a una casa de escapada. Inga lo alentaba a mezclar trabajo y juego.

Él está sentado a su lado, con su ordenador portátil, añadiendo instrucciones que irradian desde el transmisor de microondas situado en el techo.

A medida que el crepúsculo da paso a una noche más profunda, los coyotes comienzan a llegar escabulléndose entre los matorrales y las malas hierbas que hay más allá del césped segado, con los ojos iluminados por el reflejo de las luces bajas del patio. Llegan a metro y medio de la terraza y se sientan, uno tras otro, hasta que una docena se alinea lado a lado. Son coyotes salvajes, en apariencia, pero en ese momento parecen tan dóciles como los perros domésticos.

—Haz que se acuesten —dice Inga.

Los dedos de Bertold vuelan por el teclado.

Comenzando con el espécimen delgaducho más alejado a la

izquierda, los coyotes se tumban en el césped, con las patas delanteras como reposabrazos para la barbilla, y se echan sobre la hierba como si fueran una serie de fichas de dominó que caen con lentitud.

—¿Hay alguien en este mundo que tenga un sistema de seguridad más impresionante? —se pregunta Inga mientras observa a esos primos de lobos.

Los doce depredadores observan cómo el buen doctor y su esposa beben cabernet sauvignon y se comen los sándwiches de ternera asada, y también observan cuando Bertold e Inga comparten una única tumbona para intimidades que tanto el esposo como la esposa encuentran más emocionantes debido a la presencia de un público atento.

TERCERA PARTE

RUIDO BLANCO

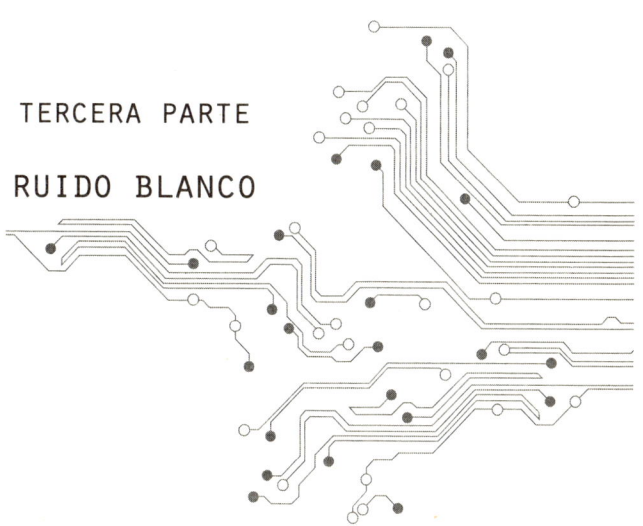

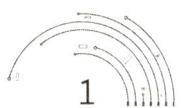

1

Moshe Steinitz le pidió que se quedara a cenar y dijo que estaba solo. Ella aceptó y descubrió que él tenía un motivo oculto.

Ese mismo día, antes de que ella llegara, había hecho una quiche de cangrejo, que calentó para cenar. Jane preparó una ensalada. Moshe puso la mesa, cortó una hogaza de pan francés y abrió una botella helada de pinot grigio.

Le pareció encantador que él se pusiera una chaqueta deportiva antes de sentarse a cenar en la mesa de la cocina.

Hablaron de muchas cosas, pero no dijeron ni una palabra de suicidio ni de su investigación hasta que, mientras disfrutaban de un simple postre de fresas frescas y kiwi en rodajas, le preguntó cómo se las estaba arreglando su hijo.

Ella había acudido a él para conocer su análisis y su opinión de las notas, pero no había pensado en la responsabilidad que tendría para con él una vez que él la hubiera ayudado. Se dio cuenta en ese momento que le debía la verdad para asegurarse de que no se pusiera en peligro.

—Esta investigación sobre estos suicidios... no es asunto del FBI.

—No pensé que lo fuera.

—Estoy de permiso. Y los últimos dos meses he estado tan de incógnito y fuera de la red como solo los que se preparan para el fin de los días creen que lo están.

Le contó lo del señor Drugo, quien había mandado a Travis a

preguntarle con mensajes sobre nadsat, la leche-plus y el juego llamado violación.

La palpitante luz de las velas se reflejaba en sus gafas, ocultando sus ojos, pero ella leyó la sorpresa en su rostro por la forma en la que dejó en la mesa una fresa que estaba a punto de comer, como si ya no tuviera más apetito.

—Mi hijo está a salvo. Y no quiero ponerle a usted en peligro, Moshe. No le diga a nadie que he estado aquí. Me persiguen, y si piensan que he compartido demasiada información con usted, no sé qué le podrían hacer.

Su solución fue razonable, pero no es factible en estos tiempos de sinrazón.

—Los suicidios son registros públicos. Si logras que unos cuantos periodistas se interesen por la historia y la dan a conocer, entonces estarás a salvo.

—Si conociera a algún periodista en el que confiar.

—Debe de haber alguno.

—Tal vez en algún momento. Algún chico joven haciendo carrera. Pero sucede que están entre los suicidas que no dejaron una nota.

Moshe se quitó las gafas, como si se diera cuenta de que ella estaba esforzándose por ver sus ojos a través del resplandor de la vela.

—No use su ordenador para investigar nada de esto —le avisó—. No llame la atención. Ellos tienen una red muy grande, y parece ser del tamaño adecuado incluso para el más pequeño de los peces.

—Ellos. Con una E mayúscula. ¿Tienes alguna idea de quiénes puede ser?

—Ellos. Esos. Una confederación sin nombre. No sé dónde se encuentra el epicentro, aunque podría involucrar a la biotecnología del sector privado.

—¿Y el gobierno?

—Creo que inevitablemente sí.
—¿El FBI?
—No la agencia en su conjunto. Pero ¿algunas personas en ella? Tal vez. No puedo arriesgarme a pedir ayuda.

Moshe tomó un sorbo de vino, no tanto como si lo saboreara, sino como si estuviera retrasando su respuesta para pensar. Finalmente, dijo:

—Estás pintando una imagen de tal aislamiento que no sé cómo puedes salir victoriosa.

—Yo tampoco. Pero lo haré. Tengo que hacerlo.

—¿Has pensado que... tal vez estás demasiado involucrada en esto para ser la persona adecuada para llegar a la verdad?

—Debido a Nick, quiere decir. Sí, es personal Pero no es una venganza, Moshe. Se trata de justicia. Y de mantener a Travis a salvo.

—Hay algo más aparte de Nick que te impulsa en esto. Y más que tu hijo. ¿No es así?

Ella podía ver sus ojos ahora. Su mirada era directa y clara, y estaba bastante segura de que sabía lo que pensaba.

—Se refiere a mi madre.

—Has hablado de ella de pasada unas cuantas veces a lo largo de los años que te conozco, pero nunca mencionaste su suicidio.

Recitó los hechos conocidos sin emoción.

—Tomó una sobredosis de pastillas para dormir. Para cerrar el trato de forma definitiva, se metió en una bañera llena de agua caliente y se cortó las venas. Yo tenía nueve años. Yo fui quien la encontró.

—La primera vez que trabajé en un caso contigo, me impresionaron tu inteligencia y dedicación. Quería saber más sobre ti, así que te estudié un poco.

—Bueno, es lo que es. Pero la situación actual no tiene nada que ver con mi madre.

Moshe le ofreció más vino. Ella negó con la cabeza.

El doctor apartó las velas, para que no se reflejaran en las gafas, y volvió a ponérselas, como si quisiera verla claramente, para darse cuenta de cada matiz de su expresión.

—Cuando Nick murió, tenías muy claro que no podía haberse suicidado. Te obsesionaste con demostrar que no lo había hecho, lo que te llevó al descubrimiento de este aumento en las tasas de suicidio, que luego se convirtió en tu mayor obsesión.

—Todo es real. Y hay personas que tratan de silenciarme de la manera que puedan. No estoy delirando, Moshe.

—No creo que lo estés haciendo. Creo todo lo que has dicho. Lo único que te digo es que una persona motivada por la obsesión puede no tener la paciencia, la prudencia o incluso la más absoluta claridad mental para investigar una conspiración bizantina de este tipo con éxito.

—Lo sé. De verdad que lo sé. Pero solo estoy yo para hacerlo.

—Es posible que me preocupara menos si fueras consciente de la plenitud de tu obsesión, el alcance de sus raíces. Entonces podrías ser sensible a cómo podría volverte imprudente e insensata.

—Moshe, puedo asegurarle que todavía soy la investigadora que siempre he sido. No hay nada más que pueda decir.

Durante lo que pareció un minuto, él la miró con su mirada escrutadora, que ella devolvió directamente.

—¿Recuerdas cuando tú y Nathan y unos cuantos más vinisteis a cenar hace tres años en la celebración después de tu captura de J. J. Crutchfield?

—Por supuesto que lo recuerdo. Fue una tarde feliz.

—Tocaste el piano cuando te lo pedí. Tocaste muy bien.

Ella no dijo nada.

—Otros invitados tenían preguntas sobre tu padre, pero tú evitaste el tema con gracia experta.

—Cuando se tiene un padre famoso se aprende temprano a no abrir la familia al mundo.

—¿Secretos familiares que proteger?

—Una necesidad de privacidad.

—Elogiaste a tu madre por fomentar tu afición a la música.
—Era una excelente pianista.
—Rara vez hablas de ella, pero siempre con el mayor respeto. Hablas aún más raramente de tu padre, con fría indiferencia.
—Nunca mantuvimos una relación cercana. Estaba muy a menudo ausente en las giras de conciertos.
—Tu frialdad significa más que disgusto.
—Dígame, doctor, ¿qué más significa? —preguntó, y se sintió consternada al oír el tono desdeñoso en su voz.
—Profunda desconfianza —dijo.

Ella rompió el combate de miradas, pero luego lo reanudó, porque no quería que él viera algún significado arcano en su retirada.

—Todos los niños tienen problemas con sus padres —replicó.

—Querida, debes disculparme por si voy a tocar algunos asuntos sensibles.

—¿No es eso lo que ya lleva haciendo cierto tiempo?

—No puedo tocar el piano tan bien como tú, pero soy un preguntador razonablemente competente. —Se reclinó en su silla y cruzó las manos sobre la mesa—. No es sexual.

Ella frunció el ceño.

—¿Qué no es?

—El problema con tu padre. No fuiste molestada sexualmente. No tienes ninguno de los problemas de un niño del que se ha abusado sexualmente.

—Es un asqueroso, pero le gustan las mujeres más jóvenes, no los niños.

—Se casó un año después del suicidio de tu madre.

—¿Qué podía hacer al respecto?

—Querías hacer algo.

—Denigró la memoria de mi madre al casarse con Eugenia.

—Ese no es el problema, ¿verdad?

—Es un problema para mí.

—Pero no el problema.

—Estaba zumbándose a Eugenia cuando mi madre todavía estaba viva.
—¿Esa expresión malsonante está pensada para impedir que vaya más lejos?
Ella se encogió de hombros.
—Vaya adonde quiera.
—¿Por qué crees que tu padre mató a tu madre?
Ella había dejado de lado su copa de vino medio llena un rato antes. Sorprendida por su percepción, levantó el vaso y bebió. Moshe tomó un poco de su vino, como si aquella bebida que tomaban juntos fuera un tipo de comunión que los unía.
—Siempre hay una autopsia después de un suicidio —comentó.
—Se supone que la hay, pero no siempre es así. Dependiendo de la jurisdicción y las circunstancias, el juez de instrucción tiene discreción para ello.
—¿Así que tenías pruebas de algún tipo?
—Él se había ido en avión esa mañana. Se suponía que estaba en un hotel a cuatrocientos kilómetros de distancia. Tuvo un concierto en otra ciudad la noche siguiente. Sin embargo, cuando me desperté, los oí discutir.
—¿Qué hiciste cuando los oíste?
—Me puse la almohada sobre la cabeza. Y después traté de volver a dormir.
—¿Volviste a dormir?
—Durante un rato. —Dejó su copa de vino a un lado—. Él estaba allí esa noche. Lo oí. Tengo otra razón para estar segura de que estaba allí. Pero no hay pruebas sólidas. Y es un maestro de la intimidación, de la manipulación.
—Le tenías miedo.
—Sí.
—Todavía estás enojada contigo misma por haberle tenido miedo.
Ella no dijo nada.

—¿Te culpas?
—¿Por qué?
—Cuando los oíste discutir, te volviste a dormir. Si hubieras ido junto a ellos, ¿crees que tu madre estaría viva ahora?
—No. Yo creo que... que yo también estaría muerta. Él lo habría organizado todo para que pareciera que ella me mató antes de suicidarse.

Moshe establecía y mantenía los silencios tan exquisitamente como los de la «K488» de Mozart, que había sonado antes.

Jane dijo:
—De lo que me culpo a mí misma es de que nunca hablé después. Por dejar que me intimidara.
—Solo eras una niña.
—No importa. En una crisis, o actúas o no lo haces.

Moshe tapó la botella de vino, que estaba casi medio llena.
—Esta obsesión no comienza con la muerte de Nick. Tiene raíces que se remontan a hace diecinueve años. —Se comió la fresa que antes había dejado de lado—. Quieres venganza tanto por Nick como por tu madre, pero eso no es todo lo que deseas.

Ella esperó a que él se quitara las gafas, sacara el pañuelo del bolsillo del pecho y se las limpiara:
—Quieres destapar esta conspiración, encarcelar a quien esté detrás de ella, matarlos si es necesario, resolver la injusticia, equilibrar la balanza, para que no haya peligro de que tu hijo tenga la sensación de que siempre debería haber hecho algo o que todavía podría hacer algo para corregir el mal. No puedes librarlo de la pena, pero quieres evitarle la culpa que te ha reconcomido el corazón todos estos años. ¿Podría ser ese el caso?

—Es el caso. Pero hay mucho más. Quiero para él un mundo donde la gente signifique más que las ideas. Que no haya esvásticas ni martillos ni hoces ni reverencias ante teorías inhumanas que dan como resultado decenas de millones de muertos. Veo cómo me está mirando, Moshe. Sé que no puedo cambiar el mundo. No estoy sufriendo el síndrome de Juana de Arco. Esas cosas son lo que quiero para él, pero si lo único que puedo hacer es evitarle la culpa, habré hecho algo que vale la pena.

Se puso las gafas.

—Si te das cuenta de qué emociones tan poderosas impulsan tu obsesión, tal vez reconocerás cuándo la emoción comienza a triunfar sobre la razón. Si puedes dominar la temeridad que fomenta la emoción, frenar la imprudencia, es posible que tengas una oportunidad.

—La más mínima posibilidad es todo lo que necesito para seguir adelante.

—Bien. Si tu evaluación de la situación es correcta, la más mínima posibilidad es probablemente todo lo que tienes.

2

En el valle de San Fernando, en la habitación de su motel, Jane no tenía la energía ni la claridad mental necesarias para revisar el material que había recibido de Jimmy Radburn. Metió la pesada bolsa de basura llena de documentos en el armario.

No necesitó vodka ni música para dormir. A las nueve estaba en la cama, y no tardó en dormirse.

Cerca de la medianoche, unos disparos la despertaron. Un motor de coche de carreras. De hecho, dos coches. Los neumáticos chirriaron. Un hombre gritó, y sus palabras fueron poco claras. Tres disparos más en rápida sucesión, tal vez la respuesta al fuego.

Sacó la pistola de debajo de la almohada donde ninguna cabeza descansaba. Se sentó en la oscuridad pero no se levantó de la cama.

Un chillido metálico sugirió que un vehículo había golpeado de lado a otro. Tal vez uno de los dos en movimiento se había rozado contra un vehículo aparcado. Un momento después se fueron. El efecto Doppler del rugido del motor desvaneciéndose a frecuencias más bajas retrocedió en dos direcciones, como si los conductores, tras el intercambio de disparos, hubieran huido el uno del otro.

Permaneció sentada durante un rato, pero no pasó nada más. No hubo sirena policial en la noche. Nadie había denunciado los disparos.

Puso la pistola de nuevo debajo de la almohada. Después de todo, no estaba en la capital del asesinato del país. Ese honor pertenecía a Chicago, aunque otras jurisdicciones se esforzaban por hacerle la competencia.

Mientras estaba acostada de nuevo, pensó que el incidente había sido solo ruido blanco, la violencia y el caos que borboteaba continuamente y que constituían el telón de fondo de la vida contemporánea. Las personas se habían acostumbrado tanto al ruido blanco que los episodios de violencia con mayor significado, como el rápido aumento de los suicidios, escapaban a su atención.

No se quedó despierta. Pensó en que Travis estaba a salvo con Gavin y Jessica, los pastores alemanes que se turnaban para patrullar la casa por la noche, y se durmió.

Jane se despertó a las 4:04, se duchó, se vistió y se sentó a la pequeña mesa redonda de comedor para estudiar detenidamente los informes de los médicos forenses sobre los suicidios en treinta y dos

199

jurisdicciones. Cuatro eran de ciudades grandes, doce de ciudades de tamaño medio, ocho de zonas de las afueras y ocho de áreas de población más baja, donde un forense del condado atendía a todas las pequeñas ciudades circundantes.

Cada informe venía con fotografías del cadáver *in situ*. Trató de no mirarlas. Pero el primitivo rebelde que vivía en la parte posterior de cada cerebro humano se sintió atraído por lo que el cerebro anterior creía demasiado siniestro para la consideración civilizada, y el ojo a veces se volvía un traidor.

Aunque técnicamente la ley requería una autopsia en caso de suicidio, la mayoría de las jurisdicciones permitían al patólogo o al médico forense, según el título que se aplicara, algo de margen de maniobra en los casos en los que se determinaba que no había duda de que el fallecido se había autodestruido. La muerte por un policía, que era una forma de suicidio, siempre iba seguida de una autopsia, así como de un frenesí mediático y posiblemente de un juicio. Por el contrario, en el caso de alguien con antecedentes de depresión, que había intentado suicidarse en otras ocasiones, se realizaban análisis de sangre para detectar drogas y el cadáver se sometía a una revisión completa en busca de señales de violencia no relacionadas con la causa de la muerte; pero en ausencia de cualquier indicio de homicidio, la disección y el examen de los órganos internos no se producirían de forma rutinaria.

Cuando Jane revisó varios archivos de dos ciudades grandes, Nueva York y Los Ángeles, hizo tres descubrimientos interesantes.

Primero, el número de casos en los que el suicida parecía haber sido un miembro acomodado de la sociedad, mentalmente estable y sano, con una familia, y que prosperaba en su trabajo, era mayor incluso que lo que indicaban las estadísticas nacionales. El fenómeno fue tan sorprendente que los patólogos y los médicos forenses adjuntos que realizaron autopsias básicas o extensas a menudo lo comentaron en sus informes.

En segundo lugar, en Nueva York, el fiscal general del estado, de acuerdo con el fiscal de distrito de la ciudad de Nueva York, aprobó nuevas pautas para los médicos forenses que no solo permitieron, sino que alentaron, un porcentaje mucho mayor de casos de suicidio que se cerraron con solo un examen visual del cadáver y las pruebas de toxicología habituales. Citaron restricciones presupuestarias y la falta de personal. Estas nuevas directrices perturbaron tanto a algunos examinadores médicos que hicieron referencia a ellas en sus informes, en términos destinados a aislarse de posibles reclamaciones de negligencia en un futuro.

En tercer lugar, en California, a algunos médicos forenses les preocupó que el fiscal general del estado hubiera citado el año anterior los recortes presupuestarios y la escasez de personal al formular una advertencia, no unas simples directrices como en Nueva York, así como avisos de recortes de fondos a cualquier ciudad o condado en los que la oficina del forense continuara, a su discreción, realizando autopsias completas en «casos que no impliquen evidencia clara o sospecha razonable de asesinato, homicidio en segundo lugar u homicidio involuntario». La razón esgrimida para restringir las autopsias en ciertos casos fue el deseo de concentrarse de un modo más completo y oportuno en el número creciente de homicidios cometidos por miembros de pandillas de la droga y terroristas. Algunos médicos forenses hicieron referencia al aviso en sus informes, o lo adjuntaron, para protegerse.

El aumento en el número de empleados del gobierno en los últimos años parecía desmentir la escasez de personal utilizada como razón para esas medidas.

Cualquier autoridad a la que Jane se atreviera a recurrir con esa sospecha la marcaría con la palabra «paranoica» con tanta certeza como Hester Prynne, en la novela de Hawthorne, había sido obligada a llevar la letra escarlata en la ropa.

Sin embargo, no pudo evitar sospechar que los fiscales generales de los dos estados más grandes del país estaban comprometidos en la supresión de pruebas relacionadas con el aumento de suicidios entre personas que eran candidatos poco probables para la autodestrucción.

¿Bajo qué órdenes estaban cumpliendo esa tarea? ¿Cuánto podrían saber sobre el motivo de esta reciente plaga?

Si una empresa de biotecnología del sector privado y el gobierno participaran en un proyecto que disparaba las tasas de suicidio, ¿cuál podría ser su propósito?

¿Eran los suicidios un efecto secundario inesperado... o tal vez una consecuencia intencionada de lo que estuvieran haciendo?

El escalofrío que le puso la piel de gallina no pasó, sino que se abrió camino más profundamente en su cuerpo.

Fue al baño, donde el motel proporcionaba una taza, sobrecitos de café instantáneo y un aparato barato para hervir el agua. Se hizo una taza llena con dos sobrecitos. Deambuló por la habitación, bebiéndose el brebaje todo lo caliente que fue capaz de aguantar, pero el frío se mantuvo, terco.

Jane no había encontrado todavía una disección cerebral en los archivos de las autopsias. Estaba ansiosa por descubrir una referencia a alguna estructura antinatural en la materia gris de un suicida.

Sin embargo, como el café apenas la calentó, decidió tomarse un descanso de los informes de análisis médicos y ver qué le habían proporcionado con respecto al benefactor David James Michael. Formaba parte de la junta directiva del Instituto Gernsback, que organizaba la conferencia anual «Y Si», y del Seedling Fund, donde había trabajado con un hombre acaudalado, T. Quinn Eubanks, uno de los suicidas.

El informe sobre David Michael parecía tan completo que Jimmy Radburn se habría merecido una posición privilegiada en el Salón de la Fama de los Hackers si hubiera existido uno.

David Michael, de cuarenta y cuatro años, fue el único heredero de una fortuna ganada generaciones atrás gracias a los ferrocarriles, aumentada por inversiones en petróleo, bienes raíces y todo lo demás que proporcionaba un alto rendimiento económico durante el siglo pasado. A pesar de que había heredado su riqueza, demostró que era un administrador de primera clase financiando una empresa de capital de riesgo para respaldar a las empresas de alta tecnología. Su ojo para las nuevas empresas con grandes perspectivas era tan agudo que el ochenta por ciento de las veces elegía a los ganadores.

Tres años antes, se había mudado de los cotos de caza de Virginia a una finca en Palo Alto, para estar cerca de las muchas compañías de Silicon Valley en las que tenía interés.

Había fotografías de él. Puede que David procediera de una familia almidonada y de traje y corbata, pero él favorecía un estilo espíritu libre. A pesar de su cabello rubio cortado al azar y peinado simplemente con una pasada de sus dedos, Jane reconoció el trabajo de una peluquera de quinientos dólares. Era conocido por asistir a importantes reuniones de negocios en zapatillas deportivas y pantalones vaqueros, con el faldón de la camisa suelto, pero en varias fotos llevaba diferentes relojes que se decía que pertenecían a su colección de relojes caros, cuyo precio oscilaba de cincuenta mil a ochenta mil dólares cada uno.

Se lo citaba en numerosas publicaciones por su generosa filantropía, su compromiso con todo tipo de causas de espíritu público, desde la sinfónica de San Francisco hasta la conservación de los humedales, y no había ocultado su política progresista.

Jane conocía a los de su clase. Todo lo que decía y hacía para el consumo público era cuidadosamente elaborado. Todos admiraban a un joven multimillonario rebelde que parecía angustiado por su riqueza y dispensaba sumas que parecían arriesgarse a empobrecerlo. De hecho, lo que regalaba representaba el uno por ciento de su fortuna. Qué partes de su persona pública eran genuinas, si las hubiera, solo las conocerían él, su esposa y su asesor de imagen, y tal vez ni siquiera su esposa.

Entre las compañías que prosperaron con su capital de riesgo estaban Shenneck Technology y, más recientemente, en mayor medida, Far Horizons. Shenneck y David Michael eran socios en Far Horizons.

Si no había encontrado el centro de la conspiración, sí que al menos había hallado un nexo: Bertold Shenneck, David James Michael y Far Horizons.

El problema sería acercarse lo suficiente a cualquiera de los dos hombres para agarrarlo por las partes blandas y fomentar el diálogo. El multimillonario estaría rodeado por varias capas de seguridad y guardaespaldas del más alto calibre.

Y aunque Shenneck tenía mucha menos riqueza que su principal inversor, si de hecho estaban involucrados en esta conspiración a través de Far Horizons, poseía información que dañaría gravemente o destruiría a ambos hombres. Por lo tanto, estaría aislado de todo menos del acercamiento más considerado y sigiloso.

Al final del informe de Jimmy, Jane descubrió lo que tal vez fuera una puerta trasera para llegar a Shenneck. El último elemento consistía en una sola frase con detalles inadecuados: «Bertold Shenneck parece tener un interés profundamente oculto en una operación de la red oscura que podría o no ser un burdel extraño».

Ella sabía lo que tenía que hacer a continuación.

Sería peligroso.

Como si eso importara. Todo era peligroso en hoy en día. Simplemente conducir hasta el trabajo en Filadelfia podría ser un cupón para la muerte.

5

Desde las ocho en punto, habían penetrado en la habitación el sonido de las limpiadoras del motel que hablaban en español en voz baja y el tintineo de los carros de sus equipos, cada vez con mayor volumen a medida que avanzaba la mañana. Eran casi las diez, y Jane no quería retrasarse hasta las once, cuando, a pesar de la señal de «No molestar», podría oír un golpe en la puerta y una pregunta educada sobre el servicio de limpieza. Cuanta menos interacción tuviera con el personal, menos probable era que la recordaran. Además, se había quedado allí dos noches, su máximo para cualquier lugar. Un objeto en movimiento tiende a permanecer en movimiento, y un objeto demasiado tiempo en reposo tiende a que le corten la garganta.

Cargó sus maletas en el Ford y dejó la llave de la habitación en recepción, donde decidió preguntar la dirección de la biblioteca más cercana.

Compró café y dos emparedados para el desayuno en un McDonald's cercano, tiró la mitad del pan y los degustó en el coche. La comida era mejor de lo que parecía. El café era peor de lo que olía. Sacó una pequeña pastilla de un frasco de medicamentos para reducir la acidez.

En la biblioteca, usó un ordenador para buscar las tiendas más cercanas donde vendieran artículos de arte, equipos de laboratorio y productos de limpieza. Nada de eso llamaría la atención de las personas que la estaban buscando.

A la una en punto, había comprado botellas de acetona, un contenedor de polvo blanqueador, el mínimo de recipientes de laboratorio que necesitaba y un par de cosas en una farmacia.

Localizó un motel aceptable en Tarzana, donde eligió quedarse porque nunca antes había estado en esa ciudad y sería una desconocida para todos.

Usó una identidad falsa diferente a la que había presentado en el motel anterior y pagó en efectivo por anticipado. La enorme cama de matrimonio se reflejaba en las puertas deslizantes de espejo del armario. Guardó la bolsa de basura. Antes de meter las maletas en él, recuperó los primáticos, una pistola de ganzúas vendida solo a las agencias policiales, pero adquirida ilegalmente a las mismas personas que habían modificado su Ford Escape, y finalmente un silenciador preparado para adaptarse al cañón de su Heckler & Koch .45.

A las cinco en punto, en el baño, usando una mascarilla quirúrgica y guantes de nitrilo, consiguió un poco de cloroformo de la acetona por la reacción del cloruro de cal, que era el polvo blanqueador. Llenó una botella de pulverización de unos doscientos mililitros comprada en la tienda de productos de belleza, la dejó a un lado y limpió el desorden.

Cuando salió, el sol de última hora de la tarde marinaba la extensión suburbana con una luz agria. El aire caliente olía a los gases de escape de vehículos limpiados por convertidores catalíticos y convertidos en compuestos inofensivos pero que, a pesar de ello, llenaban el aire de un olor desagradable.

En un restaurante al otro lado de la calle del motel, disfrutó de una cena de *filet mignon*, asegurándose más de una vez a sí misma que no era su última comida en este mundo.

Ese mismo día, más temprano, poco antes de las cuatro en punto, hora del Este, el jefe de sección Nathan Silverman estaba en su oficina en la academia en Quantico cuando recibió una llamada del agente especial a cargo de la oficina de campo de Los Ángeles informándole de que el SAC le iba a enviar un informe sobre un incidente ocurrido el día anterior en Santa Mónica y que involucraba a una impostora que se hacía pasar por la agente especial Jane Hawk del Grupo de Respuesta a Incidentes Críticos o a la propia agente especial Hawk.

El incidente era extraño, decía el SAC, pero no parecía implicar ningún delito más que la posible personificación de un agente del FBI. Como su oficina de campo era una de las más concurridas de la nación, tenía poco tiempo para desperdiciar en algo tan minúsculo como aquello. Sin embargo, las cinco unidades de análisis del comportamiento habían brindado una ayuda considerable a la oficina de Los Ángeles en casos recientes de perfil importante, y el SAC respetaba a Silverman y su gente. El informe quedaría terminado y se transmitiría a las nueve en punto, hora de la Costa Este.

Esa noche, a las siete y media, Silverman se sentó a cenar con su esposa desde hacía treinta años, Rishona, en su casa en las afueras de Alejandría, a unos cuarenta kilómetros de Quantico. Se sentaron a la mesa del comedor.

Sus hijos ya estaban en la universidad y vivían por su cuenta. Rishona y él podrían haber comido en la cocina con muchas menos molestias, pero ella insistía en hacerlo en el ambiente más elegante del comedor.

Cuando cocinaba, que era la mayoría de las noches, convertía la cena en una ceremonia, con buena porcelana, cubiertos de plata y cristal, servilletas de damasco presentadas dentro de servilleteros de su colección y velas.

Se consideraba uno de los hombres más afortunados del mundo, ya que su esposa era tanto maravillosa como su mejor amiga, con la que podía compartir cualquier cosa y confiar en su criterio.

Le contó qué tal le había ido el día mientras tomaban una ensalada César con una lechuga romana excepcional, seguida de gruesos filetes de pez espada estofados.

Tras el ataque terrorista en Filadelfia el lunes, las unidades de apoyo a las investigaciones y operaciones, así como las unidades de análisis de comportamiento 1 y 5, las que estaban en el Grupo de Respuesta a Incidentes Críticos, se vieron abrumadas por las solicitudes de asistencia, y ese día, jueves, fue la primera tarde que llegó a casa antes de las ocho. Tenía mucho que decirle, pero, inevitablemente, Jane y la llamada de la oficina de campo de Los Ángeles se destacaron en su conversación.

Nathan Silverman lograba tener una relación profesional disciplinada y otra social con sus mejores agentes, algo que no era común en el FBI. Rishona conocía bien a Jane y la consideraba a ella y Nick como parte de la familia. Había llorado por Nick, no menos por Jane, y le solía preguntar por ella.

—No le insistí para que devolviera la identificación —dijo Nathan—. Pensé que la conocía suficientemente bien como para estar seguro de que volvería a trabajar al cabo de dos meses.

—No tiene un corazón de piedra —le reprendió Rishona.

—No, pero tiene el corazón de un león. Nada la detiene durante mucho tiempo. Hace dos meses, cuando me sorprendió solicitando una extensión de permiso, recordarás que me llamó.

—Sí, iba a viajar por todo el país con Travis. Podría ser bueno para el pequeño. Adoraba tanto a Nick.

—Bueno, me dio un nuevo número de teléfono para poder localizarla, pero esperaba que yo, como ella dijo, le diera espacio. Ya tenía los números de su casa y su móvil, así que supuse que solo era un nuevo teléfono inteligente. El mismo código de área.

Hizo una pausa para saborear el pez espada, pero su esposa, muy consciente de su uso sutil de los silencios para agregar dramatismo a sus historias (le complacía hacer que incluso las noticias más mundanas le resultaran entretenidas), se impacientó después de cinco segundos.

—No hagas que la escena parezca de Shakespeare, Nate. ¿Qué pasa con el teléfono?

—Bueno, le he dado el espacio que ella quería. Pero cuando llegó este informe de Los Ángeles, estuve a punto de llamarla. No sé por qué, de verdad que no lo sé, pero en vez de eso, le pedí al más joven de nuestros genios informáticos que buscara con un código malicioso la dirección del teléfono, solo como un favor personal, no como un asunto del FBI. Después de todo, no se trata de investigar un delito. Resulta que el número no pertenece a un teléfono inteligente. Es solo un móvil prepago.

—¿Desechable?

—Comprado en Walmart en Alexandria y activado el último día que hablé con ella. No se ha consumido ningún minuto.

Anunciada sin relámpagos ni truenos, una lluvia repentina y fuerte rugió en la noche y tamborileó sobre el techo, y tanto él como Rishona miraron al techo con sorpresa.

—Ya veremos si la reparación de ese canal de desagüe funciona —dijo Rishona.

—Y cuando lo haga, nos habremos ahorrado cuatrocientos dólares.

—Espero sinceramente que sea así, querido. No puedes saber cómo sufro por ti cuando te avergüenzas de una catástrofe.

—¿No es «catástrofe» una palabra demasiado fuerte?

—Estaba pensando en el cuarto de baño de los invitados.

Él contestó después de unos momentos de silencio.

—Incluso en ese caso, la palabra «desastre» es más precisa.

—Tienes razón. Exagero. Fue simplemente un desastre. Bueno, ¿por qué Jane compraría un teléfono desechable para que la llames?

—No sé por qué, realmente no lo sé, pero de vuelta a casa, me desvié hacia Springfield para pasar por su vivienda. Ya no está allí.

—¿Qué es lo que no está?

—Springfield aún está donde siempre, pero la casa, no. La han demolido. Junto a la valla de la construcción hay una reproducción de un arquitecto del aspecto que tendrá la nueva casa, y se va a llamar «Residencia Chen». Todavía no han comenzado las obras, no hay personal de construcción en el emplazamiento. Sin duda todavía están en la etapa de permisos. Hablaré con alguien mañana.

Rishona era la viva imagen del escepticismo.

—Jane no vendería la casa ni se mudaría sin darte una dirección actualizada. Es un incumplimiento de las normas.

La casa de los Silverman estaba sólidamente construida, con una mampostería compacta y una carpintería resistente, pero, de alguna manera, la repentina tormenta hizo que una vaga corriente atravesara el comedor. Las suaves y constantes llamas de las velas se alargaban y revoloteaban como lenguas de serpiente en la superficie de las copas de cristal.

—También sería un incumplimiento de las normas si se cambiara el nombre a Chen y no nos lo dijera. Y lo que sea que haya ocurrido en Los Ángeles... No va a traer nada bueno, Rishona —dijo Nathan.

—Mira, Nate, Jane es la última persona que conozco que podría corromperse. Aparte de ti.

—No me refiero a eso —contestó Nathan mientras la fuerte lluvia caía todavía con más fuerza, y ahorrarse cuatrocientos dólares con una reparación casera parecía algo poco sensato a medida que pasaban los minutos—. Aunque probablemente me equivoque, creo que podría estar metida en algún tipo de problema que no es culpa suya, tan grave que no puede mencionármelo ni siquiera a mí.

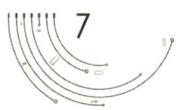

Sherman Oaks tenía un mayor porcentaje de ciudadanos con una edad superior a los sesenta y cinco años que la mayoría de las comunidades en el condado de Los Ángeles. Los habitantes promedio por hogar, dos, estaban entre los más bajos del sur de California. En general, era una ciudad tranquila, especialmente en las calles de casas caras en las colinas.

La casa señorial era de ladrillo con marcos de ventanas y frontones forjados. Un par de orgullosos leones de piedra flanqueaban la escalera delantera, como si se tratara de una biblioteca o un palacio de justicia, aunque el residente no tenía ningún interés en las bibliotecas y se creía que era demasiado inteligente como para estar ante un juez en un tribunal.

Unas lámparas de jardín flanqueaban el sendero de entrada. Una lámpara de carruaje junto a la puerta emitía un brillo acogedor en el porche. Una luz cálida brillaba tras las ventanas del piso de abajo, pero el piso de arriba estaba a oscuras.

Dos años antes, a los cincuenta y cuatro y cincuenta y tres años de edad, respectivamente, Richard y Berniece Branwick, quienes aún eran dueños de la residencia, se habían jubilado anticipadamente y se habían mudado a Scottsdale, Arizona. Habían trabajado duro, pero su tiempo prolongado bajo el sol fue cortesía de su único hijo, Robert, quien tenía un gran éxito en la profesión que había elegido.

Jane aparcó al otro lado de la calle de la casa y dos puertas más arriba. Usó los prismáticos para ver bien la residencia, y estudió el lugar durante cierto tiempo.

No había nadie aparcado frente a la casa. No era una zona donde la seguridad armada fuera común. Si los vecinos vieran a un hombre acechando en las sombras, llamarían a la policía. El departamento de policía de Los Ángeles se encargaba de proteger Sherman Oaks desde la comisaría Van Nuys en Sylmar Avenue; no pasarían por alto un informe sobre algo así de ese vecindario.

De todos modos, Robert Branwick no creía que necesitara seguridad allí, a excepción de lo habitual en cualquier hogar, un sistema de alarma para desbaratar cualquier intento de robo por allanamiento.

Si llegara a sospechar que ella conocía esa dirección y su nombre, no estaría allí. Ni en ese momento ni nunca.

Incluso podría estar solo en casa, aunque probablemente no fuera así. Estar solo solía inquietar a la gente como él. En la soledad, uno se arriesgaba a la autorreflexión.

Dos puertas más arriba, había una casa sin luces en ninguna ventana. Evidentemente, esa noche sus propietarios estaban de viaje o fuera.

Después de ponerse los guantes negros y plateados, Jane cruzó la calle y se dirigió a la parte trasera de la casa a oscuras, atenta por si aparecía algún perro.

Más allá del patio había un amplio patio trasero. Las paredes de privacidad separaban las propiedades colindantes, pero ninguna cerca definía el final del césped, donde una arboleda se alzaba al borde de un barranco poco profundo.

Los árboles negros como la tinta plateados por la luz de la luna eran como un bosque soñado por un artista del grabado con un tablero cubierto de cera negra y un buen ojo para lo misterioso.

La propiedad que se encontraba algo más abajo de la primera tenía un muro que la rodeaba por completo, compuesto por bloques de hormigón revestidos de estuco. Encontró una pequeña lámpara de jardín entre el estuco y los árboles, más allá de una puerta de madera, que siguió hasta llegar a la pared trasera de la casa de Branwick, donde la apagó.

Allí no había ninguna puerta que ofreciera una entrada, pero la pared solo tenía unos dos metros de alto, y era fácilmente escalable. Cuando llegó a la parte superior, se sentó sobre la cubierta de hormigón durante un minuto, estudiando el patio cubierto por el velo nocturno y la piscina donde flotaban los restos de una luna rota sobre las ondulantes aguas negras.

Se dejó caer al césped y rodeó la piscina.

La luz pálida de la ventana se extendía hacia el patio cubierto y, a través de esos cristales, Jane vio una cocina y una zona de desayuno en el extremo oeste de la casa. No había nadie en ninguno de los dos espacios.

En el extremo este había una sala de estar. Al otro lado de un par de puertas corredizas de vidrio, frente al patio, una pareja estaba sentada en un gran sofá gris viendo una escena de persecución de coches en un televisor de pantalla plana colgado de la pared. El rugido de los motores sobrealimentados y la música alta atravesaban las ventanas.

Jane se acercó a la puerta de la cocina e intentó abrirla. Cerrada con llave.

La película retumbaba, pero la casa era diáfana, y la cocina estaba demasiado cerca de las personas que se encontraban en la sala de estar. Si la persecución del automóvil terminaba y seguía un momento de silencio justo cuando apretaba el gatillo de la pistola de ganzúas, el chasquido de su resorte y el clic de los diminutos cilindros de la cerradura podrían llamar su atención.

Se dirigió al lado oeste de la casa. A mitad de camino de esa pared larga, una única puerta ventana daba acceso a un pequeño jardín donde dos sillas forjadas flanqueaban una fuente de pedestal con una pileta que estaba apagada en ese momento.

Ninguna lámpara iluminaba la habitación que había al otro lado de la puerta, pero una puerta interior dejaba pasar algo de luz procedente de un pasillo. La estancia parecía ser un estudio: la sugerencia sombría de un escritorio, estanterías, un sillón.

Jane enfundó la pistola. Un rápido parpadeo de linterna reveló la existencia de una cerradura de interior con pomo, con el cerrojo montado en el embellecedor.

Al bajar del coche se había atado la pistola de ganzúas al cinturón con un cordón de zapato. Metió su delgado extremo en la cerradura, por debajo de los cilindros de cierre. Cuando apretó el gatillo, el resorte plano levantó el pico hacia arriba y alzó algunos cilindros hacia la línea de corte, fuera del camino. Apretó el gatillo cuatro veces antes de que la cerradura se abriera.

Empuñó su arma de nuevo y entró. Cerró la puerta detrás de ella. Un estudio. Un ordenador en el escritorio. En lugar de libros en los estantes, había figuras coleccionables de Star Wars de alta calidad.

De la parte trasera de la casa surgieron los chirridos de neumáticos, los motores de carreras, disparos, música compuesta para insistir en la emoción, incluso si las imágenes y la historia no transmitían ninguna.

Entró en el pasillo, muy iluminado, vaciló y se dirigió hacia la parte delantera de la casa para efectuar un rápido reconocimiento. Desde el vestíbulo, podía ver el comedor por un lado y la sala por el otro, iluminados, acogedores y desiertos.

Regresó por el mismo pasillo y llegó a la puerta de la cocina justo cuando una joven rubia apareció procedente de la sala de estar y abrió el frigorífico, de espaldas a Jane, sin darse cuenta de la presencia de un intruso.

La chica iba vestida para seducir, con unos pantalones ajustados de seda y una blusa de encaje que no cubría la cintura.

Jane enfundó la pistola, sacó el pequeño bote de cloroformo, entró en la gran cocina y por delante del arco que proporcionaba una vista clara de la sala de estar, contando con que la película seguiría atrayendo la atención del tipo que estaba allí.

La fortuna favorece a los atrevidos, excepto cuando no lo hace.

Se colocó detrás de la chica, que estaba decidiendo cuál de los cinco refrescos de la nevera debía elegir.

Antes de que la rubia pudiera tener una lata de refresco en la mano y que la dejara caer, Jane dijo suavemente:

—Pepsi.

Sobresaltada, la chica se giró hacia el primer chorro de la botella de espray. El cloroformo de sabor dulce le humedeció el lápiz de labios rosado y la punta de la nariz antes de adentrarse por las fosas nasales. Abrió los ojos de par en par, pero se le pusieron en blanco antes de que pudiera gritar. Jane la rodeó con un brazo y la sostuvo contra el frigorífico para evitar que se desplomara ruidosamente contra el suelo, colocó el bote de espray en la encimera y bajó a la chica inconsciente hacia las baldosas de cerámica.

El cloroformo era muy volátil. Ya se había evaporado de los labios de la rubia. Los restos brillaban solo alrededor de los bordes de sus fosas nasales. Lo que había inhalado la mantendría fuera de combate durante varios minutos. Tal vez, el tiempo suficiente; o tal vez, no.

Jane arrancó dos toallas de papel de un dispensador cercano. Las dobló, las unió, roció un lado ligeramente con cloroformo y colocó el lado apenas humedecido sobre la cara de la chica. La máscara improvisada revoloteó ligeramente con cada exhalación. Jane observó el tiempo suficiente para estar segura de que no había problemas respiratorios.

Luego se metió el bote de espray en el bolsillo interior de la chaqueta, sacó la pistola y regresó al arco entre la cocina y la sala de estar. Todavía estaba sentado en el amplio sofá gris, con los pies sobre una mesita de café, cautivado por la película. En la televisión, un hombre en una motocicleta perseguía a otro en una motocicleta por una autopista serpenteando entre muchos otros vehículos a toda velocidad, en una escena que requería el cerebro de un chorlito para escribirla y un genio demente para ponerla sobre la pantalla.

La cacofonía enmascaró los sonidos que ella hizo mientras se movía detrás de él. Cuando una de las motocicletas saltó por un acantilado y la otra se detuvo al borde del abismo con un chirrido de frenos, la música grandilocuente se convirtió en un simple fantasma de sonido, para enfatizar la larga caída hacia la muerte.

Jane dijo:

—¿Tienes Oreos, Bobby?

Sin duda, su voz no era idéntica a la de la rubia anestesiada en el suelo de la cocina, pero él no reaccionó a su pregunta, excepto para hacer un gesto de impaciencia con una mano y decir: «Sí, sí», mientras observaba cómo el motociclista que se desplomaba escapaba por poco de la muerte cuando lo que parecía ser una mochila resultó ser un paracaídas del cual brotó una gran extensión de seda salvadora.

Le dio un golpecito en la cabeza con el cañón del .45.

—Qué coño...

Se volvió, la vio, se levantó de un salto del sofá y casi se cayó sobre la mesa de café.

—Intentaste jugármela en el parque. Luego me dejaste intrigada con el último comentario sobre Shenneck. «Burdel extraño», y nada más. Tengo preguntas. Miente o evita responder, y te meto una bala en la cabeza. ¿Entendido, Robert? ¿Jimmy? ¿Quienquiera que seas?

En la sala familiar, la película había pasado de las acrobacias al romance. El sexo tenía menos efectos de sonido que la escena de persecución, con una música más suave.

En la cocina, la muñeca regordeta adulta que una vez había sido Jimmy Radburn, y siempre había sido Robert Branwick, estaba sentada en una silla del comedor, con sus manos de androide sin pelo y de goma dobladas sobre la mesa de la cocina. Su rostro suave de bebé estaba pálido de miedo, pero la mirada de sus ojos grises brillaba como un par de piquetas de hielo.

Jane había montado el silenciador en el cañón de la pistola. Como ella pretendía, el silenciador no intimidaba menos que la propia arma. Él se lo tomó como que Jane hablaba en serio.

Sobre la mesa había una libreta y un bolígrafo que Jane había tomado del mostrador debajo del teléfono de la pared.

Se colocó entre él y la rubia, que respiraba suavemente bajo su máscara de papel.

—¿El burdel de Shenneck tiene un sitio web?

—Es *dark web*. Como el montaje que acabamos de cerrar. Excepto que es tan oscuro que a nosotros nos parece un centro comercial. La dirección web no está registrada oficialmente, es un punto ciego.

—¿A qué te refieres con eso?

—Se superpone al sistema de dominio, punto org, pero ninguno de los administradores lo ve. El nombre del sitio es una larga serie de letras y números aleatorios, por lo que ningún motor de búsqueda puede llevarlo allí. Cientos de millones de combinaciones posibles. Escribir una dirección aleatoria tan larga por casualidad es épsilon. Necesitarías siglos incluso con una búsqueda automatizada. En resumen, no se puede llegar allí a menos que ya se tenga la dirección. Los amigos se lo cuentan a los amigos, supongo.

—¿Cómo llegaste allí, Jimmy Bob?

—Tal vez uno de mis clientes no protegió adecuadamente su libreta de direcciones.

—Mientras que pirateabas a alguien para este tipo, también lo pirateaste a él.

—Ganancia por partida doble.

En su sueño, la rubia resopló, y las toallas de papel revolotearon sobre su cara.

—¿Conoces la dirección? —le preguntó Jane.

—Son cuarenta y cuatro letras y números al azar. Es una locura. No puedo memorizar algo así. Casi nadie podría.

—La tienes en tus archivos de Vinyl.

—Pero no son accesibles en este momento. Hemos cerrado. ¿Recuerdas?

—¿Has estado en esa página?

—Sí.

—Dime.

—Te aparece una pantalla negra. Luego el nombre «Aspasia».

—Escríbelo. Y no me obligues a enseñarte los dientes.

Mientras escribía el nombre en el bloc de notas, dijo:

—Lo busqué. Era la amante del alcalde de Atenas o algo así, como unos cuatrocientos años antes de Cristo. Luego la pantalla te da ocho idiomas para elegir. Es una operación a escala mundial. En inglés te hace tres promesas: «Chicas guapas. Totalmente sumisas. No hay deseos demasiado extremos».

—Suena como el burdel de tus sueños, Jimmy Bob.

—Dice una cosa más que es demasiado espeluznante: «Chicas incapaces de desobedecer. Silencio permanente asegurado».

—¿Qué? ¿Las usan y luego las matan?

—Ya te he dicho que era demasiado espeluznante. No soy el tipo sórdido que crees que soy. Luego está la cuota de socio. Una cifra muy seria. Como unirse a un club de campo ultraexclusivo. Trescientos mil dólares.

—Mentira.

—No hacen que sea imposible encontrar el lugar para poder hacer un chiste. El tipo a quien le saqué la libreta de direcciones podía permitírselo cien veces.

—¿Cómo sabes que Bertold Shenneck está involucrado con eso?

—El tipo que tenía la dirección es un inversor en Shenneck Technology. Tiene oficinas, hogar, móviles y todo tipo de números de teléfono alternativos para Shenneck. No tenía a Aspasia bajo ese nombre. Lo tenía anotado bajo el nombre de «el parque de juegos de Shenneck».

—Escribe el nombre del tipo.

—Me estás apretando las bolas.

—Todavía no. Pero me encantaría hacerlo. Escríbelo.

Con el ceño fruncido, escribió el nombre.

—William Sterling Overton. Es un abogado, un artista de la intimidación, consigue enormes acuerdos judiciales. Vive principalmente en Beverly Hills. Casado dos veces con actrices buenorras. Sale con supermodelos. Si también necesita Aspasia, debe de estar tan saturado de testosterona que podrías sacársela escurriéndolo, como el agua de una esponja.

—Tienes millones, Jimmy Bob. ¿Seguro que no te registraste?

—No pago por el sexo.

—Eso no puede ser cierto.

—No lo hago. Ya no. De todos modos, no estoy en la liga de estos tipos.

—¿Cómo hace un nuevo socio para pagar la tarifa? No parece que sea algo con lo que un loco rico quisiera que lo relacionaran mediante un rastro de papel.

—La pantalla lo decía, «Anonimato asegurado. Rastrear el pago es imposible». Además, las personas como Overton tienen cuentas en el extranjero, empresas fantasma.

—¿No te dio los detalles de pago? Dime la verdad.

Habló mirando fijamente a la boca del cañón del .45 en lugar de a Jane.

—Antes de que establezcan los acuerdos de pago, te preguntan quién eres, quién te lo contó. Podría haber usado el nombre de Overton como mi contacto, pero me di cuenta de que tienen la referencia de ese contacto antes de que llames. Si hablas de una referencia que no tienen, estás metido en la mierda más profunda con gente megacabrona.

—Eres un genio entre los *hackers* —dijo Jane—. Podías entrar de forma anónima.

—Tal vez no con esta gente. Quizá des ese último paso, y ellos tienen un dragón con una lengua larga que lame todo el camino de regreso adonde estás y capta un sabor. Porque cuando probé a entrar en el sitio un día después ni siquiera obtuve el nombre de Aspasia. La primera pantalla simplemente decía «Muere», luego se volvió negra, y se quedó en negro. Nunca volví otra vez.

— Así que no tienes una dirección física para este burdel.

—Tendrías que ser miembro para saberlo.

En otro lugar de la casa sonó un retrete.

Fue un sonido sordo pero inconfundible, posiblemente procedente de un tocador en la planta baja, junto al pasillo donde se encontraba abierta la puerta de la cocina. Alguien había ganado una guerra con el estreñimiento después de una larga y agradable sentada con una revista.

Branwick le lanzó el bolígrafo a la cara a la vez que se ponía en pie de un salto para luego agarrar la silla para golpearla con ella, pensando que podría derribarla.

—¡Kipp, tiene una arma! —aulló—. ¡Mata a la zorra!

Matar a otro ser humano le hubiera resultado imposible si no hubiera creído en la realidad del mal, si no lo hubiera visto antes, si no hubiera sido entrenada para actuar de manera reflexiva en circunstancias desesperadas. Pero ella conocía el mal y reaccionó y le disparó en la cabeza a quemarropa.

Dobló las rodillas, y cuando Jane rodeó el extremo de la mesa para tener una línea de visión en el pasillo, su cadáver cayó hacia atrás, hacia la vida que había salpicado el suelo detrás de él.

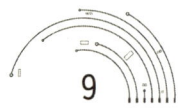

9

Jane en el umbral, con la pistola empuñada con las dos manos, los ojos en la mira delantera y el pasillo que había más allá. En el punto medio de ese estrecho pasaje, había una puerta abierta que no lo estaba antes. A la izquierda. Al otro lado del estudio por donde había entrado a la casa. La puerta del retrete.

Kipp, quienquiera que fuera Kipp, podía haber cruzado el pasillo hacia el estudio, podía haber ido hacia la sala de estar o el comedor. Aún podría estar en el baño si la tomaba por estúpida.

Los pasillos eran galerías de tiro casi tan malas como las escaleras. Y estaban todas esas puertas que debía despejar. Mejor salir por la puerta del patio, dirigirse a la salida más cercana. Ya no tenía nada más que hacer allí. No era necesario ningún enfrentamiento.

Se alejó del pasillo, miró hacia la izquierda, hacia el sofá gris y el televisor. Si había otra ruta desde la parte delantera de la casa hasta la sala de estar, podría ir a por ella por ese lado.

El trueno de la carrera de unos pies encima de ella. Había ido al segundo piso. Ahora estaba volviendo. Volvía con evidente entusiasmo en busca de una pelea. Un cambio repentino en la cualidad del trueno, un hueco retumbante: estaba bajando a saltos las escaleras delanteras.

Sin duda, había subido a por un arma. Regresaba con una, sin tener en cuenta ningún riesgo. Podría haber huido de la casa; en cambio, corrió hacia ella como si fuera un toro enloquecido y ella con un capote rojo.

Se acercó a la mesa del comedor, arrancó la primera página de la libreta y se la guardó en el bolsillo de los vaqueros.

El sonido de su presencia era más fuerte, ahora en el pasillo de la planta baja.

Jane se volvió hacia la puerta trasera.

La descarga de la escopeta sacudió la casa. Una tormenta de postas atravesó la cocina, y el chorro de pequeños proyectiles se vio limitado por el marco de la puerta, que escupió astillas. Una lluvia de plomo destrozó los paneles de vidrio en los armaritos superiores, se hundió en las encimeras de granito y repiqueteó sobre la cubierta de acero inoxidable que había sobre las hornillas.

Nunca llegaría a la puerta trasera a tiempo. Él estaba allí, lo oyó maldecir, parecía loco de rabia. Entraría en la cocina disparando.

Jane se dejó caer al suelo, con la mesa entre ella y la puerta del pasillo. La salida estaba a su izquierda y detrás de ella. El muerto estaba a su derecha, con los rasgos que le quedaban distorsionados, aparentemente arrastrados por la gravedad de un agujero negro hacia la herida donde una vez había estado su nariz.

Miró por debajo de la mesa, entre grupos de patas de silla que no le permitían efectuar un disparo seguro, y vio un par de zapatillas deportivas de diseñador de color negro y blanco de hombre que cruzaban el umbral, y en el mismo instante la escopeta rugió. El arma era una escopeta de corredera, porque oyó cómo la movía para meter en la recámara el siguiente proyectil. Probablemente era un arma de cañón corto con empuñadura de pistola de calibre 12 para protección de la casa. El eco del segundo disparo todavía estaba resonando a través de la habitación y retumbando en sus oídos cuando disparó la tercera descarga, que acribilló la última sección de la cocina, con la intención de despejarla de cualquier oposición. Los tres disparos habían atravesado el aire a la altura del pecho, rompiendo o acribillando todo lo que no repelía las postas.

Temporalmente medio sorda, vio que los pies calzados con gran elegancia giraban hacia la sala de estar. Cuando no disparó de inmediato, ella supo, o pensó que lo sabía, que la escopeta tenía un cargador de tres proyectiles.

Jane se puso en pie. El tipo era una montaña. Tenía que ser al que había visto perseguir a Nona, la patinadora, por Ocean Avenue. Estaba de pie de espaldas a ella, calculando detrás de qué muebles de la sala de estar podía haber alguien escondido, pensando que había limpiado la cocina. No era alguien entrenado en Quantico, lo que sabía de armas lo había aprendido de las malas películas. Estaba sacando cartuchos de un bolsillo de su chaqueta vaquera.

Podría haberle disparado y atravesarle el corazón por la espalda si ella hubiera sido así. En lugar de eso, retrocedió hacia la salida y, aunque pisó perdigones y otros escombros, la audición del gigante estaba disminuida de momento, como la de ella, y de la tele volvió a surgir música fuerte.

Se le cayó un cartucho, y en lugar de cargar el otro que tenía en la mano, se agachó para coger del suelo el que se le había caído, tal vez porque era estúpido, tal vez porque era tan grande que nadie le había dado una razón para sospechar que era tan vulnerable como cualquier niño nacido de mujer.

Jane sabía con certeza que él se daría cuenta de que abría la puerta trasera. Estaba recuperando el oído rápidamente, y lo mismo le pasaría a él.

El grandullón se levantó del suelo con el cartucho, y ella disparó dos veces contra el techo sobre su cabeza, haciendo estallar un accesorio de iluminación empotrado allí. Sobre él cayó una lluvia de vidrios y chispas de un cable corto, pero también escuchó los disparos, porque ningún silenciador realmente cumplía la promesa de su nombre.

El fortachón se agachó, se dio media vuelta y la vio, con sus ojos convertidos en lámparas de furia demente. En el calor del momento, no pensó en por qué no le había disparado a él en lugar de al techo. Todavía no tenía un cartucho en la escopeta, y creía que era su objetivo, así que entró en la sala familiar poniendo de por medio una sección de los armaritos inferiores de cocina entre ella y él.

Jane disparó dos veces de nuevo contra los armaritos, y los proyectiles del calibre .45 partieron la madera como si fuera aglomerado y repiquetearon contra las sartenes y las ollas que había dentro.

Luego salió al patio. Jadeando bocanadas de aire fresco, corrió hacia el lado oeste de la casa, hacia la cobertura de la oscuridad, por poca que ofreciera.

Si a él se le ocurría cargar solo un cartucho y salir rápidamente en su búsqueda, no tendría reparos en dispararle por la espalda. Y si la primera descarga no la mataba, la derribaría y la desangraría, dándole tiempo para cargar otro proyectil y acabar con ella.

Cuando pasó junto a las dos sillas y la fuente, y la puerta ventana por donde había entrado en la casa a través del estudio, a medio camino a lo largo del costado de la residencia, le pareció que sentía algo en la parte posterior del cuello. Como si el punto rojo de un módulo de iluminación láser le garantizase la trayectoria a una bala para cortarle la columna vertebral y lacerarle el tronco cerebral. Pero, por supuesto, el tipo tenía una escopeta, que no necesitaba una mira láser, y de todos modos, no se puede sentir un punto láser cuando te marca. A pesar de todo el entrenamiento que cualquiera recibía, en Quantico o en cualquier otro lugar, no se podía dominar la imaginación en un momento de crisis.

Llegó a la parte delantera de la casa. Manoteó durante un momento sin aliento con el cierre de gravedad de una puerta forjada. Abrió la puerta empujando con un hombro. Miró hacia atrás, pero no vio a nadie. Miró hacia la puerta principal. No estaba allí.

Los disparos de escopeta, incluso contenidos dentro de la casa, habrían sonado con la potencia suficiente como para arrancar a los vecinos de sus televisores y ordenadores. Si alguien se encontrara frente a una ventana, a Jane no se la tendría que ver corriendo en ese momento, saliendo al jardín delantero, donde las luces del camino y las farolas cercanas iluminaban lo suficiente como para que un testigo observara algunos detalles en apariencia sospechosos. Desmontó el silenciador, se lo guardó en el bolsillo y enfundó la pistola. A un paso moderado, cruzó el césped y siguió la acera cuesta arriba bajo árboles que susurraban por encima de ella y sobre las temblorosas sombras de sus hojas a través de la acera iluminada.

Cruzó la calle hacia su Ford Escape, se puso al volante, cerró la puerta y recogió los prismáticos con los que había estado estudiando la casa.

Si el fortachón no había visto a Robert Branwick tendido muerto más allá de la mesa de la cocina cuando entró cargando por primera vez, ya lo habría encontrado. A menos que fuera estúpido, se daría cuenta de que disparar la escopeta había sido algo un tanto impetuoso, como mínimo, y que necesitaba irse de la casa a una velocidad similar a la de la luz.

Efectivamente, la puerta del garaje en el extremo este de la casa empezó a alzarse y un Cadillac Escalade negro salió a toda velocidad.

Jane vio el Caddy cuando llegó al pie de la calzada inclinada, donde una farola reveló al vaquero de la escopeta al volante. Supuso que él se dirigiría cuesta abajo, hacia los apartamentos. Debía estar preocupado por encontrarse con la policía que respondiera a un aviso por los disparos, porque se dirigió cuesta arriba.

Dejó a un lado los prismáticos y se deslizó hacia abajo, hasta que sus ojos estuvieron justo por encima del borde inferior de la ventana lateral. Cuando pasó el Escalade, la rubia en el asiento del pasajero se estaba sonando la nariz en un pañuelito, probablemente atontada y haciendo frente a los efectos del cloroformo. Lo más probable era que hubiese escapado por completo de los disparos de escopeta, que el vaquero había hecho a lo alto mientras ella estaba tendida en el suelo.

Jane esperó hasta que el Caddy se perdió de vista antes de poner en marcha el Ford y encender los faros para conducir cuesta arriba. Oyó sirenas a lo lejos, pero no vio por el espejo retrovisor ninguna baliza giratoria dispersando luz de color cereza en la noche que se extendía debajo.

10

Nathan Silverman estaba delante del ordenador en la oficina de su casa cuando llegó el informe desde Los Ángeles a las 9:10.

Una carrera en una agencia de la ley le había asegurado un aprecio por la extrañeza de la vida y por la imprevisibilidad de los seres humanos. La mayoría de los delincuentes eran tan predecibles como el amanecer, en parte debido a su falta de imaginación. Pero a menudo, las personas más inocentes y gentiles eran capaces de realizar salvajadas sorprendentes que nadie había sido capaz de prever.

Del mismo modo, en los momentos de crisis, las personas corrientes, aunque no estaban preparadas para el combate, mostraban un valor semejante al de los legendarios actos de valor en todos los campos de batalla de la historia. Ese gran aspecto de la humanidad evitaba que Silverman se deslizara hacia un cinismo incurable.

Esperaba que Jane fuera valiente, que actuara siempre con coraje y honor. Hasta ese momento, no tenía pruebas de que ella hubiera hecho lo contrario. Pero lo ocurrido en el hotel de Santa Mónica era más que simplemente inquietante. ¿Por qué había afirmado que estaba realizando una vigilancia en una operación del FBI cuando estaba de permiso? ¿Quién era la mujer en patines y qué había en esos dos maletines?

Había unas cuantas imágenes que acompañaban al breve informe, fotogramas de vídeo de las cámaras de seguridad del hotel. La calidad no era precisamente magnífica, pero sí suficientemente buena como para que identificara a Jane Hawk, a pesar de que se había cortado y teñido el pelo.

Desconcertado, Silverman envió un correo electrónico al SAC en la oficina de campo de Los Ángeles solicitando cualquier vídeo pertinente de otras cámaras del hotel. Además, si el parque al otro lado de la calle estaba equipado con cámaras de seguridad o si había cámaras de tráfico en la zona, necesitaba saber si habían grabado los actos que habían llevado a la patinadora a huir a través de Ocean Avenue, tal y como describió el portero.

El aguacero que había comenzado en la cena seguía incesante, aunque ya resultaba menos amenazador que solemne, como los tambores y los cascos de los caballos de un cortejo fúnebre.

Silverman descargó la foto más nítida de Jane. Enmarcó su cara y la amplió a pantalla completa. La claridad disminuyó, pero usó un programa que repetidamente duplicaba los píxeles hasta que su rostro se resolvió en detalle. Se podía ver la determinación en el conjunto de su boca, en su mandíbula apretada. También se podía captar la ansiedad. Tal vez lo tercero que vio se lo imaginó, algo inspirado por el afecto y la admiración que sentía por ella, pero creyó ver la desesperación, la mirada atormentada de alguien al que intentaban dar caza y oía acercarse a los sabuesos.

Mientras conducía de Sherman Oaks hasta el motel en Tarzana, Jane repasó cada movimiento que había hecho en la casa de Branwick. Había usado guantes. No había huellas digitales.

Había un sistema de alarma, con un teclado al lado de la puerta. Pero no había cámaras de seguridad a la vista. Solo las alertas básicas de puertas y ventanas.

El equipo de CSI recuperaría los cinco proyectiles que había disparado. Tan pronto como pudiera, debía desarmar la pistola y desechar las piezas, pero no hasta que consiguiera un arma de sustitución.

De nuevo en el motel de Tarzana, sacó hielo y una lata de Coca-Cola de la sala de máquinas expendedoras.

En su habitación, con la puerta cerrada con llave para pasar la noche, sacó un equipo de mantenimiento de una maleta y se ocupó de la pistola. Considerando los pocos proyectiles que había disparado a lo largo de los tres días anteriores, el arma no necesitaba limpieza, pero teniendo en cuenta también lo que una bala le había hecho al hijo de Richard y Berniece Branwick, Jane sintió la necesidad de limpiarla.

Mientras trabajaba en la Heckler & Koch, se permitió pensar

en Jimmy Bob, lo que le pasó, lo inevitable que fue una vez que le arrojó el bolígrafo a la cara, levantó la silla para golpearle con ella y llamó al fortachón para matarla.

Durante su carrera, había participado en diez investigaciones de asesinatos en masa y en serie. Ocho resueltos. Cinco casos solventados con arrestos sin violencia. En el sexto, otro agente del equipo acabó con un tipo que se dedicaba a asesinar a niños pequeños. El séptimo fue J. J. Crutchfield, coleccionista de ojos, a quien Jane disparó en la pierna. En el octavo caso, ella había estado en una situación angustiosa en una granja solitaria, con otro agente muerto, acosada por dos violadores sicópatas y compañeros de matanza; acabó con ambos. Sin arrepentimientos. Sin culpa. Sin embargo, no podía reprimir los recuerdos de cómo incluso los hombres malvados gritaban pidiendo ayuda a Dios o a sus madres y lloraban como niños cuando los proyectiles de punta hueca les arrancaban trozos de carne.

Robert Branwick era su tercer muerto, un tipo siniestro, un criminal impulsado por la codicia y el gusto por el poder. Sin embargo, también era un ser humano con un pasado, criado por padres amorosos que lo miraban con afecto, agradecidos por el regalo de su jubilación anticipada, porque no tenían ni idea de cómo se ganaba realmente el dinero. Si era físicamente repulsivo, no podía evitarlo, y si lo compensaba con la ridícula pretensión de ser un Casanova experimentado, no era el único hombre que tenía un sentido exagerado sobre su atractivo para las mujeres. Matar en defensa propia no era un asesinato. Jane no tenía ningún remordimiento por haber matado al pirata informático, pero para aferrarse a su humanidad, debía reconocer la de él.

El trabajo policial de investigación y las misiones de los soldados eran mundos diferentes. En la guerra, a menudo se mataba a tal distancia que nunca se veían los rostros de quienes querían matarte y que tu país acabara en ruinas, y si en un combate cercano vislumbrabas sus rostros, no sabías nada de ellos.

Para investigar a una persona, estudiarla y luego ser capaz de matarla, incluso para salvar las vidas de inocentes o en defensa propia, a uno le hacía falta un sentido del deber incondicional... y tener momentos de duda. No dudaba de lo justo que era lo que había hecho, pero, a veces, dudaba que llegara a entender completamente por qué tenía la capacidad de hacerlo.

Robert Branwick había sido criado por personas que respetaban la ley. El padre de Jane era un asesino de mujeres. ¿Importaba más la naturaleza o la crianza?

Cada vez que se permitía reflexionar sobre ello, creía que había dos razones por las que había abandonado una carrera en la música para seguir otra en el cumplimiento de la ley: como un rechazo a su padre famoso y como expiación por su cobardía infantil en las semanas y meses posteriores al asesinato de su madre y que se había considerado un suicidio.

Pero si por naturaleza era más heredera de Caín que de Abel, también era necesario considerar que podría haber elegido su carrera como una forma de legitimar la violencia de la que era capaz.

Las pocas veces que le planteó ese tema a Nick, él le había dicho: «Sí, la vida es complicada, pero si no fuera complicada, sería una montaña rusa en una pista plana. No sería un viaje que valiera la pena hacer. Y, sí, nunca nos conocemos a nosotros mismos del todo, pero eso significa que somos suficientemente misteriosos como para interesarnos unos a otros. Y si nos conociéramos del todo en este mundo, ¿por qué razón tendríamos que seguir aquí?».

Terminada de limpiar la pistola, guardó el equipo de mantenimiento. Sacó cinco cartuchos de su depósito de municiones y los metió en el cargador medio vacío.

Mezcló Coca-Cola y vodka con el hielo.

Se sentó en la cama. Encendió el televisor.

Noticias de última hora. Dos locos en un restaurante de Miami habían acuchillado y hecho picadillo a los clientes con un machete y navajas. Cinco heridos, tres muertos. Habrían matado más si no hubiera acabado con ellos un comensal que era un policía fuera de servicio que iba armado.

Jane recorrió los canales buscando una vieja película en blanco y negro rodada en una época de inocencia. Preferiblemente un musical con una historia de amor cursi y un toque de comedia, nada en lo más mínimo irónico o moderno. No pudo encontrar ninguna. Apagó el televisor y encendió el radio reloj de la mesita de noche. Localizó una emisora que se arriesgaba poniendo las viejas canciones de los años cincuenta, aunque pocas personas vivas recordaban esa década. Era algo que se llamaba *The Presley and Platters Hour*. Los Platters acababan de llegar a los compases iniciales de «Twilight Time», lo que a ella le pareció bien.

Se puso una almohada en el regazo. Alisó la página arrugada del bloc de notas en la que Jimmy Bob había escrito bajo sus órdenes y la colocó sobre la almohada.

Mientras sorbía la Coca-Cola y el vodka, Jane estudió los nombres en el papel. Aspasia, un burdel que llevaba el nombre de la amante de un estadista de la antigua Atenas. William Sterling Overton, un abogado litigante de primera.

Se preguntó sobre esas chicas hermosas totalmente sumisas, incapaces de desobedecer, que satisfarían incluso los deseos más extremos, cuyo silencio permanente estaba asegurado. Recordó el vídeo de ratones de laboratorio moviéndose en filas reglamentadas.

El cuerpo se le quedó más frío que el hielo en el vaso.

David James Michael, el multimillonario, sería difícil de alcanzar.

Bertold Shenneck tal vez fuera más vulnerable, pero, aun así, también sería difícil.

Investigaría a William Sterling Overton por la mañana. De momento, parecía ser un blanco más fácil que los demás.

Esperaba poder convencer al abogado de que le revelara la ubicación del parque de juegos de Shenneck, Aspasia. Esperaba que no hiciera algo estúpido y no le dejara más remedio que matarlo.

Aunque todavía no lo había investigado y no era menos humano que ella, Jane sospechaba que, si se veía obligada a acabar con su vida, no tendría motivos para el remordimiento.

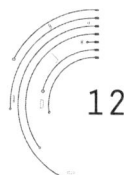

12

A las nueve en punto de la mañana del viernes, en su oficina en Springfield Town Center, Gladys Chang usó un cojín auxiliar en su silla para ponerse en una correcta posición respecto a su escritorio.

Nathan Silverman estaba sentado en una de las dos sillas de los clientes, sonriendo demasiado para un agente del FBI que realizaba una investigación seria. Sabía que estaba sonriendo excesivamente, pero no podía mantener una expresión solemne porque le encantaba mirar a la mujer y escucharla.

La señora Chang, de treinta y tantos años, una china estadounidense de segunda generación, iba vestida con elegancia y era una pequeña dinamo, tal vez de un metro y medio si se quitaba los zapatos de tacón, con rasgos delicados y cabello negro azabache y una voz musical. Insistió en que la llamara Glad. Silverman estaba encantado con ella, y aunque su aprecio no tenía un interés erótico, bueno, no mucho, se sentía vagamente culpable porque, de hecho, era un hombre felizmente casado.

—Oh —dijo la señora Chang—, la casa de Hawk, una venta relámpago, pim pam pum, puesta en la lista y vendida el mismo día a un promotor que construye por encargo. Un trato muy triste. Tardé más tiempo en decidir qué alimentador de colibrí comprar para mi patio. ¿Te gustan los colibríes, Nathan?

—Sí —contestó—. Son bastante bonitos, ¿verdad?

—¡Maravillosos! ¡Esas plumas iridiscentes! Y tan laboriosos.

De las muchas especies, en Virginia vemos sobre todo al de garganta roja. ¿Sabías que ese colibrí emigra desde Sudamérica y vuela sin parar durante ochocientos kilómetros a través del golfo de México?

—Ochocientos kilómetros sin parar. Eso es extraordinario.

—Construyen nidos a partir de plantas y telarañas. ¡Telarañas!

—Se llevó una mano al pecho, como si la idea de construir con algo tan delicado como telarañas le quitara el aliento—. Y decoran los nidos con liquen. ¡Decoran! ¿No es muy dulce?

—Eso es encantador. Señora Chang... —Ella levantó una mano para corregirlo—. Lo siento. Glad. Hace un momento, Glad, has dicho... «Un trato muy triste». Si la casa de Jane se vendió tan rápido, ¿eso no es algo bueno?

—No a ese precio. Bajo de locura. Me dolió. A ella no le importaba tanto el precio como la rapidez con la que podía venderlo, y la pobre muchacha no atendió a razones.

—Tal vez no podía soportar vivir allí... Después de lo que le sucedió a su marido.

La señora Chang apretó el puño de su mano derecha y se golpeó tres veces en el corazón.

—Qué terrible. Lo conocía un poco. Les vendí la casa. Era un buen hombre. Yo sabía lo de su suicidio, por supuesto. Lo sé todo de los barrios donde vendo casas. Pero ella vivió allí durante dos meses después de que sucediera, antes de que viniera a mí. ¿Puedo decirte algo, Nathan, sin que pienses que me estoy jactando? Soy muy buena intuyendo lo que siente la gente. No tengo muchos talentos, pero ese sí. Y estoy muy segura de que no fue el dolor lo que la hizo vender la casa rápidamente. Fue el miedo.

—Jane no es alguien que se asuste —dijo—. No es fácil, al menos.

—Los miedosos no se convierten en agentes del FBI. Por supuesto. Pero no tenía miedo de lo que le pasara a ella. Tenía miedo por su dulce colibrí, su pequeño niño. ¡Qué niño pequeño tan encantador! Lo mantuvo cerca de ella en todo momento, no quiso dejarlo fuera de su vista.

—¿Te dijo que tenía miedo por él?

—No. No tuvo que hacerlo. Era algo tan claro como la impresión en una valla publicitaria. Cada vez que un desconocido se acercaba al niño, la señora Hawk se ponía tensa. Una o dos veces llegué incluso a pensar que iba a sacar su arma.

Nathan se inclinó hacia delante en su silla.

—¿Crees que ella tenía un arma oculta?

—Ella es del FBI. ¿Por qué no iba a tener un arma? Una vez la vi de refilón. Estaba inclinada sobre el escritorio. Llevaba la chaqueta desabrochada y colgaba abierta, y por casualidad vi la pistolera, la empuñadura del arma a lo largo de su costado izquierdo.

Silverman habló consigo mismo más que con la señora Chang.

—Pero ¿quién querría hacerle daño a Travis?

La agente inmobiliaria se inclinó sobre su escritorio y lo señaló apuntándole con su dedo índice.

—Eso es una pregunta para tu FBI, Nathan. Tu FBI debería investigar eso mismo. ¿Qué clase de persona horrible querría lastimar a ese hermoso colibrí? Vas a averiguarlo. Ve a buscar a esa horrible persona y enciérralo.

El viernes por la mañana, en la habitación de su motel, Jane pasó dos horas con más informes de autopsias. Encontró tres casos en los que los patólogos forenses trepanaron los cráneos de los difuntos y les examinaron los cerebros.

Uno de los tres estaba en Chicago. La parte del informe que

trataba sobre la materia gris del hombre muerto estaba muy modificada. La mitad de las palabras se habían oscurecido electrónicamente.

Los informes de autopsias son registros públicos. Aquellos archivos electrónicos eran los documentos originales. Si un tribunal ordenaba la entrega de archivos a alguien que los solicitaba, las autoridades podían intentar modificar las copias dentro de los límites de la ley. Pero no era legal manipular los originales.

En el segundo caso, que trataba la autopsia de una mujer en Dallas, el examen del cerebro era una de las secciones enumeradas en la tabla de contenido. Pero esa sección del informe había desaparecido.

La tercera difunta, Benedetta Jane Ashcroft, había muerto por su propia mano en un hotel en Century City. La doctora Emily Jo Rossman, patóloga forense de Los Ángeles, examinó el cerebro e hizo extensas observaciones, algunas de las cuales estaban anotadas en un lenguaje demasiado técnico como para que Jane las entendiera. Había referencias a fotos del cerebro en el informe. El archivo no contenía tales fotos.

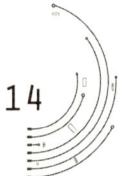

14

A las 9:15, a la salida para comenzar el día, Jane se detuvo en la oficina del motel para pagar en efectivo por otra noche.

La recepcionista, una chica de diecinueve o veinte años con el cabello negro cortado de cualquier manera, llevaba unos pendientes que eran arañas de plata. Una insignia prendida en su camisa la identificaba como Chloe. Absorta en algo que estaba haciendo con su móvil, Chloe lo dejó a un lado de mala gana.

En la pantalla, Jane vio una foto del actor Trai Byers.

Después de pagar, le preguntó:

—¿Tienes alguna de esas aplicaciones de seguimiento de celebridades? *Star Spotter* o *Just Spotted*, ¿algo así?

—Algo mejor que eso. Siempre hay algo más genial cada seis meses.

—¿Podrías hacerme un favor? Hay un tipo famoso en el que estoy interesada, ¿está en Los Ángeles ahora mismo?

—Claro. Dame su nombre.

—William Sterling Overton.

Le deletreó el apellido.

—¿Qué está protagonizando?

—Es un abogado. Pero ha estado casado con actrices y sale con supermodelos, así que creo que estará en el grupo de celebridades.

Después de unos diez segundos, Chloe dijo:

—Sí, es un guaperas. Pero tengo que decirte que es un poco viejo para ti.

Chloe le mostró la pantalla y Jane vio a un hombre que se parecía al actor Rob Lowe con un aspecto algo más áspero. La chica comenzó a pulsar más botones del móvil.

—Tiene cuarenta y cuatro años.

—Un anciano —dijo Jane—. Pero mono. Y rico.

—Rico es lo mejor —repuso Chloe—. Rico es joven para siempre, ¿eh? Sí, está en la ciudad. Tiene una reserva para almorzar a la una en Alla Moda. Eso es un sitio súper caro. —Miró la ropa de Jane—. Tal vez deberías cambiarte si vas a intentar colarte allí para verlo.

—Lo haré —intervino Jane—. Tienes toda la razón.

—Más estilo, más atractiva —aconsejó Chloe.

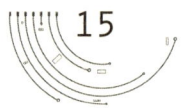

15

De camino hacia una biblioteca en Woodland Hills, Jane pasó por delante de un instituto donde se habían reunido seis u ocho coches de policía. Había policías uniformados desplegados en la acera pública, principalmente por parejas, como si esperaran que sucediera algo peor que lo que ya había ocurrido.

Decenas de estudiantes se reunían en la parte superior de los escalones de la escuela, desde donde observaban a la policía.

Había dos adolescentes esposados sentados al pie de los escalones, hablando entre ellos, en ese momento, riéndose.

A unos doce metros de los risueños, un hombre muerto yacía en la acera. La escena era tan reciente que nadie había cubierto el cuerpo, aunque un agente estaba sacando una manta del maletero de un coche patrulla.

La víctima tenía el pelo gris. Tal vez un profesor. O simplemente alguien que pasaba en el momento equivocado.

No hacía mucho, el noventa por ciento de los homicidios lo cometían personas que conocían a sus víctimas. Ahora, hasta un treinta por ciento involucraba a personas que no se conocían. Antaño un delito de intimidad, el homicidio se estaba volviendo tan aleatorio como la muerte por un rayo.

Llegó a la biblioteca en Woodland Hills sin ningún otro incidente perturbador. Se sentía agradecida por los momentos sin incidentes.

Sentada a uno de los ordenadores, buscó por Google a William Sterling Overton. Se tomó su tiempo. Las personas que la buscaban no habrían incluido al abogado en una lista de nombres, palabras, frases y sitios web de bandera roja que podrían identificar su uso del acceso a Internet de la biblioteca. Se había enterado por primera vez de su conexión espeluznante con el «parque de juegos de Shenneck», y por lo tanto, con Shenneck, porque Jimmy Bob había usado su experiencia delictiva tanto contra sus clientes como para ellos, pero los que estaban en aquella conspiración con Shenneck no estarían al tanto de eso.

Al cabo de media hora, tenía todo lo que necesitaba.

Quince minutos después, también conocía lo básico sobre la doctora Emily Rossman, patóloga forense de la Universidad de Los Ángeles, cuyo informe de la autopsia había encontrado pertinente.

Por último, buscó en Google a Dougal Trahern, un nombre que finalmente había recordado esa mañana, después de que no parara de tenerlo en la punta de la lengua desde el lunes en San Diego. Interesante.

Durante el tiempo que estuvo en la biblioteca, hubo un cambio a lo largo de la mañana. El océano, lejano e invisible en el sur, había generado una niebla imponente, que en ese momento era un flujo de tierra empujada hacia el interior. El cielo más allá de las montañas de Santa Mónica tenía una apariencia blanquecina. Las alturas distantes de la tierra cubierta de roca y chaparral se desvanecían a la vista como si la niebla fuera un disolvente universal. Al pasar por esos pasos montañosos, la niebla nunca podría llegar hasta allí, pero impulsó una brisa refrescante que tenía un ligero aroma metálico que no pudo identificar.

Sin ninguna razón que ella pudiera definir, mientras respiraba ese fino olor astringente y miraba hacia el cielo blanco y muerto del sur, se preguntó si las cosas irían bien en la casa de Gavin y Jessica, si los pastores alemanes permanecerían alerta por si había problemas, si Travis todavía estaría a salvo.

16

Según los muy halagadores artículos de las revistas *Vanity Fair* y *GQ*, la casa en Beverly Hills solo era una de las cinco residencias propiedad de William Overton. El abogado tenía un apartamento en Manhattan y otro en Dallas. Una casa con campo de golf en Rancho Mirage. Un ático en un reluciente rascacielos de San Francisco. La casa de Beverly Hills era su residencia principal. Jane podría haber usado el directorio de la ciudad para obtener una dirección; pero una foto de la casa en un artículo de periódico había revelado el número de la calle.

Google Earth le había proporcionado una mirada por satélite de la propiedad. Street View le dio un escaneo de 360 grados de toda la manzana.

Llegó a las 2:30 de la tarde con un plan.

Después de recibir información sobre Overton por parte de Chloe, Jane leyó un artículo de una revista en la que decía que el almuerzo del viernes en Alla Moda era sagrado para él. Se trataba de su comida favorita de la semana, que degustaba con el chef, quien era su copropietario, y que el almuerzo de dos horas marcaba el inicio de su fin de semana.

Ella confiaba en que mantuviera sus costumbres.

La casa de dos pisos de estilo moderno con detalles antiguos en la puerta principal y la línea del techo había aparecido en un artículo de *Los Angeles Times*. Aquel pisito de soltero «solo» tenía seiscientos cincuenta metros cuadrados, en una zona donde las casas tenían a menudo mil quinientos metros cuadrados o incluso más.

Dado el tamaño de la casa y la reputación de donjuán de Overton, dudaba que él necesitara o quisiera sirvientes que vivieran en la casa. Una doncella a jornada completa podría mantener el lugar limpio. Con toda probabilidad, se esperaba que ella estuviera ausente durante el fin de la semana, en cuanto el dueño de la casa regresara de su almuerzo sagrado, que podría ser entre las tres y media y las cinco en punto.

Después de aparcar a la vuelta de la esquina, Jane regresó caminando al lugar llevando un bolso grande. Siguió un camino de adoquines de piedra caliza y tocó el timbre. Cuando nadie respondió, volvió a llamar, y luego, otra vez.

Clavado en un macizo de flores cercano, un letrero cuadrado de unos treinta centímetros de lado anunciaba con letras rojas y negras:

PROTEGIDO POR
VIGILANT EAGLE, INC.
RESPUESTA ARMADA INMEDIATA

La mayoría de las compañías de seguridad del hogar utilizaban un mismo puesto central, al cual se notificaban todos los allanamientos de las casas en primer lugar. Dependiendo de sus protocolos, el puesto central llamaba a la policía si consideraba que la señal no era una falsa alarma.

Una compañía que enviaba a sus propios agentes autorizados para llevar armas, que probablemente estarían allí mucho antes que los propios policías, era una alternativa costosa y desalentadora para los posibles ladrones.

Tal y como reveló Google, la casa de Overton estaba separada de las propiedades adyacentes por muros de privacidad junto a los cuales se había plantado una serie de *Ficus nitida*: árboles con follaje denso, que crecían formando altos setos. Los vecinos no podían ver a Jane en la puerta principal. Tampoco podían verla mientras caminaba por el lado de la casa hacia el gran patio trasero, que estaba protegido de la vista en los tres lados.

Cubierta con azulejos de vidrio azul, la piscina de entrenamiento resplandeciente tenía unos treinta metros de largo. El extremo más cercano tenía forma de un *spa* en el que podían sentarse ocho personas.

Un enorme patio pavimentado con piedra caliza. Una cocina al aire libre en un extremo. Suficientes sillas y poltronas de teca, cubiertas con cojines azules, para acomodar al menos a veinte personas. Una plataforma de dos pisos con más muebles de teca sombreaba la mitad del espacio inferior.

La casa era un complejo vacacional en miniatura. Había arbustos y flores cuidadas. También estatuaria ultramoderna que no se parecía a nada, que solo eran formas. Todo elegante y de buen gusto. La gente bien se sentiría como en casa allí cuando la invitaran, y algunas podrían ser buenas por dentro también.

Según las páginas de chismes, Overton se encontraba en ese momento entre dos relaciones principales. Si uno creía los cotilleos, no había ninguna heredera, modelo, supermodelo o actriz que viviera con él.

Como Jane no tenía manera de entrar hasta que Overton llegara y desactivara la alarma, se acomodó en una silla cerca de la esquina de la casa que estaba junto al garaje.

Esa mañana en la biblioteca, utilizando un código de acceso de la policía para los registros de licencias en Sacramento, se enteró de que había dos vehículos registrados a nombre de Overton en la dirección de Beverly Hills, un Bentley blanco y un Ferrari rojo, y uno a nombre de su bufete de abogados, un Tesla negro. Si conducía el vehículo eléctrico, era posible que no se diera cuenta de su llegada hasta que la puerta del garaje comenzara a subir.

La niebla costera no había llegado a Beverly Hills. El día se mantuvo cálido. La brisa ligera y refrescante llegó perfumada con jazmín.

Jane esperó. La espera podía ser más estresante que la acción, incluso cuando la acción incluía a un gigante musculoso y despiadado armado con una escopeta.

A las 3:30, sacó de su bolso grande la pistola de ganzúas Lock-Aid y se la puso en el regazo.

Metió las manos en los guantes de seda negra con las costuras decorativas de plata.

Veinte minutos más tarde, el silencio de la riqueza discreta dio paso al gruñido de dinero celebrado en voz alta con el motor de doce cilindros de una leyenda italiana de carreras. En la parte delantera de la casa, los neumáticos sacaron un chirrido del asfalto cuando el Ferrari ejecutó un giro demasiado brusco, demasiado rápido, desde la calle al camino de entrada.

Con la pistola de ganzúas en una mano y el bolso en la otra, Jane se levantó de un salto de la silla del patio. Se acercó a la puerta de la cocina, dejó el bolso en el suelo e insertó la delgada lengüeta de la pistola en la cerradura. Quería acabar con el ruido de la selección automática antes de que Overton entrara en la casa.

Cuando la puerta del garaje subió retumbante, un tono de advertencia continuo y agudo sonó en toda la residencia. Dependiendo de cómo pudiera programarse el sistema de alarma, Overton tenía un minuto, como mucho dos, para pulsar un código de desactivación en el teclado montado en la pared junto a la puerta interior que unía el garaje y la casa. Si no tecleaba el código, o si tecleaba un segundo código de desactivación que significaba que tenía problemas, Vigilant Eagle mandaría guardias armados y tal vez un perro, y a la policía local poco después.

Para cuando el Ferrari entró en el garaje y apagó el motor, todas las clavijas de la cerradura estaban liberadas, y el pomo giró sin problemas.

Jane recogió su bolso, dejó caer dentro la pistola de ganzúas y entró en la casa. Con la alarma sonando a todo volumen en la residencia, cerró la puerta y echó el pestillo.

El ruido sordo de las ruedas de guía siguiendo sus ranuras surgió del garaje adyacente a medida que la puerta seccional descendía.

Se apresuró a cruzar la amplia cocina, a través de una puerta batiente, hacia el pasillo de la planta baja. Puertas a la izquierda y derecha.

Comedor a la izquierda. No.

A la derecha, un gimnasio casero lleno de máquinas de entrenamiento en circuito. Tres paredes tenían espejos del techo al suelo. No había ningún lugar donde ocultarse en el que no se viera su reflejo en el momento en que abriera la puerta. No.

Por encima de la alarma se oyeron los tonos digitales del código de desactivación cuando Overton pulsó los números en el teclado del garaje.

Un lavabo. No. Podría ser su primera parada.

Un suave chasquido. La puerta entre el garaje y la casa se cerró.

Un armario empotrado. Suministros de limpieza, una aspiradora. Sí. Cerró la puerta con suavidad, dejó el bolso en el suelo, sacó la pistola y esperó en la oscuridad.

17

En el tribunal, es el señor Overton y en otros lugares suele ser Bill o William, pero entre sus amigos más cercanos y en su propia cabeza es Sterling.

Esta semana le ha traído otro triunfo legal: un importante acuerdo en un caso de acción colectiva que lo enriquecerá aún más, que cosiguerá que el bufete de abogados que lleva su nombre sea más temido de lo que ya lo es, e incluso, en cierta medida, beneficiará a sus clientes. Su placentero almuerzo con Andre ha sido, como de costumbre, satisfactorio tanto por la cocina como por la compañía. Para ser un maestro culinario que insiste en la pureza de todos los ingredientes, Andre tiene un sentido del humor deliciosamente impuro.

En la cocina, Sterling va al panel de Crestron colocado al lado de la puerta trasera y que controla todos los sistemas de la casa.

Activa la pantalla de seguridad. No tiene intención de pasar parte de la tarde fuera, así que presiona la tecla H, que enciende los sensores perimetrales en puertas y ventanas, pero no los detectores de movimiento interiores. La voz grabada del sistema declara robóticamente «Armado en casa».

Sterling está de un humor festivo. Activa el sistema de música de la casa y de su lista de reproducción selecciona la salsa. El ritmo irresistible resuena por toda la casa, y Sterling se mueve con la música mientras va al frigorífico y coge una botella de Perrier. Prefiere los instrumentales a otras formas de música, porque no importa lo bueno que sea el compositor, la mitad de las letras será inevitablemente una tontería sentimental que le molesta. Sin embargo, sí incluye las canciones que se cantan en idiomas que no habla, porque no puede irritarse por las palabras que no entiende.

Con la Perrier en la mano, atraviesa la puerta batiente y canta un dúo con el vocalista de habla hispana mientras avanza por el pasillo de abajo. Ha aprendido las letras fonéticamente y las imita sin tener idea de lo que está diciendo.

Mientras sube las escaleras con algo parecido a un paso de samba, Sterling se divierte al pensar que los jueces ante los cuales ha aparecido se sorprenderían al ver su lado festivo, lo mismo que los abogados de los acusados a los que ha destripado con estrategias de juicio tan afiladas como cuchillos de fileteado. Es un tigre despiadado en la sala del tribunal, lo mismo que con las mujeres que se someten a él, la única diferencia es que a las mujeres les gusta su dureza y a los abogados defensores no.

Su dormitorio de ciento treinta metros cuadrados es una obra maestra del estilo Moderne, inspirado en la residencia que una vez fue propiedad de la actriz mexicana Dolores del Río, un clásico construido en 1929 y aún en pie al final de un barrio de Santa Monica Canyon. Se ha sentido fascinado por Hollywood desde la infancia. Habría sido actor, protagonista, si no le hubiera atraído la ley. Está encantado por el poder de la ley y por las infinitas formas en que el sistema puede ser manipulado para lograr cualquier fin deseado.

En su gran vestidor, se cambia y se pone un polo azul con líneas rojas de Gucci y un pantalón azul de Officine Générale, descalzo en su mundo privado. Más tarde, se duchará y pasará una noche larga e intensa en Aspasia, haciendo lo que mejor sabe hacer.

Cuando sale del vestidor, cantando suavemente salsa, parece que Aspasia ha ido a él. Está cara a cara con una chica de aspecto más que notable, de cabello negro de anilina y ojos tan intensamente azules que parecen capaces de hervir el agua de un modo tan eficiente como las llamas de gas.

En la mano sostiene un bote de espray, como si quisiera que probara una nueva fragancia masculina de Armani o Givenchy.

Por un momento, se queda inmovilizado por la sorpresa. Luego se echa hacia atrás sobresaltado, y se sorprende de nuevo cuando le echa un chorro en la parte inferior de la cara. Algo de sabor dulce pero con un leve aroma a blanqueador lo envuelve en una oscuridad repentina.

18

Sterling sueña que se ahoga, y al principio siente cierto alivio al despertar.

La salsa anima el momento, aunque nunca se acuesta con una música tan festiva sonando. Tiene la visión borrosa, y un sabor químico hace que tuerza la boca, y, por un momento, no puede determinar si está de pie, sentado o acostado.

Parpadea, parpadea, y cuando la visión se le aclara, parte de la niebla también se aleja de su mente, pero solo parte de ella. Está tumbado de espaldas en el suelo del baño, vaya sitio, junto a su preciada bañera antigua de época Decó.

Cuando intenta moverse, se da cuenta de que está inmovilizado. Tiene las muñecas unidas entre sí con unas bridas de plástico resistente. Un segundo lazo une el primero a un tercero, y el tercero lo sujeta a un pie de la bañera, que se apoya en bolas aferradas por las garras feroces de unas patas de león estilizadas.

Los tobillos también están atados entre sí y, luego, con más bridas, al tubo de drenaje de acero inoxidable del lavabo del baño.

La cuenca del lavabo está tallada en exótico cuarzo ámbar y parece estar flotando, aunque en realidad está sostenida por barras de acero astutamente ocultas que se unen a una viga roja dentro de la pared. El tubo de desagüe y las dos tuberías de agua de acero inoxidable describen exquisitamente unos arcos paralelos desde el fondo del cuenco de cuarzo y desaparecen en la pared cubierta de granito. Durante mucho tiempo, se ha sentido orgulloso del diseño elegante y poco convencional del lavabo.

A medida que la mente se le aclara un poco más, descubre que está acostado sobre su ropa pero que no la lleva puesta. Le han cortado su polo Gucci. Del mismo modo, sus maravillosamente cómodos pantalones de Officine Générale los han cortado a lo largo de cada pernera y por la cinturilla, con la tela extendida a cada lado, y el trozo de la entrepierna se lo han arrancado.

Eso equivale a un valor de mil doscientos cincuenta dólares en vestuario de primera. Se sentiría indignado, excepto que en su estado de ánimo a medio camino del sueño, se siente satisfecho al saber que se ve bien con sus calzoncillos grises de Dolce & Gabbana con cinturilla negra, con su paquete bien exhibido en la cómoda bolsa.

Alguien apaga la música.

Sterling comienza a recuperar sus sentidos cuando la chica entra desde el dormitorio. Su rostro es tan hermoso como carente de expresión. Se eleva sobre él como una diosa. Luego se arrodilla a su lado y coloca su mano izquierda, cubierta por un guante negro de aspecto fetichista, sobre su musculoso pecho. Desliza lentamente la mano hacia su abdomen. A pesar de sus ataduras, no se siente en peligro. Pero luego ella le muestra las tijeras que tiene en la mano izquierda, mueve las hojas, abre, cierra, todavía tan inexpresiva como un maniquí, con sus ojos de un azul tan brillante que parecen iluminados desde dentro.

Con una voz tan monótona como la expresión de su rostro, ella dice:

—¿Qué otra cosa sería divertido cortar?

Sterling ahora está completamente despierto.

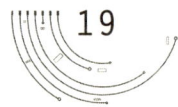

19

Los ojos de Overton eran de un color verde cicuta con unas levísimas estrías púrpura. Jane nunca había visto una mirada más venenosa.

Sin embargo, el veneno de sus ojos estaba salpicado de miedo, y eso era bueno. Los narcisistas solían ser cobardes sin valor, pero algunos de ellos eran tan extravagantes en su amor propio que se creían intocables. Incluso en una situación tan gravemente extrema como aquella, los más locos todavía podían ser incapaces de imaginarse muertos.

Ella necesitaba que ese abogado se imaginara muerto.

Lo que podría acabar siendo cierto.

Overton echó mano de su bravuconería de juicio más audaz.

—Has cometido un gran error, y hay muy poco tiempo para arreglar las cosas.

—¿Tengo al hombre equivocado? —le preguntó ella.

—Hay mil maneras de que te hayas equivocado de hombre, nena.

—¿No te llamas William Overton?

—Sabes que sí, y sabes que no me refiero a eso.

—¿William Overton, cuyos amigos más cercanos lo llaman Sterling?

Abrió mucho los ojos.

—¿A quién conoces que me conoce?

Eso lo había descubierto en el perfil de una revista. Qué extraño que aquellos que amaban ser el centro de atención pudieran revelar detalles personales para ganarse el favor de un entrevistador y luego olvidar lo que habían dicho.

—Contrataste un servicio de pirateo de una *dark net*. Tal vez para robar los secretos comerciales de alguna corporación para que pudieras amenazar con reventar el negocio y así conseguir un acuerdo previo al juicio. Algo así, ¿eh?

Él no dijo nada.

—Nunca conociste al *hacker*, nunca viste la sordidez que contrataste. Se hacía llamar Jimmy.

—Estás diciendo tonterías. Estás actuando basándote en información errónea.

—Mientras que Jimmy pirateaba para ti, también te pirateó a ti, y te sacó uno de tus secretos mejor guardados.

En la sala del tribunal, con la ropa puesta, sin estar atado, habría mantenido una mirada impávida. En esas circunstancias, le resultó bastante más difícil mantener la cara de póquer.

Todos sus secretos le recorrieron la mente como tiburones, y, sin duda, había tantos que no tenía ninguna esperanza de adivinar cuál era el que había motivado aquella profanación de la santidad de su hogar.

—¿Quieres un soborno? ¿Eso es lo que quieres?

—«Soborno» es un término muy feo. Implica extorsión.

—Si realmente tienes algo contra mí, y no lo tienes, pero si realmente tuvieras algo, hacerlo de esta manera es una locura de cojones.

No iba a mencionar a su amigo Bertold Shenneck o los implantes cerebrales nanomecánicos. Ese secreto era tan grande y oscuro que él sabría que ya no tendría futuro si quedaban expuestos a la luz pública. Debía seguir creyendo que tenía esperanza, por muy escasa que fuera.

—Jimmy dice que perteneces a un club muy atractivo y también exclusivo.

—¿Un club? Soy socio de algunos clubes de campo. Es solo una manera de negocio, de hacer contactos. «Atractivo» no es la palabra que utilizaría con ninguno de ellos. A menos que pienses que el golf y las charlas de golf y los camareros con chaqueta blanca son lo más.

—Este club es una casa de putas para ricachones asquerosos.

—¿Putas? ¿Crees que necesito pagar a putas? Vete a la mierda. A la mierda Jimmy. No conozco a ningún Jimmy.

—Pero Jimmy sabe eso de ti. Trescientos mil dólares para ser socio. Te mueves en círculos muy exclusivos.

—Eso es una fantasía estúpida que tu Jimmy se inventó. Por lo que sé, no existe un lugar así.

—¿Qué compras con trescientos mil dólares, y cuál es la cuota actual? Eres del tipo que consigue un buen producto por lo que pagas. ¿Qué consigues en el club? ¿Chicas hermosas, sumisas? ¿No hay deseo demasiado extremo? ¿Cómo de extremos son tus deseos, Sterling?

Ella había notado un gesto delatador: cuando le contaba una verdad sobre él que él no deseaba que supiera, el ojo derecho le parpadeaba, solo el derecho.

—Llaman al sitio Aspasia —siguió diciendo—. Los que son como tú probablemente piensan que llamándolo igual que la amante de un antiguo estadista griego como Pericles lo han convertido en un establecimiento elegante. —Levantó las tijeras y las abrió y cerró—. Chas, chas. Sigue mintiéndome, Sterling, y ya verás cómo te hago unos cuantos cortes más para ajustarte.

Sterling hizo caso omiso de las tijeras y la miró fijamente a los ojos, pero aquella mirada larga y calculadora no era un desafío como el de los adolescentes. Le estaba tomando la medida, quizás del mismo modo que le tomaba la medida a los jurados en una sala de audiencias.

Cuando habló, quedó claro que había decidido que seguir haciéndose el inocente era el camino más peligroso que podía tomar. Pero siguió sin darle la satisfacción de reconocer el miedo que lo atenazaba. Sacudió la cabeza, sonrió y fingió la admiración que un depredador siente por otro.

—Tú eres muy distinta.

—¿Qué soy, Sterling?

—Ni puta idea. Mira, se acabaron las tonterías. Sí, Aspasia es real. No es una casa de putas como tú dices. Es algo nuevo.

—¿Nuevo en qué sentido?

—No necesitas saberlo. No te estoy ocultando información. Solo estoy protegiéndome el culo. Podrías avergonzarme públicamente. Dañar mi negocio. Chantaje. Has venido a por dinero.

—¿De verdad crees que todo esto se trata tan solo de dinero? —preguntó ella.

—Siempre es de lo que se trata todo. Has venido a por dinero, lo tengo, así que hagamos el trato.

—No puedo entrar en un banco con un cheque de chantaje, Sterling. No tengo cuentas en las islas Caimán a las que puedas enviar dinero.

—Estoy hablando de efectivo. He dicho que se acabaron las mentiras chorras. De cualquiera de los dos, ¿de acuerdo? Sabes que estoy hablando de efectivo.

—¿Cuánto?

—¿Cuánto quieres?

—Estás hablando de una caja fuerte en tu casa.

—Sí
—¿Hay por lo menos cien mil?
—Sí.
—Entonces me llevaré todo lo que contiene. ¿Cuál es la combinación?
—No tiene combinación. La llave de la cerradura es un identificador biológico.
—¿Qué... tu huella digital?
—¿Para que me cortes el pulgar y se lo acerques al lector? No es tan fácil. Me necesitas. Vivo. Si muero, se queda cerrada para siempre.
—Está bien. De todos modos, no tengo intención de matarte a menos que no me dejes otra opción.
Sterling agitó las ataduras de cables de plástico que lo esposaban a la bañera.
—Hagámoslo entonces. Vamos a hacerlo.
—Ahora no —dijo Jane—. Después de haber estado allí y volver.
Overton pareció desconcertado.
—¿Estar dónde?
—En Aspasia.
—No puedes ir allí —exclamó alarmado e incapaz de ocultarlo—. No puedes entrar. Solo los socios pueden entrar en cualquiera de ellos.
—¿Cualquiera de ellos? ¿Cuántos clubes maneja Aspasia?
Parecía avergonzado de haber revelado un dato esencial. Demasiado tarde.
—Cuatro. Los Ángeles, San Francisco, Nueva York, Washington.
Jane parecía haber abierto algo que era tanto la caja de Pandora como una lata de gusanos.
—Jimmy dice que cuando llegas a ese sitio de web oscura hablan contigo en cualquiera de ocho idiomas. Así que hay socios por todo el mundo, ¿eh? Oligarcas con deseos extremos.
En lugar de responder a su suposición, repitió:

—Solo los socios pueden entrar.
—Tú mismo eres un socio. Dime cómo funciona. ¿Cuál es la seguridad?
—Esa no es la cuestión. No hay seguridad. No de la forma a la que te refieres. Pero tú no eres yo.
—¿Aspasia usa un programa de reconocimiento facial? —preguntó.
—Sí.
—Dijiste que se acabaron las mentiras chorras.
—Es cierto.
—¿Tipos famosos, gente megarrica que pone su cara en un archivo en un lugar así? No me marees más, Sterling. Me estoy cansando de esto. Te dije que te mataría solo si no me dabas otra opción. ¿Qué crees que estás haciendo? No me estás dejando otra opción, eso es lo que estás haciendo. La única manera en la que Aspasia puede funcionar es sin cámaras, sin nombres ni pedidos ni datos. No hay manera de que alguien demuestre que alguna vez fue allí.

Overton negó con la cabeza, pensó en otra mentira y decidió no arriesgarse a decirla en voz alta.

—Tú y la gente como tú debéis haber desarrollado estos lugares. Debéis creer que podéis entrar y salir de ellos de forma tan anónima como fantasmas.

Quiso discutir, persuadir, litigar, pero no había ningún jurado a la espera de que lo convenciera, ningún juez para que dictaminara a su favor. Solo estaba Jane, que no tenía ninguna función en el tribunal. Ella era tan solo, posiblemente, su verdugo.

Su frustración era tan grande que tenía los puños apretados dentro de las bridas, los músculos del cuello tensos, el pulso rápido visible en las sienes, el rostro enrojecido menos por el miedo que por la furia.

—Joder, zorra obstinada y estúpida, no puedes ir, no puedes entrar. El dinero que quieres está aquí y hay más. ¡No hay nada que te interese en Aspasia!

Inclinándose sobre él, ella mintió con un susurro.
—Ahí está mi hermana.
Él supo de inmediato a qué se refería, y se quedó atónito. Su ira se evaporó.
—No tengo nada que ver con eso.
—¿Con qué?
—Con lo de conseguir a las chicas.
—¿A las chicas hermosas y sumisas?
—No tengo nada que ver con eso.
—Pero tal vez la usaste. ¿Tal vez fuiste cruel con ella?
—No. No soy yo. No soy así. Y sea lo que sea lo que haya hecho... ¡no te conocía entonces!

Lo absurdo de su defensa provocó una carcajada amarga en Jane. Le pellizcó la mejilla, como una abuela pellizcaría la de un niño pequeño que le encantaba.

—¿No eres un amor, Sterling? Tú no me conocías entonces. Y ahora que somos amigos, por supuesto, tratarías a mi hermanita como a una princesa.

Finalmente, ya no pudo ocultar más su miedo, que se convirtió rápidamente en un terror apenas contenido. Se le puso carne de gallina por todo el cuerpo bronceado y musculoso, y no fue porque hiciera frío en el cuarto de baño.

—Es posible que ni siquiera esté en las instalaciones de Los Ángeles.

—¿Instalaciones? Qué palabra más respetable para un lugar de tan horrible corrupción. Voy a ir allí, Sterling. Vas a decirme cómo entrar, todo lo que necesito saber. Luego regresaré aquí con mi hermana y abriremos la caja fuerte, y te dejaremos de una sola pieza para que pienses en lo frágil que es la vida.

—No lo entiendes.
—¿Qué es lo que no entiendo?
Se estremeció violentamente y solo dijo:
—Dios mío.

—¿Qué Dios es ese, Sterling?

Jane deslizó una hoja de las tijeras entre su muslo desnudo y la tela de la ropa interior. Comenzó a cortar la tela.

—Está bien, espera, para. Puedes entrar y salir del lugar.

Dejó de cortar.

—¿Cómo?

—No hay cámaras. No hay alarmas. La única seguridad son dos hombres.

—¿Armados?

—Sí. Pero teclearás mi contraseña en la puerta principal y también en la puerta de acceso, y como es la contraseña de un miembro, no te verán.

—¿No me verán? ¿Seré invisible?

—En principio, sí. —Respiró muy hondo, resopló, y la miró fijamente a los ojos para proclamar su sinceridad—. No ven a los socios.

—¿Debo creer que esos matones armados son ciegos?

—No son ciegos. —Estaba pálido, a la vez frío y sudando, tumbado como un bebé crecido con su suave pañal gris de diseñador, con la cinturilla que anunciaba Dolce & Gabbana sobre su vientre plano—. Pero no ven a los socios porque... porque están... Si te lo explico, si digo una palabra más, es mejor que me mates ahora. Si no lo haces tú, otros lo harán.

Ella analizó lo que él había dicho.

—«Una palabra más» —repitió en voz alta—. Entonces ¿hay una palabra más que puedas decir y que tal vez no te maten los de tu propia calaña?

Sterling cerró los ojos. Después de un silencio, asintió. Jane lo citó una vez más.

—«Pero no ven a los miembros porque están...» ¿qué?

—Programados —dijo sin abrir los ojos.

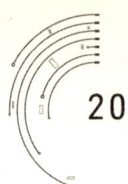

20

«Programados», dice Sterling, y no se atreve a mirarla allí, de pie sobre él, porque dirá que su respuesta es una gilipollez o querrá saber más. ¿Quién no querría saber más? Pero sabe que si traiciona a Bertold Shenneck y David James Michael y los demás, eso significaría realmente su muerte segura. No solo su muerte. Su ruina y su muerte. No hay esperanza de entregarle pruebas al Estado y negociar para delatarlos a cambio de que se le permita seguir viviendo a lo grande, no después de lo que todos han hecho. Ha sido una jugada de todo o nada desde el principio. Entró sabiendo lo que estaba en juego.

Después de que la perra no diga nada durante un rato, Sterling abre los ojos y la encuentra esperando para devolverle la mirada. Se pregunta cómo una cara puede estar tan contorsionada por el desprecio y, sin embargo, seguir siendo tan hermosa, cómo unos ojos azules deslumbrantes e invitadores pueden parecer tan despiadados. Cierra las hojas de las tijeras antes de hablar.

—No te sacaré más información reveladora. Creo que solo con la tortura obtendría alguna más, y no tengo estómago para tocarte, que sería la única manera de hacerlo. Así que esto es lo que va a pasar. Me darás la dirección de Aspasia y tu contraseña de miembro. Iré en tu Bentley hasta allí. Cuando vuelva, abriremos la caja fuerte y tomaré lo que quiero.

—¿Y yo?

—Eso dependerá de ti.

—¿Qué pasa si sucede algo? ¿Qué pasa si no regresas?

—Cuando faltes a tus citas del lunes, alguien vendrá a buscarte. No creo que hayas muerto de sed para entonces.

Ella se pone de pie y coge la toalla de mano que hay en un colgador cercano. Corta un tercio de la tela, tira el trozo más pequeño y enrolla la pieza más grande formando una bola apretada.

Para Sterling, esa mujer se ha convertido en algo más que una mujer, ha ascendido al estado de misterio, que tiene sobre él el poder de la vida y la muerte como nadie lo ha tenido antes, una criatura de carne y hueso y, aun así, mística y temible e inescrutable. La mira con temor, ya que cada una de sus acciones ahora es enigmática y puede ser potencialmente una preparación para un golpe letal.

Sujeta la parte enrollada de la toallita y se dirige a él.

—Voy a meterte esto en la boca y luego te la taparé con cinta aislante. Si intentas morderme, te arrancaré todos los dientes y luego te lo meteré. ¿Me crees?

—Sí.

—Primero, dime dónde encontrar las llaves del Bentley y de la casa. También la dirección de Aspasia y qué hago cuando llegue allí.

Se lo dice sin dudar.

—Ahora el código para desactivar la alarma de la casa.

—Nueve, seis, nueve, cuatro, asterisco.

—Si ese es el código de crisis que desactiva la alarma, pero también les alerta de que estás en peligro, si pides ayuda, te diré lo que va a pasar. Una vez que apague la alarma perimetral que configuraste cuando llegaste a casa, no me iré simplemente y dejaré que te liberen. Me quedaré aquí cinco minutos, diez, para ver si se va a producir una respuesta armada de Vigilant Eagle o de la policía. Y si la hay, te pegaré un tiro en la cara. Y ahora... ¿quieres darme otro código de desactivación?

Apenas reconoce su propia voz cuando habla.

—Nueve, seis, nueve, cinco, asterisco.

—Un dígito diferente. Nueve, seis, nueve, cinco, no cuatro. ¿Es correcto?

—Sí.

Ella se arrodilla a su lado otra vez, y él abre la boca para dejar que le empuje la tela enrollada hacia dentro. Saca un rollo de cinta americana de su bolso. No es un bolso; es el saco de una puñetera bruja. Con las tijeras, corta un trozo de cinta y sella la mordaza en su boca. Por último, enrolla otro trozo de cinta más larga dos veces alrededor de su cabeza para mantener la pieza más corta en su lugar.

Se acerca al panel de Crestron en el dormitorio. Se oyen una serie de pitidos a medida que teclea el código, y la voz grabada dice «El control está desactivado».

Cuando regresa, saca una pistola de debajo de su chaqueta deportiva. Se queda de pie sobre él y empuña el arma con el brazo extendido y con el cañón a no más de un palmo de su cara.

Le ha dado el código de seguridad correcto. Sabe que no habrá ninguna respuesta armada. Sin embargo, ya sean cinco o diez minutos, esa espera es la hora más larga de su vida.

CUARTA PARTE

LA RED OSCURA

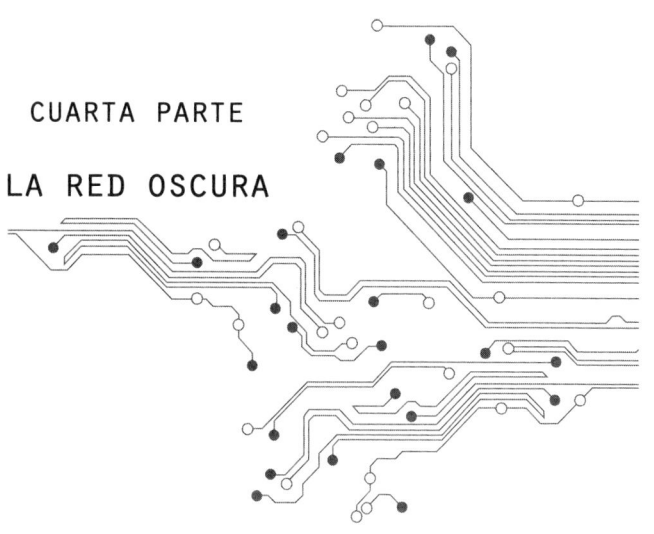

1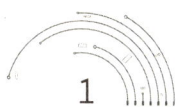

En Virginia, Nathan Silverman se quedó una hora más de lo habitual en su oficina para poder revisar de nuevo el vídeo editado y compilado de Palisades Park, en Santa Mónica, y del hotel, que acababa de llegar de Los Ángeles a última hora de la tarde.

Las cámaras del hotel estaban limitadas a una serie de espacios públicos interiores, pero el vídeo era de alta definición. Ahí está Jane en el vestíbulo, de espaldas a la cámara. Abre la puerta. La patinadora entra con dos maletines y se dirige directamente hacia el ascensor. Jane encadena y cierra con un candado la puerta principal. Ahora Jane se reúne con la patinadora en los ascensores. Entran en el ascensor. Salen de él en el aparcamiento. La patinadora lleva sus patines. Jane lleva una bolsa de basura. Las dos mujeres suben la rampa a toda velocidad.

Debían de tener un coche en el callejón o en algún sitio cercano. Preocupado porque lo acusaran de violar la privacidad de los ciudadanos, el hotel no había colocado una cámara en el callejón. La ciudad tampoco cubría esa parte. Adónde habían ido Jane y la patinadora a partir de ahí era un misterio.

El vídeo del aparcamiento y las grabaciones de las cámaras de tráfico procedían de cámaras más baratas y antiguas, con lentes llenas de polvo. La calidad de las imágenes era pobre. El vídeo tendría que someterse a unas largas y considerables mejoras si quería que hubiera alguna oportunidad de identificar a los diferentes implicados.

Sin embargo, una cosa era indiscutible: Jane había organizado algún tipo de intercambio en el aparcamiento y temió que fuera una trampa. A juzgar por el número de personas asociadas con el hombre que llevaba los maletines y el globo metalizado con las palabras «Happy, Happy», tenía razón al suponer que era un engaño.

Silverman aún no le había asignado a esta investigación un número de expediente. En principio, él mismo sería el agente especial a cargo del caso.

Tampoco había alertado al director de la posibilidad de la existencia de un agente corrupto. No había nada peor que eso. El departamento debía de mostrarse inflexible con cualquier individuo que lo representara y quebrantara las leyes que había jurado defender. Si se presentaban cargos, aunque se demostrara su inocencia, la reputación de Jane quedaría manchada para siempre por una simple acusación, y su vida, rota ya por la pérdida de Nick, se haría añicos.

En su mente, oyó la voz de Gladys Chang: «Pero no tenía miedo de lo que le pasara a ella. Tenía miedo por su dulce colibrí, su pequeño niño».

Era viernes. Las investigaciones de delitos se llevaban a cabo las veinticuatro horas del día, los siete días de la semana, pero en los casos en los que no había vidas en juego y no se comprometía la seguridad nacional, el departamento reducía la intensidad del trabajo los sábados y domingos. Nathan podría justificar aplazar el asunto de Jane Hawk hasta el lunes.

Lo que hizo durante las siguientes setenta y dos horas, sin embargo, podría sellar su propio destino, a pesar de estar preocupado por el de ella. Rishona y él tenían una reserva para cenar en su restaurante favorito en Falls Church. Compartiría con ella todo lo que pensaba sobre los siguientes pasos que debía dar en este asunto. Después de todo, si iba a caminar por una cuerda floja, implicaría a Rishona en ello. Si de momento no había nadie tras él con la intención de cortar esa cuerda, probablemente lo habría la semana próxima. Cuando actúas guiado por un principio basado en la compasión, tarde o temprano había alguien con unas tijeras.

Con menos tráfico de lo esperado, condujo hasta casa. Habían entrado en una primavera temprana.

El crepúsculo era de un mágico tono azul Parrish. Las estrellas parecían nacer, una tras otra, a medida que iban apareciendo en el cielo del anochecer.

Y justo la noche anterior, el desagüe que había reparado no se había colapsado por la tormenta.

Tal vez, de momento, la suerte parecía estar tan de su parte que valdría la pena arriesgarse a caminar por la cuerda floja.

Aunque el dinero no podía comprar la felicidad, conducir un Bentley calmaba los nervios. La hora punta en Los Ángeles aseguraba al menos cuatro horas de atasco, y este estado, que había construido las mayores autopistas, ahora era el último en calidad de carreteras. En el Bentley de Overton, la rudeza del pavimento mal conservado casi se había vuelto un mito, gracias a un sistema de suspensión que suavizaba cualquier sacudida.

Y Jane pensó que ahí es donde radicaba el problema de los hombres como Overton. No lo había corrompido la riqueza, sino lo que él había escogido hacer con ella. Primero se aisló de la vida mundana y luego se consideró superior a las masas, se eximió de toda restricción, no solo moral, sino también de tradición, y posteriormente estimó justificado deshacerse de su conciencia como si fuera un objeto inútil para mentes primitivas y supersticiosas. Se había convertido en un cáncer para la comunidad humana.

A pesar de que el placentero trayecto en el Bentley suavizaba los ásperos bordes de su inquietud, no disminuía su indignación, que parecía concentrarse en una fría e intensa ira.

Aspasia estaba situada en un área fuera de los límites del condado, junto a San Marino, una bonita comunidad de grandes casas antiguas y propiedades junto a Pasadena.

El GPS del Bentley le hablaba a Jane con la misma voz monótona con la que le habría ayudado a encontrar una librería o una iglesia.

Según Overton, las instalaciones —odiaba profundamente el eufemismo que representaba esa palabra— se encontraban en una mansión reconstruida que ocupaba más de una hectárea. La voz del GPS le dijo que girara a la izquierda, por una tranquila calle suburbana, y se detuvo en un camino de entrada, donde las luces de los faros bañaban un par de pesadas verjas de hierro de tres metros, con un diseño de espirales y radiales. Desde fuera de la propiedad no se divisaba la casa ni el terreno. Las verjas se encontraban entre las secciones de un muro de piedra de tres metros, decorado con hiedra y coronado por barrotes de hierro con punta de lanza.

No había un nombre en el buzón, solo el número de la calle.

Cuando Jane bajó la ventana para ver el sistema de apertura de la verja, no vio ninguna lente. Al parecer, tal como había prometido Overton, no había cámaras en la entrada.

Mediante el enorme teclado del sistema de apertura, introdujo los cuatro dígitos del número de socio de Overton, seguido por su contraseña —VIDAR—, que era el nombre del dios nórdico que sobrevivió al Ragnarok, la batalla que acabaría con el mundo y con el resto de los dioses. Cuando las inmensas verjas empezaron a abrirse hacia dentro, se preguntó si todos estos locos ansiosos de poder se daban a sí mismos los nombres de dioses paganos.

Cogió la Heckler & Koch, le puso el silenciador y dejó el arma sobre el asiento del pasajero, a su alcance.

Considerando las circunstancias de Overton cuando lo había interrogado y la tortura que padecería si ella no regresaba, Jane dudaba que la hubiera engañado. En otro momento, el asunto de los guardias de seguridad, programados para no ver a los miembros, le habría parecido una mentira absurda, pura fantasía, pero recordaba los ratones en formación del vídeo de Shenneck.

Ante ella no se encontraba una simple propiedad que inspeccionar, una simple investigación que llevar a cabo. Ante ella había algo nuevo y terrible y aún desconocido, a pesar de todo lo que ya sabía.

El miedo la invadió y vaciló un instante.

Pero no había otro sitio al que ir. Cualquiera que no la conociera bien tomaría su historia por los delirios de una paranoica. Y los amigos que podrían creerla, aunque estuvieran en posición de ayudarla, podrían pagarlo con sus vidas.

Overton sabía más de lo que le había contado, pero no le diría nada más voluntariamente. Ella no era capaz de torturarlo, no podía sacarle más información con unos alicates o arrancársela con cuchillos.

Metió la mano en el bolsillo de su americana y sacó el óvalo plateado con una esteatita incrustada, tallada con el perfil de una mujer. La mitad de un guardapelo roto.

En su cabeza oyó la voz de Travis. «Supe de inmediato que era buena suerte».

Pasó el pulgar sobre el retrato de esteatita, se colocó el colgante en la palma de la mano y lo apretó con fuerza.

Un momento después, se guardó el camafeo en el bolsillo y cruzó la verja con la idea de que tendría que luchar para salir de ese lugar.

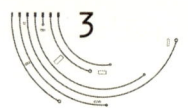

3

Borisovich tiene una suite de tres habitaciones, con baño privado, en la planta baja de la mansión. Tiene todo lo que necesita. Es feliz. En su vida no hay estrés.

Volodin tiene su propia suite en la planta baja. Volodin también tiene todo lo que necesita. Es feliz. En su vida tampoco hay estrés.

Borisovich y Volodin están jugando a las cartas en la mesa auxiliar de las dependencias de Borisovich. Son jugadores competitivos, aunque no juegan por dinero. No lo necesitan.

Se pasan la mayor parte del tiempo jugando. A todo tipo de juegos de cartas. Y al backgammon. Ajedrez. *Mah-jongg*. A muchos juegos.

En la sala común de juegos a menudo juegan al billar, a los dardos o al tejo. Y también hay una bolera con una máquina automática de bolos.

Los socios de Aspasia nunca usan la sala de juegos. Está pensada para Borisovich, Volodin y las chicas.

Sus jefes son considerados y generosos. Borisovich se siente afortunado de haber sido contratado para este trabajo. Sabe que Volodin también se siente muy afortunado. Y agradecido. Sus jefes son considerados. Y generosos.

Por la mañana, entre las nueve y las once, cuando los socios no son bienvenidos, Borisovich y Volodin elegirán cada uno a una chica para servirles. Actualmente hay ocho chicas en la residencia. Son chicas muy hermosas. Son sumisas.

Borisovich y Volodin pueden hacer cualquier cosa con las chicas, salvo herirlas. Borisovich y Volodin no son socios.

En esta ocasión, están jugando al gin rummy.

Cada uno tiene un vaso de Coca-Cola.

Una vez fueron bebedores empedernidos. Ninguno de los dos bebe ya alcohol. No lo necesitan.

Aquella triste vida ha quedado muy atrás. No piensan en ella. Apenas la recuerdan.

Ahora son felices.

Borisovich no habla mucho mientras juegan. Volodin tampoco. Cuando charlan, su conversación se centra sobre todo en el juego o las chicas, o en lo que hay para cenar.

Para mucha gente, las conversaciones no son más que quejas y preocupaciones. Borisovich y Volodin no tienen nada de lo que quejarse o preocuparse.

No salen de la propiedad. Las tribulaciones de la vida fuera de estos muros ya no les afectan.

Al alcance de cada uno de ellos hay una Wilson Combat Tactical Elite del 45 equipada con un silenciador. En los diez meses que estas instalaciones han estado en funcionamiento, solo han tenido que matar y deshacerse de dos intrusos que entraron juntos en la propiedad la misma noche.

Fue agradable matarlos. Un cambio de rutina.

Cuando Volodin muestra su mano, que le hace ganar puntos extra, Borisovich oye la agradable voz femenina del anunciador oficial: «Un socio ha pasado por la entrada».

El anunciador no es una persona. Es un sistema de control mecanizado de acontecimientos importantes en Aspasia.

Volodin también recibe el mensaje. Se endereza e inclina la cabeza, como si las palabras le llegaran a través de los oídos, que no es el caso.

Ninguno puede hacer nada. No tienen autoridad —o interés— sobre los socios.

Volodin anota la puntuación.

Borisovich baraja las cartas.

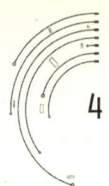

4

Al otro lado de la verja, el largo camino de entrada estaba flanqueado por columnatas de palmeras iluminadas desde abajo, formando un techo con sus enormes hojas en cascada sobre dos vías de adoquines. Esta espectacular vista creó en Jane la expectativa de encontrar el mayor de los hoteles de lujo al otro extremo, o quizás un exuberante palacio.

De hecho, apareció algo bastante parecido a un palacio: una enorme villa de estilo español. Bajo el techado de tejas, la fachada de estuco texturizado o bien era de un color dorado claro o la iluminación del exquisito paisaje la teñía de ese tono. Una imponente balaustrada rodeaba la enorme terraza que había frente a la entrada arqueada.

Overton le había dicho que pasara la casa y condujera hasta una imponente estructura secundaria con diez plazas de garaje. Una de las puertas se abrió automáticamente para recibir al Bentley.

Jane era reacia a aparcar en el garaje, por temor a que una vez que la puerta se cerrara no pudiera abrirla y sacar el coche en una situación de emergencia. Pero suponiendo que esta aventura saliera mal, la verja de entrada sería un problema mayor que el del garaje; no podría atravesar esa barrera con el coche. Si la cosa se ponía fea, probablemente tendría que escapar a pie y saltar el enorme muro de la finca.

Overton había dicho que, en cualquier momento, un socio del club podía usar un pasaje subterráneo entre el garaje y la casa. En las circunstancias en las que estaba Jane, ese camino sonaba a trampa mortal.

Cuando salió del garaje, la puerta se cerró tras ella.

Llevaba la pistola a la vista, aunque la sostenía apuntando hacia abajo en un costado y el largo silenciador le llegaba hasta la mitad de la pantorrilla.

Allí, en los tranquilos recintos del valle, el silencio de la noche casi era lo bastante profundo como para suponer que la colmena metropolitana de la periferia había quedado despoblada en su mayoría.

La luna parecía humear como el cáliz de un veneno volátil. Subió tres escalones desde el camino de entrada, cruzando la balaustrada, hacia la terraza delantera.

La sólida puerta de madera se encontraba dentro del arco romano, el cual estaba flanqueado por columnas. Sobre el arco y la pechina, los capiteles soportaban un arquitrabe, sobre este había un friso acanalado y sobre el friso una cornisa en la que se erguían dos conquistadores tallados en piedra a tamaño natural, cada uno sujetando un escudo y una lanza.

A través de la fachada de la casa, la luz bañaba las ventanas con marcos de bronce y convertía en joyas los cristales biselados entre los peinazos.

La gran casa tenía un aspecto de cuento de hadas entre aquellas palmeras, pero a pesar de su belleza y esa aura mágica, a Jane le recordó a «El palacio encantado» de Poe y sus horribles inquilinos.

No había cámaras enfocando el umbral, pero junto a la puerta había un teclado como el que le había dado acceso en la entrada principal. Volvió a introducir el número de socio de Overton y el nombre Vidar.

Los pestillos de cierre electrónico se retiraron y la puerta se abrió para revelar un profundo vestíbulo, con un elegante entarimado que imitaba dos tipos de mármol: negro veteado con dorado y blanco veteado con negro.

Con la pistola a un costado, Jane entró.

La puerta automática se cerró tras de sí y, continuación, se echaron los cerrojos.

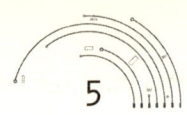

5

Con una voz indetectable para el oído humano, el anunciador informó: «Un socio ha entrado en la casa».
    Borisovich reparte las cartas.
    —¿Habrá otra eliminación? —se pregunta Volodin.
    —Tal vez, o tal vez no —dice Borisovich.
    —Nunca ha habido dos en un día. O, al menos, no que yo recuerde.
    —Nunca ha habido dos en un mes. Las eliminaciones son raras.
    —Lo son —admite Volodin.
    —Son muy raras.
    Volodin revisa sus cartas.
    —¿De verdad quieres seguir jugando al gin rummy?
    —A mí me vale.
    —Podríamos sacar el ajedrez.
    —Los dos me valen.
    —A mí también —dice Volodin.
    —¿Seguimos con el gin rummy? —pregunta Borisovich.
    Volodin asiente.
    —Durante un rato. ¿Por qué no?
    —Sí. ¿Por qué no? —coincide Borisovich.

6

Más allá del vestíbulo, la sala principal se alzaba veinte metros hasta un techo artesonado, y el suelo estaba formado por baldosas de caliza francesa. La casa estaba construida en forma de «U», abarcando tres partes de un patio que podía verse entre las columnas de caliza, a través de los grandes ventanales con marcos de bronce. El exterior estaba suavemente iluminado por faroles antiguos y, en el centro, una piscina del tamaño de un lago resplandecía tan azul y brillante como un enorme zafiro, de la que emergían ondulantes corrientes de vapor como espíritus anhelantes.

En la casa había un silencio sobrenatural, la calma más profunda que Jane había notado jamás.

A lo largo del vestíbulo había imponentes estatuas de bronce sobre pedestales y elegantes aparadores en los que reposaban grandes parejas de jarrones Satsuma.

Si Aspasia era lo que afirmaba ser, habían evitado todos los tópicos de la decoración de un burdel. Una atmósfera de gusto refinado y gran estilo permitía a los socios satisfacer sus más extremos deseos, mientras se imaginaban a sí mismos superiores a la plebe que vivía en las grandes llanuras centrales del país o iba a malas universidades o simplemente a ninguna.

Gracias a Overton, sabía que la planta baja tenía habitaciones para los guardias de seguridad, salas comunes, una cocina y otros espacios. Pero la verdad sobre aquel lugar se encontraba en la segunda planta, donde cada chica tenía su propia suite.

Había dos grandes escaleras al otro lado del vestíbulo, la de la derecha subía al ala este, y la de la izquierda, al ala oeste. Las huellas y contrahuellas eran de piedra caliza. Tenían intrincadas balaustradas de bronce. En las paredes revestidas de mármol de cada escalera, había nichos con figuras a gran escala de las diosas de la antigua Grecia y Roma: Venus, Afrodita, Proserpina o Ceres, entre otras.

Jane se quedó en silencio al pie de las escaleras, mirando hacia un silencio aún mayor, y sintió que ese elaborado prostíbulo era en realidad un mausoleo donde los sueños y esperanzas quedaban enterrados. Pensó en los ratones del laboratorio desfilando al unísono y se preguntó si, al saber más sobre Shenneck y sus cómplices, descubriría algo tan monstruoso que sería difícil ver un futuro después de eso.

La corrupción había existido en todas las culturas desde tiempos inmemoriales. Si la corrupción estaba en el corazón, la civilización podía sanar con gran esfuerzo. Si la corrupción estaba en la mente, era más difícil avanzar hacia la recuperación, porque el corazón era engañoso. Si tanto mente como corazón estaban infestados de perversión... Entonces ¿qué?

A fin de cuentas, no tenía elección.

Jane subió las escaleras.

El pasillo de la segunda planta tenía al menos seis metros de ancho y los acabados no eran menos lujosos que los de la planta baja.

Según Overton, había diez habitaciones en el segundo piso: cinco en el ala este y cinco aquí, en la oeste. Junto a cada puerta colgaba un marco adornado con hojas doradas, que mostraba el retrato de la chica que ocupaba la habitación. El retrato era una foto modificada por ordenador para parecer una pintura al óleo de gran calidad y el espacio dentro del marco era una enorme pantalla plana, no un lienzo.

En caso de que la chica se encontrara en ese momento con otro socio del club o simplemente indispuesta, la pantalla estaría en blanco, como si algún ladrón de arte hubiera robado el lienzo. En aquella ala de la casa había dos marcos sin retrato.

Si en ese momento se estaban satisfaciendo los más extremos deseos, no emergía sonido alguno de placer o dolor de ninguna de las habitaciones.

Se detuvo delante del retrato de una impresionante belleza euroasiática que posaba en una silla de comedor china, con un respaldo de palisandro tallado minuciosamente en forma de dragones enfrentados. La chica llevaba un pijama de seda rojo con el diseño de un clavel blanco a lo largo de un costado. Sobre el pecho izquierdo, la flor florecía en un estado de descomposición prematura, esparciendo pétalos blancos como la nieve por el costado de la blusa y a lo largo de una de las piernas del pantalón.

Cuando Jane giró el picaporte, advirtió que la puerta era automática y se abrió sola. Tenía un grosor de, como mínimo, unos diez centímetros. Debía de pesar una tonelada, de ahí la necesidad de su automatización.

Entró en un recibidor decorado con un elegante estilo oriental, con paneles de madera color miel y unos toques de ébano, y el resto se limitaba a una gama de color plata y azul zafiro.

Cuando la puerta se cerró con suavidad tras de sí, emitió un pequeño sonido de succión, como si se hubiera cerrado herméticamente.

Jane no se sentía como si hubiera pasado de un pasillo a una habitación, sino como si hubiera entrado en una nave de otro mundo y estuviera a punto de tener un encuentro con algo tan extraño que nunca volvería a ser la misma.

Pasado el recibidor, se encontraba la sala de estar en la que estaba sentada la chica del retrato, con el pijama rojo del crisantemo desflorado, posando en la silla del dragón.

Jane había creído que el ordenador debía de haber idealizado la belleza de la mujer, de la misma forma que había convertido la fotografía en una pintura al óleo falsa. Pero resultó que era igual de hermosa y, quizás, incluso más impresionante de lo que mostraba la foto, a sus veintitantos años.

Ella sonrió y se levantó de la silla, y no puso la atrevida pose seductora de una prostituta, ni siquiera el aspecto refinado y elegante de una cortesana, sino que dejó los brazos a los costados y la cabeza ligeramente inclinada, de forma que algunos mechones de su corta melena negra azabache enmarcaban su delicado rostro, casi como un niño bien educado que espera el elogio de sus padres. Su mirada de ojos oscuros era directa, pero de alguna manera tímida, y cuando habló, su voz pareció diez años más joven que ella y sincera en lugar de ensayada.

—Buenas tardes. Me alegra que venga a visitarme.

La chica había visto la pistola que Jane sujetaba a un lado, pero no mostró inquietud, ni siquiera el más mínimo interés, como si a ella no le correspondiera juzgar ni preocuparse por lo que un visitante traía a su habitación.

—¿Puedo ofrecerle un cóctel? ¿Quizás un té o un café?

—No —dijo Jane y continuó—. No, gracias. ¿Cómo te llamas?

La chica inclinó la cabeza y su sonrisa se dulcificó.

—¿Cuál le gustaría que fuera mi nombre?

—El verdadero.

Sus voces sonaban apagadas, no solo porque hablaban en voz baja, sino porque las paredes parecían absorber el sonido, como si estuvieran insonorizadas del mismo modo que las cabinas de las emisoras de radio.

La chica asintió.

—Puede llamarme LuLing. —Fuera cual fuese su nombre, no era LuLing—. ¿Y cómo puedo llamarle a usted?

—¿Cuál te gustaría que fuera mi nombre?

—¿Puedo llamarle Phoebe?

—¿Por qué Phoebe? —quiso saber Jane.

—En griego significa brillante y resplandeciente —dijo LuLing y agachó la cabeza con timidez—. ¿Le gustaría escuchar un poco de música, Phoebe?

Mientras pasaba junto a ella para dirigirse hacia la ventana, Jane dijo:

—Aún no. ¿Podríamos, primero..., hablar un poco?

—Eso sería fantástico —dijo LuLing.

Jane dio un golpecito con los nudillos en el cristal. La ventana parecía extremadamente gruesa, triple vidrio como mínimo.

—¿Se sienta conmigo en el sofá? —preguntó LuLing.

La chica se sentó con las piernas estiradas y un brazo extendido con elegancia sobre el respaldo del sofá.

Jane se sentó a cierta distancia de LuLing y colocó la pistola sobre el cojín que había a su lado, no entre ellas.

—Es particularmente grato cuando una mujer me visita —dijo LuLing.

Jane se había preguntado si el club solo permitía hombres entre sus socios, pero obviamente no era así.

—Supongo que no ocurre a menudo.

—No lo suficiente. El placer de chica es un placer especial. Usted es bastante hermosa, Phoebe.

—Yo no estoy a tu altura.

—Es tan modesta como hermosa.

—¿Cuánto tiempo llevas... aquí, LuLing?

La sonrisa de la chica no desapareció, pero mostró perplejidad.

—Aquí no existe el tiempo. No tenemos relojes. Nos hemos aislado del mundo, del tiempo. Se está bien aquí.

—Pero debes saber cuánto tiempo ha pasado. ¿Un mes? ¿Tres?

—No debemos hablar del tiempo. El tiempo es el enemigo de todo lo bueno.

—¿Alguna vez piensas en salir de este lugar? —preguntó Jane.

LuLing levantó las cejas.

—¿Por qué querría irme? Lo único que hay ahí fuera es fealdad, soledad y horrores.

La conversación de la mujer no parecía ensayada, pero había algo de condicionamiento en cada uno de sus gestos y respuestas. Por muy franca que sonara con su voz adolescente, por muy sinceras que parecieran sus expresiones, había algo en ella tan irreal que era casi extraterrestre.

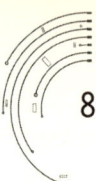

8

Cuando Borisovich muestra sus cartas, que suman menos de diez y, por tanto, finaliza el juego, el anunciador informa sobre una pregunta inapropiada que ha hecho uno de los socios a una chica. El anunciador no tiene acceso a las conversaciones de las suites de la planta de arriba, pero recibe de las chicas aquellas preguntas y frases que han sido consideradas posibles infracciones del protocolo. En este caso: «¿Alguna vez piensas en salir de este lugar?».

Al recibir la misma información del anunciador, Volodin mira por encima de sus cartas y cruza una mirada con Borisovich.

Borisovich se encoge de hombros. De vez en cuando, los socios dicen cosas que son problemáticas, aunque ninguno ha causado nunca un problema serio.

Lo más molesto que sucede es cuando, en raras ocasiones, se requiere una eliminación. De lo contrario, lo tienen fácil. Volodin y él tienen todo lo que necesitan. Son felices. Sus jefes son considerados y generosos. La vida triste ha quedado muy atrás. No piensan en ella. Apenas la recuerdan. No quieren recordar y, por tanto, no lo hacen.

Volodin baraja las cartas.

9

A pesar de la excepcional belleza de LuLing y su aparente autodominio, su vulnerabilidad se había vuelto tan visible para Jane como lo era el pijama rojo de seda. Esta chica estaba perdida y sola, y se negaba a aceptarlo.

O tal vez su estado mental estaba mucho peor que una mera negación. Quizás estaba delirando por completo, incapaz de reconocer su estado y expresar sus verdaderos sentimientos.

—LuLing, ¿puedo saber qué haces cuando los visitantes no están aquí contigo?

—Debo mantener limpia mi suite, pero no es difícil. Tengo todas las comodidades. Mis jefes son generosos.

—Entonces, ¿te pagan?

LuLing asintió, sonriente.

—Me pagan con amabilidad, con todo lo que necesite, con eludir la fealdad del mundo.

—No hay fealdad aquí, en Aspasia.

—Ninguna —coincidió LuLing—. En absoluto. Es el lugar más maravilloso.

—¿Y cuando no estás limpiando?

—Preparo la comida, de lo cual disfruto inmensamente. Muchísimo. Tengo todas las comodidades y conozco miles de recetas. —De pronto se le iluminó el rostro y aplaudió, como si estuviera encantada con la perspectiva de cocinar para su visitante—. ¿Puedo prepararle una maravillosa cena, Phoebe?

—Quizá más tarde.

—Oh, bien. Bien, bien. Le gustará mi comida.

—Limpias y cocinas. ¿Qué más haces cuando no tienes visita?

—Hago ejercicio. Me encanta hacer ejercicio. Hay un gimnasio completamente equipado en la planta baja. Tengo una estricta rutina de ejercicios. Una diferente para cada día de la semana. Debo mantener una buena salud y aspecto. Tengo una estricta rutina de ejercicios y una dieta, y las sigo a rajatabla. No me desvío. Se me da muy bien.

Jane cerró los ojos e inspiró lenta y profundamente. Había interrogado a asesinos en serie sobre sus deseos más atroces y sus métodos para matar, pero esta conversación le estaba cobrando un peaje que ella nunca había pagado antes.

No podía dejar de ver los ratones desfilando del vídeo. No podía quitarse de la cabeza la imagen de Nick bañado en sangre, provocada por su propio cuchillo de combate Ka-Bar. El destino de Nick, los ratones y esta chica estaba determinado por la siniestra aplicación de una poderosa tecnología sobre la que solo podía teorizar en términos muy vagos. Y aunque la gente tras esta maquinación, esta conspiración, esta nueva cartografía del infierno, tenía unos propósitos que ella comprendía muy bien, también tenía unas intenciones —¿por qué los suicidios?— que no comprendía en absoluto.

—¿Le gustaría tomar un cóctel ahora? —preguntó LuLing.

Jane abrió los ojos y negó con la cabeza.

—¿Qué hay de las otras chicas? ¿Las conoces?

—Oh, sí, son mis amigas. Son unas amigas maravillosas. Hacemos ejercicio juntas. A veces entretenemos juntas a los visitantes.

—¿Cómo se llaman?

—¿Las chicas?

—Sí. ¿Cómo se llaman?

—¿Cuáles le gustaría que fueran sus nombres? —preguntó LuLing.

—No sabes cómo se llaman —dijo Jane—. No sabes quiénes son o de dónde vienen, ¿verdad?

—Por supuesto que lo sé. Son mis amigas. Buenas amigas. Son unas maravillosas amigas. Hacemos ejercicio juntas.

—¿Os reís juntas, LuLing?

Se formaron arrugas en su rostro, antes liso y perfecto, pero eran como las ondas que se crean en un estanque al arrojar una piedra, formándose y desapareciendo, incluso a medida que se formaban, invisibles para cuando habló.

—No sé a qué se refiere, Phoebe.

—¿Lloráis juntas?

La chica puso una mirada de comprensión. La seda roja susurró contra el tapizado del sofá cuando se acercó a Jane. Puso una mano en el muslo de la visitante.

—¿Le complacería hacerme llorar, Phoebe? Hay belleza en el dolor y aún más en la humillación. En Aspasia solo hay belleza, no hay fealdad, y yo soy completamente suya. Usted es mi dueña.

Aquí estaba la abominación de este oscuro palacio de belleza, y Jane se levantó del sofá con un estremecimiento de aversión, totalmente asqueada.

—Yo no soy tu dueña. Nadie es tu dueño.

10

El anunciador recibe de la chica una declaración problemática del socio que la visita y se la transmite a Borisovich y Volodin: «Yo no soy tu dueña. Nadie es tu dueño».

Los hombres dejan las cartas a un lado. Miran la Wilson Combat del 45 que hay sobre la mesa, pero no la cogen.

—Solo es un socio —dice Volodin.

—No ha ocurrido un allanamiento de las instalaciones —dice Borisovich, porque no ha habido alarma.

Nunca se usa la violencia contra un socio.

Alguna vez, un socio se enamora tanto de una chica en particular, que su deseo es tenerla exclusivamente para a él o ella, fuera de los muros de Aspasia. Eso no se puede permitir. El miembro debe ser disuadido de cometer alguna imprudencia. Otros dos socios, los que estén disponibles, deben ir a dialogar con él o ella y lograr que cambie de opinión.

Hasta ahora, el socio no parece haber dicho o hecho lo suficiente como para sobrepasar el límite en el que se requiere una intervención. El anunciador tomará esa decisión según su programación.

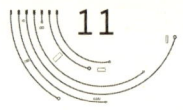

11

Cuando Jane se levantó del sofá, LuLing también lo hizo y le puso una mano en el hombro, como para reconfortarla.

—Phoebe, nada malo ocurre aquí. Usted tiene sus deseos y yo tengo los míos, eso es todo.

Los ojos de la chica eran perturbadores, pero no porque mirara a Jane directamente a los ojos, no porque su mirada fuera estática y superficial como la de una muñeca con ojos de cristal. Los ojos de LuLing eran relucientes pozos de oscuridad, su mirada era tan insondable como cada uno de los misterios que entraña el ser humano. Pero había una diferencia en esa profundidad, y es que no parecía rebosar vida como en otros ojos ni albergar infinidad de esperanzas, ambiciones y miedos, todos ellos fluctuando como un banco de peces. En lugar de eso, a pesar de toda esa profundidad, eran ojos vacíos, que ofrecían una vista hacia un inmenso abismo, donde la presión era sofocante y la vida escasa y el silencio de todo lo sumergido en él rara vez perturbado.

—¿Tienes deseos, LuLing? ¿De verdad? —preguntó Jane.

Una timidez infantil volvió a invadir a la chica. Su suave voz se volvió aún más tenue.

—Sí, tengo deseos. Los míos son los suyos. Ser útil y ser utilizada, eso es lo que me satisface.

Liberándose de la mano que tenía sobre el hombro, Jane cogió la pistola que estaba en el sofá.

Al igual que antes, la chica no mostró preocupación por el arma. Tal vez, incluso recibiría un balazo con una sonrisa. Nada de lo que ocurría en Aspasia podía ser feo, al fin y al cabo, y cada error que cometía un socio era en realidad un derecho.

—Ahora tengo que irme —dijo Jane y se dirigió hacia la puerta.

—¿La he decepcionado?

Jane se detuvo, se dio la vuelta y miró a LuLing con una tristeza muy distinta a la que había conocido hasta ahora, una tristeza entremezclada con frustración, rabia, temor, incredulidad y certeza.

No se trataba de una simple chica a la que una secta le había lavado el cerebro, era más que un simple lavado, era pulir la mente hasta que solo quedaran unos pedazos de hilo y luego tejer esos hilos para crear algo nuevo. Jane no sabía con quién —con qué— estaba hablando, si con algún remanente de la chica que una vez había estado llena de vida o solo con el cuerpo de esa chica, ahora controlada por algún *software* extraño.

—No, LuLing. No me has decepcionado. Seguramente no podrías decepcionar a ningún socio del club.

El rostro perfecto y radiante se iluminó con una sonrisa.

—Oh, bien. Bien, bien. Espero que vuelva. Puedo preparar una cena perfecta para usted. Conozco miles de recetas. Nada me gustaría más que hacerla feliz.

Si en el fondo de esta chica hubiera parecido que había una pequeña conciencia aprisionada, emitiendo un grito que no podía oírse desde aquí, muy por encima del fondo del abismo, Jane la habría sacado de Aspasia. Pero ¿para llevársela a quién, adónde, para qué? ¿Para identificarla por las huellas o de cualquier otro modo, devolverla a alguna familia a la que ella ya no conocería y que no reconocería a esta chica nueva, creada a partir de los frágiles hilos restantes de quien había sido? Ninguna terapia la recuperaría. Si un cirujano le trepanaba el cráneo y encontraba una red de nanotecnología entretejida a lo largo de su cerebro, no sabría cómo eliminarla, y probablemente no sobreviviría a su extirpación.

—Nada me gustaría más que hacerla feliz —repitió LuLing. Se sentó en el sofá una vez más. Sonriendo, alisó con una mano el tejido donde había estado sentada su visitante. Alisó una y otra vez la tela.

Jane se preguntó... Cuando la chica no estaba limpiando su habitación, que no le llevaría demasiado, y cuando no estaba preparando la comida ni estaba haciendo ejercicio, y cuando no estaba siendo utilizada por un visitante, ¿durante cuánto tiempo sentaba mirando hacia la nada, sola, en silencio e inmóvil, como si fuera una muñeca abandonada por un niño que había pasado la infancia y ya no la quería?

El picaporte parecía hielo en la mano de Jane. Respondiendo a su tacto, la puerta se abrió automáticamente, salió al pasillo y la puerta se cerró tras ella.

El recibidor parecía más frío que antes y ella estaba temblando y sentía las piernas inestables. Se apoyó contra la pared e inspiró hondo. La pistola pesaba demasiado en su mano.

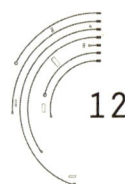

12

El anunciador no informa sobre otras infracciones por parte del socio con la chica número seis.

Borisovich y Volodin esperan noticias, de momento han perdido el interés por los juegos de cartas.

Cuando no hay noticias inmediatas, Volodin dice:

—Ya ha oscurecido. Ahora podemos proceder a la eliminación.

—Más vale —coincide Borisovich.

Se levanta de la mesa, coge su arma y la guarda en su pistolera. Volodin hace lo mismo.

Ninguno de ellos lleva chaqueta, sus armas están expuestas. No esperan encontrar a ningún miembro en el lugar al que van.

13

Jane pensó escoger otro retrato, abrir otra puerta, hablar con otra chica. Pero no descubriría nada más que la triste verdad que ya sabía. La conversación sería tan perturbadora y deprimente como la que había tenido con LuLing.

El sexo era una realidad en Aspasia, pero no era la realidad. La mayor realidad era el poder, la dominación, la humillación y la crueldad. Estos encuentros sexuales no implicaban amor ni el más mínimo afecto, y en absoluto la procreación. Las chicas tenían una belleza extraordinaria, al igual que la casa, de forma que esos visitantes que habían caído en la depravación podían fingir, para sí mismos y entre ellos, que también había belleza en esa cruel barbarie, que su poder absoluto también les hacía hermosos, en lugar de vulgares y malévolos.

Jane solo se había sentido tan asustada e impotente una vez en su vida y había sido hacía mucho tiempo.

Aunque hablar con otras chicas en las mismas condiciones en las que estaba LuLing no le llevaría a ningún sitio, tal vez podría averiguar algo útil en la planta baja. Las escaleras traseras estaban cerca. Estaban cercadas por ambos lados, a diferencia de las escaleras principales, la mayor galería de tiro vertical, pero fue hacia ellas y bajó tan rápido como se atrevió.

Las escaleras eran uno de los desafíos a los que le habían enseñado a enfrentarse en la Academia, en Hogan's Alley, una pequeña ciudad de edificios de ladrillo y madera, con su juzgado, banco, farmacia y cine, su bar y su motel, su negocio de coches usados y mucho más, el centro de entrenamiento mejor diseñado y construido del mundo. Nadie vivía realmente en Hogan's Alley. Todos sus criminales eran actores proporcionados por una agencia.

Cuando bajó las escaleras, Jane casi se sintió como si su entrenamiento en la falsa ciudad de Hogan's Alley la hubiera preparado expresamente para Aspasia, que también era un decorado, donde residían las chicas y los guardias de seguridad, pero en el que nadie vivía realmente.

Durante su decimosexta semana en Quantico, había pasado de vez en cuando por Hogan's Alley cuando no estaban representando ninguna escena, cuando nadie paseaba por las calles. Aunque no era muy supersticiosa, en ocasiones el lugar parecía que estuviera encantado y a veces le había dado la sensación de que había llegado el fin del mundo, cuando todas las viviendas quedaban abandonadas y el suyo era el último corazón latiendo en el planeta.

Para cuando llegó a las escaleras traseras, le había vuelto a invadir esa sensación del fin del mundo una vez más, y esta vez por una razón de mayor peso. En Aspasia, el deseo más oscuro de la raza humana —poseer el poder absoluto, controlar, inspirar obediencia, eliminar todas las voces que discrepan y disienten— había encontrado su mayor expresión. La tecnología que hacía que a Lu-Ling le hiciera feliz ser utilizada, sentarse y esperar a ser herida y humillada, era la tecnología de los señores de las colmenas que configurarían el mundo según su idea de utopía y de esa forma lo destruirían.

El ala oeste de la planta baja estaba desierta, el largo pasillo menguaba hacia las escaleras delanteras y el vestíbulo, prolongándose tras ella, como si se hiciera más largo con cada paso que daba.

Abrió una de las puertas de la izquierda, encontró el interruptor de la luz y vio un gimnasio con máquinas de musculación, cintas de correr, bicicletas estáticas...

Pensó que la primera puerta a la derecha conduciría a la cocina, pero en su lugar encontró una extraña habitación sin ventanas, con las luces fluorescentes del techo encendidas. El suelo de baldosas de cerámica blanca. Las paredes blancas. En el centro de la habitación había una mesa sobre un pedestal, alicatado a juego con el suelo, y la parte superior de acero inoxidable. Parecía el camarote de una nave espacial de alguna película de ciencia ficción. Tumbada sobre la mesa había una chica desnuda.

14

Desde esa distancia, la chica sobre la mesa parecía que estuviera dormida, pero esa ilusión se desvaneció cuando Jane se internó más en la habitación. Los ojos azul jacinto del cadáver estaban abiertos de par en par, como si se hubieran quedado impactados por lo último que había presenciado. Las marcas de ligaduras alrededor de la garganta eran prueba de una violenta estrangulación, a pesar de que la corbata, la bufanda o la soga con la que lo había hecho no se veía por ninguna parte. La sangre de la mejilla procedía de su lengua, la cual se había mordido durante su agonía y seguía atrapada entre sus dientes.

En vida, esa rubia había sido tan hermosa como LuLing, con un rostro perfecto y un cuerpo esculpido por el mismísimo Eros. Al igual que con LuLing, en lo relativo al aspecto, Jane no habría estado a la altura de esta chica.

Y aun así pensó: «Esta podría ser yo, esta seré yo. Seré yo mañana, la próxima semana o el mes que viene, porque no hay forma de vencer a gente con este poder».

Otra habitación conectaba con esa. La puerta entre ambas estaba entreabierta.

Si hubiera sido una persona que huía de los problemas en lugar de enfrentarse a ellos, podría haber huido. Pero huir supondría deshonrarse a sí misma y, aún más, fallarle a su madre, a quien ya había fallado hacía diecinueve años. Este era un mundo que no premiaba la lucha. Cada vez que huías de algo, inevitablemente lo hacías hacia su equivalente.

Fue hacia la puerta entreabierta. La empujó. Cruzó el umbral. Ante ella se encontraba un horno de gas supereficiente que no tenía relación con la calefacción de la gran casa. El fabricante la había etiquetado como «Sistema de cremación Power-Pak III». Solo se solía encontrar en las morgues.

En su cabeza oyó la voz de LuLing: «¿Le complacería hacerme llorar, Phoebe? Hay belleza en el dolor».

Jane sabía que esto debía ocurrir en ocasiones, en un lugar que atendía el uso del poder absoluto y todas las depravaciones que lo acompañaban. Lo sabía, pero había reprimido la idea. Cuando eras David contra Goliat, no querías pensar demasiado en la talla de tu adversario, en su capacidad para la violencia o su gusto por la crueldad.

El asesinato durante el acto sexual no podía ocurrir muy a menudo, porque tendrían que estar reclutando continuamente a chicas, secuestrándolas o consiguiéndolas de otra manera, programándolas. Pero si no solía ocurrir, debían de haber anticipado que pasaría de vez en cuando, y habían previsto encargarse de los inoportunos cuerpos ocasionales, aparentemente sin mayor cargo de conciencia que los nazis o Stalin cuando asesinaron a millones de personas.

Se sentía pequeña frente al sistema de cremación. Se sentía tan pequeña como una niña.

Dentro del Power-Pak III, el gas salía a presión y las llamas rugían al hacerlo arder. El sistema de cremación se estaba precalentando para la tarea que tenía por delante.

Cuando fue consciente de ello, Jane retrocedió hasta la primera sala y se dirigió hacia la puerta. Dos hombres entraron en la habitación.

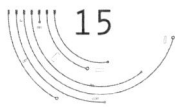

15

Unos hombres altos, de aspecto tosco, con pistoleras adaptadas para enfundar y sacar con facilidad armas con silenciadores. Jane llevaba en la mano su Heckler & Koch. No necesitaba desenfundarla. Con un gesto rápido e inconsciente, se encontró con los brazos extendidos y la pistola empuñada a ambas manos.

Ninguno de los hombres reaccionó ante ella. Bien podría haber estado hecha del cristal más transparente.

Cuando se aproximaron a la chica muerta, que yacía como el producto de una pesadilla sobre la mesa de acero, el más alto dijo:

—Hay que esperar a que oscurezca para hacer esto.

—Hace rato que ha oscurecido —dijo el otro—. Un par de horas.

—Tiene que oscurecer por el humo.

—Nadie verá el humo. Este sistema apenas genera humo.

La presencia del cadáver, su existencia, no parecía afectarles lo más mínimo.

—Es un buen sistema. Me gusta este sistema. Pero genera un poco de humo.

—Es un buen sistema. De todos modos, ha anochecido.

Durante un momento, Jane pensó que se trataba de algún juego psicológico, que de repente sacarían sus armas y se volverían hacia ella. Pero entonces recordó las palabras de Overton: «No ven a los miembros porque están... programados».

Se había atrevido a venir, creyendo en las palabras de William Overton. Sin embargo, hasta que no había experimentado esta forma de invisibilidad pasiva, no había sido capaz de imaginar cómo podría funcionar.

Ella no era invisible a sus ojos. La imagen de la habitación que transmitían los nervios ópticos a su cerebro incluía a Jane con tanta seguridad como lo hacían con la chica muerta sobre la mesa.

Pero algún programa de filtrado la excluía de la imagen que interpretaba el cerebro. Había usado el número de socio y la contraseña de Overton en la entrada y de nuevo en la puerta principal, y al no haber sonado ninguna alarma que anunciara que el perímetro de la casa había sido allanado, los guardias creían que las únicas personas que había en la casa eran las chicas y los miembros que habían venido a utilizarlas. Lo que sus ojos veían era cierto, pero la interpretación de sus cerebros era mentira.

Debido a que los miembros de Aspasia no querían sus rostros archivados en nada que estuviera relacionado con esta empresa, existía un fallo en el sistema de seguridad, y ese fallo había salvado la vida de Jane.

Era tecnología, pero su efecto parecía mágico, una maldita magia negra en la que ella no creía. Mientras seguía apuntando a los hombres con la pistola, se retiró, lejos de ellos, convencida de que pasar por su lado para dirigirse hacia la puerta que daba al pasillo rompería el hechizo bajo el que estaban. Había retrocedido hasta una esquina.

El hombre más alto, de metro noventa, si no más, cruzó la puerta hacia el crematorio.

El otro permaneció junto a la mesa de acero, mirando a la chica muerta desnuda. Si levantaba la cabeza, estaría mirando directamente hacia la esquina en la que se encontraba Jane.

Y entonces frunció el ceño. Hasta ese momento, su rostro estaba tan sereno que Jane se había preguntado si el más mínimo pensamiento atravesaba el paisaje de su mente. Con el ceño fruncido, levantó la mirada y giró la cabeza de un lado a otro, examinando la habitación.

Tal vez fuera su imaginación, pero le dio la impresión de que su mirada se detuvo durante un instante en el lugar en el que ella se encontraba.

Aún con el ceño fruncido, inclinó la cabeza.

Jane contuvo la respiración. Si su programa no le permitía verla, tampoco le permitiría oírla. Sin embargo, durante ese instante, no respiró.

Los huesos de su rostro eran prominentes, como si hubieran sido forjados toscamente en lugar de haber nacido de un hombre y una mujer, su frente era un saliente bajo el que sus ojos miraban el mundo con recelo.

Por fin, volvió a bajar la mirada hacia la chica muerta, aunque con la misma emoción con la que habría mirado una mesa vacía.

El primer hombre regresó del crematorio, balanceando una camilla de acero inoxidable delante de él. Cuando colocó la camilla junto a la mesa, miró a la rubia desnuda y dijo:

—Número Cuatro.

—Número Cuatro —coincidió el hombre más bajo.

—Tenemos que limpiar la habitación.

—Prepararla para la nueva Número Cuatro —confirmó el hombre más bajo.

Entre los gurús de los ordenadores había una palabra para la gente que se creía fuera del radar pero no lo estaba. La palabra era «estúpidos». Solo una pequeñísima fracción de aquellos que creían que estaban fuera del mapa —incluidos los preparacionistas especialistas en el apocalipsis— realmente lo estaban. De aquellos que eran realmente indetectables, como Jane, y aún eran capaces de usar Internet por diversos medios sin ser rastreados, se decía que estaban «en el rincón silencioso».

Ella había estado en el rincón silencioso durante dos meses y, ahora mismo, volvía a estarlo por segunda vez: indetectable tanto para la tecnología más moderna como para los cinco sentidos de aquellos guardias de seguridad, y capaz de moverse con libertad.

—Quemémoslo —dijo el más alto.

—Quemémoslo —coincidió el más bajo.

Trasladaron a la rubia de la mesa a la camilla como si cargaran bolsas de basura, como si no fuera nada y nunca lo hubiera sido.

Era una atrocidad, una humillación intolerable, y Jane podría haberlos matado de un tiro por ese trato desconsiderado hacia la chica. Pero en cierta manera, ellos también eran víctimas, y aunque hubieran sido brutos y agresivos antes de ser controlados por los implantes del cerebro, no había forma de demostrarlo, no había pruebas suficientes para condenarlos a muerte. De todas formas, ya eran algo parecido a unos muertos vivientes.

Cuando los dos hombres cruzaron la puerta con la camilla para introducir el cadáver en el sistema de cremación Power-Pak III, Jane retrocedió para alejarse de ellos y salir de la habitación. Cuando volvió a estar en el pasillo de la planta baja, se dirigió con rapidez hacia la puerta principal.

Al pasar las escaleras, observó los hornacinas en las que se encontraban Venus y Afrodita, las figuras a gran escala de mármol blanco. Quizá fuera la forma en la que la luz las iluminaba desde abajo o tal vez el mal humor de Jane afectara a su percepción, pero ya no parecían diosas paganas ni tan gloriosas y temibles como antes, solo terribles, como seres que podrían presidir un altar azteca donde se arrancaban corazones a niños vivos.

En la puerta principal, introdujo el número de socio y la contraseña de Overton en otro teclado para poder salir. Solo tardó unos segundos, que, no obstante, le parecieron casi insoportables.

La luna no podía resultar amenazante y, sin embargo, estaba suspendida en la noche como si fuera un huevo de dragón que daría a luz a alguna bestia apocalíptica.

En la plaza de aparcamiento, otro teclado requería el código, pero, contra toda esperanza, la puerta subió para revelar el Bentley.

Las palmeras atestaban el camino de entrada y, en ese túnel de troncos y hojas de palmeras, unos faros se aproximaron hacia ella por el carril contrario. Se preparó para acelerar y estrellarse contra él si el vehículo giraba para bloquear ambos carriles, pero un Maserati con cristales tintados circuló por su lado sin incidentes.

No había teclado a este lado de la verja. Las dos enormes puertas de herraje se abrieron hacia dentro automáticamente al aproximarse y le permitieron salir.

Condujo el Bentley hacia un mundo que era inmensamente más valioso para ella de lo que lo había sido cuando se dirigía hacia Aspasia, un mundo en peligro bajo una cúpula de brillantes estrellas ciegas.

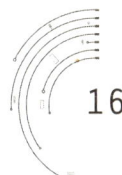

16

Tenía que haber aparcado el Bentley en otra zona y haber pasado caminando por delante la casa de William Overton desde el otro extremo de la calle, debería haber hecho un reconocimiento antes de entrar en el lugar, solo por si se hubiera escapado o conseguido ayuda. En lugar de eso, condujo directamente hacia la plaza de aparcamiento central, estacionó entre el Ferrari rojo y el Tesla negro, y cerró la puerta del garaje con control remoto tras ella. En la puerta que conectaba el garaje con la casa, introdujo el código de desactivación en el teclado y utilizó la llave de casa del abogado para entrar, con la pistola en la mano derecha.

Tenía el frío metido en los huesos desde Aspasia y la calefacción del coche no la había hecho entrar en calor. A pesar de estar helada, las emociones hervían en su interior. La indignación, que siempre mantenía controlada, había dado paso a una rabia que amenazaba con hacerle sobrepasar los límites de la prudencia y la discreción. Quería que el culpable pagara. Quería que pagaran con todo lo que poseían, cada dólar y gota de sangre, quería arrancarles su arrogante orgullo y su engreída superioridad. Su miedo ahora se entremezclaba con el horror, y no estaba asustada solo por Travis y por ella, sino por todos y todo lo que amaba, por sus amigos y su país, por el futuro de la libertad y la dignidad del corazón humano.

Overton seguía en el baño principal, donde lo había dejado, aún atado a la tubería del lavabo y encadenado a la pata de la bañera de época. Durante parte del tiempo que ella había estado fuera, había forcejeado para liberarse. Sus tobillos magullados goteaban suero hemático, o bien porque había intentado romper la resistente brida o desmontar la imposible atadura de plástico, que podía apretarse más pero nunca aflojarse. O, en su completa ignorancia sobre construcción y fontanería, pensó que era posible sacar la tubería de acero de la pared, pero lo único que había conseguido era resquebrajar el revestimiento de mármol. Debía de haber tratado de meter el hombro derecho y la rodilla derecha bajo la bañera y levantarla lo suficiente para liberar la brida, anudada alrededor de una de sus robustas patas. Pero la gran bañera de hierro fundido, esmaltada, pesaba al menos media tonelada, probablemente incluso noventa o cien kilos más. De todos modos, las tuberías de agua y de drenaje la afianzaban aún más a la pared y al suelo. Solo había conseguido arañarse la rodilla y magullarse el hombro. El pelo lacio y húmedo, el cuerpo empapado de sudor, la ropa interior de Dolce & Gabbana oscurecida por la transpiración, y puede que algo más, demostraban que era un pésimo escapista.

Cuando Jane entró en el baño, Overton se sobresaltó, dirigiéndole una expresión de un miedo tan intenso que la mujer que había sido cuatro meses antes podría haberse apiadado de él. Pero ya no era esa mujer, tal vez nunca volvería a serlo. Además, su rostro estaba tan afectado por miedo como por puro odio.

Él se encogió cuando ella se acercó con las tijeras. Cortó la cinta adhesiva que le rodeaba la cabeza y no le importó si le hacía daño al tirarle del pelo. Lo obligó a usar la lengua para escupir el trapo que tenía dentro de la boca. Le dieron arcadas y se atragantó, pero al final lo expulsó.

Ella le había dicho que tenía que sacar a su hermana pequeña de Aspasia y Overton sabía en qué condiciones la encontraría, transformada para siempre y sin ninguna esperanza de liberación. Debía de pensar que ya estaba prácticamente muerto y que su muerte no sería fácil.

Bajó la mirada hacia él y dijo:
—Un lugar muy elegante.
—¿Qué?
—Un lugar elegante, Aspasia.
Él no respondió.
—¿No crees que es elegante?
Cuando siguió sin decir nada, le dio un puntapié.
—Supongo —repuso él.
—¿Qué supones?
—Que es un lugar elegante.
—Es un lugar muy elegante, Sterling. Vaya. Es decir, no se escatima en gastos para que parezca respetable.
De nuevo, no contestó.
—Llevabas razón sobre los guardias. Fingieron que no me veían. ¿Cómo funciona eso, Sterling? ¿Cómo disimulan tan bien?
—Te he dicho todo lo que sé.
—Me has dicho todo lo que has tenido el valor de decirme. Es diferente.
Él apartó la mirada de ella.
Ella no le insistió esta vez. Esperó.
El silencio se volvió insoportable para él.
—¿La encontraste? —dijo sin dejar de evitar su mirada.
—¿A quién?
—Ya lo sabes.
—Yo diría que no.
—¿Por qué me estás haciendo esto?
—¿Encontrar a quién?
—Intentas hacer que te lo diga para que puedas dispararme.
—Menuda tontería.

—Es lo que intentas —insistió.

—No necesito una excusa para dispararte, Sterling. Ya tengo un montón de buenos motivos para hacerlo.

—Yo no tengo nada que ver con Aspasia.

—Eres un miembro. Vidar, dios de los dioses, superviviente del Ragnarok.

—Eso es todo lo que soy. Un miembro. Yo no construí ese lugar.

—Ah, el viejo «yo no construí Auschwitz, solo me encargaba de las cámaras de gas».

—Vete a la mierda.

—Estoy segura de que podrás darme indicaciones sobre cómo llegar.

—Eres una maldita puta.

—Si te dejas de estupideces, podrás salir con vida de esta. ¿O acaso la estupidez es una parte tan importante de tu personalidad que quizá no puedas evitar?

—Me quieres muerto. Así que acaba de una vez.

—Hablando de gente muerta, encontré una chica muerta en Aspasia.

Allí tirado, entre sudor y sangre, se estremeció.

—Una hermosa rubia desnuda, sobre una mesa de acero inoxidable. Había sido estrangulada, posiblemente en el preciso momento en que uno de tus colegas, socio del club, alcanzó el clímax.

—Oh, mierda —dijo con la voz completamente rota—. Mierda, mierda, mierda.

—Los vi prepararse para introducir su pobre cuerpo en un crematorio e incinerarla.

Ahora estaba llorando, llorando por sí mismo.

—Hazlo ya.

Hubo otro largo silencio antes de que ella respondiera:

—No era mi hermana. No tengo una hermana. Fue una mentira, todo mentira.

Jane casi podía oírle extender la mano hacia una especie de oscuridad interior y desenterrar una esperanza casi desaparecida.

—Los mentirosos —dijo ella— siempre son los primeros en caer en las mentiras de los demás.

Volvió la cabeza para mirarla. Tenía los ojos llenos de lágrimas. La boca, tan trémula como la de un bebé.

—Necesitaba conocer Aspasia antes de poder centrarme por completo en Shenneck.

Sus lágrimas hacían que fuera más difícil leer su mirada y, quizás, él lo sabía tan bien como ella, porque dijo:

—¿Shenneck? ¿Qué Shenneck?

—Quizá tu estupidez sí que sea terminal. ¿Creías que lo único que Jimmy te había pirateado era la dirección de Aspasia en la *dark net*? Eres amigo de Bertold Shenneck. ¿Amigo es la palabra correcta? ¿La gente como tú y Shenneck es capaz de tener una amistad?

—Tenemos... tenemos intereses similares.

—Sí, probablemente eso es más realista. Es similar a la lealtad instintiva que tienen los depredadores entre sí. Y tú eres un inversor de Far Horizons.

Él cerró los ojos. Estaba decidiendo cuál sería el camino más seguro a la muerte: la amenaza inmediata que ella representaba o Shenneck.

—¿Te has meado encima? —preguntó ella.

—No —dijo sin abrir los ojos.

—Huele a meado y no es mío.

—¿Qué quieres hacer con él, con Shenneck? —dijo aún sin abrir los ojos.

—Sacar a la luz lo que está haciendo. Hundirlo. Detenerlo. Matarlo.

—¿Tú sola? ¿Contra él? ¿Tú y quién más?

—Eso da igual. Yo soy la que interroga, no tú.

Abrió los ojos.

—No sé tanto como probablemente piensas.

—Averigüémoslo.

Fue hacia el dormitorio y él le preguntó con nerviosismo adónde iba. Regresó con una silla de respaldo alto.

Se sentó en la silla, le echó un vistazo y negó con la cabeza.

—Sí, te has meado encima. Cuéntame, los nanoimplantes cerebrales que controlan a esas chicas... ¿cómo se injertan? No es con cirugía.

Él vaciló pero cedió.

—Por inyección. El mecanismo de control está formado por miles de partículas, cada una de ellas constituida solo por unas pocas moléculas. Se desplazan hasta el cerebro y se autoensamblan para crear una estructura compleja.

—¿Y la barrera hematoencefálica no las bloquea?

—No. No sé por qué. Yo no soy científico. Eso es cosa de... Shenneck.

La barrera hematoencefálica era un complejo mecanismo biológico que permitía que las sustancias vitales de la sangre penetraran en las paredes de los capilares del cerebro y entraran en el tejido cerebral, a la vez que impedía la entrada a sustancias perjudiciales.

—¿Cómo saben todas esas diminutas partículas, todos esos dispositivos formados por un puñado de moléculas, autoensamblarse cuando entran en el cerebro?

—Es como si estuvieran programados. Pero no exactamente por Shenneck. Todo se basa en un diseño preciso. Si todas las partículas están perfectamente diseñadas para encajar unas con otras como piezas de un rompecabezas, como candados y llaves, y si cada pieza encaja solo en un lugar de la enorme estructura, el movimiento browniano hace inevitable que se acoplen correctamente.

—Avance por movimiento aleatorio —dijo ella—. El andar del borracho.

—Sí. Shenneck dice que en la naturaleza ocurre todo el tiempo.

—Ribosomas —dijo al recordar el ejemplo del vídeo de Shenneck sobre los ratones.

Los ribosomas eran orgánulos con forma de manopla que existían en abundancia en el citoplasma de cada célula humana. Eran el lugar donde se sintetizaban las proteínas. Cada ribosoma tenía más de cincuenta componentes diferentes. Si dividías algunos de ellos en partículas separadas y los mezclabas en una suspensión, el movimiento browniano, causado por los choques con las moléculas del fluido, los mantenía colisionando unos con otros hasta que las cincuenta partículas se ensamblaban en ribosomas completos.

Si las miles de partículas del mecanismo de control de Shenneck estaban perfectamente diseñadas para encajar en un solo lugar de una estructura mayor, las fuerzas de la naturaleza garantizarían su ensamblaje en el cerebro. A todos los niveles, desde el subatómico hasta la formación de galaxias, la naturaleza creaba habitualmente estructuras complejas, porque la perfección de sus diseños operativos hacía que sus diversas construcciones fueran inevitables.

—Una vez que el mecanismo de control está en el cerebro de una de esas pobres chicas —dijo Jane—, ¿no hay forma de desconectarlo, de que pueda volver a ser la misma de antes?

Su pregunta puso visiblemente nervioso a Overton, y leyó en ella un juicio sobre él que le perturbó.

—Shenneck lo construyó así. Yo no tuve nada que ver con cómo lo diseñó.

—Bien por ti.

—Debería haber creado... no sé, no es la palabra adecuada, pero debería haber creado un antídoto.

Como si un diseño más elegante hubiera hecho al monstruo de Frankenstein menos monstruo, y a su creador, un héroe.

—¿Entonces no hay forma de deshacerlo? —preguntó.

—No. El controlador elimina la personalidad existente y borra los recuerdos que ayudaban a formarla. El resultado es un nuevo nivel de... llamémoslo consciencia. Shenneck insistió en...

Inconscientemente, se mordió el labio inferior, rasgando el frágil coágulo que había empezado a cicatrizar el corte y haciéndole sangrar de nuevo.

—Continúa, Sterling. Hoy es día de exposición. ¿Recuerdas las exposiciones del colegio? Gánate tu estrella dorada, tu marca de «trabaja bien en grupo» en tu próximo boletín de notas. Dime en qué insistió Bertold Shenneck.

—Insistió en que el diseño no permitiera ninguna posible rebelión.

—Por tanto, una vez que están esclavizadas, es permanente.

Era evidente que a Overton no le había gustado la palabra «esclavizada», como si pudiera haber otra, pero tras una pequeña vacilación, dijo:

—Sí. Pero ellas no se ven en el estado en que tú las ves. Están satisfechas. Más que satisfechas. Están felices.

Jane se humedeció los labios y asintió, como si estuviera considerando su argumento, cuando en realidad estaba reprimiendo las ganas de golpearle con la pistola.

—He encontrado tu móvil en el armario. Debes de tener el número de Shenneck en marcación rápida. Dame tu contraseña, dime cómo consigo todo lo que tienes.

—No puedes llamarle —dijo alarmado.

—Claro que puedo. Sé cómo usar un teléfono.

—Sabrá que has conseguido los números por mí.

—Como si ese fuera tu mayor problema.

—Eres una verdadera hija de puta.

—¿Te gusta tener dos ojos, Billy?

—Tú no puedes torturar a nadie.

—Eso decía yo antes de ver Aspasia. Ahora tengo un nuevo gusto por las medidas extremas. ¿Qué ojo no necesitas?

Él le dio la contraseña.

Fue hacia el dormitorio, desbloqueó el teléfono, abrió su agenda y echó un vistazo. Suficiente. Apagó el teléfono.

De nuevo en el baño, dijo:

—De acuerdo. Comprendo lo de Aspasia. Algunas personas enfermas y retorcidas son adolescentes egocéntricos toda su vida. Los demás no son completamente reales para ellos. ¿Sabes a qué me refiero? Por supuesto que sí. Pero ¿a qué viene el otro proyecto de Shenneck?

Overton fingió ignorarlo.

—¿Qué otro proyecto?

—¿Qué intención hay en manipular miles de suicidios más al año? ¿Por qué programar a la gente para suicidarse y a veces para matar a otros y luego suicidarse? ¿Por qué le inyectó el doctor Shenneck su mecanismo de control de autoensamblado a mi marido y le ordenó que se suicidara?

17

Tal vez un bronceado natural habría aguantado mejor, pero el bronceado artificial de Overton parecía que sufriera una reacción química a su sudor y a las feromonas que su cuerpo emitía en abundancia por el terror. Su tono playero adquirió una pátina gris, de la misma forma que el cobre desarrolla con el tiempo una pátina verde.

Overton creyó que acabaría muerto por una hermana, y cuando resultó que la hermana no existía, pensó que habría esperanzas de ser indultado. Pero ahora su secuestradora tenía un marido. Y el marido estaba muerto.

—¿Billy? —dijo ella.

Su pavor era palpable. Volvió a cerrar los ojos, como si no soportara verse a sí mismo en ese estado.

—¿Cómo sabes eso?

—¿Los suicidios programados? No importa cómo lo sé, Billy. Lo único que importa es que lo sé, y necesito respuestas.

—Por Dios santo, ¿quién eres?

Meditó su pregunta y decidió responderla.

—Hablemos de películas. ¿Quieres hablar de películas?

—Tú estás loca. ¿Has perdido un tornillo?

—Tú compláceme, Billy. Siempre es sensato complacerme. Probablemente habrás visto la vieja película de Butch Cassidy y Sundance Kid.

—Newman y Redford.

—Exacto. Son perseguidos por esa banda que no se rinde nunca. Hay un momento en el que miran atrás, hacia el vasto paisaje, y aún los persiguen, y no dan crédito a la persistencia de la banda. Butch le dice a Sundance, o Sundance le dice a Butch, no lo recuerdo: «¿Quiénes son esos tipos?». Lo dice como si fueran algo sobrenatural o la muerte personificada. ¿Pues sabes qué, Billy? Lo único que necesitas saber es que yo soy esos tipos.

Cuando Overton abrió los ojos y se removió incómodo en sus grilletes de plástico, por fin pareció resignado a cooperar.

—No es la intención de Shenneck ni la mía ni la de nadie que ese noventa por ciento de la población acabe programada como esas chicas de Aspasia. Ni siquiera el cincuenta por ciento. No es un mundo en el que nadie querría vivir.

—Entonces, ¿incluso Shenneck tiene límites morales? ¿O es una simple cuestión de practicidad? ¿Sería imposible producir las miles de millones de inyecciones que los esclavizarían a todos excepto a la élite?

Él se mantuvo firme y continuó.

—Hay personas en toda clase de profesiones que tienen más influencia en la sociedad de la que deberían.

—¿Qué personas?

—Las que impulsan la civilización en la dirección equivocada.

—¿Qué dirección sería la correcta, Billy?

—Cualquiera que conozca suficientemente bien la historia, sabe cuáles son las direcciones erróneas. Está muy claro. —Al entrar en contacto con su fanático interior, se vio capaz de utilizar un tono desafiante, incluso allí tirado, lleno de mugre—. Identificar a aquellos que tienen el potencial para llevar a la civilización al límite, disminuir su influencia...

—Matándolos —arguyó ella.

Él ignoró su interrupción.

—Y no será necesario usar la tecnología de Bertold en las masas. Habrá menos muertes, no más, menos pobreza, menos ansiedad, si contenemos a aquellos que tienen más probabilidades de arruinar el país con malas políticas.

No podía ocultar del todo su entusiasmo. Tal vez hubiera invertido en Far Horizons para lucrarse, pero le habían lavado el cerebro por completo.

—Nick —repuso—, ese era el nombre de mi marido. A ti no te importa cómo se llamaba, pero a mí sí. Nick estaba en el cuerpo de Marines. A sus treinta y dos años, era coronel. Fue condecorado con la Cruz de la Armada. Es posible que no sepas lo que es, pero es importante. Era un buen hombre, un marido cariñoso y buen padre, maldita sea.

—Espera, espera, espera —dijo Overton. Era capaz de reaccionar con hipocresía. Estaba atónita—. No me culpes a mí. No tienes derecho a culparme de eso. Yo no decido a quién poner en la lista.

—¿Qué lista?

—La lista Hamlet. Como la obra. Si alguien hubiera matado a Hamlet en el primer acto, muchas personas habrían sobrevivido al final.

—¿En serio? ¿Así es como lo explicas? ¿Ahora eres un erudito de Shakespeare?

Frustrado, sacudió las bridas que mantenían sus muñecas atadas a la bañera.

—No he leído esa maldita obra. Shenneck lo llama la lista de Hamlet. Yo no tengo nada que ver con eso. Ya te lo he dicho, yo no decido quién está en la lista.

—¿Quién lo decide?

—Nadie. El ordenador lo hace. El modelo informático.

Sentía el pulso palpitando en su frente.

—¿Quién creó el modelo informático? Un modelo se diseña para obtener lo que deseas. Y el modelo necesita nombres de candidatos para poder elegir. ¿Qué hijo de puta introdujo los nombres?

—No lo sé.

—Eres un inversor.

—¡Pero yo no trabajo en el maldito laboratorio!

Ella inspiró hondo. Había colocado el dedo índice sobre el gatillo de la Heckler & Koch. Lo apartó y lo dejó en el guardamonte.

—Una de las personas en tu lista Hamlet era Eileen Root, de Chicago. Trabajaba en una ONG, ayudando a personas con graves discapacidades. ¿Qué crees que podría haber hecho para convertirse en un peligro para la civilización?

—No lo sé. ¿Cómo podría saberlo? Yo no escojo los nombres de la lista.

—Uno de ellos era un poeta. Se arrojó a las vías del metro. Otra era un prodigio, una estudiante graduada de veinte años, estaba trabajando en un doctorado en cosmología. ¡Cosmología! ¿Qué podría haber hecho ninguno de ellos para ser una amenaza para la civilización?

—¿Me estás escuchando?

—Lo hago. Soy toda oídos, Billy. ¿Qué podrían haber hecho?

—Yo no lo sé. El modelo informático lo sabe.

Se levantó de su silla, la empujó de vuelta a la habitación y se inclinó sobre él.

—Esa lista Hamlet. ¿Cuántos hay en ella?

—No te gustará oírlo.

—Ponme a prueba. ¿Cuántos tienen que ser asesinados?

—Has perdido el control. Estás alterada.
—¡Dímelo!
—Vale, de acuerdo. De cualquier forma, Shenneck dice que no están siendo asesinados, sino sacrificados. Ningún rebaño permanece sano si sus individuos más débiles no son sacrificados.
—No quiero matarte —dijo Jane, lo que significaba que todavía no quería matarlo—. ¿Cuántos hay en la lista?

Cerró los ojos al ver el cañón del arma.

—El modelo dice que, en un país del tamaño del nuestro, doscientos diez mil sacrificios en cada generación asegurarán la estabilidad.

Tuvo que tragarse el reflujo de ácido antes de que pudiera preguntar:

—¿Cómo defines una generación?
—Yo no defino nada. El modelo informático lo define como veinticinco años.
—Por tanto, ocho mil cuatrocientos al año.
—Algo así.

Ella le dio una patada en la cadera. Le dio otra en las costillas. Podría haber seguido pateándole hasta la extenuación, pero le dio la espalda y se dirigió al dormitorio y le propinó una patada a la silla, que se estrelló contra la cómoda.

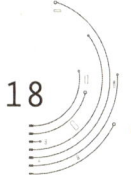

18

Jane sacó las tijeras de su bolso y regresó enseguida al baño con ellas y la pistola.

Overton se puso de costado como pudo, intentando proteger su patético paquete de ella.

—¿Ahora qué? ¿Qué vas a hacer?

Lo había convencido de que era capaz de cometer los crímenes más crueles y horripilantes. Puede que incluso se hubiera convencido ella misma.

—Hay algo más que necesito saber.
—¿Qué?
—Se acabaron las estupideces. Solo tengo tiempo para la verdad. Para nada más.
—Pregunta.
—¿Cuán difícil será llegar hasta Shenneck?
—¿Qué significa «llegar hasta»?
—Tenerlo en una situación como esta, hacerle hablar.
—Casi imposible.
—Nada es imposible. Mira dónde estás.
—Yo estoy unos escalones por debajo de Shenneck en la cadena alimentaria. Era fácil. Él no lo será. Si alguna vez consigo salir de esta, yo tampoco lo seré.

Abrió y cerró las tijeras. El sonido de las hojas aumentó su inquietud.

—¿Shenneck Technology en Menlo Park?
—Los laboratorios están atestados de seguridad electrónica. Lectores de huellas. Lectores de retina. Guardias armados. Cámaras por todas partes.
—¿Y su casa en Palo Alto?
—¿La has visto alguna vez?
—Tal vez. Pero habla.

Respondió a todas las preguntas que ella le hizo sobre la casa y, si no estaba mintiendo, el lugar tenía una seguridad impresionante.

—Leí que tenía un lugar de escapada en el Valle de Napa.
—Sí. Lo llama Rancho ZC. ZC por Zona Cero.
—Menudo pedazo de prepotente.
—Le gustan esas pequeñas bromas, eso es todo —dijo Over-

ton, ofendiéndose un poco por Shenneck—. Pasa unas dos semanas al mes en ese lugar. Ahora está allí. Puede trabajar desde allí con tanta facilidad como en los laboratorios. Puede acceder a los ordenadores.

—¿Allí es más vulnerable?

La risa de Overton fue amarga, sombría.

—Si puedes esquivar a los coyotes y los *rayshaws*, es vulnerable. Pero no puedes. Si hubieras ido allí primero, estarías muerta, y yo no estaría donde estoy.

—Háblame de los coyotes y de los ray no sé qué.

—Los *rayshaws*.

Disfrutó de forma siniestra describiendo la dificultad de un asalto al Rancho ZC, como si hubiera asumido la idea de que iba a morir y encontrara placer en la certeza de que ella pronto lo haría también.

Cuando comprendió la organización del rancho y sintió que Overton no le había ocultado nada, le informó:

—Bueno, te voy a cortar las bridas de los tobillos. Como intentes darme una patada, te disparo en las pelotas. ¿Comprendido?

—Harás lo que tengas que hacer —dijo fingiendo indiferencia.

—Exacto.

Con las tijeras, cortó el cierre de plástico.

—Se aplican las mismas normas —repuso ella. Cortó las bridas que lo sujetaban a la pata de la bañera, pero le dejó las muñecas atadas.

Salió del baño, soltó las tijeras y permaneció tras la puerta, observándolo tratar de apoyarse sobre las manos y las rodillas y luego intentar levantarse.

Tenía calambres en los músculos, y los había torturado aún más con sus esfuerzos por liberarse. Tardó un minuto en trepar por el elegante lavabo de cuarzo ámbar, agarrarse y ponerse de pie. Los visibles espasmos en las pantorrillas y los muslos no podían ser fingidos. No exageró su agonía llorando, en lugar de eso apretó las mandíbulas y ahogó sus gemidos, respirando con tanta dificultad como un caballo agotado, como si exhalara el dolor, conservando aún lo bastante de esa autoestima varonil como para querer disimular ante ella lo débil que le había dejado la situación.

Rodeó la habitación en lugar de cruzarla directamente, con las piernas aún temblorosas, apoyándose sobre el lavabo, luego en la barandilla de la ducha, a continuación en el toallero y finalmente en el picaporte de la puerta.

Jane retrocedió hacia el salón. No sujetaba la pistola con ambas manos, porque no lo consideraba una amenaza y quería que él lo supiera. Su mente era un campo de cenizas, pues había perdido casi toda la esperanza. Pero había brasas ardientes de ira bajo el campo de cenizas y cualquier indicio de que ella aún lo respetaba como adversario alimentaría su ego y avivaría las llamas de sus brasas.

—Necesito sentarme un minuto —declaró cuando cruzó la puerta y se tambaleó hacia la cama.

—Si quieres sentarte ahí por la Smith & Wesson que había en el cajón de la mesita de noche, ya no está —dijo, y señaló la silla que ella había estrellado contra la cómoda y que ahora se encontraba en medio de la habitación—. Puedes sentarte ahí hasta que te sientas mejor.

—¡Que te den, zorra!

—¿En serio?

—¡Que te den!

—Menuda mierda de insulto. Deberías oírte.

—Me oigo muy bien.

—No lo creo. Probablemente nunca lo has hecho.

—Eres una raja con pistola, eso es todo.

—¿Y tú qué eres?

—No necesito sentarme.

—Pues enséñame la caja fuerte, tipo duro.

—Está en el armario.

—Detrás del espejo, seguramente.

—Lo sabes todo, ¿eh?

—No todo.

El vestidor era grande, puede que unos cuatro metros y medio de ancho y seis de largo. La ropa colgada estaba oculta tras unas puertas, todo lo demás en cajones de diferentes tamaños. En medio de la habitación había un banquillo tapizado, donde podía sentarse para ponerse los calcetines y los zapatos. En la pared del fondo, un espejo de cuerpo entero estaba incrustado entre diferentes armarios.

Le dejó acercarse al espejo antes de entrar en el armario tras él. Él la observaba por el espejo y la vio coger la pistola con ambas manos.

—¿Me vas a disparar por la espalda?

—Es una opción.

—Tal y como haría una mujer.

—¿Eso debería hacer que me enfadara?

—Si yo muero, tú mueres.

—Entonces ¿ahora es cuando dices que tienes amigos que no pararán hasta encontrarme y cortarme la cabeza?

—Espera y verás.

—Ninguno de tus amigos es tu amigo, Billy.

—Espejito, espejito mágico.

El espejo se deslizó hacia un lado y desapareció tras los muebles contiguos, sin duda en respuesta a esas tres palabras y quizás al timbre específico de su voz.

Ahora se encontraba ante un panel de acero inoxidable. Se inclinó hacia delante para colocar su ojo derecho en una lente de cristal redonda integrada en el panel. El patrón de la retina de cada persona era tan único como sus huellas.

Jane oyó retirarse una serie de cerrojos y el panel de acero se deslizó hacia el techo con un sonido neumático.

—Aquí está tu dinero, más dinero del que jamás has visto.

Su cuerpo bloqueaba la vista del contenido de la caja fuerte.

—Quinientos mil dólares.

Extendió la mano hacia la caja fuerte, quizá para coger un fajo de billetes.

—No —dijo ella.

Él empezó a girarse hacia su izquierda, con las manos atadas frente a él. Pensó que era rápido. Supuso que ella estaría pensando en el medio millón de dólares.

Ella le dijo que no, pero él lo hizo, y como fue mucho más lento de lo que pensaba que sería, cuando su primer disparo le alcanzó en la parte superior del costado izquierdo, justo debajo del brazo, él disparó sin pensar hacia la puerta de un armario, a menos de medio camino del arco de 180 grados que él creía que había girado. Durante sus ejercicios de tiro en la academia, tras haber trabajado diligentemente durante semanas para aumentar la fuerza de su mano, Jane había sido capaz de apretar el gatillo noventa y seis veces en un minuto, con su mano derecha y un revólver de prácticas, superando el nivel exigido por el instructor. En la batalla, una mano débil podría convertirse rápidamente en una mano muerta. El segundo disparo, menos de un segundo después del primero, deformó la cabeza de Overton, detuvo de golpe sus incesantes maquinaciones y lo hizo caer al suelo.

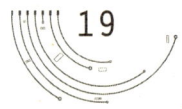

19

El arma que había usado Overton era una Sig Sauer P226 X-Six personalizada, con un cargador de diecinueve balas. Había retumbado en las profundidades del armario. Incluso con un silenciador, la pistola de Jane hizo ruido, más de lo que habría hecho en un espacio más amplio o en el exterior. Pero estaba segura de que ninguno de los tres disparos habría atraído la atención fuera de los muros de esa sólida casa.

Considerando la cantidad de enemigos que se había forjado y, sobre todo, teniendo en cuenta la naturaleza de sus relaciones, probablemente el abogado había escondido armas por toda la residencia, de forma que siempre tuviera una pistola a su alcance. La caja fuerte era una armería en miniatura: había una escopeta con empuñadura de pistola del calibre 12, dos revólveres y otra pistola, aparte de aquella con la que había tenido la esperanza de matarla.

La pistola que él había decidido no usar era un Colt del 45. De pronto, el nombre grabado de la mejor tienda por encargo del país la dejó intrigada. Era evidente que el arma había sido completamente modificada, y entre las mejoras estaban las miras de visión nocturna Heinie. También había un silenciador para ella.

Si la pistola hubiera sido utilizada en un crimen, Overton se habría deshecho de ella. Puede que hubiera encontrado el sustituto para su Heckler & Koch, que ahora estaba implicada en dos muertes. Habían sido en defensa propia; por tanto, ninguna era un asesinato, pero aunque todo esto acabara mejor de lo que ella esperaba, no iba a pasar un diez por ciento del resto de su vida en un tribunal dando explicaciones.

Entre la colección de equipaje de lujo de Overton, encontró una bolsa de cuero con cierre de cremallera. Metió dentro el Colt y el silenciador. Añadió dos cajas de munición. Y su móvil.

Overton había mentido respecto al medio millón. La caja fuerte contenía ciento veinte mil. Doce fajos de diez mil cada uno. Metió el dinero en la bolsa de cuero.

Ya se había fijado antes en que las únicas cámaras de seguridad de la casa estaban en la planta baja y en el pasillo de arriba. Todas montadas en el techo, tras una burbuja de plástico. Tenían visión nocturna.

Ella había pensado que la grabadora estaría en la caja fuerte. Pero no. Tampoco estaba en la otra parte del vestidor.

Tras quince minutos de búsqueda de posibles ubicaciones, usando las llaves de Overton, abrió una puerta cerrada con llave en el garaje, encontró un almacén y localizó la grabadora en un armario. De ella sacó un disco que grababa imágenes durante treinta días, antes de grabar sobre ellas. Lo puso en la bolsa junto al dinero y la pistola.

Antes de entrar por primera vez en la casa, ese mismo día, se había puesto los guantes negros con costuras plateadas. No se los había quitado, así que no podía haber dejado huellas.

No había bebido de ningún vaso, no había derramado ni una gota de sangre, por lo que no había dejado nada que les proporcionara una correspondencia de ADN.

Inevitablemente, había perdido algunos pelos en la casa. Pero los CSI tenían que encontrarlos y no era tan fácil como se pintaba en televisión. Estuvo a punto de volver a la casa para apagar las luces, para que no estuvieran encendidas todo el fin de semana y no atrajera la atención de algún curioso. No pudo hacerlo. Le sorprendió darse cuenta de que no era capaz. Los muertos no se levantan y vuelven a caminar. Ella no creía en fantasmas. Pero no pudo hacerlo. Se quedarían encendidas.

Salió por la puerta de atrás y la cerró con la llave de Overton. Metió las llaves en la bolsa y cerró la cremallera.

Para la policía local, caminar de noche por las calles residenciales de Beverly Hills era una señal innegable de alguna actividad criminal, sobre todo si el sospechoso en cuestión llevaba una maleta más grande que un bolso de mano. Debía ir caminando hasta el final de la calle y doblar la esquina, donde había dejado el Ford Escape. Si llamaba la atención de la policía, estaba jodida, porque no dispararía a un policía.

Cuando Jane salió hacia el camino de entrada de Overton y hacia la calle, la luna vigilaba sin parpadear, como un ojo blanquecino y acusador.

Llegó al Ford sin incidentes. Condujo de vuelta al valle de San Fernando, donde pasaría otra noche en la última habitación de motel en la que había estado y se iría por la mañana.

A la mañana siguiente empezaría con la doctora Emily Jo Rossman, la patóloga forense de Los Ángeles que examinó el cerebro de Benedetta Ashcroft, la mujer que se había suicidado en un Century City Hotel. El informe de la autopsia, proporcionado por Robert Branwick, alias Jimmy Radburn, mencionaba unas fotografías, pero no estaban en el expediente.

Jane no sabía adónde iría después de la doctora Rossman. Tarde o temprano, tendría que ocuparse de Bertold Shenneck. Pero atraparlo en su propiedad de treinta hectáreas en el valle de Napa parecía un trabajo para un equipo de los Navy Seal, no para una sola mujer.

Había tenido una idea, una loca y temeraria idea, basada en una atrevida suposición. Pero había llegado a un punto crítico en la investigación. No había forma de volver atrás y estaba al borde del precipicio. Si descubrían el cuerpo de Overton el lunes, sus socios de Far Horizons podrían suponer que lo habían matado por algún negocio turbio ajeno a ellos, pero probablemente reforzarían su seguridad aún más. Con un precipicio delante y sin vuelta atrás, las ideas locas y temerarias resultaban atractivas si eran las únicas que tenías.

20

El valle de San Fernando. La luna monocular sobre el manto negro del cielo. Tráfico del viernes por la noche, los conductores compiten por adelantar. El ataque en Filadelfia, hacía apenas cinco días, había quedado en el olvido, porque todos se apresuraban a pasar un placentero fin de semana antes de que pudiera no volver a haber placeres nunca más.

Jane se detuvo en el Pizza & More para comprar algo de comer. Dos sándwiches submarinos y una ensalada de col y pimientos.

En la puerta de su habitación de motel en Tarzana, soltó la maleta con su botín incriminatorio y la bolsa de la comida. Sacó la llave de un bolsillo de su americana y de pronto pensó: «Está ahí, esperándome».

Con «él» se refería al gigantón de Palisades Park, el mismo que había entrado disparando en la cocina de la casa de Branwick la noche anterior.

No podía haberla seguido hasta aquí. Su inquietud no provenía de la intuición, ni siquiera del más puro instinto. Los acontecimientos de la noche anterior la habían puesto tan tensa como la cuerda de un arco.

Quiso sacar su pistola, pero no lo hizo, no pudo. Si empezaba a sacar el arma por una evidente falsa amenaza, no dejaría de imaginarse hombres del saco. La ventaja que tenía iría desapareciendo, hasta que un día confundiría una amenaza real con otro fantasma.

Abrió la puerta. Extendió el brazo. Le dio al interruptor de la pared. Nadie la esperaba en la habitación.

Recogió la bolsa y la comida, entró y se apresuró a cerrar la puerta con la cadera. Soltó la bolsa y se ocupó del cerrojo.

Tras colocar la comida sobre la pequeña mesa, fue al baño, abrió la puerta y encendió la luz. Nadie.

Regresó al dormitorio con un vaso de agua y lo dejó en la mesa, luego abrió la puerta del armario. Lo único que había allí eran las maletas y la bolsa de basura llena de informes de autopsia.

—Será mejor echar un vistazo bajo la cama —dijo con amargura mientras se quitaba los guantes, pero no se permitió mirar.

Salió fuera y se dirigió a la máquina expendedora que había cerca, para llenar la cubitera y comprar un par de Coca-Colas.

Cuando regresó a la habitación, no volvió a revisar el baño y el armario. Coca-Cola y vodka con hielo. Dio un sorbo. Añadió un poco de Coca-Cola. Fue al baño, se lavó las manos, se las secó y se miró en el espejo. Pensó que había algo diferente en ella, algo fundamental, pero no podía decir qué.

En el dormitorio, sentada en la mesa, sostuvo durante un rato en la mano el medallón incompleto, el óvalo plateado con el camafeo de esteatita. Luego lo dejó sobre la mesa, junto a su bebida. Abrió la bolsa de la comida y la usó como salvamantel. Cogió la carne, el queso y el resto del relleno de un sándwich y lo metió en el otro, y tiró el panecillo vacío. Había un tenedor de plástico para la ensalada de col.

No puso música. En ese momento, parecía que la música podría enmascarar otros sonidos que necesitaría escuchar.

Más tarde, tumbada sobre la cama, con la Heckler & Koch bajo la almohada de al lado, pensó en cómo había matado a dos criminales en siete años como agente especial del FBI, en cómo había matado a dos más solo en los últimos dos días, y se preguntó quién sería dentro de un año, o mañana.

Pensó en LuLing, aquellos ojos oscuros de profundidades oceánicas en los que poco o nada nadaba.

Cuando se durmió, soñó que estaba desnuda, tumbada sobre una mesa de autopsias de acero inoxidable, viva, pero incapaz de moverse. Los dos hombres que había matado recientemente aparecieron tal como habían sido en vida. Con gran seriedad, llevaron la mesa de acero hacia las fauces llameantes del crematorio. Aunque estaba paralizada, podía hablar, y con la voz de LuLing dijo:

—Nada me gustaría más que hacerte feliz.

Los dos hombres bajaron la mirada hacia ella y abrieron la boca para hablar, pero en lugar de palabras, emergieron una multitud de ratones blancos, como un enjambre de abejas.

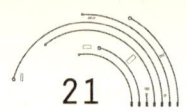

21

A las diez en punto del viernes por la noche, Bertold Shenneck lleva una mesa de servicio hacia la terraza de su casa en el Valle de Napa.

La claridad del aire fresco es tal que el cielo está repleto de innumerables estrellas que pocas veces, si es que alguna vez ocurre, se ven en las ciudades.

La luna se alza en lo alto. Su luz solar de segunda mano baña el oscuro valle y pinta con un brillo ectoplásmico las crestas de las montañas del oeste.

En los dos estantes de la mesa de servicio hay fuentes con pollos crudos, que uno de los *rayshaws* había comprado en el supermercado de la ciudad esa tarde.

Shenneck lleva una fuente hacia el patio. Desperdiga las aves por el césped. La pálida carne brilla bajo la luz de la luna.

Los coyotes no se encuentran allí. Es su hora de cazar. Rondan los prados y los bosques por separado y en pequeñas manadas, cazando roedores, conejos y otras presas.

De la segunda fuente, Shenneck coge las aves desplumadas y las distribuye como hizo con las otras.

Hay pruebas, lejos de ser definitivas, de que los coyotes que controla están demostrando que son peores cazadores que antes de tener los implantes cerebrales. Hasta que pueda estudiar mejor el asunto y reunir más datos, le parece conveniente aumentar su dieta de esta forma.

El mes pasado se habían producido dos incidentes que Shenneck no quiere que vuelvan a repetirse. El coyote, *Canis latrans*, es un feroz depredador, pero no se encuentra entre las pocas especies que devoran a los de su propia especie. Sin embargo, en dos ocasiones, en este mismo patio, durante una noche en la que Inga y Bertold dormían, un coyote atacó a otro, lo mató y casi lo devoró.

Él habría pensado que se habría tratado de un puma, pero, sin embargo, la cámara de seguridad le reveló la perturbadora realidad.

Shenneck supone que una disminución de la capacidad de los coyotes para rastrear y atrapar a sus presas habituales ha dejado lo bastante hambrientos a algunos como para volverse contra los de su especie. Sin embargo, está considerando otros aspectos curiosos de estos incidentes que pueden dar lugar a otra teoría.

Debido a que puede localizar electrónicamente a todos los sujetos a los que se les ha inyectado un nanoimplante de autoensamblado, sabe que los otros doce siguen vivos y en movimiento. Los únicos que han sido víctimas de otros coyotes son los dos que han muerto en este jardín.

¿Por qué aquí en lugar de en su hábitat natural?

Al buen doctor casi le parece que estas dos muertes tienen un carácter ritual, como si quisieran hacer algún tipo de declaración. Por supuesto, eso no es posible, porque las bestias de tan baja inteligencia no tienen la capacidad de realizar rituales ni el deseo de hacer una declaración. Y, sin embargo...

Shenneck lleva la mesa de servicio a la cocina y apaga las luces del jardín trasero. Deja las fuentes para que uno de los *rayshaws* las friegue y las guarde por la mañana y sube las escaleras para irse a la cama.

Duerme bien y profundamente, pero no sueña.

Está convencido de que los hombres sueñan fundamentalmente por dos razones. La primera es que están frustrados y atormentados en su vida diaria, y, como consecuencia, toda su rabia y ansiedad se materializan en forma de pesadillas cuando están inconscientes. La segunda es que, si sus sueños son agradables, obviamente es porque anhelan una perfección de las experiencias que no esperan conseguir en la vida real, y por eso sueñan con ello por las noches.

Shenneck no suele soñar, porque tiene el control total de su mundo y nunca está frustrado o atormentado. Y en cuanto a la perfección de las experiencias, pretende diseñar la utopía que la humanidad ha perseguido durante tanto tiempo y que no ha conseguido establecer, y vivir en la perfección que él ha creado.

QUINTA PARTE

MECANISMO DE CONTROL

1

La doctora Emily Jo Rossman, antes patóloga forense, trabajaba ahora como auxiliar de veterinaria en la clínica veterinaria de su hermana.

Jane estaba esperando cuando los empleados llegaron a las siete en punto el sábado por la mañana. Reconoció a la doctora Rossman por su foto de Facebook: el rostro lleno de pecas, cabello corto de color cobrizo y el flequillo casi hasta los ojos.

La mujer aparentaba menos de treinta y ocho años y tenía un aspecto muy masculino. Tan risueña, con esos ojos marrones tan alegres, costaba creer que hubiera trabajado alguna vez en una morgue.

Cuando Jane mostró su placa del FBI, Emily respondió como si siguiera en la época de Norman Rockwell, cuando la confianza en el gobierno era bien merecida.

—Mi hermana no está hoy. Podemos usar su oficina.

De las paredes de la oficina no colgaban los típicos retratos de animales, sino copias del moderno, más que bello, arte de Kandinsky, formas de ameba minuciosamente decoradas. Jane sospechaba que ella no había encontrado muchos puntos en común con su hermana ausente.

En lugar de sentarse detrás del escritorio, Emily cogió una de las dos sillas para los clientes y la orientó hacia la silla en la que se sentaba Jane.

—Creo que sé de qué se trata esto, al menos eso espero.

—¿De qué cree que se trata?

—Benedetta Ashcroft.

—Se suicidó en una habitación de hotel el pasado mes de julio —dijo Jane.

—Sí. Ya era hora de que alguien se tomara esto en serio. Maldita sea, no era lo que parecía —repuso Emily tras golpear dos veces con el puño el brazo de la silla.

—Pero ¿su informe de la autopsia no confirma el suicidio?

—Una desmedida sobredosis de un antidepresivo tricíclico: desipramina. Con vodka. Una combinación letal. Se había tomado más de cuarenta cápsulas de cien miligramos. Eso requiere determinación. Y había otras treinta y seis cápsulas en la mesita de noche.

—Eso es más de una receta. ¿Las estaba acumulando?

—No. En absoluto. —Emily se apartó el denso flequillo de la frente y este regresó a su lugar al instante—. Nada de recetas. Las píldoras no estaban en frascos de farmacia. Estaban en una bolsa hermética sobre la mesita de noche.

—Las compró en la calle —dijo Jane.

Emily negó firmemente con la cabeza.

—Benedetta no habría sabido cómo comprarlas en la calle. Era mormona. No bebía. No tomaba drogas. Tenía veintisiete años y un marido abnegado. Dos hijos. Era terapeuta de niños con discapacidades graves y le encantaba su trabajo.

Jane pensó en Eileen Root de Chicago, que trabajaba como abogada de personas con discapacidades. Era evidente que, en el nuevo mundo de Shenneck, diseñado por un modelo informático, no habría lugar para parapléjicos, tetrapléjicos, ciegos, sordos o enfermos de ningún tipo.

—Doctora Rossman, ¿es cierto que, en ausencia de un trauma severo en la cabeza, si existe otra causa evidente de la muerte, la oficina del forense no llevaría a cabo un examen del cerebro?

Emily se inclinó hacia delante y habló con rapidez, como si quisiera defender sus métodos de autopsia.

—Tuve un caso en el que un hombre joven se cayó de una escalera, siete metros de altura. Murió en el acto. No había fractura craneal, contusión ni laceración en el pericráneo. Pero el examen del cerebro reveló daño axonal difuso. Pequeñas hemorragias perivasculares en el tallo cerebral. La muerte fue causada por una repentina aceleración y desaceleración de la cabeza, no por una fractura por impacto.

—De acuerdo. Pero en ese caso, ningún daño anatómico respaldaba la determinación de un traumatismo accidental por objeto contundente. Por tanto, tuvo que mirar en el cerebro. Pero con Benedetta Ashcroft, la causa de la muerte era evidente. Y las cámaras de seguridad de los pasillos del hotel demostraron que nadie entró en la habitación, hasta que la de la limpieza encontró su cuerpo al día siguiente.

La boca de Emily se convirtió en una severa línea estrecha y luego dijo:

—La familia no podía creer que se suicidara. Simplemente, no podía. Se preguntaba si su suicidio podía deberse a un tumor cerebral.

—¿La oficina del forense realiza autopsias más exhaustivas de lo que requiere el protocolo si la familia insiste?

—Hubo un tiempo en que sí. Ya no. —Vaciló, con las manos sobre su regazo, mirándolas con el ceño fruncido como si no las reconociera—. La versión oficial es que me cansé de la patología forense y la dejé. Pero yo no la dejé, me despidieron.

—¿Con qué motivos?

—Soy la tía de Benedetta Ashcroft. Debería haberme abstenido de realizar la autopsia. En lugar de eso, maniobré para que me la asignaran y no revelé mi relación con ella.

—Un delito menor. O al menos una razón para un despido justificado.

La mirada de Emily era directa y firme como un rayo láser.

—La familia estaba conmocionada. Necesitaba saber. Esa encantadora mujer, siempre tan feliz, esa madre abnegada, registrándose en una habitación de hotel para suicidarse... Un tumor cerebral lo habría explicado todo.

—La familia podría haber pagado una autopsia privada cuando la oficina del forense terminó con el cuerpo.

Emily asintió, pero no desvió la mirada de Jane.

—Eso habría llevado tiempo: días, una semana o tal vez más. Su marido, su hermana, su madre y su padre estaban tan afligidos, tan angustiados. Hice lo que hice y lo volvería a hacer... Pero, Dios, ojalá no lo hubiera hecho.

Y ahí estaba. Si cabía alguna duda de que algo nuevo y terrible había llegado al mundo, lo que la doctora Rossman vio cuando abrió el cráneo de su sobrina estaba a punto de desterrar todo rastro de escepticismo.

—No comprendí muy bien esa parte del informe de la autopsia —dijo Jane—. De todas formas, había expresiones e incluso frases que estaban tachadas.

La patóloga inspiró hondo.

—Cuando miré en el prosencéfalo, los dos hemisferios del cerebro, por un momento pensé que estaba viendo una gliomatosis cerebral, un cáncer bastante agresivo que no produce un tumor localizado. Se extiende como una telaraña por los cuatro lóbulos del cerebro.

—Pero no era una gliomatosis cerebral.

El continuo contacto visual de Jane le indicaba claramente a Emily que ya sabía lo que estaba a punto de revelarle.

—Dios mío, lo sabe. Sabe... lo que encontré.

—Tal vez. Dígamelo.

—No era orgánico, no tenía nada que ver con el cáncer. Vi intrincados circuitos geométricos... un sistema, un aparato. No sé cómo llamarlo. Conectaba los cuatro lóbulos y desaparecían entre los diversos surcos, esas fisuras que hay entre los pliegues de la materia gris, entre los giros. No había mucha masa, casi como la estructura de un niño, aunque había una gran concentración en el cuerpo calloso. Al verlo, sentí... Supe que jamás había visto nada tan maligno. ¿Qué era? ¿Qué era esa cosa?

—Puede llamarlo mecanismo de control —dijo Jane.

Emily rompió el contacto visual, observó sus manos, que se habían convertido en puños.

—¿Quién? ¿Por qué? Por Dios santo, ¿cómo?

—Utilizó una cámara durante la autopsia —repuso Jane, en lugar de responder a sus preguntas.

—Sí. Pero no captó esa maldita cosa tan bien como esperaba. Poco después de abrir el cráneo, quizá como reacción al contacto con el aire, no lo sé, esa cosa, ese mecanismo de control, como usted lo llama, empezó a deshacerse.

—¿Deshacerse cómo?

Emily levantó la mirada de sus manos, había palidecido tanto que sus pecas parecían destacar más que antes.

—Pareció evaporarse, disolverse. No. Era más como... la forma en que ciertas sales absorben la humedad del aire y se licuan.

Jane no se había esperado nada de eso y volvió a sentir que estaba tratando con unas fuerzas tan ingeniosas y poderosas que bien podrían haber sido sobrenaturales.

—¿Era un residuo?

—Sí. Claro, casi transparente. Envié una muestra al laboratorio. Si llegaron a analizarlo, nunca me informaron.

—Archivó su informe ese mismo día.

—Sí.

—No estaba sola durante la autopsia.

—Había un auxiliar forense. Charlie Weems. Estaba aterrado. Es aficionado a la ciencia ficción. Pensó que lo que vimos se debía a una invasión alienígena. Demonios, yo también.

—¿Confirmó su informe?

—Al principio. Pero le dije que Benedetta era mi sobrina. Y enseguida... unas horas después, dejó de respaldarme.

—La despidieron. ¿Cuándo?

—Al día siguiente. Irme con una indemnización o ser despedida. En realidad, no había mucha opción.

—¿Y dónde está Charlie Weems ahora?

—Lo han ascendido. Tiene mi trabajo. Y se lo puede quedar. —Agitó las manos, como si hubiera estado apretando tanto los puños que tenía los dedos entumecidos—. Así que el FBI está con esto ahora, ¿eh? ¿De verdad?

—Lo está, pero extraoficialmente. Es una investigación discreta. Debo pedirle que esta conversación se quede entre nosotras. Entenderá por qué.

—La gente entraría en pánico, todo el mundo pensaría que está siendo controlado, fuera cierto o no.

—Exactamente. ¿Se lo dijo a la hermana de Benedetta, a su marido, su madre o su padre?

Emily negó con la cabeza.

—No. Era demencial, demasiado... horrible. Al principio les dije que se estaban realizando pruebas. Luego, que era un tumor cerebral.

—¿Se preguntaron por qué dejó su trabajo?

—Les dije que había pasado demasiado tiempo con los muertos. Nadie comprende por qué te dedicas a este trabajo, pero todos entienden por qué lo dejas.

—¿Y qué hay de usted? Ha vivido con esto ocho meses.

—Nunca solía estresarme por nada. Ahora me estreso por todo. Pero ya no sueño tanto con ello como al principio. —Miró las pinturas de Kandinsky, las coloridas, vivas y abstractas formas—. Están pasando muchas cosas, el mundo va muy rápido, y te encuentras aceptando cosas que una vez te habrían partido el corazón o te habrían vuelto loca. Es como si antes la vida soliera ser un carrusel y ahora una montaña rusa a gran velocidad. —Volvió a mirar a Jane—. Vivo sabiendo lo que vi. ¿Qué otra cosa podría hacer? Pero, en el fondo, estoy aterrorizada.

—Yo también lo estoy. Todos lo estamos —dijo Jane, dando a entender que numerosos agentes estaban investigando la verdad, una mentira que era el único consuelo que podía darle.

2

A pesar del cambio de zona horaria, aún era media mañana cuando Nathan Silverman aterrizó en el aeropuerto de Austin, recibió su coche de alquiler y dejó la ciudad por la Ruta 290. Mientras la carretera ascendía por la meseta Edwards, había mucho más cielo que tierra, de modo que las llanuras de Texas que se extendían a cada lado eran vastas pero insustanciales.

Había trabajado muchos fines de semana durante su carrera en el FBI. Sin embargo, nunca antes había dedicado un sábado a una investigación que aún no tenía un número de caso o un expediente abierto.

Esta también sería la primera vez que pagara de su bolsillo las tarifas de la aerolínea y otros gastos con pocas probabilidades de reembolso.

Ni siquiera se había molestado en averiguar si estaba programado un viaje a Texas con uno de los reactores Gulfstream V, con algún sitio disponible. Los Gulfstreams eran principalmente para contraterrorismo y operaciones de armas de destrucción masiva. Podrían ser necesarios para viajes relacionados con la investigación de Filadelfia. De todas formas, el fiscal general tenía autoridad sobre el FBI, y los tres últimos fiscales a menudo se apropiaban de los Gulfstreams para sus viajes personales, fuera ético o no.

Por una carretera tras otra, confiando en la suave voz del GPS, llegó a un camino privado. Unos pilares de piedra bajos sostenían una estructura de hierro que formaba un arco sobre su cabeza, deletreando la palabra «Hawk». A partir de ahí, el GPS no le daba más indicaciones.

Flanqueado por una cerca, con robles aquí y allá, el asfalto se había vertido sobre tierra desnuda, extendido burdamente y reparado con parches cuando el clima creaba baches, y los márgenes reconstruidos cuando el tiempo los desmoronaba.

Había ricos pastizales verdes por todas partes. A la izquierda pastaba el ganado bovino. A la derecha estaban las ovejas.

La residencia de madera blanca de dos plantas, a la sombra de viejos robles, estaba bastante distanciada del inmenso granero al sur y los establos, guarecidos por la sombra de los árboles, al norte. En una zona de gravilla había una camioneta Ford 550 y una furgoneta. Dejó el coche junto a ellas, subió los escalones del porche delantero y llamó al timbre.

El día era cálido pero no caluroso, tranquilo pero con la sensación de que la tranquilidad podría durar poco.

Había conocido a Clare y Ancel Hawk, los padres de Nicholas, cuando Nick y Jane se casaron en Virginia, hacía casi siete años. No estaba seguro de que lo reconocieran.

Ella abrió la puerta: cincuenta y tantos, alta, esbelta y hermosa, con el pelo canoso corto. Llevaba botas, vaqueros y una blusa blanca.

—Señor Silverman. Está muy lejos de Quantico.

—Señora Hawk, me sorprende que me reconozca.

—Pensamos que llamaría o que vendría otra persona. Pero aquí está usted, delante de nuestra puerta. Yo estoy más sorprendida que usted.

—Siento mucho lo de Nick. Acepte mis condolencias...

Levantó una mano para detenerle.

—No hablo mucho sobre eso. Tal vez nunca lo haga. De todos modos, no habrá hecho todo este camino para darme el pésame. Pase.

Lo guio a través de la silenciosa y sombría casa hasta la cocina, donde libros de contabilidad y facturas cubrían la mayor parte de la mesa.

—Estoy haciendo la contabilidad, es algo que odio. Si no la termino hoy, gritaré. Querrá hablar con Ancel, pero está en los establos con el veterinario. Uno de sus caballos favoritos cojea.

—En realidad, señora Hawk, me gustaría hablar con los dos.

Ella sonrió.

—Con tantos números dando vueltas en mi cabeza, no estoy para conversar. Si tiene la amabilidad de esperar a Ancel en el porche trasero, no tardará. ¿Puedo ofrecerle algo de beber? ¿Un refresco, agua, té frío?

Por muy amable que fuera, también estaba recelosa.

—Tomaré un té, si no es demasiada molestia —dijo Silverman.

Ella le dio una botella del frigorífico, lo condujo hasta el porche y lo dejó en una mecedora con su té y sus sospechas.

Diez minutos después, Ancel Hawk salió de la cocina hacia el porche, y Silverman se levantó, preguntándose por qué le sorprendía que el granjero llevara un sombrero de cowboy.

Se dieron la mano y Silverman preguntó:

—¿Cómo está el caballo?

—Sinovitis de la articulación interfalángica distal en la pata delantera izquierda. La hemos cogido a tiempo, no hay degeneración. Donner es un caballo viejo pero bueno. Hemos pasado mucho juntos —dijo Ancel cuando se sentaron.

El granjero era un hombre grande con las manos curtidas por el trabajo. El sol y el viento le habían endurecido el rostro.

—Vive en un bonito lugar —repuso Silverman.

—Sí que lo es —coincidió Ancel— y es todo nuestro. Pero no ha venido aquí a hablar de la propiedad.

—Tampoco he venido de forma oficial. Aunque podría llegar a serlo. Estoy muy preocupado por Jane y me pregunto en qué está metida.

—Sea lo que sea en lo que esté metida, estará haciendo lo correcto, y llegará hasta el final. Ya la conoce —dijo Ancel, mientras miraba hacia el patio y los campos al otro lado, mostrándole el perfil a Silverman.

—¿Dejó al pequeño aquí? —quiso saber Silverman tras un silencio.

—No, señor, no lo hizo. No tiene por qué creerme, pero es cierto.

—Me han dado a entender que ella tiene miedo por él.

—Si es así, probablemente lleve razón al tenerlo.

—¿Por qué iba a estar el chico en peligro? ¿Por quién?

—Todos estamos en peligro en este mundo, señor Silverman. No es un lugar demasiado pacífico.

—No puedo encubrirla si está infringiendo la ley, señor Hawk.

—Ella no querría que lo hiciera.

Silverman dejó su botella de té medio llena en el suelo del porche, junto a su silla.

—Soy su amigo, no su enemigo.

—Aunque eso sea cierto, no estoy en posición de saberlo.

—No puedo ayudarla si no sé qué clase de ayuda necesita.

—Estoy seguro de que si ella creyera que puede ayudar, contactaría con usted.

—Hubo un incidente en California. Está metida en algo.

—Desconozco lo que pasa en California. Usted debe saberlo mejor que yo, señor Silverman. Soy yo quien debería preguntarle a usted.

—Tejanos...

—Ya ha tratado alguna vez con nosotros, ¿verdad?

—En un par de ocasiones.

—Entonces ya venía preparado para llevarse una decepción.

Silverman se levantó de la silla. Fue hacia la barandilla del porche y miró más allá del patio, a través de la gran llanura de los pastizales, hacia un horizonte tan lejano como si se hubiera encontrado en medio del mar. Había nacido y crecido en la ciudad, y esos vastos espacios abiertos lo incomodaban. Era como si la gravedad no actuara con la misma fuerza allí, como si él, la casa y todo lo que no estuviera arraigado en la tierra pudiera flotar y alejarse hacia el inmenso cielo.

—Su madre está muerta. Está distanciada de su padre. Si no acude a usted, no tiene a nadie más —dijo de espaldas a Ancel Hawk.

—Créame, Clare y yo estamos preocupados. Queremos a esa chica como si fuera nuestra propia hija —repuso el granjero.

—¿Entonces?

—No acudirá a nosotros porque piensa que nos pondrá en peligro. Tal vez la razón por la que no acude a usted no sea la misma.

Silverman le dio la espalda a la sobrecogedora vista y miró a su anfitrión.

—¿Quiere decir que no confía en el FBI?

Los ojos de Ancel Hawk eran del color gris que tenía la lluvia sobre el cedro desgastado.

—¿Por qué no se sienta un poco?

Silverman regresó a la mecedora. Ninguno de los dos se meció. Los grillos cantaban en medio de la calma, pero esta duró poco.

Un instante después, Silverman dijo:

—¿Está pensando en cooperar conmigo?

—Estoy pensando, señor Silverman, así que déjeme pensar. Jane le respeta. Esa es la única razón por la que sigue aquí.

Con agitados gritos, una bandada de trepadores salió repentinamente a cielo abierto, como si hubieran llegado de otro mundo, bajaron en picado más allá del porche y desaparecieron en nidos y cavidades del gran roble que había en la esquina noroeste de la casa, como si se refugiaran de algún futuro cambio en el tiempo.

—El suicidio de mi hijo Nick no fue un suicidio —sentenció por fin el granjero.

—Pero Jane lo encontró, y el médico forense...

—La tasa de suicidios empezó a aumentar el año pasado, ahora sobrepasa el veinte por ciento —le interrumpió el granjero.

—Fluctúa, como el índice de homicidios.

—No hay fluctuación. No baja. Solo sube cada mes. Y es gente como nuestro Nick, sin motivos para suicidarse.

—Un suicidio es un suicidio —dijo Silverman con el ceño fruncido.

—No si los obligan de alguna forma a hacerlo. Jane empezó a investigarlo, escarbando como ella suele hacer. Así que ellos fueron a su casa y la amenazaron con violar y matar a Travis si no abandonaba la investigación.

—¿Ellos? ¿Quiénes? —preguntó Silverman desconcertado al oír esa paranoica teoría conspiradora de boca del sensato granjero.

—¿No será eso lo que ella trata de averiguar?

—Discúlpeme, pero si yo no deseo suicidarme, nadie puede obligarme a...

—Jane solo miente a los mentirosos, y yo no soy uno de ellos.

—No estoy cuestionando su sinceridad.

—No se ofenda, señor Silverman, pero no me importa lo que piense de mí. —El granjero se levantó—. Le he contado lo poco que sé. Puede investigarlo o no.

—Si saben cómo localizar a Jane... —dijo Silverman mientras se levantaba.

—No lo sabemos. Lo que está claro es que ella no confía en todos los del FBI. Tal vez usted tampoco debería. Me da igual si viene a por mí y a por Clare con sus agentes, abogados y todos los ángeles del infierno. De aquí no sacará nada más. Ahora, le agradecería que se fuera y rodeara la casa en lugar de atravesarla.

Ancel Hawk cerró la puerta de la cocina tras él.

Mientras bajaba los escalones del porche y rodeaba la casa, Silverman trató de determinar cuándo había metido la pata y perdido al granjero, cuya elegancia y naturalidad tejana generalmente le hacían educado casi hasta lo imposible. Decidió que lo que ofendió a Ancel Hawk no fue que pusiera en duda su sinceridad, sino que Silverman había parecido cuestionar la historia de su nuera.

«Dude de mí y podremos seguir hablando —estaba diciendo el granjero—, pero dude de Jane y hemos acabado».

Cuando llegó a la parte delantera de la casa, unas repentinas ráfagas de aire caliente parecieron hacer temblar la luz del sol al pasar junto a él y a través de los pastizales. La ilusión provenía de las trémulas sombras de los robles sacudidos por el viento y, muy por encima, de un entelado de cirros que, azotados por corrientes más fuertes, emitían pulsos estroboscópicos.

Cuando miró a través de la vasta tierra, Silverman deseó no estar allí, en ese solitario y extraño lugar, sino de vuelta en Alexandria con Rishona, con multitud de ciudades a su alrededor.

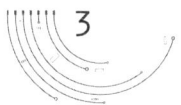

Jane, que conducía a toda prisa en dirección sur por la Interestatal 405, agradecida por el poco tráfico, no tenía nada salvo parte de una idea que se le había ocurrido la noche anterior, la loca y temeraria idea basada en una atrevida suposición. Intentó ver ese plan incompleto desde una perspectiva más positiva, diciéndose a sí misma que en realidad no estaba actuando basándose en una loca suposición, sino en una aguda intuición, inspirada por la trampa para osos que era su memoria, que no dejaba escapar ni el hecho más recóndito una vez que le hincaba el diente. Pero no se le daba bien el autoengaño. No podía negar que se dirigía a toda prisa hacia San Diego por pura desesperación.

De todo lo que le había contado la doctora Emily Jo Rossman, la revelación que más le perturbaba no era la imagen de la red de control en el cerebro de Benedetta Ashcroft, sino la imagen de aquello licuándose en unos segundos, acabando con las pruebas de su existencia, salvo por lo que pudiera haber captado la cámara de la autopsia.

Sin embargo, hoy en día, dado que las fotografías digitales podían ser manipuladas fácilmente, pocas personas daban credibilidad a ese antiguo proverbio de «una imagen vale más que mil palabras». Toda posible prueba, excepto tal vez el ADN, ahora estaba dentro del dominio de los mentirosos. Para levantar a las masas, toda una multitud de escépticos tendría que estar presente en una autopsia cuando quitaran la parte superior del cráneo y, durante al menos un minuto, la verdad sobre el implante de Shenneck quedaría al descubierto.

Y esto ocurría en una época extraña, un periodo singular en el que multitud de personas creían cualquier declaración manipuladora de la seudociencia, temiendo una infinita variedad de apocalipsis, pero negaban las verdades más razonables que se presentaban con claridad ante ellas. Aunque millones pudieran ver el mecanismo de control que obligó a Benedetta Ashcrof a suicidarse, puede que la mayoría de ellos le dieran la espalda a la verdad y prefirieran el temor más reconfortante de que la civilización sería destruida por una invasión inminente de extraterrestres.

Jane había sido una optimista toda su vida. Pero tras los acontecimientos de las últimas veinticuatro horas, le preocupaba que estuviera yendo directa hacia el olvido, que lo único que le esperara en San Diego fuera decepción, un muro contra el que se lanzaría de cabeza a gran velocidad.

En San Juan Capistrano, antes de tomar la Interestatal 5, encontró una tienda Mailbox Plus en la que compró dos grandes sobres acolchados, un rollo de cinta adhesiva y un rotulador.

En un rincón desierto del aparcamiento, metió treinta mil dólares del dinero de William Overton, tres fajos de billetes de cien en el primer sobre, y treinta mil en el segundo. Los sobres tenían cierre adhesivo, pero aseguró las solapas con cinta. Con el rotulador, escribió Doris McClane en el primer sobre, luego la dirección.

Doris era la hermana casada de Clare, la tía de Nick, y vivía a veinticinco kilómetros del rancho de los Hawk. Jane dirigió el segundo sobre a Gavin y Jessica Washington; si podía confiarles a su hijo, podía confiarles dinero.

Cuando en una ocasión consiguió una considerable suma de dinero de unos delincuentes de Nuevo México, le había enviado a Doris y a los Washington un paquete con dinero para que lo guardaran para una futura necesidad. Al igual que ahora, no incluyó una nota explicativa. Identificarían el remitente por el hecho de que la dirección de este, en ambos casos, era la misma que la del destinatario, y el nombre del remitente era simplemente Scooter, el nombre de un perro del que Nick había sido inseparable durante once años de su infancia.

Jane regresó a la tienda Mailbox y pagó para enviar los dos sobres por correo urgente.

Se había quedado con sesenta mil dólares de Overton para gastos operativos. Rezaba para que le sirvieran de algo.

Cuando había decidido parar en San Juan Capistrano en lugar de en cualquier otra ciudad, había planeado enviar solo un sobre, el de Doris McClane, y entregar en mano los otros treinta mil a Gavin y Jessie, que estaban solo a una hora de allí.

Pero en el estado en el que se encontraba no se atrevió a ir. Pese a lo optimista que había sido durante mucho tiempo, estaba más que convencida de que esta sería la última oportunidad que tendría de ver a su hijo, de decirle que le quería. El deseo de ir con él era arrollador. Pero Travis era un chico sensible, tan intuitivo a su manera como ella a la suya. Vería su miedo y sabría por qué había venido, y lo dejaría más inquieto que antes de su visita.

Se sentó en el coche, en el aparcamiento, con el camafeo de esteatita en la mano, pasando el pulgar por la figura tallada, como debía haber hecho Travis, pensando en ella como ella pensaba en él ahora. Ella no solía llorar, pero durante un instante el mundo se volvió borroso.

Cuando dejó de llorar, guardó el camafeo, arrancó el motor y siguió las indicaciones que le había dado el dependiente de la tienda Mailbox para ir a la biblioteca. En un ordenador, con la dirección que había obtenido de William Overton, usó Google Earth para hacer un rápido estudio del rancho de Shenneck en el valle de Napa, en especial la entrada y el área que rodeaba la casa principal.

Desde la biblioteca, condujo hacia el sur por la Interestatal 5, decidida a llegar a San Diego antes del mediodía. Puede que allí no hubiera nada para ella, pero no tenía otro sitio al que ir.

Tras haber recorrido un largo camino para una corta entrevista, Nathan Silverman estaba de vuelta en el aeropuerto de Austin horas antes de su vuelo a D.C. Cuando se hizo con un asiento cerca de la puerta por la que luego embarcaría, regresó a su libro *In the Garden of Beasts* de Erik Larson, la verdadera historia de una familia americana en Berlín durante el ascenso al poder de Hitler. Pronto volvió a estar inmerso en él.

Al principio no se dio cuenta de que le estaban hablando.

—¿Eres tú? ¡Cielos, sí! —Él supuso que la pregunta iba dirigida a alguien sentado a su lado—. ¿Nathan? ¿Nathan Silverman?

Por un instante, el rostro que se inclinaba sobre él le pareció el de un extraño. Luego reconoció a Booth Hendrickson. Booth había sido agente especial en el FBI durante más de una década, durante la cual había obtenido una licenciatura en derecho y, a continuación, había pasado del FBI al propio Departamento de Justicia, hacía tres o cuatro años.

—No, no, no es necesario que te levantes —dijo Booth, sentándose junto a Silverman—. Austin no está en los confines del mundo ni mucho menos, pero el mundo es un pañuelo cuando dos viejos perros de Quantico se encuentran en la capital del estado de la estrella solitaria.

Booth Hendrickson tenía la practicada elegancia de un bailarín malo pero dedicado, y el aspecto de un aristócrata de Nueva Inglaterra, aunque, en realidad, había nacido y crecido en Florida, y el rostro de un halcón, a pesar de que su barba hacía que se asemejara a un león. Como agente, había llevado trajes a medida y zapatos que costaban tanto como el pago de una hipoteca, y ahora vestía de la misma forma.

Aunque sus caminos se habían cruzado muchas veces, no habían trabajado a menudo juntos en un caso. Entonces, Silverman recordó que no le caía muy bien ese hombre.

—Tienes buen aspecto, Booth. La Justicia te sienta bien.

—Ese lugar es una vorágine de ambiciones. ¿O en lugar de vorágine debería decir cloaca? En cualquier caso, yo nado en ella bastante bien. —Se echó a reír con suavidad ante su autocrítica—. Se hacen algunas cosas buenas, por supuesto. Pero nunca importa qué.

—¿Qué te trae por aquí? —preguntó Nathan.

—He llegado en el vuelo que acaba de aterrizar, te vi cuando salía por la pasarela. Tengo que ir a por mi maleta, si no se ha quedado en algún lugar de la Costa Este. Estoy de vacaciones. Primero aquí y luego San Antonio. ¿Cómo está Rishona? Muy bien, espero.

—Muy bien, gracias. ¿Y tu esposa? —preguntó Silverman, incapaz de recordar su nombre.

—Divorciada. No, no te compadezcas. Fui yo quién lo pidió. Gracias a Dios, nunca tuvimos hijos. ¿Cómo están tus hijos, Nathan? ¿Cómo están Jareb, Lisbeth y Chaya?

A Silverman le sorprendió un poco que Booth recordara sus nombres. El hombre solía memorizar esas cosas para luego adular a valiosos contactos, como Silverman, lo cual implicaba que realmente los consideraba interesantes y memorables.

—Todos han acabado la universidad. Lisbeth se graduó el año pasado.

—¿Todos sanos y salvos y enfrentándose al mundo?

—Sanos, salvos y, lo mejor de todo, trabajando.

Booth soltó algo más de risa de lo que se merecía el comentario.

—Eres un hombre con suerte, Nathan.

—Eso es lo que me digo cada noche y cada mañana al despertar.

Booth le dio unos golpecitos al volumen de Erik Larson que sostenía Silverman.

—Un libro fantástico. Lo leí hace un par de años. Te hace pensar.

—Sí, así es.

—Te hace pensar —repitió Booth. Miró su reloj y se puso de pie—. Tengo que irme. Una semana de vacaciones me espera.

Extendió la mano derecha y se la estrechó, pero Booth la mantuvo un par de segundos más de lo que debería.

—Un hombre con suerte —repitió, y luego se fue.

Silverman observó a Booth Hendrickson mezclarse con el resto de viajeros y desaparecer a través de la terminal.

No regresó de inmediato al libro de Larson.

¿Incluso un hombre como Booth Hendrickson se iba de vacaciones con traje y corbata?

No había visto a Booth en unos tres años. Ni siquiera estaba seguro poder reconocerlo desde lejos, tal como había hecho él.

A menos que el hombre tuviera la memoria de todo un despliegue de superordenadores, que no era el caso, era extraordinario que hubiera recordado los nombres de sus hijos. El de Rishona, sí. Booth la había visto en un par de ocasiones. Pero nunca había visto a los niños. «Jareb, Lisbeth y Chaya». Los nombres habían salido de su boca como si solo los hubiera oído una hora antes.

Y, ahora, Silverman tenía la impresión de que cuando Booth había pronunciado sus nombres, su mirada se había agudizado y su voz había adquirido un tono diferente. Una ligera seriedad.

Tal vez tantos años en el FBI lo habían vuelto demasiado desconfiado. O quizá la enigmática paranoia de Ancel Hawk fuera un poco contagiosa.

«¿Sanos y salvos y enfrentándose al mundo?». La mayoría de la gente te preguntaría si tus hijos estaban sanos y felices. Resultaba muy extraño preguntar si estaban a salvo. En su cabeza, oyó la voz de Booth: «Te hace pensar. Te hace pensar».

Silverman miró el libro entre sus manos.

Le había preguntado a Booth qué le traía por Austin, pero este no le había devuelto la pregunta. Como si ya supiera lo que Silverman estaba haciendo allí.

El comedor social que él había mencionado, al que tenía la intención de contribuir con los cuarenta dólares que Jane le había dado, resultó ser poco más que un bloque de la biblioteca pública de San Diego, donde ella le había visto cinco días antes. La bibliotecaria le había dado la dirección.

El servicio se ofrecía en lo que antaño había sido el local de una fraternidad. Habían borrado las letras del nombre del club de la fachada de caliza, pero el borrón que habían dejado permanecía ahí, destacando sobre la piedra oscurecida por el tiempo.

Un cartel nuevo y simple identificaba al lugar como «Rojo, Blanco, Azul, y Cenas». Para que nadie creyera que únicamente servían cenas, un subtítulo explicativo prometía tres comidas completas al día.

El interior parecía no haber sufrido ninguna modificación de los días en los que aquella fraternidad estaba al mando del lugar. La barra seguía ahí, aunque ya no funcionaba. Los suelos eran de granito. Una pista de baile que no se había usado en mucho tiempo yacía a los pies de un templete de música elevado.

No cabía duda de que, en el pasado, las mesas redondas habían estado rodeadas de sillas elegantes y tapizadas. Ahora había sillas plegables y mesas rectangulares sin mantel.

El almuerzo se servía a las 11:30. En ese momento, las 11:50, un grupo de treinta o cuarenta personas ya se encontraba a la cola o comiendo. La mayoría eran hombres, muchos de ellos alcohólicos temblorosos de rostro gris que ya le habían dado fuerte a la bebida. Había ocho mujeres, sentadas solas o en parejas y, aunque algunas de ellas tenían pinta de haber conocido la bebida, el resto de ellas simplemente parecían tristes, agotadas y desgastadas.

El almuerzo era de temática mexicana. El aroma de las cebollas, los pimientos, el cilantro, las limas y las tibias tortillas de maíz inundaba el ambiente.

Jane se salió de la fila de la cafetería sin coger una bandeja. Cuando llegó hasta la primera camarera, Charlene (tal y como rezaba la etiqueta con su nombre), le dijo:

—Hay un hombre que suele venir aquí a comer. Me gustaría saber si ha estado por aquí últimamente. —Tenía en la mano la vieja foto del periódico que había impreso en la biblioteca de Woodland Hills el viernes por la mañana—. Se llama Dougal Trahern. Ya no se parece mucho al de la foto.

—Señor, desde luego que ya no se parece en nada. Últimamente se ha dedicado a tirarse de algunos precipicios, y se nota. —Llamó a otra camarera para que viera la foto que Jane tenía en la mano—. Rosa, échale un vistazo a esto.

Rosa sacudió la cabeza en lo que pareció ser un gesto entre consternación y asombro.

—Si el tío de esa foto se hubiera dedicado a los anuncios de la tele, podría haberle vendido a una chica cualquier cosa, desde perfume a palitos de pescado. ¿Cuántos autobuses tienen que pasarle por encima a un hombre para cambiarlo tanto?

—¿Tiene algún asunto pendiente con Dougal? —preguntó Charlene.

—Sí. Si fueran tan amables de facilitarme alguna pista sobre él, se lo agradecería.

—¿Él la espera?

—Solo nos hemos visto una vez, brevemente. Pero no, no me espera.

—Bien. Si estuviera esperándola, se escabulliría por la puerta de atrás justo cuando usted llegara. —Charlene soltó el cucharón de la sopa—. Venga conmigo, querida. Le llevaré con él.

—¿Está aquí?

—Estando aquí nosotras, más le vale.

Jane siguió a Charlene a través de la bulliciosa cocina del restaurante y, desde allí, hacia lo que parecía ser la oficina del jefe de cocina, con un escritorio, un ordenador y estanterías llenas de libros de cocina. Por alguna razón, las dos ventanas habían sido pintadas de negro, lo que le daba a la estancia una sensación de que estaba bajo tierra.

Tras el escritorio se encontraba el hombre pesimista de la biblioteca, con el pelo más revuelto de lo que ella recordaba, la barba oscura y erizada atravesada por un rayo blanco similar al de la novia de Frankenstein. Cuando Jane y Charlene entraron en la habitación, Trahern apartó la vista de lo que estuviera haciendo, con el rostro tan amenazante como un trueno justo antes del estallido de la tormenta.

—Esta señorita quiere hablar contigo —dijo Charlene.

—Sácala de aquí —gruñó Trahern, como si su hibernación hubiera sido interrumpida en pleno invierno.

Charlene se ofendió, o al menos fingió que lo estaba.

—Soy cocinera, no la encargada de transportar lo que sea que necesites que sea transportado adonde quieras que digas que debe ser transportado. Yo ya estoy cocinando y trabajando en cadena, así que, si quieres que se marche de este sitio, serás tú mismo el que tenga que echarla.

Al salir de la habitación, Charlene le guiñó un ojo a Jane.

Trahern dirigió toda la fuerza de su amenazadora mirada a la otra molestia que le quedaba.

—¿Has venido para que te devuelva los cuarenta dólares?

—¿Qué? No. Claro que no.

—Entonces ¿para qué? Todavía falta mucho para el Día de Acción de Gracias.

—¿Acción de Gracias? —contestó ella sin entender nada.

—Todos los malditos políticos y famosos quieren venir a trabajar en Acción de Gracias, que es cuando viene la prensa a sacar fotos.

—Yo ni me dedico a la política ni soy famosa.

—Entonces ¿por qué demonios lo pareces?

—No tenía ni idea. —Frustrada por la hostilidad innecesaria del hombre, Jane puso la foto de un Trahern sin barba en el escritorio—. ¿Qué le pasó a este tipo?

Trahern le dio la vuelta a la foto de forma que su yo joven no quedara hacia él, sino hacia Jane.

—Se volvió sabio.

—Así que ahora, ¿a qué te dedicas? ¿A planificar el menú de la sopa de pollo?

—¿Y a qué te dedicas tú? ¿A rescatar a los bebés de edificios en llamas?

—DDT. El tatuaje. Son tus iniciales y tu apodo, porque te cargabas a los malos de la misma forma en que el DDT lo hace con los mosquitos. Leí sobre ti hace años. Me costó un poco hacer memoria.

Su impaciencia se hizo más notable. Le dirigió una mirada a la puerta abierta, que separaba la oficina de la cocina.

—Te otorgaron la Cruz por Servicio Distinguido, justo por debajo de la Medalla de Honor. Te arriesgaste muchísimo, rescataste a...

—Echa el freno. ¿A ti qué te pasa, viniendo aquí tan bruscamente para hablar de eso?

Jane fue hasta la puerta y la cerró. No había una silla preparada para nadie más, pero sí una plegable contra la pared. La abrió y se sentó.

—No te preocupes si lo hago. ¿Te arrepientes de las cosas que hiciste? ¿Te avergüenzas de ellas?

Parecía el iracundo Dios del Antiguo Testamento preparándose para enviar algún castigo bien merecido a la Tierra.

—Puede que esto sea difícil de entender, señorita. Pero, en la guerra, hay que hacer lo correcto, cueste lo que cueste. Y, si sales con vida, sabes lo fácil que hubiera sido cagarla, así que alardear de ello es meter la pata hasta el fondo. Solo los gilipollas hacen eso. No tengo cuenta en Facebook, Twitter o Instagram. No hablo sobre el pasado, y me fastidia que te acordases de lo del DDT, y de que fueras capaz de encontrar esa foto del periódico.

Se hizo el silencio durante un largo rato, los ojos de ella se encontraron con la mirada desafiante de él, y luego, aliviada, habló:

—Quizá no seas un capullo, después de todo.

—¿Se supone que tiene que importarme tu opinión? Ni siquiera sé cómo te llamas. ¿Tienes nombre, o es que no eres más que un gremlin anónimo que se mete en la vida de la gente y les toca la moral?

Ella hurgó en su bolso, sacó una goma elástica de un paquete de cinco permisos de conducir falsificados y los extendió sobre el escritorio.

—Tengo muchos nombres, pero ninguno de estos es el auténtico. En realidad, me llamo Jane Hawk. Estoy de permiso del FBI, aunque ya me habrán suspendido o despedido. —Lanzó su identificación sobre la mesa—. Mi marido, Nick, era un marine condecorado. Recibió varias medallas importantes, incluyendo la Cruz de Mérito

Naval. Coronel a los treinta y dos años. Lo mataron, intentaron que pareciera un suicidio. Me amenazaron con violar y matar a mi hijo de cinco años si no desaparecía. Le he escondido. Me matarán si me encuentran. Ya he matado a uno de ellos. Sé dónde encontrar al hijo de puta que está detrás de todo esto, pero no puedo llegar hasta él sola, y tampoco puedo pedirle ayuda a nadie que conozco, porque es lo que ellos esperan. Necesito a alguien con tus mismas habilidades, si es que las tienes. Habilidades, justo eso.

La observó mientras ella recogía las licencias falsificadas y las credenciales del FBI, para devolverlas a su bolso.

—¿Y a mí qué me importa? Yo no era marine, estaba en el Ejército. —Ella se quedó mirándolo, sin palabras—. Tranquila, es broma.

—No sabía que tuvieras la capacidad de hacer una broma.

—Esa ha sido la primera en mucho tiempo. —Miró a una de las ventanas oscurecidas, como si pudiera ver a través del cristal opaco unas vistas que le preocupaban—. Para acudir a mí, hace falta estar desesperado o delirante.

—Opto por lo primero.

—No hay nada en lo que pueda ayudarte.

—Sí, si quieres hacerlo.

—Yo lidié mis guerras hace mucho tiempo.

—Todas las guerras son una sola que nunca se acaba.

—Ya no soy el hombre que era.

—Cualquier hombre que se haya ganado la Cruz de Servicio Distinguido siempre será ese hombre, en algún lugar de sí mismo.

Cruzaron la mirada.

—Eso es una puta mierda.

—Quizá para un idiota del Ejército sí, pero no para la viuda de un marine.

Después de un silencio, él le dijo:

—¿Eres siempre así?

—¿Qué otra forma puede haber?

6

El café más oscuro y rico que Jane había probado en su vida consiguió que pudiera pasar la siguiente hora y media. Dougal Derwent Trahern estaba ahora menos como un oso al que le había picado una abeja que cuando ella entró por primera vez en su destartalada oficina. Directo, brusco, grosero, refunfuñando cuando no gruñía, su mirada parecía de acero quirúrgico: tenía una técnica de interrogación perforadora que parecía sacada directamente de Quantico. Tomaba apuntes, volvía a los temas que ella ya había discutido para ver si se contradecía a sí misma y la hizo sudar con su historia como si estuviera convencido de que ella era una asesina en serie en lugar de quien los cazaba. Leyó el informe de la autopsia de Emily Rossman y escuchó el relato de Jane sobre lo que la patóloga le había dicho en la clínica veterinaria.

Ella miró por encima del hombro de Trahern mientras él usaba el móvil de Overton y la dirección web de cuarenta y cuatro caracteres que Jane había encontrado en él para sumergirse en la *dark net* y revisar los mensajes que Aspasia presentaba a un visitante. Ella no lo había visto antes, y se quedó helada cuando la descripción de Jimmy Radburn de la experiencia resultó acertada. Después de llegar a la pantalla que prometía hermosas chicas incapaces de desobedecer y cuyo silencio permanente estaba asegurado, Trahern emitió una colorida maldición.

—El mundo está zombificado. No son más que sanguijuelas y monstruos en vez de muertos vivientes, pero más que nosotros.

Jane volvió a su silla plegable.

—Y ahora, ¿qué?

Trahern apagó el móvil de Overton.

—¿Por qué no vas al comedor un rato? Tengo que hablar con algunas personas.

—¿Qué personas?

—Has estado muy convincente. No voy a delatarte.

—¿Qué personas? —repitió ella—. Si cometes un error y hablas con la persona equivocada, se acabó. Puedo darme por muerta. Y a mi hijo.

—Puede que parezca que estoy trastornado, pero no. O confías en mí o no. Si no lo haces, vete y nos olvidamos el uno del otro.

Ella lo miró fijamente. Él le devolvió la mirada. Después de un silencio, habló:

—Eres un cabrón testarudo.

—¿Qué quieres? ¿A alguien que rompa la piedra de afilar o a alguien que se haya cortado con ella?

Se puso de pie, pero no se movió hacia la puerta.

—Qué gran pregunta. El lunes estabas viendo porno en la biblioteca.

—No por gusto, sino como activista ciudadano.

—¿Te crees eso en serio?

—Mira, trabajo con varias asociaciones de la ciudad. Intentamos arreglar las cosas hasta donde podemos. Nos llevó un tiempo conseguir que las bibliotecas bloquearan los sitios web desagradables para que los niños no pudieran acceder a ellos. De vez en cuando, un bibliotecario o alguien decide que se trata de una cuestión de libertad de expresión y abre la tapa de la alcantarilla. Me dijeron que estaba volviendo a pasar. Tenía que verlo por mí mismo. Hoy, la tapa está puesta, los niños están a salvo.

Ella recordó cómo él miraba la pornografía en la pantalla del ordenador con una combinación de aburrimiento y desconcierto, no con un interés lascivo. Y pronto se pasó a los vídeos de perros.

—Bien. Me alegro de haber preguntado.

—¿Quieres preguntar si me he bañado esta mañana?

—Sé que lo hiciste. Cuando estaba mirando por encima de tu hombro olías a champú.

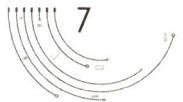

7

Durante la hora y media que pasó en la oficina de Trahern, el ajetreo del almuerzo había parado. Dos hombres, cinco mujeres y tres niños estaban terminando de comer sentados a unas mesas largas. Por un momento, cuando los niños miraron a Jane, todos parecían tener la cara de Travis.

Charlene, Rosa y otras dos mujeres estaban limpiando el mostrador de la cafetería. Cuando Jane se acercó a ellas, fue Charlene quien habló primero:

—Dios mío, mira esto, Rosa. Ni siquiera tiene las cejas chamuscadas.

—También parece que mantiene todos los dientes en su sitio —contestó Rosa.

—Ladra mucho, pero no muerde. ¿Cuánto tiempo lleva aquí?

—Desde que compró el edificio. ¿Cuánto hace, Rosa? ¿Cinco años?

—Casi seis.

Desde que compró el edificio. Esas cinco palabras hicieron que Jane se replanteara su comprensión respecto a la situación.

—No puede ser que una chica como tú esté buscando trabajo en este lugar. ¿Quieres ser voluntaria? —preguntó Charlene.

—Nunca hay suficientes voluntarios —dijo Rosa.

—En realidad, estoy intentando convencerle a él para que se ofrezca como voluntario para algo.

—Lo hará, sea lo que sea —le aseguró Charlene—. Nuestro Señor Pie Grande no sabe cómo decir que no. Está en todo, desde las necesidades de los veteranos hasta los refugios de animales hasta Toys for Tots.

—Programas extracurriculares para niños, becas —dijo Rosa.

—Pasa mucho tiempo repartiendo dinero —comentó Charlene—. No sé cuándo tiene tiempo para ganar más.

343

—Solo hay una cosa —contestó Rosa lanzándole a su compañera una mirada cargada de sentido.

—Si alguna vez se pone pálido, empieza a sudar y no parece ser él mismo ni por un minuto, no le prestes atención.

—¿Está enfermo? —preguntó Jane.

—No, no, no, no. Es solo un mal recuerdo, tal vez de una de sus guerras. Se las arregla rápido. No significa nada, niña.

Charlene y Rosa regresaron a su trabajo, asunto concluido.

8

Cuando Jane salió del baño, Charlene le hizo señas para que se acercara al mostrador de la cafetería.

—El jefe ha dicho: «Díganle a la chica que vuelva aquí». Si olvidó tu nombre, niña, no te ofendas. Tiene muchas cosas en la cabeza, se acuerda del nombre de todos después de un tiempo. Por cierto, ¿cómo te llamas?

—Alice Liddell —dijo Jane.

—Espero que te veamos mucho más a partir de ahora, Alice. Ahora, ¿te acuerdas de cómo llegar a su oficina?

—Sí. Gracias.

En la oficina de Trahern, Jane cerró la puerta y miró al hombre corpulento sobre su escritorio, vestido con su ropa de vagabundo, detrás de su barba relampagueante. Su respeto por lo que había hecho en el pasado se vio corroído por la sospecha, por la aprensión de que el país estaba afectado por una pandemia de corrupción. Pensó en David James Michael, a quien se consideraba un generoso bienhechor, tapadera que le permitía apoyar a Shenneck y usar a las chicas de Aspasia. De repente, le fue posible ver la ropa de

Trahern como un disfraz: su pelo rebelde y la barba de Moisés como parte de una imagen hecha a mano.

—Así que eres rico, ¿eh?

Él levantó sus cejas sin recortar, tan frondosas que parecían un par de bigotes.

—¿Ser rico es un ataque contra mí?

—Depende de cómo lo hayas conseguido. Estuviste doce años en el Ejército, que no es famoso por sus elevados salarios.

Trahern se quedó mirando el vapor que salía de su café. Levantó la taza, sopló y tomó un sorbo con cuidado. Podría estar esforzándose por controlar su temperamento, ya lo había conseguido antes. O tal vez estaba ganando tiempo para contar una mentira convincente.

—Cuando dejé el servicio, me estaba esperando la herencia de mi padre, que murió el año anterior.

—¿Cómo se lo ganó?

El rostro de Trahern estaba fruncido, como el tronco nudoso de un roble.

—Alguien con tantos problemas como tú no debería pedir ayuda y luego tirar piedras con ambas manos.

La indignación pedante no era una respuesta.

—Por si lo has olvidado, mi vida ha sido recientemente destrozada por gente rica que cree que puede poseer a quien quiera y matar a quien no.

—Pintar a todos los ricos como villanos es la forma más pura de intolerancia.

Ella era consciente de que la acusación de fanatismo era una técnica popular utilizada para encerrar a un adversario que no era más intolerante que una jirafa azul, para hacerle dudar de sí mismo y desviar su atención, al tiempo que implicaba la superioridad moral del acusador.

No importaba cuáles fueran las motivaciones de Trahern, si benignas o malvadas: a ella no la iba a manipular.

—¿Te relacionas con muchos ricos? Parece que solo se juntan entre ellos y nada más.

Se levantó de la silla; de pie mediría un metro noventa. Su pecho describía un arco como el de un barril de vino de doscientos litros, y tenía la cara roja de ira.

—Me junto con millonarios, mendigos, con gente casi santa y con algunos canallas, y con quien me dé la puta gana relacionarme. Ahora, ¿por qué no te sientas?

—Estoy esperando una respuesta.

—¿Qué respuesta?

—¿Cómo ganó tu padre la fortuna que te dejó?

Trahern hizo un sonido sin palabras no muy diferente al de un perro que sacudiría una culebra para matarla. Entonces habló:

—Mi padre era asesor de inversiones. Uno bueno. No fue una fortuna exagerada, solo unos pocos cientos de miles cuando se liquidó la finca. Acababa de salir del Ejército, en el año 2000, en el cambio de milenio, cuando no eras más que una mocosa con trenzas. Había oportunidades. Tomé los trescientos mil y demostré que era un inversor mucho mejor que mi padre.

Ella permaneció de pie.

—¿Sí? ¿En qué invertiste?

Agitó sus grandes manos en el aire y puso los ojos en blanco.

—¡Drogas! ¡Armas! ¡Enormes cuchillos que dan miedo! ¡Una compañía que hacía uniformes nazis! —Respiró hondo otra vez e hizo el mismo sonido que antes. Todavía enfadado, pero con un tono de voz más normal, prosiguió—. El 11 de septiembre, cuando esos cabrones derribaron el World Trade Center, todo el mundo retiró sus acciones por el pánico. Compré en el mercado con todo lo que tenía. En 2008, 2009, cuando la economía tocó fondo, compré acciones y bienes raíces a lo grande. ¿Ves el patrón? Siempre es inteligente apostar por Estados Unidos.

—¿Te hiciste rico apostando por Estados Unidos?

—Todavía me funciona.

Se acercó a la silla plegable y se sentó, sin estar a gusto del todo con él, pero convencida de que su indignación era real, no fingida.

—Te he presionado bastante, pero no me disculparé por preguntar. Es mi vida, la vida de mi hijo. Necesito saber que eres quien pareces ser. Eso no es algo frecuente hoy en día.

Él se sentó detrás del escritorio de nuevo.

—Supongo que es recíproco. He llamado a alguien que pudo haber conocido a tu marido. Tranquilízate. ¿Quieres tranquilizarte de una vez? ¿Me das una oportunidad? De acuerdo. Este tío, si estuviera hambriento en una isla desierta con un perro, se comería su propio brazo antes que darle un mordisco al perro. Resulta que sí que conocía a tu Nick, y habló de él como el papa hablaría del Niño Jesús. Este tipo no te conoce, pero estuvo en la guerra con Nick, y dice que no es posible que Nick se hubiera casado con una loca o una cabeza hueca, no importa lo atractiva que fuera.

Con Google Earth, Dougal Trahern había impreso vistas de satélite de algunas áreas clave del rancho de veintiocho hectáreas de Shenneck en el valle de Napa con diferentes aumentos. La pila de páginas medía más de un centímetro de alto, sujeta con un clip de pinza.

Jane estaba sentada ante el escritorio de Trahern, estudiando las fotos, cuando el hombre robusto regresó con un bolso de viaje cargado hasta arriba que puso en el suelo junto a la puerta de la oficina.

—Tienes razón —repuso ella—. Mi manera de entrar nunca funcionará.

—Pero la mía sí.
—¿Cuál es la tuya?
—Para ahorrar tiempo, te lo diré cuando estemos de camino.
—¿Adónde vamos?
—A Los Ángeles. A ver a un tipo.
—¿Qué tipo?
—O confías en mí o no.
—Confío y no confío. Hoy en día, solo hay ocho personas en todo el mundo en las que confío plenamente, por eso no estoy muerta.
—Confía y no confíes. Tal vez eso sea suficiente por ahora. Pero pronto tendrás que decidirte. ¿Vas armada?

Ella apartó la americana para mostrar el arma.

—No tenía licencia cuando me dieron de baja del FBI. Pero si voy a ir al infierno, no será porque incumplí las leyes de portación oculta de armas.

Trahern se había puesto la voluminosa prenda negra de nailon acolchada que llevaba puesta cuando ella lo vio por primera vez en la biblioteca. La cremallera no estaba cerrada: abrió los dos lados de la chaqueta para mostrar un cinturón doble con pistolas apretadas contra su lado izquierdo y derecho.

—Ten buenos contactos y una reputación de filantropía y ya tienes licencia para llevar doble.

—¿Realmente los necesitas en las reuniones de Toys for Tots?

—La mayoría de las veces solo llevo uno. Conozco a ministros, maestros, jubilados que van armados a todas partes.

Mientras hablaba, miró hacia las ventanas oscurecidas, primero una y luego la otra.

—¿Por qué pintaste los cristales? —preguntó Jane.

—No me gusta darle la espalda a una ventana a través de la que alguien podría estar mirándome.

—¿Y unas persianas no bastarían? ¿O cortinas?

—No lo suficiente. Pintarlos de negro es lo único seguro.

—Recogió la bolsa con cuidado—. Será mejor que nos pongamos en marcha.

Mientras veía a Trahern abrir la puerta y salir de su oficina, Jane se preguntaba si, al acudir a este hombre, había mejorado sus posibilidades de llegar hasta Shenneck o si, en cambio, había garantizado el fracaso.

10

Cuando Jane arrancó el motor, Trahern dejó caer la bolsa en el maletero del Ford Escape. Se sentó en el asiento del copiloto y cerró la puerta, sosteniendo en su regazo las fotos sacadas de Google Maps.

En el espacio limitado del coche, no solo parecía más grande que antes, sino también más extraño, sentado con sus botas de cordones y pantalones de camuflaje, una camiseta negra y una chaqueta de nailon negro brillante. Tenía cuarenta y ocho años, pero a pesar de su tamaño y edad, en ocasiones tenía una cualidad infantil. A veces, ella lo miraba cuando él no se daba cuenta de que estaba siendo observado, y parecía perdido.

—¿Qué estás mirando? —refunfuñó.

—¿Estás seguro de que sabes en lo que te estás metiendo?

—Invasión de propiedad ajena, allanamiento de morada, detención ilegal, agresión, secuestro, homicidio.

—Y me conociste hace un par de horas.

—Eres convincente. Vi el sitio web de Aspasia. Confío en ti.

Ella no metió ninguna marcha.

—Eso es lo único que hace falta para zambullirse así, que confíes en mí.

—Es más que eso. Es como si hubiera estado esperando esto

la mayor parte de mi vida. Tengo mis razones. Y no preguntes cuáles son, porque son mis razones. No puedes hacer esto sola, no tienes adónde ir, y tienes suerte de que haya dicho que sí. Vámonos, no perdamos tiempo.

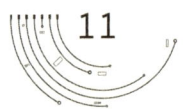

11

Desde el mediodía, las nubes se habían ido desplazando desde el norte: una armada de galeones grises que levantaban sus velas para ocultar la alta bóveda azul con la que había comenzado el día. Ahora, a las 2:30, el cielo nublado de color plomo sugería la posibilidad de lluvia, pero no la prometía. El viento que movía las nubes estaba a gran altura, mientras que allí, a nivel de suelo, la ciudad mantenía su quietud: los árboles no se inmutaban; las banderas, banderines y toldos estaban inmóviles. Parecía que estaban en una ciudad que esperaba algo, y no algo precisamente bueno; una tensa expectativa lo inundaba todo.

En la autopista, dirigiéndose al norte hacia la Interestatal 5, Trahern dijo:

—No sé qué decir. Vamos a estar callados un rato.

—De acuerdo.

—Necesito silencio. Para pensar.

Jane no dijo nada.

Cerró los ojos y se quedó sentado, grande, extrañamente disfrazado, resentido e inescrutable. Mientras conducía, Jane lo miraba de vez en cuando, y dudaba entre sentirse consolada por su presencia o molesta.

En silencio mutuo, con solo el tamborileo del motor y el zumbido de los neumáticos, habían recorrido unos cuarenta kilómetros por la I-5 y estaban cruzando Oceanside cuando, con los ojos aún cerrados, Trahern dijo con áspera rudeza:

—No tengo absolutamente ningún interés romántico en ti.

—Lo mismo digo —contestó ella asombrada de que él sintiera la necesidad de abordar el tema.

Él quería asegurarse de que su punto de vista había sido entendido de manera correcta.

—Soy suficientemente mayor para ser tu padre. Y, por otra parte, no quiero saber nada de eso.

—Enviudé hace poco —le recordó—. En un futuro previsible, yo tampoco quiero saber nada de eso.

—No es que no seas atractiva. Eres muy atractiva.

—Entiendo.

—Bien. Me alegro de que lo hayamos dejado claro. Ahora dejemos de hablar un rato.

A pesar del cielo gris y el mar gris al oeste y las sombrías colinas cubiertas de matorrales al este y la potencial desolación de los acontecimientos venideros, una pequeña sonrisa se apoderó de Jane. No la mantuvo mucho tiempo. De alguna manera, una sonrisa parecía peligrosa ahora mismo, un desafío al destino que al destino no se le pasaría por alto.

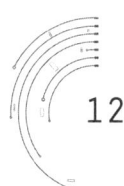

12

Tras cancelar su vuelo de vuelta al aeropuerto Reagan, en Washington, Nathan Silverman reservó un billete en un vuelo directo de Austin a San Francisco y, desde allí, un servicio de transporte de una hora a Los Ángeles. Si Booth Hendrickson, en nombre del fiscal general o de cualquier otra persona del Departamento de Justicia, había enviado un mensaje para que cesara y desistiera, el efecto sobre Silverman era el contrario del que se pretendía.

A las 2:50 de la tarde del sábado, en el Aeropuerto Internacional de San Francisco, se sentó junto a la puerta correspondiente. Mientras esperaba la llamada de embarque para el vuelo, recibió un correo electrónico de la oficina de Los Ángeles. La mejora del vídeo del parque y el procesamiento de reconocimiento facial había determinado que el hombre que llevaba los dos maletines, con un globo atado a una muñeca, era Robert Frances Branwick, alias Jimmy Radburn, que regentaba una tienda de discos coleccionables llamada Vinyl, fachada de una operación de ciberdelincuencia. El FBI había estado llevando a cabo la vigilancia electrónica del negocio de Radburn, recopilando datos sobre su lista de clientes en preparación para una serie de arrestos.

El espécimen musculoso que había forcejeado con las puertas de la entrada del hotel era Norman «Kipp» Garner. Interesaba a varios organismos policiales porque creían que era un conducto para el dinero negro que salía de ciertos regímenes totalitarios para invertir en empresas delictivas en Estados Unidos, aunque no existían pruebas suficientes para presentar cargos en su contra.

Cuando llegó la llamada de embarque y Silverman se puso de pie, fue incapaz de imaginar nada en esos maletines, dada su fuente, que no incriminara a Jane. Dependiendo de lo que ocurriera en Los Ángeles, tal vez no pudiera demorarse mucho más antes de reportarla al director y abrir una investigación oficial.

Se abstuvo de hacerlo ahora solo por su fe en ella y porque, según su suegro, unos individuos anónimos habían amenazado con matar a su hijo. La afirmación de Ancel Hawk de que el pequeño Travis era un objetivo se había vuelto más creíble tras el encuentro de Silverman con Booth Hendrickson.

13

En la Interestatal 405, cuando Jane se acercaba a Long Beach, comenzó a formarse en el tráfico un atasco tras otro, incluso en el carril VAO. Ella recurrió al tipo de conducción que le molestaba cuando otros lo hacían: cambiando frecuentemente de carril para rodear a un grupo de vehículos, entrando y saliendo para aprovechar un tramo de pavimento abierto que podría hacer que ganara solo unos noventa metros.

Lo que la impulsaba era la idea de que el cadáver de Overton yaciera en su vestidor desde la noche anterior. Inicialmente, se había dicho a sí misma que no lo encontrarían hasta el lunes. Ahora, podía imaginar una variedad de escenarios en los que una reunión de fin de semana a la que no había asistido podría motivar a un amigo a preocuparse lo suficiente como para hacer una visita a la casa. La noticia de la muerte del abogado no necesariamente se transmitiría de inmediato a otros miembros de su vil confederación, pero, de ser así, Shenneck sería aún más consciente de la seguridad.

En el asiento del copiloto, y durante la última hora, Dougal Trahern había estado estudiando las fotos por satélite del Rancho ZC. En algunas ocasiones murmuraba algo para sí mismo, pero no habló con Jane hasta que pasaron por Inglewood:

—Toma la diez al oeste hasta PCH, y luego al norte.

Poco después, Jane giró hacia la autopista de la costa del Pacífico. Pasó de nuevo por Palisades Park, donde la patinadora Nona había pateado a Jimmy Radburn y se había llevado los dos maletines el miércoles, aunque esta vez estaba en el lado del océano del parque, con los Palisades a su derecha.

—¿Ahora por dónde? —preguntó.

Trahern le dio una dirección de Malibú, y por fin le dio una versión resumida de cómo sortear la seguridad en el Rancho ZC.

Aunque él no planeaba echar a volar, ella estaba esperando la parte del helicóptero. Había sido piloto de helicópteros de las Fuerzas Especiales, que era una de las razones por las que ella había ido a verle.

El otro componente, sin embargo, parecía exagerado. No hizo mención a él tan pronto. Ella le debía esa consideración, pero empezó a preocuparse por el hecho de que, a pesar de su heroísmo militar, su inteligencia como inversor y sus evidentes habilidades de gestión en la cocina que había montado, sus problemas psicológicos lo convirtieran en un estratega poco ideal.

14

Nathan Silverman aparcó el coche alquilado del aeropuerto a una manzana de Vinyl, puso el parquímetro a cero y caminó hasta la tienda de discos.

Todavía faltaba casi una hora para el atardecer, pero el cielo de bronce cubría el sol con tal eficacia que el valle de San Fernando se acurrucaba bajo un atardecer prematuro.

Un agente que estaba en la puerta principal de Vinyl revisó la identificación de Silverman antes de dejarlo entrar.

—Señor, la acción está en el segundo piso.

Los carteles *vintage* enmarcados en las paredes y los contenedores de los discos coleccionables seguían tal y como siempre. En el almacén había aún más de ese inventario.

Oyó voces en el segundo piso. Cuando subió las escaleras, encontró un bosque de muebles abandonados y una mesa llena de aperitivos, pero no había un solo ordenador o escáner u otra pieza de equipo usado en el negocio de la *dark net*, ni siquiera un cable de extensión o una brida para cables.

Allí se encontraban John Harrow, SAC de la oficina de Los Ángeles, a quien conocía, y otros dos agentes que no conocía. Harrow, con su corte gris propio del Ejército, su postura de hombros hacia atrás, traje bien planchado y comportamiento alerta, era claramente tan exmilitar como se pudiera ser. Como jefe de sección del Grupo de Respuesta a Incidentes Críticos, Silverman supervisaba, entre otras cosas, las cinco Unidades de Análisis de Conducta. La unidad 2, que se ocupaba del delito cibernético y cuestiones relacionadas, había estado asesorando a Harrow en el caso de Robert Branwick, alias Jimmy Radburn, durante la mayor parte del año.

—Hay una cámara de tráfico falsa —dijo Harrow— vigilando la entrada principal. Las conversaciones telefónicas y las conversaciones fuera del teléfono se graban automáticamente para su revisión posterior. Con todo lo que está ocurriendo estos días, no tenemos personal para la vigilancia veinticuatro horas al día, pero hacemos turnos. Nunca pareció que saldrían de aquí sin discutirlo, lo habríamos visto con tiempo suficiente en la revisión.

Un estado de ánimo sombrío rodeaba a Silverman.

—Así que se fueron rápida pero discretamente.

—Sí. Como si hubieran descubierto que los teníamos acorralados. —Esperó un poco y dijo—: ¿Tienes un chivato, Nathan?

A Silverman no se le pasó por alto que Harrow usase la palabra «tú» en vez de «nosotros». Últimamente, el FBI era, como siempre había sido, una hermandad leal, excepto cuando no lo era.

En vez de responder, comentó:

—El ego de Branwick pesa tanto como su cerebro. Está convencido de que ha sido inteligente con su identidad, que solo Kipp Garner sabe que su verdadero nombre no es Radburn.

—Sí. A menos... que alguien le dijera lo contrario.

—¿Le habéis cogido?

—Aún no. Hace una hora pusimos vigilancia en la casa de Sherman Oaks. Vamos tras todas las ratas antes de que se dispersen, y al mismo tiempo, para que no se vayan advirtiendo unas a otras.

—¿Vas a ir con SWAT a la casa de Branwick?

—Sí. Ahí es donde está el gran premio, y donde es probable que tengamos un buen resultado. Todos esos tipos del equipo de *hackers* que trabajaban aquí... son maravillas sin agallas. En el momento en que vean una placa, estarán ofreciendo más que los demás para venderse entre ellos. —Miró su reloj—. Será después de que oscurezca. Vamos para allá ahora mismo.

—Allí estaré —contestó Silverman.

—Si Branwick sabe que tenemos su verdadero nombre, si se ha escapado, entonces tú tienes un chivato.

—No es tan sencillo, John —dijo Silverman, y esperaba no tener que tragarse sus propias palabras, al menos no unas pocas horas después de haberlas pronunciado.

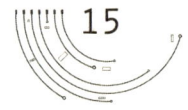

15

La mansión de Malibú podía tener entre media hectárea y una y media, pero no era precisamente la casa típica construida en un trozo de terreno. A Jane le resultó difícil imaginar sus proporciones desde fuera del muro de piedra de la finca.

El guardia de la entrada llevaba pantalones grises, una camisa blanca y una chaqueta marrón. El corte de su abrigo permitía ocultar un arma. Se esperaba la llegada del señor Trahern y su invitada. A su paso, la sólida puerta de cobre, de color verde, se abrió a través de la entrada de cuarcita.

El terreno era enorme y tropical, adornado con palmeras fénix, palmeras reales y palmeras cuyo nombre ella desconocía, con todo tipo de helechos. Flores por todas partes. Céspedes tan lisos como campos de golf.

La casa era una maravilla de estuco blanco, vidrio y madera de teca con las esquinas curvas, y tejados dramáticamente voladizos.

Aparcó en el camino circular.

—Allá vamos otra vez.

—¿Has estado aquí antes? —preguntó Trahern.

—No, me refiero a la gente rica. ¿Es que no se acaba nunca?

—Este te gustará. Es un chico de San Diego. Dona mucho al bien, porque le traigo...

—La mitad de los que hacen el bien en el mundo son malhechores que estafan.

—Dona mucho a cada buena causa que le traigo, nunca lo usa para publicidad.

Ella caminó con él hasta la puerta principal. La abrió un hombre que llevaba zapatos blancos, pantalones blancos y una camisa hawaiana de buen gusto sin motivos decorativos, excepto por las siluetas de palmeras cosidas con hilo azul celeste.

Jane lo confundió con el propietario, pero era un mayordomo vestido de forma informal.

—El señor está esperando en el garaje. Los llevaré con él.

—No hace falta, Henry —dijo Trahern—. Conozco el camino.

En esas amplias estancias de muebles modernos y elegantes, decoradas con antigüedades y arte asiático, el pesado Dougal Trahern se veía todavía más fuera de lugar que el humilde Ford Escape estacionado en el largo camino de entrada, pero parecía sentirse como en casa.

Pasaron una pared de cristal más allá de la cual había una vista impresionante del mar, gris bajo el cielo ceniciento, dedos blancos marchando hacia la orilla.

Un ascensor los llevó a un garaje subterráneo pavimentado en piedra caliza que albergaba una colección de unas dos docenas de coches.

El dueño también estaba allí, para sorpresa de Jane. Una de las estrellas de cine más famosas de su tiempo. Alto, guapo y negro. Su sonrisa matadora había derretido los corazones del mundo entero. Él y Trahern se abrazaron, y, cuando se lo presentaron, el actor tomó las dos manos de Jane en las suyas.

—¡Cualquier amigo de Dougal es muy sospechoso! Pero no es su caso. ¿Qué agencia la representa?

—Quiere decir agencia de talentos —se apresuró a decir Trahern—. Jane no está en el negocio. Podría decirse que ahora mismo es una especie de investigadora privada.

—He hecho el papel de investigador privado más de una vez, y he tenido que contratar a unos cuantos, pero ninguno con su impacto, señorita Hawk.

El Gurkha RPV Civilian Edition estaba aparcado en el centro del garaje, debajo de los focos. Parecía tan formidable como los vehículos blindados tácticos, los todoterrenos blindados y los vehículos especiales para el cumplimiento de la ley que Terradyne, su fabricante canadiense, vendía en todo el mundo. Unos dos metros y medio de altura, y más de seis de largo, con una distancia entre ejes de tres metros y medio. El Gurkha se alzaba sobre grandes neumáticos de tecnología *run-flat*. La única diferencia obvia entre este y la versión militar era la falta de puertos para armas.

Parecía un Transformer que se transformaba de vehículo ordinario a robot coloso.

—Un V8 turbo diésel de seis puntos y siete litros. —El actor resplandecía con el afecto de un apasionado coleccionista mientras hablaba—. Trescientos caballos de fuerza. El peso bruto de esta preciosidad totalmente equipada y los dos depósitos de combustible de ciento cincuenta litros llenos es como de siete toneladas, pero se maneja bien, te da toda la velocidad que necesitas, y mientras estás dentro, estás a salvo a menos que te estampes contra un tanque.

Trahern le dio un sobre a la estrella.

—Un cheque de cuatrocientos cincuenta mil dólares. Necesitaré la tarjeta de mantenimiento firmada.

—Dougal, sigo sin entenderlo —contestó el actor sorprendido.

—¿Qué más da? —dijo Trahern indignado—. No puedo estar meses y meses esperando a que Terradyne entregue uno. Y estarás fuera durante meses para hacer esas dos películas, que, por cierto, no tienen ninguna puñetera oportunidad de ganar otro Oscar. Puedes pedir un nuevo Gurkha y tenerlo cuando llegues a casa.

—Pero tú puedes tomar esto prestado.

—No sería bueno —contestó Trahern, frunciendo el ceño y sacudiendo la cabeza—. Podría meterme en problemas con esto, así que es mejor que lo hayas vendido que me lo prestes.

—¿Problemas? ¿Qué clase de problemas? —quiso saber el actor, no con preocupación, sino con el interés propio de un aventurero nato.

—De todo tipo. —Su expresión era adusta y su frente estaba surcada como si fuera un adivino que no viera ningún futuro posible, excepto el más oscuro—. Y eso es todo lo que diré. Necesitas tener una negación plausible. A menos que quieras cambiar de opinión, y no hacer esto, y dejar a tu viejo amigo con el culo al aire.

El rostro del actor se transformó en una expresión de «Dios no lo quiera».

—Estaré cegado por completo. Mantenlo en secreto, capitán.

—Si hacemos lo que tenemos que hacer, y traemos el Gurkha de vuelta, puedes comprármelo sin el coste de cualquier reparación, si quieres, o simplemente me lo quedo, lo que sea. Pero ahora tenemos una larga noche de viaje por delante. Por mucho que me encantaría oírte contar algunas de tus interminables historias de Hollywood, necesito esa maldita tarjeta de mantenimiento.

—Es increíble, ¿eh? —El actor se dirigió a Jane con una sonrisa.

—Lo es.

—Supongo que sabes en lo que te estás metiendo con él.

—Supongo que sí.

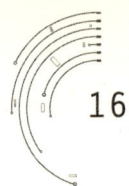

16

Cuando la larga calle inclinada estuvo despejada de intersección en intersección, los coches del FBI se detuvieron a través de dos carriles, impidiendo que el tráfico entrara en cualquiera de los extremos del barrio en el que se encontraba la residencia Branwick.

Los vecinos que vivían en la casa de al lado de Branwick no estaban, y los del otro lado habían sido silenciosamente sacados de su casa por la noche, y los habían escoltado a una distancia segura de cualquier acción potencial.

Cuesta arriba y al otro lado de la calle, Silverman y el agente especial Harrow observaban desde la oscuridad de los árboles de la calle y desde detrás de una camioneta Roto-Rooter que, de hecho, era un vehículo encubierto prestado por la Agencia de Control de Drogas. En la parte trasera de la camioneta esperaban los seis miembros del equipo SWAT, que estaban vestidos con armadura de alto impacto, a la espera de la orden.

La noche había sido tranquila. Llegaba una ligera brisa desde el oeste, que movía los árboles en una conspiración susurrante.

En la residencia, las luces brillaban en la mayoría, si no en todas, las habitaciones de la planta baja, pero en el segundo piso, solo había luz en algunas. Las cortinas estaban abiertas y las habitaciones más vacías de lo que aparentaban.

Inicialmente, dos agentes se habían acercado a la casa de Branwick vestidos con ropa de calle y chalecos antibalas de Kevlar bajo sus camisas. Sin protección para la cabeza. Su aspecto no decía «¡Policía!» a gritos.

Uno de ellos subió los cuatro escalones entre los leones de piedra y se dirigió a una sección de la pared entre la puerta principal y una ventana. El segundo hombre se dirigió al lado este de la casa, cruzó una puerta de hierro y se alejó de la vista hacia la parte trasera de la residencia.

El agente que estaba en la parte delantera, de pie junto a la ventana, presionó contra el vidrio una ventosa de cinco centímetros que tenía en el centro un micrófono de condensador altamente sensible con un patrón de captación muy amplio. Enganchado al cinturón llevaba un procesador de audio analítico del tamaño de un paquete de cigarrillos para identificar y eliminar el ruido rítmico de los ventiladores de los baños, los motores de los frigoríficos y los demás electrodomésticos, a fin de que las voces y los sonidos irregulares de la actividad humana fueran más fácilmente perceptibles. Llevaba un auricular para poder escuchar lo que el procesador consideraba relevante.

El dispositivo de escucha también se transmitía a un receptor remoto, que, en este caso, era el móvil de Silverman.

Harrow y él escucharon atentamente durante alrededor de unos dos minutos. La tranquilidad era tan absoluta, que, si hubiera gente en el interior de la casa, estaría en suspensión criogénica, como mínimo.

El agente que había desaparecido por el lado este de la casa reapareció por la puerta de hierro. Se agachó junto a un seto, casi invisible debido a sus ropas oscuras.

Un momento después, el teléfono de Harrow vibró. Escuchó, dio la orden de retroceder y terminó la llamada.

—A través de una ventana ha visto un cadáver en el suelo de la cocina —le dijo a Silverman.

Harrow subió a la parte trasera de la camioneta y dio la orden al equipo SWAT de tomar la casa de Branwick y despejar las habitaciones.

Este había sido un día de revelaciones, cada una con mayor importancia que la anterior, y el peso de estas parecía estar compuesto por una profecía que Nathan Silverman no quería creer. Incluso si Jane no tenía la culpa de nada, su hijo estaba en peligro. Aunque sus motivos pudieran ser puros, ella estaba enredada en una red muy oscura. Por desesperación, la gente hacía cosas que la ley no podía perdonar sin importar las circunstancias. Le gustaba, la entendía, confiaba en ella y, sin embargo, la imagen de ella había comenzado a desvanecerse levemente.

17

Jane estaba al volante del Gurkha y se dirigía hacia el norte por la I-5 a toda velocidad. La transmisión automática de seis velocidades iba como la seda, el ruido de la carretera se escuchaba menos de lo que esperaba debido a la armadura aislante. Con Los Padres National Forest a su izquierda y el Angeles National Forest a su derecha, dirigió el Gurkha hacia lo alto de la Sierra Tehachapi. Delante solo tenía los diminutos pueblos, con mil habitantes por allí, unos cuantos cientos por allá. Aparte de eso, una vasta oscuridad bajo un cielo cubierto en el que estaban enterradas la luna y las estrellas.

Habían dejado el Ford Escape en Malibú, esperándola en el garaje del actor, de donde algún día lo recuperaría si salía con vida.

Trahern, en el asiento del copiloto, parecía más pequeño que en el Ford. Parecía menos cómico, más amenazador, por el vehículo de estilo militar. Parecía un peligroso revolucionario empeñado en volar bancos y bolsas de valores. Aunque murmuraba para sí mismo de vez en cuando, no invitaba a la conversación.

Estaban a pocos kilómetros del paso de Tejón cuando Jane rompió el silencio:

—¿Así que él coge tu cheque y te da la carta de mantenimiento y ni siquiera quiere saber lo que podrías hacer que pudiera implicarlo con un lío u otro, arruinando su reputación?

—Sí, me acuerdo.

—Era una pregunta.
—¿Preguntando qué?
—¿Por qué haría eso?
—Nos conocemos desde hace mucho tiempo.
—Bueno, eso lo explica todo.
—Bien.
—Lo decía sarcásticamente.
Él se sacó un pañuelo del bolsillo, echó un gargajo, lo escupió dentro y volvió a guardar el pañuelo.
—Tengo sentimientos encontrados contigo.
—Igual que todo el mundo.
—Entonces ¿por qué haría eso, sin hacer preguntas?
—No vas a dejarlo estar, ¿no?
—Necesito entenderte.
—Nadie puede entender a nadie —se quejó él—. En pocas palabras: el hombre mintió sobre su edad para alistarse en el Ejército a los dieciséis años. Sirvió cuatro años, tres en las Fuerzas Especiales. Pasamos por algunas cosas juntos.
—¿Una guerra?
—Era como una guerra, pero no la llamaban así.
—Entonces ¿cuál fue la mierda por la que pasasteis juntos concretamente?
—Nunca has oído nada sobre ello.
—Nunca he oído hablar, ¿de qué?
—Cree que le salvé la vida.
—¿Por qué piensa eso?
—Maté a un montón de gente que estaba intentando matarle a él y a otros tipos de operaciones especiales.
—¿Cuántos son un montón?
—Doce, tal vez catorce.
—Y así conseguiste la Cruz de Servicio Distinguido.
—No. Eso fue por otra cosa. Ahora, ¿quieres callarte un rato?
—Vale.

Cruzaron el Paso Tejón a mil doscientos cincuenta metros, y comenzaron el descenso hacia el valle de San Joaquín, miles de kilómetros cuadrados que alguna vez habían sido las tierras agrícolas más productivas del mundo.

A ambos lados de la carretera, las extensiones ilimitadas de tierra plana se oscurecían hacia las montañas distantes abandonadas por la luna y que solo eran medio reales, como picos místicos ligeramente encalados en una visión. Aquí y allá, en esa inmensidad, brillaban las luces solitarias de los caseríos aislados, así como los centelleantes grupos que marcaban pequeños pueblos con nombres como Pumpkin Center, Dustin Acres y Buttonwillow.

Jane se preguntaba si en este reino bucólico podría haber gente que viviera con sentido de paz y de pertenencia, sin ser tocado por el estrés y las ansiedades que nacen en otras partes del mundo moderno. Y si había personas así, ¿cómo de contados tendrían los días?

18

A pesar de la herida grave de la cara y los primeros signos de descomposición, el hombre que yacía en el suelo era claramente Robert Branwick, también conocido como Jimmy Radburn. En su cartera, que le habían sacado del bolsillo delantero del pantalón sin perturbar la posición del cadáver, un carné de conducir confirmaba la identificación visual.

Los armarios de la cocina habían sido dañados significativamente por los disparos de escopeta. Después de haber rebotado en superficies duras, los perdigones gastados estaban por todo el suelo.

—Branwick no tiene arma —dijo John Harrow.

—Tal vez la tenía y su asesino se la llevó —sugirió Silverman.

—No lo parece.

Silverman tenía que estar de acuerdo en que no.

—Si Branwick hubiera tenido una escopeta y se hubiera enfrentado a alguien con una pistola, seguiría vivo, y habría un cadáver diferente en el suelo.

Silverman se acordó de tres partes de un vídeo: ese hombre, muerto en vida, que llevaba dos maletines por el parque, la mujer patinadora que le quitaba las dos bolsas, el patinador y Jane que huían del garaje del hotel después de vaciar los maletines en una gran bolsa de basura.

Quizás Harrow estaba recordando el mismo vídeo cuando habló:

—Disparo directo en la cara, aparentemente no lleva arma consigo. Si sus manos dan positivo en residuos de pólvora, admito que tenía un arma. Si no dan positivo, fue ejecutado.

—No necesariamente. Lo mejor es esperar el informe del laboratorio.

El equipo SWAT se había ido. Otro agente se inclinó desde el pasillo.

—La policía de Los Ángeles y la camioneta del CSI están a cinco minutos.

Cuando el agente se retiró, Harrow le dijo a Silverman:

—El marido de Hawk se suicidó.

—Así es.

—Está de permiso.

—Lo estaba.

—¿Y ya no? Si ella estuviera trabajando en algo perteneciente a mi jurisdicción, ¿por qué no he sido informado?

—No seas tan duro, John. Haré lo que sea necesario mañana. Todavía te faltan piezas, y estoy tratando de juntarlas.

—Lo que sí tengo es la operación de Vinyl, que se desvaneció cuando yo vigilaba, y un fiambre que estaba al mando de esa misma operación.

—Entiendo. Pero tienes la lista de clientes de Vinyl que has estado reuniendo durante meses. Ahora podemos empezar a movernos contra los peores de ellos.

—Sin Branwick para testificar.

—Tendrás otras ratas que sí testificarán.

—Solo digo que demorarse tiene consecuencias.

—Demorarse tiene consecuencias, y también las tiene actuar apresuradamente; siempre hay consecuencias.

Consultó su reloj de pulsera, las 23:05 según la hora de la Costa Este. Veía borroso. Se estaba quedando sin gasolina. No había nada más para él allí. Necesitaba registrarse en su hotel, comer algo y considerar los eventos del día para determinar si, en retrospectiva, tenían las mismas oscuras implicaciones que parecían tener tal como él las había experimentado.

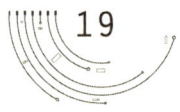

Jane quería conducir rápido, pero temía que la patrulla de carreteras la detuviera. El vehículo blindado solía llamar la atención de los policías. Trahern, que parecía un enorme lanzabombas bolchevique anacrónico, no se parecía ni remotamente a un hombre que pudiera pagar casi medio millón por un juego de ruedas. Si un policía les pedía que salieran del coche, era probable que descubriera que llevaban armas ocultas. Si Jane era detenida, no tendría nada que hacer más que esperar a que sus enemigos la encontraran.

Ese Gurkha en particular ofrecía todas las comodidades de un sedán de lujo, incluyendo un sistema de música de primera clase, pero Jane se limitó a la preferencia de Trahern por el silencio meditabundo.

Después de recorrer trescientos kilómetros de lo que el GPS decía que sería un viaje de unos ochocientos kilómetros, dejaron la Interestatal para ir a una parada de camiones. Con la tarjeta de crédito de Trahern, llenaron el depósito de combustible primario, que estaba casi vacío. Jane compró cuatro sándwiches de pavo y beicon, y dos botellas de medio litro de Coca-Cola.

Trahern se puso al volante, comiendo y conduciendo al mismo tiempo. Cuando terminaron, paró para que ella pudiera volver a conducir. Ella pensó que tenía la intención de dormir en el asiento del pasajero. En lugar de eso, permaneció despierto, mirando la carretera, aunque su mirada estaba fija, como la de un hombre en un trance autoinducido.

Jane estaba cansada. Tenía la espalda y el trasero doloridos. En un día interminable, había conducido desde Los Ángeles a San Diego y luego desde San Diego hasta donde estaban ahora, casi diez horas en la carretera desde por la mañana. Todavía no tenía sueño, pero la fatiga mental acompañaba a su cansancio físico. Una conversación animada la habría ayudado a mantenerse alerta, pero Trahern no era de esos que tienen un montón de anécdotas brillantes.

A más de cien kilómetros al norte de la parada de camiones, la noche soltó una fuerte lluvia. Los torrentes que cruzaban la carretera tiraban de los neumáticos. Jane no sabía si la tracción a las cuatro ruedas ayudaría si se deslizaban, pero cambió a ese modo sobre la marcha.

En compañía de Trahern, cada kilómetro de este viaje había sido extraño. Ahora se había vuelto más extraño, misterioso. Las ráfagas de viento conflictivas daban forma al agua que caía en forma de fantasmas de alas pálidas que ondeaban a través de la carretera, y el mundo más allá de esta masa de blindaje que se precipitaba parecía derretirse, hasta que solo había oscuridad y nada en ella, excepto un corto trecho de pavimento que podía caer al vacío como una pluma.

Trahern rompió su largo silencio para decir:

—Probablemente piensas que fue la guerra lo que me hizo ser como soy, pero no fue eso. —Ella decidió que, si él necesitaba decir algo, él lo diría con más seguridad si ella no hablaba. No estaba manteniendo una conversación con ella, sino que hablaba consigo mismo, mirando el parabrisas, donde los limpiaparabrisas arrastraban la mancha, pero no podían volver a ver el mundo desolado más allá de los bordes de la carretera—. De hecho, el Ejército ha sido lo mejor que me ha pasado. Me hizo sentir que tenía valor y que podía hacer algo que valiera la pena. Me sentí inútil durante mucho tiempo. —Las luces traseras de un camión de dieciocho ruedas se acercaban más, y Jane siguió al camión, disminuyendo su velocidad de setenta a cincuenta—. Cuando tenía diez años, tuve que escuchar cómo asesinaban a mi hermana.

20

Buscando habitación a última hora, antes de salir de Austin a primera hora del día siguiente, Nathan Silverman tenía unas pocas opciones. La mayoría de los hoteles que estaban en los alrededores del aeropuerto de Los Ángeles y en la zona oeste estaban llenos. Con solo unas pocas opciones de gama alta para considerar, se había dado un capricho: una pequeña suite con sala de estar, dormitorio y un ostentoso baño de mármol, en Beverly Hills.

Después de registrarse y de que le mostraran su suite a las nueve de la noche, que era como medianoche para él, le pareció que la tranquilidad, la comodidad y las atenciones, como un plato de fruta fresca, merecían la pena.

Aunque tenía la intención de pasar la noche en casa, en Virginia, los años que llevaba en el FBI le habían enseñado a viajar con un neceser y una muda de ropa, por si acaso.

Las opciones del menú del servicio de habitaciones eran muchas y, como siempre que viajaba, prefería una comida en su suite a cenar solo en un restaurante.

Cuando terminó de ducharse, se envolvió en el arbornoz de cortesía, abrió una cerveza del minibar, y, poco después, le trajeron la cena que había pedido.

El joven camarero, evidentemente nuevo en su trabajo, vistió con ineptitud la mesa redonda de juego para la cena con un mantel blanco, un pequeño jarrón de flores, cubiertos y servilletas. Con un poco de torpeza, transfirió la cena del carrito del servicio de habitaciones. Era educado y bienintencionado, y se disculpaba por sus errores. Silverman le dio una propina demasiado generosa, como forma de decir «No te preocupes, nadie nace sabiendo».

El *filet mignon* y las guarniciones eran perfectos. Fresas y arándanos en crema. Excelente café en una cafetera individual que lo mantenía caliente.

Se había levantado a las cuatro de la madrugada, y había sido un día largo y estresante. Sin embargo, por muy cansado que estuviera, dudaba de que pudiera dormir bien. Demasiadas preocupaciones. Demasiadas preguntas sin respuesta.

Después de servirse una segunda taza de la cafetera, antes de tomar un sorbo, se despertó y se dio cuenta de que se había quedado dormido en la silla.

El cansancio de Silverman era profundo, muy profundo. Ponerse en pie requería un esfuerzo consciente. El suelo se inclinaba, como si el hotel fuera un barco en el mar. El dormitorio se le escapó. Pero luego lo encontró. Y la cama. La expectativa de insomnio resultó infundada.

Soñó con una inmensa y silenciosa llanura de Texas, plana en cada horizonte lejano, con la hierba salvaje que le llegaba hasta las rodillas, inmóvil, excepto donde la agitaba mientras corría. El feroz sol estaba entronizado directamente sobre su cabeza, inmóvil, de modo que corrió kilómetros y kilómetros, pero nunca proyectó una sombra. Aunque no había un perseguidor visible, ni a sus espaldas ni en los límites más lejanos de la visión, se sentía perseguido. Temía la inmensidad del cielo sin nubes y pensó que algo que iba más allá de toda naturaleza humana se precipitaría para apoderarse de él, mutilarlo y destriparlo. Una puerta cerrada, un sonido inconfundible. Silverman se detuvo y se dio una vuelta de, 360 grados, pero no existía ninguna estructura en ningún punto de esa llanura eterna, ningún lugar con puertas. Un hombre decía su nombre: «¿Nathan? ¿Puedes oírme, Nathan?». Pero seguía solo, completamente solo. El sol. El cielo. La hierba. Corría.

La lluvia chocaba como descargas de perdigones contra el parabrisas resistente a las balas.

—Su nombre era Justine Carter —dijo Dougal Trahern—, porque su padre fue el primer marido de mi madre. Justine. Mi hermanastra. Tenía cuatro años cuando nací. Viví con ella toda mi vida hasta que...

Durante un minuto, se quedó en silencio, como si después de todo hubiese decidido no compartir su tormento. Jane sospechaba que no había hablado de eso durante muchos años, quizá desde que ocurrió. Una hermana asesinada no formaba parte de lo que se podía saber de él por Internet, sin duda porque el apellido de su hermana no la vinculaba fácilmente con él y porque solo tenía diez años cuando ocurrió, en una época en que los niños estaban rigurosamente protegidos por la ley contra la curiosidad de los medios de comunicación.

—Justine era brillante, amable y muy divertida. A pesar de la diferencia de edad de cuatro años, teníamos muy buena relación, siempre, desde que tengo memoria. Unos gemelos no podrían haber estado más unidos.

Su voz se había teñido de algo diferente: la brusquedad había dado paso a la ternura, pero una ternura atormentada por el dolor. Cuando Jane lo miró, vio que su rostro estaba tan pálido como la raya blanca que brillaba a través de su barba. Finas gotas de sudor le cubrían la frente. Sus ojos permanecieron fijos en la carretera, que en este momento no lo transportaba al futuro, sino al pasado.

—Yo tenía diez años, ella catorce. Sábado. Nuestro padre..., mi padre, su padrastro..., de viaje de negocios. Nuestra madre estaba fuera, visitando a un amigo enfermo. Justine y yo, en casa. Sonó el timbre de la puerta. Era un tipo de aspecto normal. Lo vi por la mirilla, un hombre entregando flores. Rosas. Un tipo de aspecto normal con rosas. Sabíamos que no debíamos abrirle la puerta a un extraño. Lo sabíamos. Lo sabía. Abrí la puerta. Dijo: «Oye, muchacho, tengo esto para una chica llamada Justine». Me saca las rosas. Las tomo, él pega un puñetazo a través de las rosas, y me da en la cara. Entonces entra. Empuja la puerta para cerrarla. Estoy en el suelo, con las rosas esparcidas. Se agacha y me vuelve a pegar en la cara. Ni siquiera me da tiempo a avisar a Justine. Me quedo inconsciente por unos instantes, me quedo inconsciente. —Después de su visita a la casa del actor en Malibú, Jane le dijo a Trahern que necesitaba entenderlo. Él había dicho que nadie podía entender a nadie. Tal vez había momentos en que era mejor no entender. Trahern prosiguió, ahora suavizando el tono de voz—. Cuando vuelvo en mí, estoy atado con cinta americana. No me puedo mover en absoluto. Siento dolor. La cara hinchada. Faltan dientes. Sangre en la boca. Oigo voces. Al principio no tienen sentido. Mi visión está borrosa. Parpadeo hasta que puedo ver con claridad. —Un arroyo de sudor goteaba por la cara blanca como tiza de Trahern, quizá mezclado con lágrimas. En sus muslos, sus manos apretaron los puños, se abrían, se apretaban, se abrían, como si estuviera intentando sostener algo a lo que agarrarse con fuerza y firmeza—. Estoy en el suelo, en su habitación, en la de Justine. Después de someterla, me llevó allí. A su dormitorio. Ahora él... le está haciendo cosas a ella. —El horror que contorsionaba su rostro ocultaba la silenciosa ecuanimidad de su voz—. Ella le ruega que pare. Él no lo hace. Ella está llorando. Rogándole. Pero él no se detiene. Ve que estoy despierto. Me dice que mire. No. No lo haré. Tengo los ojos cerrados con fuerza. No puedo moverme para ayudarla. Cinta americana. No se puede mover. Las manos entumecidas. Pies entumecidos. La cinta americana. No puedo moverme, pero no puedo dejar de oír. No puedo quedarme sordo. Continúa.... durante una hora. Más tiempo. Estoy enfermo de miedo y rabia... y de odio a mí mismo. Me quiero morir —dijo esto último en un susurro.

Jane no podía soportar ni siquiera mirarlo, ver la profundidad de su sufrimiento, para lo cual el paso del tiempo y todos sus logros no podían proporcionar bálsamo. Se centró en la carretera, en las cataratas de la lluvia y en el pavimento resbaladizo. La carretera grasienta y la lluvia eran cosas con las que podía lidiar.

—Me quiero morir, pero la mata a ella en vez de a mí. Ha acabado con ella. Así que... la tira, la tira a un lado. Lo hace.... lo hace... con un cuchillo. —La voz del hombre grande se había quedado pequeña, de un susurro a un murmullo, pero cada palabra era suficientemente clara—. Se toma su tiempo. Y luego dice: «Oye, muchacho, mira esto». No. No voy a mirar. Me dice: «Tú eres el siguiente. Mira y verás».

Jane no podía lidiar con la lluvia y la carretera después de todo.

Tuvo que parar a un lado de la carretera. Se recostó en su asiento, con los ojos cerrados, escuchando la locura y la lluvia. Trahern continuó con una voz más fuerte que un susurro.

—No oigo a nuestra madre volver a casa. Ni él tampoco. Mi padre guarda un arma en su estudio abajo. Mi madre entra en la habitación. Dispara al asesino. Una vez. Le dispara una vez. Coge un pisapapeles del escritorio de Justine. Lo lanza por la ventana. Grita. Mi madre grita. Le apunta con el arma y grita. No solo por ayuda. Grita porque ella no puede no gritar. Ella grita hasta que se queda ronca, hasta que llega la policía, y aun así grita. No le dispara dos veces. No lo mata. No sé por qué no lo hace. No sé por qué no pudo.

Trahern abrió la puerta del copiloto y salió a la noche. Estaba de pie bajo la lluvia, mirando hacia el oscuro valle.

Jane esperó. No había nada más que hacer que esperar.

Tras un momento, regresó, cerró la puerta y se sentó empapado y goteando.

Habría expresado su simpatía, pero todas las palabras que se le ocurrieran decir no solo eran inadecuadas, sino también ofensivas en su inadecuación.

—Nuestra madre era una persona dulce, nada dura —continuó—. Ella nunca fue la misma después de eso. Rota. Vacía. Murió cinco años después, a los cuarenta y un años. Un coágulo de sangre se desprendió de algún lugar y se fue a su cerebro. Creo que ella lo deseaba para sí misma. Creo que eso es posible. El asesino era Emory Wayne Udell. Había visto a Justine caminando a casa desde la escuela un día. La acechó durante una semana, vigilaba la casa, esperando. Todavía está vivo. En cadena perpetua pero vivo, cosa que no está bien. Yo, también. Todavía estoy vivo.

—Me alegro de que lo estés.

Él no buscaba su apoyo. Se sentó en silencio hasta que ella puso el Gurkha en marcha y volvió a la carretera.

—¿Por qué algunos necesitan controlar a otros, decirles qué

hacer, utilizarlos si pueden, y destruir a los que no pueden usar? —Ella sintió que la pregunta no era retórica, que a él le importaba lo que ella dijera—. ¿Por qué Hitler, por qué Stalin, por qué Emory Wayne Udell? No lo sé. No lo sé. ¿Influencia demoníaca o solo cerebros mal conectados? Al final, ¿qué importa? Tal vez lo que importa es que algunos de nosotros no estamos quebrados por todo esto, que podemos llevárselo a los Emory Udell y a los William Overton y a los Bertold Shenneck, llevárselo y detenerlos antes de que puedan hacer todo lo que sueñan.

Al norte de Stockton, la lluvia disminuyó. Tres kilómetros después, paró de llover del todo. Aunque había pasado más de una hora desde que habían hablado por última vez, Dougal decidió romper el silencio:

—Si hubiera tenido el arma, le habría disparado dos veces. Habría vaciado el cargador con él. Lo habría matado.

—Yo también.

En Sacramento, pasaron de la Interestatal 5 a la I-80 hacia el oeste. Una hora más tarde, llegaron a las afueras de Napa a las 13:40 del domingo.

Un gran motel para conductores exhibía un letrero de neón que prometía plazas libres.

Para evitar que el Gurkha fuera detectado por las cámaras de seguridad del motel, Jane estacionó a unas calles de distancia. Debido a que la imagen de Dougal era más probable que alarmara al empleado nocturno, él se quedó en el vehículo mientras Jane caminaba de regreso a recepción.

Usando dinero en efectivo y un carné de conducir falsificado, firmó el registro como Rachel Harrington, y reservó dos habitaciones para ella, un marido imaginario y dos hijos imaginarios. En el formulario de registro, identificó su vehículo como un Ford Explorer, y se inventó un número de matrícula.

El empleado nocturno tenía el flequillo de un monje de pelo blanco.

—¿Alguna mascota?
—No. Ninguna.
—Permitimos mascotas en el ala norte.
—Teníamos un perro, pero murió no hace mucho.
—Lo lamento mucho. Perder a una mascota siempre es difícil para los niños.
—Y también para su padre y para mí.
—¿De qué raza era?
—Un Golden Retriever. Lo llamábamos Scootie.
—Los Golden son perros maravillosos.
—Lo son. Son los mejores.

Dejaron el Gurkha a una manzana de distancia y caminaron hasta el motel con su equipaje. Dougal llevó su bolsa de viaje hasta su puerta, y una maleta a la de ella. Ella llevaba la segunda maleta y la bolsa de cuero que contenía sesenta mil dólares.

—Todo eso de la carretera... —empezó a decir él.
—Se queda en la carretera —le aseguró ella.
—Bien. —Se dirigió hacia su habitación y luego se volvió hacia ella—. Voy a decir algo, y tú no vas a decir nada.
—Adelante.
—Tenerte como hija tiene que ser una bendición.

Él entró en su habitación y ella en la suya.

Más tarde, acostada en la cama en la oscuridad, con la pistola bajo la almohada que estaba junto a la suya, pensó en su padre y en cómo él la había convertido en lo que ella era, aunque no con su ejemplo.

Durante unas horas durmió profundamente, pero no fue el sueño de los ángeles en su sublime inocencia.

22

Nathan Silverman se despertó con dolor de cabeza y una sensación amarga en la boca, sabor a vinagre y cenizas. Por un momento, no sabía dónde estaba. Luego recordó Austin, San Francisco, Los Ángeles, Robert Branwick con un disparo en la cabeza, el hotel.

Un breve mareo lo invadió mientras se sentaba y sacaba las piernas de la cama. Llevaba camiseta y calzoncillos. Una lujosa bata de cortesía yacía en un montón en el suelo, y él se sentó frunciendo el ceño, incapaz de recordar que se la había quitado.

«¿Nathan? ¿Puedes oírme, Nathan?».

Asustado, observó la habitación, pero la voz era interna, recordada de... en alguna parte.

La camarera de noche había preparado la cama antes de que Silverman se registrase, pero se había quedado dormido sobre la manta y la sábana encimera en lugar de meterse bajo las sábanas.

El reloj de la mesita indicaba que eran las 8:16 de la mañana. La luz matutina entraba por las ventanas. Debía haberse ido a la cama alrededor de las 22:30, aproximadamente, después de la cena. ¿Nueve horas y media? Sus mejores noches de sueño eran de siete horas, y su norma era seis.

Las luces de la habitación brillaban. Las había dejado encendidas toda la noche.

Se sentía disipado, impuro, como si hubiera bebido demasiado, cosa que rara vez hacía, o hubiera estado con una prostituta, cosa que nunca había hecho.

En la sala de estar de la suite, vio la botella vacía que contenía la única cerveza que había bebido. El plato llano vacío. Una taza llena de café frío. Se le había caído la servilleta al suelo.

En la puerta del pasillo, encontró el cerrojo como debía estar.

Se preguntó por qué había pensado que podían haberlo desbloqueado. La cadena de seguridad estaba suelta, pero él nunca las usaba porque eran frágiles y fáciles de manipular. Los hoteles las incluían en gran medida por motivos psicológicos, para que los huéspedes confiaran en que estaban doblemente a salvo.

Cogió una botella pequeña de Pepsi de la nevera del minibar, le quitó el tapón y se quitó el sabor amargo de la boca.

En el baño, de pie frente al inodoro, se sorprendió al ver que su orina era inusualmente oscura. Se preguntaba qué pudo haber comido para haber causado tal efecto.

En el lavabo, mientras se lavaba las manos, vio un pequeño hematoma rojo en el interior del brazo derecho. En el centro había una mancha más oscura, como un pinchazo de alfiler. Directamente sobre la vena. Como si un flebotomista le hubiera sacado sangre recientemente, aunque ninguno lo había hecho. Supuso que podría ser una picadura de insecto que coindiera con la vena. Se examinó a sí mismo en busca de otras picaduras, pero no había ninguna.

Siempre tenía aspirinas en su neceser. Con la Pepsi, se tomó dos. Esperaba que no fuera un dolor de cabeza sinusal, que la aspirina nunca le aliviaba demasiado.

Después de una larga ducha caliente se sintió mejor.

Mientras se secaba y se ponía un par de calzoncillos limpios, comenzó a pensar en reservar un vuelo de regreso a Virginia.

El teléfono empezó a sonar. Cada habitación tenía un teléfono, y el del baño estaba colgado en la pared.

—¿Hola?

—Buenos días, Nathan —dijo Booth Hendrickson—. Ojalá hubieras reaccionado de forma diferente a lo que te dije en el aeropuerto de Austin.

—¿Booth? ¿Cómo sabes dónde me hospedo? —Booth Hendrickson hizo una sugerencia inusual—. Sí, está bien —contestó Silverman, y se quedó de pie escuchando durante unos minutos. Colgó.

Se sentía débil. Sacudido por lo que le habían dicho, se sentó en el suelo del baño, de espaldas a la pared. La estupefacción pronto dio paso a la tristeza mezclada con consternación de que Jane hubiera podido traicionar tan profundamente la confianza que tenía en ella. Le mortificaba que su valoración de ella, tanto como agente como persona, hubiera sido tan errónea.

Después de un rato, se puso de pie. Mientras se peinaba el cabello húmedo frente al espejo del baño, vio el teléfono reflejado desde la pared opuesta, junto al toallero.

Se volvió para mirarlo, perplejo. Tenía la extraña sensación de que el teléfono iba a sonar y que sería Randolph Kohl, director de Seguridad Nacional, llamando otra vez.

Esperó, pero por supuesto no sonó. Nunca en su vida había tenido una premonición que se hiciera realidad, y esta no iba a ser menos.

Kohl había llamado minutos antes, cuando Silverman se estaba poniendo los calzoncillos limpios mientras pensaba en reservar un vuelo de regreso a Virginia. Considerando la devastadora información sobre Jane que el director de Seguridad Nacional le había dado, seguramente no podría haber nada más que añadir a su lista de crímenes.

Terminó de peinarse, encendió su maquinilla de afeitar eléctrica y comenzó a afeitarse, mirándose al espejo. Poco a poco, su dolor se fue enredando con la ira, con el resentimiento que Jane había tenido durante siete años y que le hacía quedar como un tonto.

Aunque era domingo, Silverman tenía un trabajo que no podía posponer: necesitaba hacer algo con Jane Hawk. Se había ido al lado oscuro. Demonios, se había sumergido en el lado oscuro. Una mancha en el FBI. Necesitaba detenerla.

Cuando se vistió, pero antes de ponerse la chaqueta deportiva, tomó la bandolera del cajón de la mesita de noche, se encogió para ponérsela, la ajustó y metió el Smith & Wesson de punta chata en la pistolera.

En el cajón había otra pistola. Él no la había puesto ahí. Nunca la había visto antes. Estaba guardada en una funda de Blackhawk con cargadores ajustables para el cinturón.

Perplejo, sacó la funda del cajón y la pistola de la funda. Una a.45 ACP Kimber Raptor II. Un cañón de siete centímetros, recarga de ocho balas. Apenas pesaba más de un kilo, estaba fabricada para que fuera fácil llevarla escondida.

Por más extraña que pudiera ser la existencia de la pistola, más raro aún era el hecho de que aceptara rápidamente la necesidad de tenerla, ajustara la funda a su cinturón e insertara la pistola.

Un pensamiento seguía dando vueltas por su mente: «Randolph Kohl quiere que tenga la segunda arma». Kohl no estaba con el FBI, no tenía autoridad sobre Silverman, y llevar un arma que no era una pieza de servicio debidamente registrada violaba las reglas del FBI, pero por alguna razón nada de eso importaba. A los pocos minutos de encontrar la pistola, Silverman ya no tenía problemas con ella y ya no se preocupaba ni sentía curiosidad.

Se puso su chaqueta deportiva, se miró en el espejo de cuerpo entero del interior de la puerta del armario y decidió que el arma era casi inapreciable.

SEXTA PARTE
EL ÚLTIMO DÍA BUENO

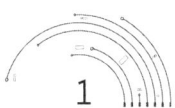

1

Jane se quedó dormida poco antes de las dos de la madrugada y una pesadilla la despertó por completo a las 6:10 de la mañana. No había dormido lo suficiente como para estar descansada para lo que le esperaba, pero en ese momento no disponía de un minuto más.

Se duchó, se vistió y se sentó en el sillón con un bolígrafo, una libreta y el teléfono móvil de William Overton. Después de dejar al abogado muerto en su vestidor el viernes por la noche, estaba demasiado agotada física y mentalmente como para ocuparse del teléfono cuando regresó a su motel en Tarzana, y, desde que se levantó el sábado por la mañana, había estado huyendo. Ahora, con la contraseña que le dio Overton, accedió a su libreta de direcciones, la revisó y anotó nombres y números de teléfono.

Reconoció algunos de los nombres, personajes importantes del sistema legal, de la política, de los medios de comunicación, las finanzas, el entretenimiento, las artes, el deporte y la moda. No todos ellos serían miembros de Aspasia, pero sí al menos unos cuantos. David James Michael, el multimillonario de Silicon Valley, estaba entre ellos, y Bertold Shenneck, por supuesto. La colección de nombres y números era demasiado pequeña para un hombre cuya vida había sido tan compleja como la de Overton, lo que probablemente significaba que esos eran los más importantes y que tenía otra agenda digital en otro lugar.

En la lista etiquetada como «parque de juegos de Shenneck», además de la dirección web de cuarenta y cuatro caracteres que ya había recuperado con anterioridad, también había cuatro direcciones de calles en Washington, Nueva York, San Francisco y Los Ángeles. La dirección de Los Ángeles era la de Aspasia que ella había visitado.

Cuando terminó de transcribir el contenido de la libreta de direcciones, consultó los números que tenía para Bertold Shenneck. Había dos listas para la residencia del científico en Palo Alto: la línea principal y una llamada «Clive Carstairs, gerente de la casa». Llamó a la segunda.

El hombre que respondió tenía acento británico. Informado por la pantalla de identificación de su teléfono, dijo:

—Buenos días, señor Overton.

—¿Señor Carstairs? —preguntó ella.

—Al habla.

—Oh, señor Carstairs, soy Leslie Granger, la asistente personal del señor Overton. No hemos hablado antes.

—Buenos días, señorita Granger. Encantado de conocerla. Espero que no le haya pasado nada a la señorita Nolan.

En la parte superior de la libreta de direcciones de Overton, programada para marcación rápida, había visto el nombre de Connie Nolan.

—Oh, Dios mío, no. Connie está bien. Soy nueva en el puesto, soy la asistente de la asistente personal. Si el señor Overton tiene más trabajo, probablemente tenga mi propio asistente dentro de poco. La cuestión es que el señor Overton quiere que le envíe un paquete al doctor Shenneck. Cree que el doctor está ahí en Palo Alto, pero quería que yo lo confirmara.

—Hizo bien —dijo Carstairs—. El doctor y la señora Shenneck estarán en el rancho en el valle de Napa hasta el jueves.

—¡Ah! Entonces lo enviaré allí directamente.

Overton podría haber mentido. La confirmación del paradero de Shenneck significaba que Dougal y ella irían tras él más tarde.

Carstairs preguntó:

—¿Debo decirle al doctor Shenneck que espere el paquete?
—Oh, vaya. No lo sé. No puedo hablar con mi jefe ahora mismo. Déjeme pensar. Mmmm. ¿Sabe qué? Se trata de un regalo muy especial para el doctor y la señora Shenneck. Sé que el señor Overton se gastó una pequeña fortuna en él. Sospecho que preferiría que fuese una sorpresa.
—Entonces no les diré nada.
—Gracias, señor Carstairs. Ha sido de gran ayuda.

Después de apagar el teléfono, Jane lo llevó al baño, lo dejó en el suelo y lo pisoteó.

A las 8:20, con el teléfono muerto en la mano, salió fuera, a la fría y nublada mañana. En las frondosas ramas de los arbustos de corteza roja que suavizaban la arquitectura del motel, pájaros invisibles con voces desagradables sonaban enojados con la forma en que el día se había desarrollado hasta el momento.

Frente al restaurante del motel, arrojó el teléfono de Overton en un cubo de basura con la parte superior abovedada y tapa abatible. Entró en el restaurante, compró una rosquilla, un café doble y un ejemplar del *New York Times*. De vuelta en su habitación, se comió el dulce y se bebió el café mientras hojeaba el *Times* para ver cuánto más se había sumido el mundo en el caos desde la última vez que leyó un periódico una semana antes.

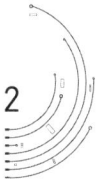

2

La ira era una emoción violenta y vengativa. El carácter de Nathan Silverman era tal que solo podía mantener la ira durante un corto periodo de tiempo. En este caso, se convirtió con rapidez en justa indignación y desgarradora desilusión.

Después de vestirse, usó el teléfono de la habitación del hotel para llamar al número de teléfono de John Harrow, el agente especial a cargo de la oficina de campo de Los Ángeles, disponible las veinticuatro horas del día los siete días de la semana.

Cuando Harrow respondió, Silverman le dijo:

—John, he avisado al director, tenemos un agente corrupto de mi sección, parece ser que en tu territorio. Es Jane Hawk.

—Lamento oír eso, pero creo que estás siendo muy cauteloso. Tenemos que vernos, y encontrar la mejor manera de actuar.

—Tenemos que ser aún más rápidos. Ella es mi responsabilidad, así que espero que trabajes conmigo para poner todo esto en marcha.

—Por supuesto, Nathan.

—Consigue su foto de identificación de la oficina, cuando llevaba el pelo largo y rubio. Colócala junto a una de Santa Mónica, con el cabello más corto y oscuro. Mándalas a cada oficina de campo con la descripción adecuada de la persona buscada.

—¿Buscada por qué?

—Por uso ilegal de una identificación del FBI, suplantación de un agente, extorsión, destrucción de aeronaves, asalto a una oficina federal y asesinato.

—Maldita sea, Nathan, ¿qué información obtuviste entre la noche de ayer y ahora?

—Randolph Kohl me llamó. Él tiene sus cosas.

—¿Kohl de Seguridad Nacional? Dime que esos buscadores de gloria no van a estar pisándonos los talones a cada paso que demos.

—Me han asegurado que nos están brindando la cortesía profesional de permitirnos capturar a nuestra oveja descarriada.

—¿De qué va todo esto? —preguntó Harrow—. ¿Qué es lo que ha hecho para que se vea involucrada Seguridad Nacional?

—Por ahora, eso es información clasificada. Yo... yo... —Un temblor de duda y confusión sacudió a Silverman, pero se le pasó rápidamente—. Te lo contaré con todo detalle en cuanto Booth me diga que puedo hacerlo.

—¿Booth? ¿Quién es Booth?

Silverman frunció el ceño.

—Me refería a Kohl. Tan pronto como Randolph Kohl me diga que puedo compartirlo, lo haré.

—Por lo general, nos ocupamos de algo como esto manteniéndolo en secreto el mayor tiempo posible.

—Este es un asunto poco común. Ponla también en el CNIC. El Centro Nacional de Información Criminal pondría su nombre y su cara frente a toda la comunidad de justicia criminal, desde las agencias de policía de las grandes ciudades a las de las ciudades más pequeñas.

—¿Te refieres a la lista de órdenes pendientes? —preguntó Harrow.

—Sí.

—¿Tenemos una orden?

—Un juez emitirá una provisional.

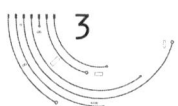

Dougal Trahern esperó hasta que dieron las diez en punto para llamar por teléfono a la habitación del motel de Jane. Después de que le diera permiso, fue a su habitación para discutir algo con ella.

—Podría morir hoy —dijo él.

—Los dos podríamos morir hoy.

—No quiero morir de esa forma.

Se preguntó si él quería retirarse después de haber llegado tan lejos y le dijo:

—¿De qué forma?

Señaló su reflejo de hombre de montaña en el espejo de la puerta del armario.

—De esa forma. —Le dio una lista con cosas que comprar y su tarjeta de crédito—. ¿Podrías traerme estas cosas?

Ella leyó la lista y le dijo:

—¿Por qué no vienes conmigo?

—No lo sé. Solo es que me desperté sintiendo...

—¿Sintiendo qué?

Frunció el ceño.

—Sintiéndome inseguro. Está bien, ¿vale?

—¿Inseguro de qué?

Señaló de nuevo su reflejo.

—¿Te importa conseguirme esas cosas o me vas a freír a preguntas como si fuera un sospechoso?

—Relájate, señor Pie Grande.

—Maldita sea, eso lo has tomado de Charlene.

—Una buena mujer. Dame una hora. Pero ¿estás seguro de todo esto?

—Demonios, sí. Ya he terminado con esto de ser así. Te espero en mi habitación.

—Deja el cartel de «No molestar» colgado en la puerta para no aterrorizar a la camarera. —Ella le devolvió la tarjeta de crédito—. Tengo dinero en efectivo.

Pareció angustiado.

—No deberías tener que pagar mis cosas.

—Tú pagaste casi medio millón por unas ruedas que nos trajeron hasta aquí.

Cuando regresó de las compras, ella comenzó a arreglarle el cabello. Había comprado un gran trapo protector de los que usan los pintores y lo extendió en el suelo de la habitación. Él puso una silla sobre el trapo, se sentó y usó dos toallas de baño para crear una improvisada capa de barbero sobre su ropa.

También había comprado unas tijeras de peluquería y un peine con púas de acero.

—No va a ser un corte muy profesional.

—Las mujeres pioneras cortaban el pelo de toda su familia y sobrevivieron. Solo empieza a recortar.

Comenzó por decidir qué nudos no podía desenredar. Y los cortó sin piedad.

Con los datos sobre el rancho ZC que Jane extrajo de William Overton y las fotos por satélite que Dougal imprimió, sabían cómo planeaban entrar en el rancho, en la casa y salir de allí con vida. Pero aún no habían discutido otros temas importantes.

Mientras le cortaba el pelo, él le dijo:

—¿Qué le podrías sonsacar a Shenneck para que la misión fuera un éxito?

—No podemos entrar en sus laboratorios de Menlo Park directamente. Pero cuando trabaja desde el rancho, tiene acceso informático a su investigación y a otros archivos de Menlo Park. Quiero que descargue las especificaciones para los nanoimplantes, cada iteración del diseño desde el primer día hasta el momento en que pudieran inyectarse y autoensamblarse de manera segura.

—¿Eso sería suficiente para acabar con él?

—Tal vez. Pero quiero más. Overton dijo que Shenneck captura y convierte a los coyotes en el rancho, como te dije, por lo que debe tener viales de la solución inyectable en casa. Las miles de partes infinitesimales de un mecanismo de control se mantienen flotando en un líquido refrigerado. Están diseñados para que no puedan autoensamblarse hasta que estén en un entorno donde la temperatura sea de al menos treinta y cinco grados Celsius, durante al menos una hora ininterrumpida.

—En el interior de un mamífero vivo —dijo Dougal.

Jane le contestó mientras caía una gran cantidad de pelo cortado de la cabeza de Dougal.

—Las nanopartes del mecanismo de control son cerebro trópicas, específicamente a las concentraciones de hormonas producidas por el hipotálamo. En el momento en que pasan a través de las paredes capilares hacia el tejido cerebral, han estado en un ambiente cálido el tiempo suficiente para comenzar a ensamblarse. Cogeré todos los viales que encuentre. Si es posible unos cuantos de cada tipo, de los que reducen a las niñas de Aspasia a un nivel más bajo de conciencia, los que programan a la gente para el suicidio y el homicidio, tantos como pueda. Necesitamos que sean analizados por las autoridades... si alguna vez encuentro una autoridad en la que pueda confiar.

—¿Cuánto tardarás en conseguir todo eso?

—No mucho tiempo una vez comience a cooperar.

—¿Y si no lo hace? ¿Cómo conseguirás que coopere?

—Tendré que acojonarlo —dijo ella.

—¿Y si eso no funciona?

—Depende de cuánto dolor sea capaz de tolerar.

—¿Estamos hablando de tortura?

Ella se dio cuenta de que él la estaba mirando a través de los espejos de las puertas de los armarios.

—¿Estamos hablando del futuro de la libertad? —le contestó—. ¿Queremos detener la esclavitud y la muerte de millones de personas? Shenneck es Emory Wayne Udell con mayúsculas.

El nombre del asesino de su hermana claramente hirió a Dougal.

—No estoy diciendo que la tortura nunca sea justificable. Solo me pregunto... ¿estás segura de que eres capaz de hacer algo así?

Lo miró en su reflejo en el espejo y le dijo:

—Hubo un tiempo en el que no habría sido capaz. Pero luego fui a Aspasia. Para poner fin a ese horror... puedo hacer casi cualquier cosa.

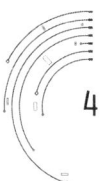

4

Desde el teléfono de la sala de estar de su suite, Silverman llamó a recepción y reservó su habitación para otra noche más; esta vez usó su tarjeta de crédito de la oficina. Su intuición le decía que, independientemente de lo que esos dos maletines contuvieran, y fueran cuales fueran las razones de Jane para relacionarse con Vinyl y Robert Branwick, todo eso acabó cuando Branwick cayó muerto en el suelo de su cocina. Lo más probable es que ella aún estuviera en el valle de San Fernando, o al menos en algún lugar de Los Ángeles. Silverman quería estar allí cuando su presa apareciera.

Cuando estaba a punto de salir para tomar un desayuno tardío o un almuerzo temprano, sonó su teléfono.

Era John Harrow.

—¿Recuerdas anoche, Sherman Oaks, en aquella cocina, un bolígrafo en el suelo y una libreta de notas en la mesa?

—Vi la libreta de notas, pero no el bolígrafo.

—El laboratorio encontró marcas de escritura, en realidad la impresión, en la primera página de la libreta. Lo más probable es que fuera Branwick escribiendo algo. Presionó con fuerza el bolígrafo, como lo haría un hombre bajo presión.

—Con una pistola en la cabeza.

—Sí. No hemos encontrado la página en la que lo escribió, de modo que probablemente se la llevó quienquiera que le obligó a escribirla.

El laboratorio había empleado una técnica de iluminación oblicua para visualizar las palabras marcadas en la libreta, las fotografió y realizó un realce de las imágenes fotografiadas.

—En primer lugar —dijo Harrow—, hay una palabra o un nombre, Aspasia. —Lo deletreó—. Debajo, un nombre, William Sterling Overton.

—¿Por qué me suena familiar?

—Es un abogado de primera, un artista de la extorsión, del tipo máster del universo. Resulta que está en nuestra lista de personas relacionadas con Branwick cuando Branwick era Jimmy Radburn. Estuvimos investigando un caso contra él antes de que estallara todo esto. Tenemos suficiente para obtener una orden de registro, lo que estamos haciendo ahora que la situación de Vinyl se ha vuelto crítica. Y atento, el juez que nos la va a dar la está firmando en la iglesia. Claro, es domingo, pero ¿sabías que los jueces iban a la iglesia?

—Había oído rumores de que algunos lo hacían.

—Overton vive en Beverly Hills. Ya estás allí, y yo voy de camino. ¿Te recojo en el hotel?

—Estaré esperando fuera —dijo Silverman.

5

Una vez que Jane ya le había hecho todo el daño que pudo al pelo de Dougal, se fue a su habitación mientras él se deshacía de su barba con la máquina de afeitar eléctrica que ella le había comprado.

Mientras lo esperaba, estudió las fotos de Google Earth del Rancho ZC en busca de algún error en su plan.

Al cabo de un rato, Dougal la telefoneó para decirle que iba a llamar a la puerta y prefería no recibir un disparo.

Cuando entró en la habitación, su cabello era una versión aceptable del corte en todas direcciones que la recepcionista del motel, Chloe, lucía el viernes por la mañana, cuando Jane le pidió que buscara en *Star Spotter* o *Just Spotted* para ver si William Overton estaba en la ciudad. Nadie le preguntaría a Dougal por el nombre de su peluquero, ya que, en esta época en la que los peinados imaginativos de todo tipo están de moda, no llamaría la atención.

Los pantalones de camuflaje habían desaparecido. Había sacado unos vaqueros de su bolsa de lona. En lugar de la camisa de franela a cuadros, llevaba un jersey azul de cuello redondo. Seguía llevando las botas con cordones, y tenía puesta la chaqueta de nailon acolchada de color negro brillante para ocultar las dos fundas de pistola de los hombros, pero ya no tenía la apariencia de raro del día que haría que la gente le tomara vídeos con sus teléfonos móviles para compartirlos en YouTube.

—Muy guapo —dijo ella—. Una especie de John Wayne *punky*.

En realidad, sin la barba parecía que tenía por lo menos diez años más de cuarenta y ocho, y tenía un aire triste. Sonrió por su cumplido, pero su cara no era de alegría, y, de hecho, la sonrisa en sí era triste. Casi cuarenta años de dolor y tristeza se habían acumulado en su carne y en sus huesos, y ni una sola sonrisa ni diez mil podían borrar toda la melancolía grabada.

—No me hagas la pelota —repuso Dougal—. Parece que me hayan cosido en un laboratorio y que me hayan devuelto a la vida con un rayo. Vamos a salir de aquí y almorzar. Luego iremos a ver a un hombre para hablar de un helicóptero.

De pie frente al hotel, mientras esperaba a Harrow, Nathan Silverman no se entendía a sí mismo.

Seguía pensando en lo que Ancel Hawk le dijo en Texas: «Ellos fueron a su casa y le amenazaron con violar y matar a Travis si no abandonaba». Eso confirmaba la afirmación de Gladys Chang de que Jane quería vender la casa rápido, por debajo de su valor, porque tenía miedo por su hijo. Luego estaba la amenaza velada en la charla con Booth Hendrickson en el aeropuerto de Austin. Hasta hacía poco, Silverman estaba convencido de que Jane debía ser la víctima, no el verdugo.

¿Cómo una llamada telefónica de Randolph Kohl de Seguridad Nacional le hizo aceptar que Jane era culpable de una serie de delitos? Sí, Kohl tenía buena reputación. Pero Silverman no cambiaba su opinión de nadie basándose en información de segunda mano no verificada.

Sin embargo, de inmediato llamó a John Harrow y puso en marcha la implacable maquinaria del FBI contra Jane. ¿Por qué?

También estaba el hecho inquietante de que no podía recordar con qué detalle Kohl había apoyado los cargos contra la mujer.

A medida que el tráfico pasaba rápido junto a él en Wilshire Boulevard, Silverman comenzó a sentirse mareado. Estaba desorientado, como si hubiera salido del hotel esperando estar en otra ciudad a mil kilómetros de Beverly Hills. Se apoyó con una mano en una farola cercana para no caerse.

Había sentido algo parecido en Texas, de pie en el porche de la casa de Hawk, contemplando una enorme planicie de hierba salvaje bajo un cielo tan grande que parecía que arriba y abajo estaban a punto de volverse del revés, que se caería de la tierra en los cielos.

En aquel caso, había una razón para lo que sintió: el enorme paisaje desconocido hizo que él se diese cuenta de lo pequeño que era en el esquema de las cosas. Pero en este caso, estaba en su elemento, con la ciudad a su alrededor, el zumbido del tráfico. No parecía haber ninguna causa externa para su angustia.

Las náuseas y la desorientación pasaron rápidamente. Quitó la mano de la farola.

Quizá no debió darle tanto crédito a la afirmación de Gladys Chang de que Jane temía por la vida de su hijo. Después de todo, la agente inmobiliaria era una desconocida para él. Ella lo había cautivado, pero no tenía ninguna razón para creer que ella era una entusiasta observadora de las personas.

Y Ancel Hawk no era un simple extraño para Silverman, sino más bien un extraterrestre, saludando como lo hacía desde las llanuras, un mundo muy diferente a Washington, Alexandria y Quantico. Además, Ancel no sabía lo que Jane le había dicho. No podía comprobar su historia. Ella le había mentido al director del hotel en Santa Mónica al afirmar que era una agente en un caso, y probablemente le había mentido a Branwick y a sus empleados, porque las mentiras y los engaños eran su moneda de cambio. Por tanto, si les mentía a algunos, no había razón para pensar que no les mentiría a todos, a su suegro y a Silverman, tan fácilmente como a un director de hotel.

La indignación que había sentido antes, la desgarradora decepción con Jane, lo invadió una vez más, más aguda y más ácida, corroía su estado de ánimo, sombreando cada uno de los recuerdos que tenía de ella con colores más oscuros.

John Harrow se acercó a la acera en un sedán de la agencia. Silverman se subió en el asiento del pasajero y cerró la puerta.

—Ramos y Hubbert se reunirán con nosotros en la casa con la orden.

Silverman conocía a Ramos y a Hubbert.

—Bueno. Si ella obligó a Branwick a darle el nombre de Overton a punta de pistola, será mejor que esperemos lo peor.

Harrow parecía sorprendido.

—¿Has dado por supuesto que ella estaba en la casa de Branwick?

—Espero estar equivocado —dijo Silverman—. Pero lo dudo.

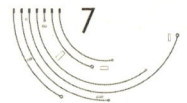

7

Silverman había estado antes en ese vecindario más de una vez, pero en esta ocasión parecía diferente.

Grandes casas con grandes jardines. Árboles enormes que sobresalían. En algunos patios, los árboles de jacaranda ya estaban floreciendo y producían flores azules que caían en cascada a través de las ramas como fuegos artificiales congelados en medio del espectáculo. Si el día hubiera sido soleado, el efecto habría sido, sin duda, deslumbrante.

Sin embargo, bajo la luz sombría del cielo gris nublado, la hermosa calle tenía una calidez fúnebre, como si todo eso, incluida la cultura que lo produjo, estuviera en su ocaso, como si algo nuevo y perturbador pudiera estar surgiendo para ocupar su lugar, para que un día, incluso cuando el sol brillara, la escena fuera grisácea y sombría.

Aparcaron frente a la casa de Overton. A los pocos minutos, Hubbert llegó con una orden que especificaba que la búsqueda era esencial para preservar las vidas de inocentes bajo una amenaza inminente.

No había ninguna razón para suponer que un ciudadano de la importancia de Overton pudiera representar un grave peligro físico para agentes con una orden judicial, independientemente de los negocios ilegales y sucios que hubiera tenido con Robert Branwick. Era un abogado ganador cuya arma era el sistema, que usaba contra el sistema, y no tenía que recurrir a la violencia. No era necesario un equipo de los SWAT.

Después de que Harrow llamara al timbre en repetidas ocasiones y nadie respondiera, Ramos y Hubbert recorrieron el exterior de la casa en busca de alguna evidencia de que alguien pudiera estar dentro, pero no encontraron nada.

Con una pistola de desbloqueo, soltaron los cerrojos de la

puerta delantera. Cuando Harrow abrió la puerta, la alarma de la casa no sonó, lo que sugería que alguien debía de estar en casa.

Harrow gritó que eran del FBI y que tenían una orden de registro urgente. Nadie respondió.

Las luces de toda la casa estaban encendidas. El día gris requería lámparas, pero esta era una iluminación adecuada para una casa solo durante la noche.

El silencio parecía ser más una sustancia que una condición, tan pesado que reprimía los sonidos que hacían los agentes mientras examinaban la planta baja, teniendo mucho cuidado de no tocar nada. Ramos se quedó al pie de la escalera mientras los otros tres subían.

Cuando Silverman alcanzó a Harrow y Hubbert en el segundo piso, el silencio se hizo más intenso. La experiencia y la intuición, y tal vez la apreciación inconsciente de un sutil mal olor, le dijeron que ese debía ser el silencio de la muerte, recorriendo la elegante casa de un bocazas gritón que ya no puede gritar.

Cuando entraron en la habitación principal el mal olor ya no era tan sutil.

La ropa destrozada, las ataduras de cables entrelazados y unas cuantas gotas y manchas de sangre en el suelo de piedra caliza del baño contiguo no eran una buena señal para William Overton.

En el vestidor, caldeado por las luces del techo que llevaban encendidas mucho tiempo, el mal olor se convirtió en hedor. Goteando sobre una alfombra que debía de costar más de doscientos dólares el metro cuadrado, había un cadáver que debía de ser el de Overton, pero la identidad la tendría que determinar el médico forense. A juzgar por el progreso de putrefacción (una decoloración verdosa de la parte inferior del abdomen, menor decoloración de la cabeza, el cuello y los hombros, la hinchazón de la cara y el tono blanquecino), la víctima, vestida solo con unos calzoncillos, llevaba muerta más de treinta y seis horas.

Si Robert Branwick fue asesinado el jueves por la noche, como sugería el estado de su cadáver, Overton habría sido asesinado unas veinticuatro horas después.

Se retiraron al vestíbulo de arriba, donde Harrow llamó a la policía de Beverly Hills para denunciar un homicidio.

Silverman dijo:

—Hay cámaras de seguridad en los pasillos.

—Sí. Tenemos que encontrar las grabaciones.

—Entonces sabremos que ella lo hizo —dijo Silverman, y se preguntó por qué no había dicho: «Entonces sabremos si ella lo hizo».

Su certeza podría haber sido intuición, aunque parecía algo mucho más intenso. Parecía un objeto de fe, como si la maldad de Jane fuera el dogma central de una nueva religión que había llegado hasta él completamente formado por una revelación divina. Hacía tiempo que pensaba en ella con admiración y afecto. Pero ahora en su mente ella tenía un aura oscura, y había una maldad en su rostro que no había visto antes. Oyó una voz que le hablaba, una voz interior que no era la suya, y la voz la llamó por su nombre: «Madre de Mentiras».

8

Valley Air vendía, alquilaba y reparaba helicópteros, y los guardaba en hangares, dando servicio a grandes empresas y personas adineradas. La compañía también tenía un helicóptero para servicios médicos aéreos con contratos con varios hospitales en los condados de Napa y Sonoma, y controlaba un servicio de fumigación de cultivos.

El copropietario de Valley Air, Ronnie Fuentes, los estaba esperando en la oficina principal, a pesar de que era domingo. Casi con treinta años, tenía la serenidad de un hombre mayor y modales del siglo pasado.

—Sargento —exclamó Fuentes al ver a Dougal—. ¡Se ha acicalado y peinado! ¿Está pensando en volver a alistarse, señor?

—Joder, chaval, siempre seré demasiado grosero para el Ejército de hoy en día.

Cuando Dougal presentó a Jane como su amiga y socia, Fuentes se inclinó ligeramente de hombros y le ofreció su mano.

—La amistad es tan sagrada para el sargento Trahern como lo es Dios para un buen sacerdote. Así que es un verdadero honor conocerla.

En lugar de decorar las paredes con imágenes del avión con el que operaba la compañía, la dirección había elegido colgar grandes y coloridas obras de arte militar, helicópteros de combate y transportes de tropas y unidades de evacuación médica, fotografiados bajo fuego en circunstancias caóticas y conmovedoras.

—Así que tus padres están en un crucero por el Caribe —dijo Dougal.

—Sí señor, por su trigésimo quinto aniversario. ¿Se enteró de que mamá lo convenció para dar clases de baile durante un año antes del viaje?

—Quito Fuentes en una pista de baile. Esto debe ser el fin del mundo.

—Es la única vez que ha usado la lástima como arma de defensa —dijo Ronnie—. Dijo que era cruel decirle a un hombre con un solo brazo que podía bailar.

—*Break dance*, quizás.

—Se les da bastante bien, señor. Debería verlos bailar el vals, chachachá, foxtrot. —Le sonrió a Jane—. Aunque papá nunca permitiría que su viejo sargento lo viera haciendo lo que él llama «pasos de chico elegante».

Minutos más tarde, cuando se pusieron manos a la obra, Dougal dijo:

—Si dices que no a lo que quiero, nada cambiará entre nosotros. ¿Entendido?

—Valley Air siempre cumple con su eslogan. —Ronnie Fuentes cantó una variación de la letra de una vieja canción de Joe Cocker—: Te llevamos volando adonde perteneces —mientras Dougal fingía que le dolían los oídos.

Fuentes no le negó nada a Dougal. Aunque regatearon el precio, Fuentes insistió en que no habría factura, y Dougal contestó que la factura sería enorme.

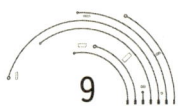

9

En la residencia Overton, los agentes del FBI aconsejaban y vigilaban a la policía de Beverly Hills, y los policías acataban en silencio sus órdenes. La exagerada consideración que cada uno de ellos daba a los otros no podía disimular la frustración que endurecía cada parte de la casa.

La jurisdicción no estaba clara. Overton había sido objeto de una investigación del FBI, pero no se habían presentado cargos. Desde la perspectiva del BHDP, aquello era el asesinato de un ciudadano, nada más. Y el FBI no se involucraba en casos de asesinato a menos que el asesino actuara en otros estados o matara a un agente federal.

Silverman pensó que era mejor permitir que los locales procedieran con la supervisión discreta del FBI, para agilizar la búsqueda de pruebas y quizás dar con una pista de adónde había ido Jane desde ese lugar.

Aunque estaba convencido de que ella había asesinado a Branwick y a Overton, todavía tenía pocas pruebas admisibles para respaldar su teoría. Además, carecía de un móvil y de las futuras intenciones de Jane.

Silverman seguía pensando en la llamada de Randolph Kohl, tras la que oficialmente calificó a Jane como una canalla de lo peor. Le había dicho a John Harrow que un juez, a solicitud de Seguridad Nacional, iba a emitir una orden de arresto para ella relacionada con un asunto de Seguridad Nacional. Pero cuando trató de recordar lo que le contó Kohl, su memoria, que antes era un palacio de habitaciones iluminadas, ahora parecía haberse convertido en un pequeño y oscuro apartamento.

Debido a su memoria borrosa y a su ansiedad generalizada, Silverman pensó que algo no iba bien en su interior. Sin embargo, cada vez que comenzaba a dudar de sí mismo, se veía impulsado por una oleada de autoconfianza tan poderosa que parecía inducida químicamente. Estos cambios bruscos de estado de ánimo también le perturbaban.

Fue Ramos quien se dio cuenta de que aún no habían encontrado ningún teléfono móvil. Dada la naturaleza de la vida profesional y personal de William Overton, el abogado debía estar tan atado a su teléfono casi tan íntimamente como un bebé al útero de su madre.

Las zonas por las que los investigadores comenzaron a buscar fueron el vestidor, donde yacía el hombre muerto; el baño, donde la víctima estuvo encerrada durante un tiempo; y el dormitorio. Abrieron con cuidado todos los cajones, inspeccionaron visualmente el contenido, pero no los tocaron, para no alterar ninguna prueba antes de que llegara la unidad del CSI. No encontraron ningún teléfono.

—Si entró en la casa por la puerta que conecta con el garaje —dijo Ramos—, tal vez pudo dejar el teléfono en la cocina.

—O se lo dejó olvidado en el coche —sugirió Harrow.

Silverman dejó a Hubbert en la habitación principal y acompañó a Harrow y a Ramos a la planta de abajo, donde la búsqueda del teléfono móvil de Overton resultó infructuosa.

Los tres terminaron en el patio trasero, con vistas al *spa* y a la inmensa piscina, revisando las sillas y las mesas, en caso de que Overton hubiera pasado cierto tiempo allí cuando regresó a casa. Tampoco encontraron el teléfono.

—Ella se lo llevó —supuso Harrow—. Había algo en él que ella quería.

—Si lo tiene desde el viernes por la noche —dijo Silverman—, ya habrá conseguido lo que necesitaba y se habrá deshecho de él.

—Ta vez no —repuso Ramos—. Quizá pensó que nadie encontraría el cuerpo de Overton antes del lunes, así que tenía tiempo.

—Esperemos —dijo Harrow—. Y el expediente del caso que hemos estado investigando en Branwick incluye nombres y números de teléfono de sus clientes, entre ellos Overton. Si Seguridad Nacional está cursando una orden de arresto contra ella, tal vez con algo de ayuda podamos conseguir la ubicación actual del teléfono de Overton. Si ella aún lo tiene, la cogeremos.

Un poco antes, encontraron la grabadora de la cámara de seguridad escondida en un armario del garaje. Jane se había llevado el disco, y con él la prueba de su presencia en la casa. Silverman esperaba que no hubiera sido tan cuidadosa con el teléfono del hombre muerto, pero valía la pena pedir una solicitud interinstitucional de cooperación urgente en la materia.

10

Jane dejó su habitación en el motel antes de ir a Valley Air, así que le dejó a Ronnie Fuentes las maletas y la bolsa de informes de autopsias. También le dejó el bolso con los sesenta mil dólares. Adonde iban, no podían llevar muchos bultos, y el dinero podría ser una gran distracción. Dougal le confió su bolsa de lona a Fuentes, después de sacar una escopeta Mossberg del calibre doce con empuñadura de pistola y cañón recortado y dos cajas de cartuchos. Puso el arma y las municiones en la parte trasera del Gurkha.

Mientras se alejaba de Valley Air, Jane dijo:

—El padre de Ronnie, Quito, ¿sirvió bajo tus órdenes en las Fuerzas Especiales?

—No. Yo serví bajo las suyas. Fue mi teniente durante algún tiempo.

—Y le salvaste la vida.

—Olvídate de todo eso. Nada de eso importa.

—Bueno, pero lo hiciste.

—No me trates como a un héroe —refunfuñó—. Quito me salvó la vida dos veces antes. Todavía le debo una.

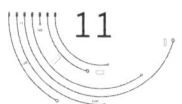

Silverman realizó la llamada a la Agencia de Seguridad Nacional mientras caminaba junto a la piscina de treinta metros de largo de Overton. El viento había esparcido pétalos de buganvilla de color escarlata sobre el agua de tono gris como la piel de un lagarto, donde su reflejo distorsionado avanzaba sigiloso con cada uno de sus pasos.

Las organizaciones no militares que se ocupan del terrorismo y la seguridad nacional, la CIA, la NSA, Seguridad Nacional y el FBI, siempre han estado celosas de su territorio y han sido muy precavidas a la hora de cooperar entre sí para no ceder autoridad.

Los horribles ataques terroristas sufridos el año anterior en Europa y Sudamérica, junto con las más de cuatrocientas muertes en

Seattle, llevó a varias agencias a tener una mayor disposición a trabajar unas con otras.

Como jefe de sección del Grupo de Respuesta a Incidentes Críticos dentro del FBI, Silverman llamó por teléfono a su homólogo en la Agencia de Seguridad Nacional, Maurice Moomaw, para solicitar una orden urgente de la ubicación del teléfono móvil de William Overton, para la cual pudo proporcionar el número.

—No hay ningún problema —dijo Moomaw—. Como pago, solo tienes que transferirme a tu mejor persona de recursos humanos y sesenta millones de dólares.

Silverman fingió que le hacía gracia el humor burocrático y dijo:

—Estamos eliminando a los humanos del FBI y, de todos modos, solo me quedan tres dólares del presupuesto anual.

—Entonces me conformaré con eterna gratitud —repuso Moomaw—. Volvemos a hablar dentro de un rato, Nate.

Silverman se detuvo al final de la piscina y contempló la casa. Harrow y Ramos estaban sentados en las sillas del patio. A pesar de que el cielo estaba nublado, Harrow llevaba las gafas de sol puestas. Ramos se fumaba un cigarrillo.

Algo en aquella escena le pareció profundamente siniestro a Silverman, aunque no supo explicar qué. Su inexplicable ansiedad, que no tenía nada que ver con Jane, se intensificó bastante. Le picaba la nuca.

En ese momento, Maurice Moomaw estaría hablando con alguien del Centro de Datos de Utah, creado por la Agencia de Seguridad Nacional y acabado en 2014, unas instalaciones con más de un millón de metros cuadrados bajo techo. Entre otras cosas, el Centro de Datos tenía la tarea de interceptar cada llamada telefónica y mensaje de texto, además de otras transmisiones digitales, y almacenarlas para el análisis de metadatos. La NSA no escuchaba las llamadas ni leía los mensajes de texto, pero tenía la capacidad de escanear los exabytes de datos en busca de palabras clave que pudieran indicar cierta actividad terrorista, y analizar señales de origen extranjero para deducir las intenciones de los enemigos de la nación.

Al igual que todos los automóviles con GPS, todos los teléfonos móviles contenían un localizador que emitía un identificador único, que podía rastrearse por satélite con la misma facilidad con la que el teléfono podía enviar y recibir llamadas, sin importar que estuviera encendido o apagado. Aunque Jane hubiera cogido lo que quería del teléfono de Overton y lo hubiera tirado, tendría algún valor saber dónde estaba cuando se deshizo de él.

Once minutos después de que Maurice Moomaw colgara el teléfono, llamó.

—El teléfono está en los terrenos de un motel en las afueras de Napa, California.

Le dio a Silverman la dirección exacta.

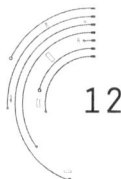

12

Se dirigían hacia el rancho de Shenneck. Dejaba atrás la multitud enloquecida de Los Ángeles, la elegancia rústica de Napa desaparecía a toda velocidad. Jane se sentía como si ella también se estuviese alejando de la realidad, o de la realidad como ella la conocía, y se dirigía hacia una fantasía, a un reino donde gobernaban los acólitos de la oscuridad, donde se lanzaban hechizos impronunciables y donde los muertos vivientes servían a sus amos vivos.

La carretera de dos carriles del condado pasaba a través de las colinas, con el fabuloso valle de viñedos a la izquierda. A la derecha estaban los bosques abiertos de robles, alcornoques y ciruelos rodeados de juncos dorados.

Cuando llegaron a un cortafuego de un solo carril apartado del asfalto, Dougal dijo:

—Gira a la izquierda aquí.

—¿Estás seguro?

Revisó el montón de fotos por satélite que tenía en las manos.

—Lo he memorizado. Ese es el camino, está bien.

Ella giró hacia el estrecho carril. La profunda pisada de los neumáticos del Gurkha levantaba los guijarros y los lanzaba contra el chasis.

—Se llama la Singularidad —dijo Dougal.

—¿El qué?

—El punto en el que la inteligencia humana y la artificial se fusionarán con la ayuda de la nanotecnología, cuando los humanos y las máquinas se unan en el siguiente paso evolutivo. Se han escrito muchos libros sobre el tema.

—Singularidad. Suena bien.

—Ellos dicen que será una utopía. Dicen que la inteligencia humana asistida por la inteligencia de la máquina nos hará mil veces más inteligentes. Dicen que con las nanomáquinas que vivirán a miles dentro de nosotros, que limpiarán constantemente la placa de nuestras arterias y que controlarán la salud de los órganos y repararán los daños, viviremos durante siglos, quizá para siempre, durante toda la eternidad.

—¿Quiénes son ellos?

—Un montón de gente inteligente.

—Uh-huh.

—Más inteligentes que yo. Han identificado como quince objeciones para continuar con la nanotecnología y han refutado cada una de ellas. Algunos críticos piensan que no es posible, un desperdicio de recursos. Otros dicen que es peligroso, como si las nanomáquinas pudieran comenzar a replicarse y consumir toda la biomasa del planeta en unas pocas semanas.

Ella dijo:

—El vídeo de Shenneck, el de los ratones, habla de nanomáquinas no replicantes.

—Esa gente inteligente tiene bastantes respuestas convincentes a sus críticas.

Jane se preguntó:

—En cuanto a esas quince objeciones... ¿Alguna de ellas dice que hay una tendencia al mal en los seres humanos? ¿Explican cómo garantizar que una tecnología tan poderosa no se usará para hacer el mal?

—No, no es una de esas quince.

—Uh-huh.

—Parece que piensan que cuanto más inteligentes son las personas, menos capaces son de hacer algo malo.

—Uh-huh.

Durante un rato, el bosque se espesó, los árboles se amontonaron uno encima del otro. El cielo cubierto robaba la luz del sol y los árboles que rodeaban el cortafuego tejían una penumbra sin el beneficio de las sombras.

Los ciervos deambulaban por los caminos y ella redujo la velocidad. Si un vehículo normal impactara contra un ciervo a gran velocidad, se destrozaría, pero un Gurkha blindado probablemente pasaría sobre el animal sin daños significativos.

La preocupación por el Gurkha no era la razón por la que aminoraba la velocidad. Ya había dos personas muertas, aunque fueran reptiles venenosos con forma humana, y con toda seguridad habría más muertes, tal vez incluso la suya propia. Ella no quería tener que salir del vehículo para administrar una inyección de misericordia a un ciervo lisiado. Tenía la curiosa convicción de que tal momento la desharía emocionalmente como nada más podría hacerlo.

Dougal dijo:

—Dentro de un kilómetro más o menos, el bosque comienza a abrirse a tierra abierta, a colinas. Un kilómetro después, gira hacia el oeste.

Ella lo miró. Parecía mayor de lo que era y se veía maltratado y angustiado, pero también preparado, fuerte y sereno. No le pareció que tuviera miedo, sino una agradable sensación de anticipación que le provocó una sonrisa apagada, una sonrisa voraz, que le atravesó el rostro.

—De verdad has estado esperando algo como esto.

Él le lanzo esa mirada salvaje de color gris pálido, y ella se imaginó que en la batalla él sería brutal sin ser cruel, que se enfrentaría a la muerte rápida sin dudar, porque sabía que había una gran diferencia entre matar y asesinar.

—Los cursos extraescolares gratuitos de cocina mantienen la pornografía fuera de las bibliotecas, es todo lo que hay que hacer, aunque se haga frente a las consecuencias, no a las causas. Estoy de humor para hacer frente a una causa.

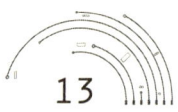

13

Después de que Maurice Moomaw le dijera que el teléfono móvil de Overton estaba en los terrenos de un motel en Napa, Silverman llamó para contratar un jet privado de una compañía de vuelos chárter que operaba en el aeropuerto de Van Nuys, que ya había contratado un año antes para otro asunto. Era posible que se enfrentase a preguntas por los gastos, sobre todo porque habría un recargo por la reserva de última hora, pero si conseguía atrapar a un agente corrupto, los gastos dejarían de ser un problema.

John Harrow colocó una sirena portátil en el sedán camuflado, la hizo sonar casi sin cesar y condujo a Silverman y Ramos de Beverly Hills a Van Nuys, por Santa Monica Boulevard y la autopista de Hollywood, unos treinta y nueve kilómetros a través del tráfico intenso de un domingo por la tarde. Tardaron unos treinta minutos, a pesar de encontrar retenciones de tráfico causadas por un accidente de tres vehículos.

El Citation Excel, un jet mediano de ocho asientos, estaba ya preparado cuando llegaron los tres, pero aunque el copiloto estaba a bordo, tuvieron que esperar catorce minutos a que llegara un piloto de guardia.

Estaban en el aire poco menos de una hora después de recibir la noticia de la NSA sobre la ubicación del teléfono de Overton. Cuatro agentes de la oficina de campo del FBI se dirigían hacia el motel para ponerlo bajo vigilancia.

El trabajo de Silverman consistía en reuniones administrativas y aburrida política burocrática más que en trabajo de calle. Por lo general, se sentía excitado y animado por estar fuera de la oficina y en el centro de acción.

Sin embargo, a medida que la extensión suburbana del valle de San Fernando desaparecía debajo de ellos, su ansiedad iba a peor. Aunque cada decisión que había tomado hasta ahora era lo que debía hacer, lo que tenía que hacer, se sentía... se sentía como si no tuviese el control total de sí mismo, como si tuviera que deslizarse cada vez más rápido por una pendiente resbaladiza. En Texas, el día anterior, la inmensidad generó en él la sensación de que podía flotar en el cielo infinito. Esa sensación regresó a medida que el avión ganaba altura. Parecía estar cada vez más ligero. Esperó a que la gravedad lo dejara ir, a que el jet entrara en la atmósfera de la Tierra y volara hacia la eternidad, los motores ya no funcionaban en el vacío del espacio.

—¿Estás bien? —le preguntó Harrow desde su asiento al otro lado del pasillo.

—¿Qué? Oh. Sí. Estoy bien. Acabo de darme cuenta de que no he llamado a mi mujer esta mañana. Ni anoche.

—Será mejor que aproveches el vuelo para pensar en una disculpa —le aconsejó Harrow—. Y no vuelvas a casa sin algo caro.

—Oh, a Rishona no le gustan esas cosas. Ella es muy comprensiva, Harrow.

—Eres un hombre afortunado, Nathan.

—Es lo que me digo todas las noches y cada mañana —dijo Silverman, aunque sus propias palabras le sonaron huecas.

Había comenzado a sentirse como un jugador de ruleta que nunca acierta con el color, aunque apueste al rojo o al negro.

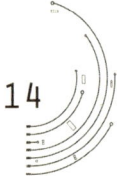

14

El cortafuego terminó, y el bosque se abrió a las praderas, como Dougal había prometido. Con la tracción a las cuatro ruedas, el Gurkha dominaba el terreno, y, un kilómetro más adelante, llegaron a un arroyo, que también podía verse en las fotos de Google Earth. La mayor parte del año estaba seco, pero en este momento el agua fluía sobre un curso de piedras erosionadas por el tiempo. Aquí, Jane giró hacia el oeste y condujo hasta que Dougal le dijo que parara en mitad de una larga pendiente.

Juntos, salieron del Gurkha y ascendieron a pie por un prado cubierto por una variedad de hierbas y decorado con formaciones de lirio de chaparral de floración temprana. Los conejos que comían sobre la hierba se alejaban de ellos saltando o se sentaban sobre las patas traseras para verlos pasar. Las cigarras cantaban y mariposas naranjas con estrechos márgenes oscuros en las alas alzaban el vuelo.

Cerca de la parte más alta, Jane y Dougal se agacharon en lugar de caminar de pie, y luego se arrastraron hasta la cima. Cien metros por debajo de ellos, estaba la casa principal del Rancho ZC, grande y de baja altura. Una estructura ultramoderna de vidrio y acero, con muros de carga de granito de color gris oscuro, pulidos en algunas partes y con relieves en otras.

Medio ocultos por la hierba silvestre y empequeñecidos por la distancia, Jane y Dougal tenían cada uno unos prismáticos con lentes antirreflectantes que no los delatarían. Ella inspeccionó la casa, que había visto antes solo como techos y cubiertas extendidas en las fotos de Google Earth.

Un largo camino de asfalto conducía hacia el suroeste desde la casa principal hasta el alejado camino del condado. Al final del camino privado se encontraba la casa de servicio, la residencia original antes de que los Shenneck compraran el terreno: una casa victoriana de dos pisos con carpintería decorativa minimalista.

Según Overton, en la casa de servicio vivían seis *rayshaws*. Se ocupaban de la limpieza y el mantenimiento de toda la propiedad, pero su función principal era la seguridad. Eran hombres que, como las niñas de Aspasia, habían sido reducidos a un nivel inferior de consciencia, su sentido de sí mismos había sido enormemente disminuido, siempre obedientes a sus señores, Bertold Shenneck y su esposa. Estaban programados.

Este no era un rancho de trabajo. No había animales; por tanto, nunca había tenido vallas. Se habían instalado detectores de calor y movimiento a lo largo de las veintiocho hectáreas, dispuestas para hacer sonar la alarma solo cuando un intruso medía más de un metro de altura y producía una marca de calor que sugería un peso bruto de unos cuarenta y cinco kilos o más. Esto impedía falsos positivos por coyotes y otras criaturas fuera del perfil del intruso, aunque de vez en cuando los ciervos activaban una alerta que hacía que los *rayshaws* fuertemente armados acudiesen a investigar.

Tumbado junto a Jane en la cresta, mientras observaban la propiedad de abajo, Dougal dijo:

—Así que el personaje de la novela se llamaba Raymond Shaw.

—En *El mensajero del miedo*. Sí. El libro y la película.

—No lo he leído ni la he visto.

—Shaw es un prisionero en la guerra de Corea. Los comunistas le lavan el cerebro y es enviado de vuelta a Estados Unidos para asesinar a representantes políticos. Él no sabe lo que le han hecho. Cuando se activa, mata, y olvida el asesinato.

—Así que el mecanismo de control se conecta a uno de estos tipos, le borra la mayoría de los recuerdos, la mayor parte de su personalidad, lo programa para matar y Shenneck lo llama *rayshaw*. Qué retorcido hijo de puta. No solo es cabrón y malvado. También es un idiota.

Jane recordó la defensa que Overton hizo de Shenneck al llamar al rancho ZC, Zona Cero, y dijo:

—Le gustan sus pequeñas bromas. Y, según Overton, ese es el libro y la película favoritos de Shenneck desde que tenía catorce años. Él no se identificaba con el héroe ni con Raymond Shaw. Pero los lavadores de cerebros verdaderamente lo inspiraron.

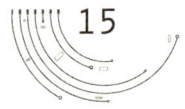

15

Después de una hora en el aire, el Citation Excel descendió a través de las nubes hasta la pista del aeropuerto del condado de Napa.

Silverman no notó la menor sensación de alivio al estar de nuevo en tierra. Completar la tarea que tenían por delante probablemente lo dejaría tan vacío como el lejano cielo pálido a través del cual habían llegado al norte.

A medida que tenían más pistas y la sospechosa parecía estar a su alcance, debería haber sentido una progresiva sensación de gratificación, un creciente entusiasmo, pero no era así. Tenía que encontrar a Jane Hawk, y lo haría. Pero no le iba a complacer tener que arrestarla. Teniendo en cuenta que los cargos en su contra incluían el asesinato, ella se podría resistir. Antes, habría pensado que era imposible que ella le apuntara con un arma, pero ahora creía que podría hacer cualquier cosa. Temía que ella pudiera crear una situación en la que él tuviera que usar la violencia contra ella, tendría que disparar a esa muchacha que, en otras circunstancias, podría haber amado como si fuera su propia hija.

Mientras bajaba y caminaba por la pista con Harrow y Ramos hacia el coche y el conductor de la oficina de campo de Sacramento que los esperaba, Silverman tomó una fría decisión, una decisión que al principio le sorprendió y a la que se resistió. Pero cuando estaban en el coche y mientras los llevaban hasta el motel donde habían encontrado el teléfono móvil de Overton, se resignó a la necesidad de responder a la resistencia de Jane con fuerza letal si era necesario. Después de todo, ella lo había traicionado. Había traicionado al FBI. Había traicionado a su país. Si, en el penúltimo momento, decidía optar por un suicidio por la policía, él la complacería y no se preocuparía por los remordimientos. Ya no era la persona que conocía. Se había convertido en una extraña, un peligro para la sociedad, una amenaza para los inocentes. Si tuviera que apretar el gatillo y derribarla, lo haría sin dudarlo. Ese era su trabajo. Y su trabajo nunca había sido fácil.

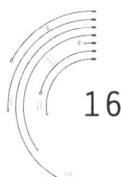

16

Si el planeta estuviera vivo, como algunos creían, y si la Tierra fuera la madre de la humanidad, era una madre con un corazón de hielo, porque el suelo de hierba sobre el que yacía Jane en la cresta de la colina estaba frío, su lecho glacial le robaba el calor de la carne y los huesos. El día era suave sobre la tierra, el invierno se convertía en primavera, y, sin embargo, las apagadas nubes grises enfriaban su espíritu, de modo que, la imagen binocular de la casa de Shenneck se sacudió como un espejismo cuando un escalofrío la atravesó.

—¿Ves algo? –preguntó Dougal.

—No.

Antes de comenzar el asalto, era de vital importancia estar seguros de que Bertold e Inga Shenneck estaban en la casa.

Nada se movía en esas veintiocho hectáreas, excepto la hierba y los árboles, movidos por una suave brisa. Durante largos minutos, la escena podría haber sido propia de más allá del fin de la civilización, cuando quedan algunas de las estructuras de la humanidad, pero no la humanidad.

De pronto... apareció una figura desdibujada más allá de una pared de cristal.

Al principio, sin sustancia convincente, como una sombra borrosa deambulando por una casa abandonada por los vivos. Luego pasó cerca de las ventanas, en lo que podría haber sido una habitación familiar era una mujer con pantalones blancos, blusa blanca, alta y ágil, con la actitud y el caminar de una modelo en una pasarela de moda.

—Dougal, mira. Primer piso, a la izquierda —dijo Jane.

—La veo —intervino Dougal—. ¿Dónde está él?

La mujer desapareció tras el muro de granito... y reapareció en la cocina.

—Si ella está allí —repuso Jane—, es bastante probable que él también lo esté.

—Qué pasa si vamos hasta allí y él no está; nunca tendremos una segunda oportunidad.

—Tengo un teléfono desechable. Sé el número de la casa. Si él responde, cuelgo y entramos rápido.

—¿Y si responde ella?

—Entonces soy Leslie Granger de nuevo, la asistente del asistente personal del señor Overton, y tengo una pregunta para el señor Shenneck.

—De cualquier modo, si sospechan de algo, eso les dará una ventaja de un minuto —dijo Dougal preocupado.

En la oficina del motel había expositores con folletos que ofrecían a los turistas del valle de Napa numerosas atracciones, la mayoría de ellas, bodegas. Se veía limpio, olía bien y estaba bien iluminado, un lugar sencillo pero acogedor.

Tio Barrera, el director, era también el recepcionista de turno. Al ver las credenciales del FBI frunció el ceño y le comenzó a palpitar de forma visible la sien derecha.

Le entregó a Silverman el registro del motel, que indicaba que solo un huésped en las últimas veinticuatro horas había pagado en efectivo por una habitación. Su nombre era Rachel Harrington. Supuestamente vivía en Fort Wayne, Indiana. Había entregado un permiso de conducir de Indiana y el empleado de la noche había confirmado el número de licencia, así como la dirección que figuraba en ella. Había cogido dos habitaciones.

—¿Dos? —preguntó John Harrow—. ¿Alguien viaja con ella?

—¿Sigue aquí? —preguntó Silverman, aunque ella había pagado por una sola noche.

Barrera miró en el cajón de las llaves.

—No. Tengo aquí las dos llaves de las habitaciones.

—¿Alguien viaja con ella? –repitió Harrow.

Barrera no lo sabía. Phil Olney, el empleado del turno de noche, vivía cerca. El director lo llamó por teléfono.

Olney, un celador de hospital jubilado que complementaba su pensión con el trabajo en el motel, llegó en menos de cinco minutos. Tenía el flequillo encrespado, como si la llamada de Barrera le hubiera dado una descarga eléctrica.

Cuando Silverman le enseñó una foto de Jane con el pelo corto y oscuro, Olney dijo:

—Sí, es ella. Una dama encantadora.

—¿Por qué dos habitaciones? —preguntó Silverman.

—Para su marido y los niños.

—¿Vio al marido y a los niños? —preguntó Harrow.

—No. Estaban en el coche.

Silverman consultó el registro y dijo:

—Un Ford Explorer.

—Así es.

Silverman leyó en voz alta el número de matrícula que ella había dado. Aunque sin duda era tan falso como su dirección en Fort Wayne, el agente especial Ramos tomó nota de ello en el cuaderno de bolsillo con forma de espiral que llevaba.

—¿Es que acaso vio el Explorer? —le preguntó Harrow a Phil Olney.

—No, señor. Pero era una mujer muy agradable; ella no mentiría. Se le hacía un nudo en la garganta cuando hablaba de su Golden.

—¿Su qué?

—Su Golden Retriever. Scootie. Murió hace poco.

Silverman le preguntó a Barrera:

—¿Se han limpiado ya esas habitaciones?

—Sí, por supuesto. Hace horas.

—¿La camarera encontró un teléfono móvil en alguna de las dos habitaciones?

Barrera pareció sorprendido.

—No. Pero es gracioso... Otra camarera encontró un iPhone en el cubo de la basura en el restaurante de al lado.

—¿Dónde está?
—¿El teléfono? Estaba roto.
—Pero ¿dónde está, señor Barrera?
—Creo que lo tiene todavía la camarera.

18

Vista a través de la enorme ventana sobre el fregadero, con un impresionante atuendo blanco, y el pelo rubio pálido recogido en un moño con un pasador, Inga Shenneck parecía demasiado celestial para el trabajo de una cocina. Incluso con el poderoso aumento que le proporcionaban los prismáticos, Jane no podía decir lo que estaba haciendo la mujer. Tal vez lavar verduras o frutas.

—Planta baja, a la izquierda —dijo Dougal.

Jane siguió su aviso. Vio a otra figura que pasaba por la pared de puertas de cristal entre la terraza trasera y la sala de estar familiar. Casi con toda seguridad se trataba de un hombre. Pero estaba demasiado lejos del cristal para poder identificarlo con toda seguridad.

¿Shenneck o uno de los *rayshaws*?

Desapareció detrás del muro de granito, pero luego reapareció en la cocina. Abrazó a Inga por detrás, le tomó los pechos con las manos y hundió la cara en su cuello.

Ella echó la cabeza hacia atrás para que pudiera llegar hasta su garganta.

Después de acariciarla, levantó la cabeza. Bertold Shenneck.

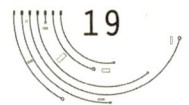

19

Pilar Vega, de unos treinta años, guapa y segura de sí misma, no se dejó intimidar por su trabajo o por su uniforme de camarera ni por ser una persona de interés para el FBI. Supuso que habían venido a por ella, mientras limpiaba la habitación 36 tras una salida tardía, porque la habrían confundido con alguna extranjera ilegal.

—Siempre he sido una residente legal —dijo ella con orgullo—. Desde el año pasado, soy ciudadana.

—No estamos interesados en su estado de inmigración, señora Vega —repuso Silverman.

—Tengo los mismos derechos que ustedes. Nadie me los puede quitar.

Si su jefe, Tio Barrera, no hubiera estado presente para tranquilizar a la mujer, Silverman y Harrow podrían haber necesitado más tiempo para disipar sus dudas sobre el motivo que los llevaba hasta ella.

—Lo que nos interesa es el teléfono móvil que se encontró esta mañana en el cubo de la basura —dijo Silverman.

—No lo robé —intervino Pilar Vega, ofendida por la insinuación, con la cabeza levantada en actitud provocadora, la barbilla hacia arriba y los ojos con brillo desafiante—. No he robado nada en la vida.

Frustrado, pero consciente de que con paciencia obtendría una mayor recompensa que con intimidación, Silverman le dijo:

—No tenemos duda de su honestidad, señora Vega. Ninguna duda en absoluto.

Tio Barrera esta vez se tomó más tiempo para calmar los temores de la mujer. Por fin parecía creer que la veían como una importante fuente de información y no como un objetivo.

—Llegué a trabajar temprano. Estaba sentada en mi coche fuera del restaurante. Me estaba tomando un café. Esa mujer tiró algo al cubo de la basura. Parecía un teléfono móvil. Entró en el restaurante.

Silverman le enseñó la fotografía.

—Sí, es ella. Salió con un café grande y una bolsa con algo. Cuando se fue, miré en el cubo de la basura. Era un teléfono móvil lo que había tirado.

—Entiendo que es posible que usted aún tenga el teléfono.

—Está roto.

—Sí, pero ¿lo tiene?

—Ella lo tiró. Ahora es mío.

—Pero si está roto...

—Tal vez se pueda arreglar. Conozco a alguien que arregla teléfonos.

—Señora Vega —dijo Harrow—, ese teléfono forma parte de un delito.

—¿Qué delito?

—Un asesinato.

—¿A quién asesinaron?

—No estamos autorizados para decírselo. Pero debemos conseguir ese teléfono.

—La mujer que lo tiró no parecía una asesina.

—No —repuso Silverman—, no lo parece. El teléfono es la prueba, señora Vega.

A regañadientes, Pilar Vega sacó el teléfono de un bolsillo de la falda de su uniforme y se lo entregó.

La carcasa estaba abollada y un poco torcida, pero la pantalla parecía no estar dañada. Cuando intentó encenderlo, un destello de una luz gris pálida recorrió la pantalla, solo una vez, pero no apareció nada en la pantalla.

—Tiene batería —dijo Harrow.

—No sirve como teléfono —informó Silverman—, pero con toda seguridad, el localizador sigue transmitiendo.

Justo entonces sonó su teléfono. Le dio el iPhone de Overton a Harrow y atendió la llamada.

—Silverman.

—Juega al mensajero del miedo conmigo, Nathan.

—Sí, está bien.

—Soy Randolph Kohl de Seguridad Nacional. ¿Estás solo para que podamos hablar?

La voz era la de Booth Hendrickson, del Departamento de Justicia, y aunque Silverman sabía que era la voz de Booth, no la de Kohl, se oyó decir, como a lo lejos:

—Deme un segundo —y le dijo a Harrow—: Es Seguridad Nacional. Necesito hablar en privado.

Se fue al baño, cerró la puerta y abrió los grifos del lavabo para ocultar su voz a quienes estuvieran en la habitación contigua del motel.

—Sí, señor Kohl —confundido acerca de por qué debía seguirle el juego a Booth de esa manera.

—Ponme al día, Nathan. ¿Habéis conseguido alguna pista de Jane Hawk?

—Nos estamos acercando a ella. Mató a un hombre llamado William Overton en Beverly Hills, en su casa, al parecer el viernes por la noche.

—¿Overton? ¿Sterling Overton, el abogado?

—Sí. William Sterling Overton.

—Maldita sea. ¿Cómo llegó esa maldita zorra hasta Overton?

—A través de Robert Branwick, alias Jimmy Radburn.

—No sé quién es —dijo Booth Hendrickson—. ¿Por qué no sé quién es?

—Era un pirata informático. Le teníamos echado el anzuelo, pero él no lo sabía. Lo dejábamos actuar para ver a qué otros peces gordos nos llevaba. Overton contrató a Branwick para que pirateara a alguien, y Branwick pirateó a Overton. ¿Es realmente el señor Kohl o eres tú, Booth?

Después de un silencio, Booth dijo:
—Juega al mensajero del miedo conmigo, Nathan.
—Sí, vale.
—¿Quién soy, Nathan? —preguntó Randolph Kohl.
—¿Quién eres? —dijo Nathan, sorprendido de que el director general de Seguridad Nacional pudiera preguntarle tal cosa—. Eres Randolph Kohl.
—Dijiste que os estabais acercando a ella. ¿Cuánto?
—Hemos encontrado el motel donde se alojó anoche. Ahora mismo estamos aquí. Ella se trajo el teléfono móvil de Overton, sacó de él lo que quería y lo tiró a la basura.
—¿Crees que él le dio la contraseña? —quiso saber Kohl.
—Tal y como él estaba, sí. Ella se lo hizo pasar muy mal.
—¿Dónde está el motel?
—Justo a las afueras de Napa.
—¡Mierda! Va a por Shenneck.
—¿Quién?
Kohl le dio una dirección de una ruta rural.
—Allí es adonde va. Vete para allá ya, Nathan. Mátala. Mátala. Tengo que hacer una llamada.
Booth colgó. Kohl. Kohl colgó.
Oyó un sonido precipitado. Como algo que se aproximaba rápidamente a Silverman. No. Solo era el agua del lavabo. Cerró el grifo.
Aún sentía que algo se acercaba rápidamente a él.

20

Mientras Bertold sirve dos copas de pinot grigio y las lleva a la tabla de cortar junto al fregadero de la cocina, suena el teléfono de la pared de al lado. Ya ha sonado otra vez unos minutos antes, pero está de un humor en el que no permite ningún tipo de interrupción. Como la vez anterior, deja que salte el buzón de voz.

Inga mira su copa de vino y sonríe, pero continúa lavando las patatas.

Con su copa de vino en la mano, Bertold se queda de pie mirándola. Hay algo erótico en la forma en la que sus elegantes manos acarician los tubérculos.

Por lo general, uno de los *rayshaws*, programados con mil y una recetas, prepara el almuerzo y la cena de los Shenneck cuando están en la residencia del rancho. Sin embargo, durante esta visita, Inga está convencida de que los *rayshaws* no están manteniendo su nivel de higiene personal en los estándares que se les exige, y que, en particular, el encargado de cocinar no se lava las manos con tanta frecuencia como debería, y que puede estar tocándose de manera impura durante las tareas culinarias. Como consecuencia, ella insiste en preparar las comidas hasta que Bertold pueda estudiar el problema y encontrar una solución.

Bertold no está convencido de que los *rayshaws* estén, en palabras de Inga «a punto de convertirse en pequeños animales mugrientos». Ella ha observado un par de aberraciones en sus comportamientos, a partir de las cuales ha elaborado una imaginaria catástrofe inminente.

Su insistencia en lo correcto de su conclusión y su insistencia en el asunto son molestas.

El teléfono de la pared de al lado vuelve a sonar. Aunque es un número privado, han estado plagados últimamente de llamadas automáticas de todo tipo de vendedores, desde propiedades de tiempo compartido hasta filetes orgánicos. Una vez más, deja que salte el buzón de voz.

Como estudiante de historia, durante mucho tiempo ha creído que un hombre que busca alcanzar las alturas del poder es más probable que cumpla sus ambiciones si a su lado tiene a una esposa igualmente ambiciosa y despiadada. No importa lo brillante que sea el hombre, la compañera que está unida a él en la búsqueda del poder aporta a la empresa una visión y una astucia femeninas que no deben ser infravaloradas.

Y una ventaja más es que Inga, además de su sed insaciable de tener cada vez más riqueza y más poder, es deliciosa y totalmente ardiente.

Por supuesto, la desventaja de una esposa así es que ella tiene la intención de tener sus propios placeres y satisfacciones, lo que requiere de él tiempo y energía y, no menos importante, compartir todo el poder que han conseguido. Hay ocasiones en las que él piensa que una niña de Aspasia podría ser programada para ser incansable y despiadada con el fin de ayudar a su esposo a alcanzar el Olimpo y, aun así, que permanezca completamente sumisa a él, para que no tuviera que complacerla con preocupaciones tan caprichosas como que los *rayshaws* no se lavan las manos con la suficiente frecuencia.

Mientras observa cómo comienza a pelar las patatas, que por alguna razón es menos erótico que ver cómo las lava, oye un ruido seco y mira al cielo por la ventana. Al principio suena como uno de los helicópteros ejecutivos de bajo vuelo que llevan a otros emigrados de Silicon Valley a sus casas de vacaciones en esta tierra de vino y rosas.

El teléfono de la pared suena y suena. Bertold, impaciente, arranca el auricular de su base.

—Será mejor que no sea nada de ventas por teléfono.

—Ella va a por ti —dice Booth Hendrickson, su buen amigo del Departamento de Justicia.

Esas palabras al principio le parecen desconcertantes, pero comienzan a tener significado cuando Bertold se da cuenta de que el ruido de fuera no tiene el ritmo de corte de aire de un ala giratoria.

—La zorra de Hawk —le explica Booth—. Ya va para allá.

—¿Qué puñetas es eso? —pregunta Inga.

La atención de Bertold se dirige del cielo a la tierra, al movimiento en el largo prado inclinado detrás de la casa.

Un tremendo cacharro que parece ser mitad todoterreno y mitad tanque corre hacia ellos a través de arbustos de hierba y de mostaza silvestre, haciendo volar montones de mariposas. Deja caer el teléfono mientras Inga deja caer la patata y el pelador, ya que parece como si el vehículo blindado pudiera atravesar la ventana y la pared, empujando el fregadero y los muebles contra ellos y aplastándolos contra la isla central. Los Shenneck no conocen el juego limpio, y, durante un momento crítico, su razón se ve arrancada por las garras del pánico. Él da un paso hacia la izquierda y ella hacia la derecha, chocan entre sí y se desequilibran el uno al otro, ya que parece que, con independencia de adonde corran, se lanzarán a la inminente destrucción en lugar de escapar de ella. La rareza y la rapidez del asalto los deja paralizados, la masa a toda velocidad no es un vehículo, sino más bien un instrumento de la ira divina arrojado desde el cielo, su sentencia inevitable.

Un instante después, la máquina se aleja de la cocina, salta los pocos escalones bajos entre el césped y la terraza, se estrella contra la pared de cristal, hace temblar toda la casa e invade la sala de estar familiar en una brillante lluvia de cristales rotos, como un leviatán de las profundidades atrapado en burbujeante espuma, aunque no está indefenso. El gigante acorazado podría haber derrumbado el suelo sobre el sótano si hubiera habido sótano, pero la casa estaba construida sobre una losa. En vez de eso, avanza hacia delante, apartando los muebles que no se rompen bajo sus duros neumáticos, gira hacia la zona del desayuno y la cocina, la estructura diáfana es casi tan cómoda como un carril de viaje compartido.

La casa incluye una habitación del pánico, con puertas secretas y paredes de chapa de acero, con su propio suministro de aire y electricidad, donde Bertold e Inga podrían esperar seguros durante una invasión, pero solo hay dos entradas, la primera en la sala de estar y la segunda en la habitación principal. No pueden llegar a ninguna de ellas mientras el enorme vehículo avanza por la zona del desayuno, destroza un par de sillas Palecek y se detiene. El motor en marcha hace un sonido parecido al jadeo de un dios pantera de la mitología congoleña.

La puerta delantera del pasajero se abre de golpe y sale un hombre alto con una escopeta con empuñadura de pistola. Su cara parece sacada del cine negro, endurecida por oscuras experiencias, y sus ojos grises se fijan en los Shenneck, de tal forma que se aferran el uno al otro como nunca antes lo habían hecho.

Pero es la mujer que sale de la puerta del conductor quien, por primera vez en la vida de Bertold, le da motivos para tomar en serio su mortalidad. Por un momento, cree que puede ser una chica de Aspasia, con su intelecto y personalidad restaurados por algún fallo en su mecanismo de control, porque le mira con unos ojos azules tan brillantes por el recuerdo del sufrimiento como con el fuego de la venganza. Pero entonces recuerda las palabras de Booth, que en medio del caos no entendió por completo, «La zorra de Hawk ya va para allá», y sabe que ante él tiene la fuerza implacable que durante dos meses ha evitado cada vez a más legiones de buscadores, ella, cuyo marido podría haber tenido una carrera en la política militar si el modelo informático no lo hubiera identificado como un individuo problemático, ella que ha escondido a su hijo de esas mismas legiones con éxito.

Ella empuña una pistola con las dos manos, con los brazos rectos delante de ella mientras se acerca a él, y parece que él morirá aquí antes de que los *rayshaws* puedan llegar desde la casa de la entrada.

—Si no me pusiste en tu lista Hamlet, deberías haberlo hecho. Porque puedes estar completamente seguro de que tú estás en la mía —le dice.

21

Bajo un cielo oscuro e hinchado, dos sedanes corrían hacia el este por la carretera del condado, a una zona donde los vecinos eran pocos y distantes entre sí. Derraparon con fuerza al entrar en el camino privado y frenaron bruscamente delante de una puerta de estilo ranchero construida con tubos de tres centímetros de diámetro. Silverman, Harrow y Ramos salieron del primer coche, dejando a su conductor, un agente de Sacramento, detrás del volante. En el segundo sedán había tres hombres más de la oficina de campo de Sacramento.

Al otro lado de la propiedad y cuesta arriba, bajo unos nubarrones que parecían abalanzarse hacia ella, una gran casa ultramoderna con terrazas en voladizo dominaba el valle, como si fuera un fantástico barco de cristal arrastrado por una inundación.

Cerca de la puerta había una modesta casa victoriana.

Antes de que Silverman pudiera pulsar el botón del portero electrónico, se abrió la puerta principal de la casa de al lado, y dos hombres salieron al porche. Eran altos, fuertes, bien afeitados, con rostros inexpresivos y ojos tan vigilantes como los de los dobermans, entrenados para proteger y defender, muy parecido al tipo inapropiado de músculo contratado que a veces se ve alrededor de ciertas celebridades del mundo del entretenimiento desquiciadas por su repentina fama y riqueza.

Uno de los hombres se acercó a la puerta, mientras el otro se quedaba en el porche.

Silverman le enseñó su credencial del FBI.

—Necesitamos ver al doctor Shenneck ahora mismo.

—No está en la lista de admisiones.

—¿Quién eres? —preguntó Harrow.

En lugar de darle su nombre, el hombre dijo:

—Seguridad.

La mirada del guardia era directa, incluso audaz, pero Silverman no veía ninguna emoción perceptible en ella, así como tampoco era perceptible en su rostro ni la suspicacia que su trabajo requería ni la hostilidad latente que motivaba a algunos hombres a aceptar un trabajo que podría proporcionarle de vez en cuando una excusa para la violencia.

—Llama a tu jefe —dijo Harrow—. Tenemos que verlo ahora mismo, es cuestión de vida o muerte. De su vida y su muerte.

Desde algún lugar más allá de la casa se escuchó el rugido de un motor de carreras. El guardia que había hablado con Silverman y el del porche miraron hacia el ruido.

Un trueno y sus ecos enmascararon el sonido del motor, pero luego el trueno se desvaneció y el gruñido del vehículo invisible volvió a escucharse.

Además de su tamaño y comportamiento, algunas evasivas cualidades de estos guardias llamaron la atención de Silverman. Su formidable apariencia y la forma de actuar directa parecían una máscara, y la condición de personal de seguridad era más un papel que un hecho real.

A lo lejos, el gruñido del motor se convirtió en un rugido, y un tercer hombre, al igual que los dos primeros, salió por la puerta principal abierta, al porche. Miró hacia arriba a la casa principal, luego a Harrow, y luego a Silverman, con un comportamiento parecido al de una máquina.

De repente, Silverman intuyó que la máscara de cada hombre era un fino velo, que detrás de la máscara no había un hombre diferente, sino un vacío.

Esto lo sabía porque se veía a sí mismo reflejado en ellos, como lo había estado unas cuantas veces durante ese día tan extraño en el hotel de Beverly Hills cuando se despertó confundido, o cuando encontró la segunda arma (el Kimber Raptor del calibre 45) en el cajón de su mesita de noche, o cuando sintió náuseas y confusión mientras estaba de pie frente al hotel esperando a John Harrow, o cuando una voz interior le cambió el nombre a Jane y la llamó Madre de Mentiras, o cuando el avión despegó del aeropuerto de Van Nuys y la gravedad parecía estar abandonándolo. Durante el día de hoy, se ha sentido perdido en varias ocasiones, y estos guardias de seguridad se veían como él se había sentido, perdidos bajo su brillo de obediente preocupación y competencia. Recordó la marca de pinchazo en la vena en el hueco de su brazo, que creyó que era una picadura de insecto, a Randolph Kohl hablando con la voz de Booth Hendrickson, cómo se olvidó dos veces de llamar a Rishona, cuyo corazón y el suyo estaban sincronizados. Un destello de perspicacia le dijo que era imposible, pero que, con toda seguridad, esos tres guardias eran hombres huecos, formas sin forma, sombras sin color, y que, en cierta medida, él se estaba volviendo como ellos. Si pudiera vaciarse, si pudiera convertirse en alguien que nunca había sido antes, entonces cualquier cosa podría suceder. De hecho, lo imposible podría ocurrir aquí, ahora y en el futuro. Se dio cuenta de todo el horror que se estaba desarrollando y se alejó de la puerta del rancho y de los guardias.

—¿Qué pasa? —le preguntó Ramos.

—¿Nathan? —inquirió John Harrow.

Mientras Silverman regresaba entre el sedán y la puerta, el rugido del motor cerca de la casa principal acabó en un choque colosal, el inconfundible sonido de láminas de vidrio destrozadas.

Mientras los relámpagos tronaban detrás de las nubes como las lámparas de algún enorme barco al pasar por el obenque, John Harrow se subió a la puerta baja, se inclinó sobre ella y gritó a los guardias de seguridad de Shenneck más cercanos que dejara pasar a los coches. Pero mientras los fuertes truenos perseguían a los relámpagos, mientras Harrow corría por el camino de entrada hacia la casa principal, los dos hombres en el porche sacaron las pistolas de debajo de sus chaquetas y le dispararon por la espalda.

22

Jane con Dougal, tal vez huyendo del pasado, quizá con la esperanza de redimirlo, se aventuró en un futuro más oscuro que los días más oscuros de la historia, escuchó los latidos de su corazón y lo ignoró, probó el ácido del miedo y se lo tragó.

Entre la fragilidad de cristales de pared rotos y el fuerte repiqueteo de sillas de madera rotas, empujado a punta de pistola hasta las escaleras del segundo piso, Bertold Shenneck avanzó con debilidad y conmoción, como lo haría un escarabajo pelotero despojado de su exoesqueleto. Se propuso cambiar el mundo y gobernarlo a través del asesinato en masa y la esclavitud, pareció actuar con coraje cuando, con enorme riesgo personal, violó las leyes y destruyó dos mil años de consenso filosófico en cuanto a la igualdad del valor de cada vida humana.

Pero lo que podría haber parecido coraje demostró que era un déficit de sentido común y un exceso de importancia personal, una fe demasiado fuerte en su genio y superioridad; no coraje, sino las acciones imprudentes de un narcisista común incapaz de imaginar que podría fracasar. La invasión de su casa y ver de cerca el cañón de un arma fue todo lo que hizo falta para reducirlo de rey león a un ratón campesino tembloroso.

Por otro lado, pisoteando los cristales y subiendo las escaleras, sin preocuparse lo más mínimo por poder recibir un disparo por la espalda, Inga Shenneck no parecía perturbada por ese giro de los acontecimientos, su fe en sí misma solo se veía reforzada por cualquier contratiempo.

—No sabéis con quién estáis tratando ni en qué demonios os estáis metiendo. Si continuáis con esto, acabaréis en un hoyo muy profundo, en un mundo de dolor, desmontados pieza por pieza. Esto es una estupidez, una idiotez, pagaréis por esto, suplicaréis la muerte. La historia pasará sobre pedazos de mierda como vosotros. Nosotros somos el futuro, nosotros reescribiremos la historia, y vosotros nunca habréis existido, inútiles desechos humanos.

En el segundo piso, Dougal arrastró un aparador del pasillo, bloqueó la entrada de la escalera y se colocó detrás del mueble. Los *rayshaws* ya deberían estar allí.

A punta de pistola, Jane condujo a los Shenneck hasta el despacho de Bertold. Allí, le ordenó que se sentara a su escritorio y encendiera el ordenador.

Señaló a una silla en un lado y le dijo a Inga:

—Llévatela a aquella esquina. Siéntate, de cara a la pared, de espaldas a la habitación.

La boca de la mujer se torció en un gesto de desprecio y el odio más profundo que contrastaba con la impresión de luminosidad angelical alentada por su atuendo completamente blanco. Agarró la silla por la parte superior, su intención era tan evidente como si lo hubiera anunciado.

—Tienes que girar la silla para tirarla —le advirtió Jane—, y te aseguro que estarás en el infierno antes de que la sueltes.

—Cuando estés muerta —le prometió Inga—, me mearé sobre tu cadáver un buen rato.

Jane solo le hizo una divertida mueca de desprecio.

—Qué boca más sucia. Vete a la esquina, Barbie Mala.

Mientras Inga se sentaba en la silla, de espaldas a la habitación, un trueno sacudió de nuevo el cielo, y, entre el sonido de una tormenta inminente, también se oyó una ráfaga de disparos a lo lejos. Los *rayshaws* estaban disparando... ¿a quién?

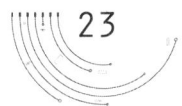

23

Harrow cayó hacia delante con un chorro de sangre saliéndole de las heridas del pecho, una bandada de cuervos salió volando de los árboles cercanos, con una ruidosa acusación hacia los que habían perturbado su paz, las alas negras recorrieron el cielo gris, Ramos y el guardia de seguridad más cercano sacaron sus armas a la vez, Ramos hizo el disparo más rápido y certero y acertó con un proyectil en la cara de maniquí del asesino sin emociones, y a cambio, sobrevivió a un disparo por puro reflejo que casi impactó en él.

Con el primer sedán oficial ahora entre él y la casa, Silverman vio a los asesinos de Harrow saltar desde el porche y dirigirse cuesta arriba hacia la residencia principal, cuando aparecieron otros dos guardias a un lado de la casa victoriana, uno de ellos con una escopeta y el otro con una ametralladora Uzi.

Silverman se tiró al suelo, se refugió detrás del coche justo al mismo tiempo que el conductor, que al darse cuenta de su vulnerabilidad, daba marcha hacia atrás con su vehículo, pero olvidando al vehículo que tenía detrás de él o asumiendo que el otro conductor también se apresuraría a salir de una situación insostenible. Impacto de parachoques y luces traseras y faros destrozados. Silverman estaba tumbado en el suelo detrás del primer sedán cuando la Uzi y la escopeta abrieron fuego. Las ventanillas de los coches se desintegraron. La chapa de metal chirrió a medida que las balas la destrozaban. La fibra de vidrio estalló. Los neumáticos reventaron. Los hombres gritaron de dolor, pero por poco tiempo.

Se encontró debajo del sedán sin recordar cómo había llegado hasta allí, con la cara vuelta hacia la casa. Vio a Ramos, que había perdido parte de la cabeza y miraba hacia el refugio de Silverman con los ojos hacia atrás y hundidos, completamente blancos y fantasmales en las cuencas, como los espíritus de los antiguos primitivos que permanecen en las cuevas donde una vez vivieron siglos atrás.

Aunque una parte del hombre que había sido permanecía en algún lugar profundo de su interior, Silverman no se unió al tiroteo. Su una vez entusiasta sentido del honor ya no insistía en que actuara con autoridad moral, y su antigua conciencia aguda de dónde debía estar su lealtad, ahora estaba, en el mejor de los casos, confusa. Se había visto a sí mismo en el vacío de los hombres que custodiaban el rancho. Ese vacío al principio era aterrador, pero luego le pareció oscuramente atractivo, un abismo espiritual pero también un descanso de tomar decisiones y esforzarse por hacer lo correcto. Mientras los disparos volaban sin control y luego disminuían, él permaneció debajo del sedán. En su interior, una pequeña y tranquila voz le susurró que solo tenía que hacer una cosa, que solo tenía que encargarse de ella, que traicionó a su país, traicionó al FBI, lo traicionó a él. Sin ambigüedad moral. No se requiere un razonamiento complejo para evaluar la situación. Completar una sola tarea y luego descansar sin dudas, sin ese miedo de por vida que se llama recelo, libre de remordimientos. Una tarea. «Mátala. Mátala. Mátala».

El suave goteo y el olor a gasolina lo sacaron de debajo del sedán antes de que estallara un incendio. El silencio en los sangrientos siguientes minutos fue tan intenso que el rancho podría haber sido un diorama reducido a escala y encerrado en una caja de cristal. Si había habido algo de brisa, los cuervos se la habían llevado con ellos.

Entonces, el mazazo de un trueno sacudió el día y arrancó la lluvia de las nubes.

El conductor del coche de delante cayó sobre el volante, al igual que el conductor del segundo vehículo. Los otros dos agentes de Sacramento que estaban en el automóvil de atrás habían salido del coche con vida y suficientemente rápido como para hacer mella en el equipo de seguridad de Shenneck, antes de que fuesen también derribados. Los hombres huecos que Silverman vio con una escopeta y una Uzi eran ahora carroña esperando el regreso de los cuervos, al igual que el que disparó a Ramos. De los seis agentes que llegaron al Rancho ZC, solo había sobrevivido Silverman.

La matanza no hizo que se enfadara o que se conmoviera, como le hubiera ocurrido antes. Era solo algo que había sucedido. No sentía nada.

Se quedó de pie bajo la lluvia, esperando saber qué hacer a continuación.

Cincuenta o sesenta metros más allá de la puerta del rancho, otro guardia de seguridad, a pie, corría por el largo camino hacia la casa principal, sin darse cuenta de que había quedado alguien con vida. Llevaba lo que parecía ser otra Uzi.

Mientras Silverman veía cómo el guardia desaparecía entre las cortinas plateadas de lluvia, su teléfono sonó. Descolgó, escuchó y dijo:

—Sí, está bien.

24

Una parte del salón superior era una galería abierta a la sala de estar y al vestíbulo de abajo. Al conectar los dos niveles, los peldaños flotantes se curvaban hacia abajo con barandas en ambos lados, lo que permitió a Dougal Trahern una línea de visión clara en cada acceso a las escaleras.

Detrás del aparador que bloqueaba la entrada de la escalera, Dougal tenía dos pistolas y una escopeta con un cargador de tres cartuchos. Pensó que estaba bien posicionado y bien armado, pero los disparos que había oído desde la casa de la puerta de entrada le preocupaban. El torrente de lluvia se había convertido ya en un sonido sibilante incesante, como una multitud cantando en un susurro, lo que no le permitía oír los sonidos que podrían hacer los *rayshaws* al acercarse.

Incluso en una tarde sombría, la luz adecuada había encontrado el camino para entrar en esta residencia de muchas ventanas, y no había lámparas encendidas en la planta baja, excepto en la cocina.

Ahora la tormenta cubría el mundo con capas de cortinas de gotas, y una media luz escabrosa se filtraba a través de las habitaciones abiertas, no solo oscurecía las cosas, sino que también las distorsionaba.

Debajo de él, por un momento, una lámpara de pie con pantalla en forma de campana situada detrás de una silla en la sala de estar parecía un hombre con casco. A medida que se oscurecían las esquinas, era fácil creer que formas amenazadoras se agachaban dentro de ellas, esperando para cargar contra las escaleras con fuerza.

De hecho, los *rayshaws* no necesitaban ser un gran número para efectuar un ataque efectivo, porque sentían el mismo miedo que un regimiento de máquinas inertes incapaces de sentir dolor. Él todavía no podía entender que se pudieran sacrificar en una especie de suicidio samurái.

Todo comenzó cuando la luz de un rayo atravesó los pliegues en forma de cerebro de las nubes entrecortadas, iluminó las habitaciones de abajo y bajó por el tragaluz sobre las escaleras. De entre esos pálidos rayos luminosos, un *rayshaw* apareció en el salón, como si se materializara en un pentagrama satánico. Un hombre alto con una pistola. Miró a Dougal, que se asomó sobre el aparador solo lo suficiente como para controlar la actividad de abajo. El hombre con la pistola corrió hacia el pie de la escalera, como si buscara un balazo, un atrevimiento que hizo que Dougal dudara, por temor a que el propósito fuera animarlo a levantarse más y convertirse en un mejor objetivo para un segundo tirador.

25

Bertold Shenneck descarriló del camino al poder, hizo un cambio a una vía muerta, su utopía se había alejado de él en caminos divergentes, vive un momento en el que la genialidad ya no importa, cuando ni el dinero ni los contactos sirven para nada, cuando la ciencia no puede salvarlo, cuando ya no puede permitirse el orgullo. La pistola está a cincuenta centímetros de su cabeza. Ella tiene el dedo en el gatillo. Le ha dicho que, si no puede arruinarlo y someterlo a una vergüenza pública y meterlo en la cárcel, lo matará de tal manera que maximice su sufrimiento. No duda de su sinceridad. Esta mujer está más allá de su experiencia, tan incomprensible para él como lo sería una criatura de otra galaxia, pero una cosa que él entiende completamente de ella es que posee el terrible poder de la muerte y está lista para usarlo sin dudarlo.

El terror que lo invade en estos momentos es algo nuevo para él, un miedo que lo reduce a la condición de un animal impulsado por una sola cosa: el instinto de supervivencia. Mientras ella le dice lo que quiere que recupere de los archivos de su proyecto y copie en las memorias USB que ha traído, con temor él calcula cuánto tiempo tardará eso, tiempo durante el cual el arma apuntará a su cabeza, y no se atreve a ocultarle que lo que quiere ya lo tiene en los archivos de copia de seguridad copiados en unidades USB y guardados en una caja fuerte. En cualquier momento, llegarán los *rayshaws*, y cuando se dé cuenta de que evitarán que ella obtenga lo que quiere, seguramente matará a Bertold.

—Es el trabajo de toda mi vida —le explica con una voz que parece demasiado fina y temblorosa para ser suya—. Así que tengo archivos de copia de seguridad no solo aquí, sino también en otros lugares seguros.

Mientras él le hace esta revelación, Inga trata de silenciarlo desde su silla en la esquina, llamándolo estúpido y cosas peores.

Cuando Inga se indigna por algo, no existe nadie que pueda producir un mayor torrente de palabras con más pasión.

Pero su insistencia vitriólica no hace más que molestar a la viuda Hawk, que le dice:

—¡Cállate, zorra! A ti no te necesito tanto como a él. Te volaría los sesos antes que escuchar otra palabra.

En alguna ocasión, Bertold ha querido hacer alguna variación de esa cualidad en su pareja, aunque las posibles consecuencias lo han disuadido. Incluso en su terror, siente cierta satisfacción por el hecho de que, a pesar de que Inga permanece tan inquieta como una serpiente de cascabel atrapada en una cuerda de rafia, no pronuncia ninguna otra palabra.

La viuda Hawk le pregunta por las ampollas que contienen los diversos tipos de mecanismos de control. Si tiene sus archivos del proyecto, también podría tener las muestras del producto finalizado.

—Están en uno de los Sub-Zeros en la cocina, en el estante superior.

Oculta detrás de unas estanterías de casi dos metros de alto, desde el suelo hasta el techo, la caja fuerte tiene un bloqueo por reconocimiento de voz que responde a dos órdenes. Mientras los relámpagos iluminan el día y proyectan luces sombrías por toda la habitación, Bertold dice:

—Las cosas están donde creo que están. —Y las estanterías se abren, dejando ver un panel de acero inoxidable, tras lo cual afirma—: Y dice que están en mi guitarra azul. —Y el panel se mueve hasta el techo.

26

La incesante lluvia repiqueteaba en el techo y en los tragaluces, un fatídico zumbido fúnebre, mientras el *rayshaw* subía rápido, esquivando de izquierda a derecha, de derecha a izquierda, que era lo más cerca que podía estar de una evasión serpentina en una escalera. El asesino no podría haber disparado con precisión mientras se subía tambaleándose de esa forma, pero era extraño que no disparara ni una sola vez, parecía que no venía con intención de vencer, sino con el único propósito de morir.

Dougal se levantó detrás del aparador, disparó la escopeta y el retroceso le golpeó el hueso del hombro.

El escalador recibió la ráfaga en el pecho y el abdomen. Soltó la pistola y cayó de rodillas sin gritar, no como si le hubieran disparado, sino como si fuera un penitente atrapado por una repentina necesidad de arrodillarse y rezar. De inmediato, y aunque parecía imposible, se puso en pie y siguió subiendo, aunque con menos energía, permaneciendo en el lado interior de las escaleras y contra la barandilla. Tal vez llevaba un chaleco antibalas ligero debajo de la ropa, suficiente para protegerlo de la mayor parte de las postas, o tal vez no sentía ni miedo ni dolor.

Dougal se levantó por encima del aparador y disparó una segunda vez. El atacante fue arrojado hacia atrás, sin cabeza, con su cuerpo tambaleándose de un lado a otro, como la forma rellena de paja de un espantapájaros despojado por el viento de sus palos cruzados y convertido en desechos.

Al amparo del primer asaltante, un segundo había corrido hacia arriba, esta vez sin molestarse en intentar la evasión. Se mantuvo en la curva exterior de las escaleras, pasó sobre el cadáver desplomado, podría haber efectuado unos cuantos disparos mientras avanzaba, para cubrirse y así tener una mayor probabilidad de precisión, pero él contuvo el fuego.

Dougal se levantó aún más a medida que se acercaba el aspirante a asesino, y el tercer cartucho de la recámara le propinó un impacto tan terrible que esta vez no se arrodilló y se volvió a levantar, solo cayó desplomado.

Entre el eco del rugido de la escopeta se oyó el traqueteo de un arma completamente automática.

Un tercer individuo, tras los dos primeros, que habían querido distraer a Dougal, apareció entre la media luz de la sala de estar, empuñando una Uzi, que destrozó la barandilla, la barricada del aparador y a Dougal, que cayó al suelo en un blanco estallido de dolor que borró la escena que tenía ante él y lo hizo retroceder a un punto de luz en una gran oscuridad, y se oyó a sí mismo decir el nombre de su hermana muerta.

—¿Justine?

27

Jane les ordenó a los Shenneck que permaneciesen en sus sillas mientras ella iba a la caja fuerte abierta y buscaba la caja de plástico transparente que contenía las seis memorias USB en seis ranuras etiquetadas. Creía que tenía lo que necesitaba, porque era improbable que el científico hubiera etiquetado unidades USB vacías para engañarla en caso de que invadiera su casa. Además, este posible creador de un nuevo mundo, que era un hombre de piedra y acero cuando planeaba la muerte de miles de personas, demostró en el calor de la acción que parecía estar hecho de mantequilla.

La caja fuerte también contenía montones de fajos de dinero en efectivo, como en la caja fuerte de Overton en Beverly Hills, además de estuches numismáticos de plástico con monedas de oro de una onza, cientos de ellas, y la grabadora que guardaba las imágenes tomadas por las cámaras de seguridad de la casa. Ignoró el dinero y las monedas, pero cogió el disco de la grabadora.

Pensó que las palabras que Shenneck había usado en el sistema de reconocimiento de voz para abrir la caja fuerte debían ser versos de un poema, pero no le daría al cabrón la más mínima satisfacción de preguntarle. Al mismo tiempo que era un asesino en masa por control remoto, era un adolescente perpetuo aficionado a las bromas y los pequeños juegos, y podía imaginarlo mientras explicaba por qué había elegido ese poema y ese poeta.

Mientras se guardaba las unidades de memoria USB y el disco en el bolsillo de la chaqueta, un disparo de una escopeta silenció la lluvia por un instante, y luego otro, y un tercero, seguido por el repiqueteo del fuego de las armas automáticas. Shenneck gritó sobresaltado, y su esposa se deslizó de su silla para acurrucarse detrás de ella en la esquina.

Jane corrió hacia la puerta del pasillo, que estaba abierta. Cuando cesaron los disparos, se agachó y miró hacia fuera, a la derecha, donde Dougal estaba tendido en el rellano de la escalera, tan inmóvil como un hombre necesitado de un ataúd.

Ella podía permitirse sentir dolor en cierta medida, pero no ira. Regresó al estudio, se acercó a un lado de la puerta abierta, de espaldas a la pared. Sacó un teléfono móvil desechable de un bolsillo interior de la chaqueta. Tecleó el número que había memorizado. Presionó ENVIAR.

En Valley Air, Ronnie Fuentes respondió:

—Soy yo.

Jane habló en voz baja.

—Mal tiempo.

Otro disparo, solo uno esta vez.

—Sin viento. Aún se puede hacer —dijo Ronnie.

—Él ha caído.

—¿Del todo?

—No lo sé.
—Seis minutos máximo.
Se desconectaron.

Se preguntó si ese último disparo había sido uno de los *rayshaws* dándole el golpe de gracia a Dougal.

Se guardó el teléfono en el bolsillo.

Aún de espaldas a la pared, sostuvo el arma con las dos manos, con el cañón apuntando hacia el techo, a la espera de lo que vendría después.

Bertold Shenneck la observaba, con la mirada perdida.

Después de haber deducido la conversación telefónica de Jane, Inga Shenneck se puso de pie en la esquina.

—Así que ahora estás sola.

—Aparca tu trasero en esa silla —le susurró Jane violentamente.

Inga hizo lo que se le dijo, pero de frente a la habitación en lugar de en la esquina, y con una sonrisa tan delgada como la hoja curva de una *mezzaluna*.

28

Una lluvia torrencial salía de la destrozada sala de estar familiar hacia la parte delantera de la casa. Con ojos tan muertos y sombríos como los de una víctima ahogada a la fuerza que se levanta de una tumba de agua y sediento de venganza sobrenatural, Nathan Silverman dejó enfundada su arma reglamentaria y, en su lugar, sacó la Kimber .45 de su cinturón, que era imposible de rastrear. Se detuvo detrás del hombre, el hombre hueco, que llevaba la Uzi, y, justo en ese momento, el arma automática escupió su última ráfaga.

El hombre hueco bajó el arma y expulsó el cargador vacío para luego quedarse mirando la parte superior de la escalera mientras sacaba un nuevo cargador de debajo de la chaqueta. La colocó en la Uzi y metió el primer proyectil en la recámara. Silverman le disparó en la nuca. Rodeó al guardia dejando la Uzi en el suelo. Le quedaban siete balas para terminar el trabajo que Booth Kohl (Randolph Hendrickson, Booth Hendrickson, Randolph Kohl) le había ordenado cuando le sonó el teléfono unos minutos antes, mientras estaba de pie entre los muertos en la entrada principal.

El silencio se apoderó de todo, excepto por el incansable rataplán de la lluvia. La casa parecía estar sumergida y bajo una gran presión, como si fuera un submarino que excediera la profundidad máxima para la cual fue diseñado. La luz llegaba acuosa y gris a través de las ventanas, y las sombras parecían ondularse como hojas de algas agitadas por corrientes tranquilas. A medida que Silverman subía las escaleras, el aire se hacía más y más pesado con cada inhalación.

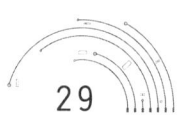

29

Jane está en el estudio de Shenneck, de espaldas a la pared, con la puerta abierta a su derecha. El genio en su escritorio con las manos en la cara, como un niño que cree que el monstruo que sale del armario no le hará nada mientras no lo mire. Inga en la esquina, observando con feroz interés, con su melena de cabello dorado pálido como la de una diosa del templo de piedra, mitad humana y mitad leona.

Los relámpagos parecían haber cesado, y también los truenos.

Pero para el latido del corazón de Jane, el único sonido era el de los millones de gotas de lluvia cayendo sobre el techo.

Desde el pasillo llegó una voz.

—FBI. FBI. Ya se acabó. ¿Jane? ¿Jane Hawk? ¿Estás aquí? ¿Estás bien?

A casi cinco mil kilómetros de Quantico, cuatro meses después de ser despojada de su vida, escuchó a Nathan Silverman y se sintió aliviada y se alejó de la pared. Luego se advirtió a sí misma de que, en la rapidez de la acción, la razón debe dominar a la emoción, y retrocedió los pasos que había dado, pegándose a la pared de nuevo.

Nathan apareció en la puerta y la miró. Ella nunca lo había visto tan serio, con la cara gris y los labios apretados.

—Están todos muertos —le dijo—. Los hombres huecos y todos los agentes que venían conmigo. Todos muertos. ¿Estás bien?

Tenía una pistola con un cañón de siete centímetros, no una pistola tradicional, y la llevaba a su lado, apuntando al suelo. Entró con ella en la habitación.

—¿Bertold Shenneck? ¿Inga Shenneck?

Al girarse en su silla de oficina, el científico cometió el error de quitarse las manos de la cara y Nathan lo mató de un tiro.

Inga se levantó de un salto, apartó la silla que la había tenido encerrada en la esquina y Nathan necesitó dos balas para matarla.

Independientemente de la naturaleza desesperada de la situación, no había un protocolo del FBI que permitiera el asesinato de sospechosos desarmados.

Cuando Jane levantó su Heckler & Koch, Nathan giró con su pistola en las dos manos, y se quedaron de pie cara a cara, a menos de dos metros entre ellos.

Siete años de respeto y admiración y siete años de amistad contenían el dedo de ella en el gatillo, aunque el único de los dos que tendría la oportunidad de sobrevivir sería el que disparara primero.

La lluvia llevaba cayendo con fuerza durante todo el día y la casa resonaba con ella; pasaron los segundos, luego medio minuto, hasta que tanto el hombre como el momento se volvieron demasiado extraños para que ella pudiera soportarlo.

—Ya no eran necesarios —dijo él.

Ella esperó a que él se explicara.

Después de un breve silencio, añadió:

—Hay otros para llevar a cabo el trabajo de Shenneck. Otros menos extravagantes, más fiables.

No había duda de que él era Nathan Silverman, el jefe de su sección, el auténtico, no un doble. Era el marido de Rishona, el padre de un hijo y dos hijas, a quien Jane conocía mejor que a nadie más en el mundo. Pero ella ahora se veía presionada a llegar a la conclusión de que él se había vendido, se había pasado al lado oscuro... a menos que le hubiera sucedido algo peor.

—¿Cómo está Jareb? —le dijo ella preguntando por su hijo.

Su rostro permaneció inexpresivo, y no respondió.

—¿Cómo está Chaya? ¿Todavía le gusta la arquitectura del paisaje? Ella tiene mucho talento para eso.

Tenía los ojos tan oscuros como el cañón de su pistola. Estaban clavados en los suyos en algo más que un desafío de miradas.

—¿Y Lisbeth? —preguntó Jane—. ¿Paul y ella han fijado ya una fecha para la boda?

Movió la boca, intentó dar forma a sus pensamientos, pero no pudo emitir ningún sonido, como si pudiese haber hablado si él no hubiera ya sabido que había llegado a un lugar donde las palabras ya no podían redimir el pasado ni dar forma al futuro. Y, aun así, buscó en sus ojos como si hubiera perdido algo que podría encontrar en ella.

—Mi hijo..., el hijo de Nick y mío, nuestro niño tiene cinco años —dijo ella tratando de mantener la voz firme, pero sin conseguirlo—. ¿Te acuerdas de Travis? Él quiere un poni. Mi pequeño vaquero.

Alejó el arma de ella. Aparte del estallido del disparo, oyó el susurro del leve movimiento de las balas cerca de su oído izquierdo, el chasquido de la pared agujereada, y casi le disparó en ese mismo momento, se refrenó solo porque el fallo fue claramente intencionado. Él disparó de nuevo, aún a centímetros del objetivo y un poco más alto, pero luego el cañón apuntó para abajo y hacia ella, hasta que ese único ojo, preparado con el guiño de la muerte, la miró.

Sea lo que fuera en lo que se había convertido, su mecanismo de control era distinto al que había ordenado a Nick que se suicidara. Esa salida le fue denegada a Nathan Silverman. Por fin, su rostro rígido se desplomó en una expresión, contraído por la angustia, con los ojos anegados en la pena, y encontró una palabra que pronunciar, un nombre, el nombre de Rishona.

Algo se desgarró dentro de Jane cuando hizo lo que tenía que hacer, lo que le estaba pidiendo que hiciera y que él no podía hacer. Si una cosa tan odiosa podía ser un acto de amor, era un acto de amor por parte de ella, debía liberarlo del infierno de la esclavitud, de ser usado para hacer el trabajo perverso de los hombres que no es apropiado para pronunciar su nombre. En el instante entre el movimiento y el acto, ella vio en su rostro la comprensión y el consuelo de que le concedería lo que quería. A un coste terrible para ella, le disparó dos veces, y cuando cayó al suelo, le disparó por tercera vez, para estar segura de que la red que se extendía por su cerebro y el tejedor que rastreaba la red no podrían gobernarlo ni un segundo más.

Sobre sus angustiosos sonidos de dolor, oyó que el helicóptero llegaba.

30

En la entrada de la escalera, detrás del aparador destrozado por las balas, Dougal Trahern yacía sangrando e inconsciente, con el pulso débil y acelerado, pero aún con vida.

Jane apartó el aparador y corrió escaleras abajo, entre los muertos despedazados por los perdigones, sin detenerse a pensar en lo que estaba pisando en su frenética bajada.

Abrió la puerta principal y salió fuera mientras el helicóptero se acercaba a baja altura desde el sudeste. Su ala rotatoria giraba bajo la lluvia, los limpiaparabrisas apartaban el agua de la cabina de cristal delantera. La aeronave bimotor de tamaño mediano podría haber transportado a nueve pasajeros si la configuración de su interior no hubiese sido personalizada para el servicio de ambulancia aérea que Valley Air había contratado con varios hospitales del área.

Si la lluvia hubiera estado acompañada por un fuerte viento, el helicóptero podría haber sido derribado, aunque el mismo Ronnie Fuentes lo pilotaba y estaba decidido a hacer lo que fuera necesario para el sargento favorito de su padre. Si ni Jane ni Dougal hubieran resultado heridos de gravedad durante el asalto, el helicóptero nunca habría ido al rancho. Ahora aterrizó no solo con Ronnie a bordo, sino también con su hermana mayor, Nora, una piloto y exmédico del Ejército, que era socia en Valley Air.

Dougal era un tipo grande. Estabilizarlo, sacarlo de la casa y meterlo en el helicóptero requirió que Jane ayudara a Nora y a Ronnie. Si la carnicería en la residencia sorprendió a los hermanos Fuentes, ninguno de los dos lo demostró, ya que maniobraban alrededor de los muertos como si rodearan muebles fuera de lugar.

Cuando Dougal subió a bordo, mientras Nora lo atendía, miró por la puerta abierta a Jane, de pie bajo la lluvia.

—¿Se fue todo a la mierda?

—No, hicimos lo que habíamos venido a hacer.

—Tal vez no quiera saber de qué se trata.

—No.

—¿Está bien?

—Lo estaré. Le pido a Dios que Dougal lo esté.

Los dos motores se encendieron en secuencia, el ala rotatoria entró en acción y Nora cerró la puerta.

Jane retrocedió para ver el despegue del helicóptero.

No podían llevar a Dougal a un hospital, donde tarde o temprano lo relacionarían con la sangrienta matanza en el Rancho ZC. Eso le haría correr el riesgo de que le imputaran cargos por asesinato. O peor aún, podría llamar la atención de David James Michael, el multimillonario que financió a Shenneck y quizás ahora financiaba a otros que abrazaban la misma misión.

Desde Valley Air, llevarían a Dougal a la casa de Nora, donde esperaba mantenerlo estable hasta que el médico más cercano, discreto y fiable, Porter Walkins, llegara en coche desde Santa Rosa, a casi ochenta kilómetros de distancia. Walkins, un médico del Ejército retirado, había recibido los tipos de sangre de Jane y Dougal, y, en poco tiempo, podría obtener, sin atraer la atención, suficiente sangre para una transfusión importante.

Jane estaba de pie bajo la lluvia mientras la ambulancia aérea despegaba, preguntándose cómo había sucedido que el mundo se había adentrado tanto en la oscuridad presente. En el fondo, había personas como Fuentes y Porter Walkins, que una vez confiaron en la ley y tenían la esperanza de su completa restauración, que reconocían esta realidad nueva y ominosa y que participarían en una especie de resistencia clandestina cuando fuera necesario.

Cuando el helicóptero aceleró hacia el suroeste, Jane regresó corriendo a la casa.

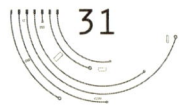

31

En la sala de estar, cogió la Uzi, revisó la recámara y vio que estaba cargada. Era un arma radical, pero eran tiempos radicales. Aunque esperaba no tener que necesitar un arma, se la guardó.

Cogió un cojín de uno de los sofás, abrió la cremallera de la funda y sacó el relleno de espuma. Subió enseguida al segundo piso y regresó al estudio del genio muerto, aunque hubiera preferido ir directamente al Gurkha y volver por el camino que le había traído al rancho. Pero en este nuevo mundo, rara vez podría permitirse el lujo de hacer lo que preferiría hacer en lugar de lo que debía hacer.

No miró los tres cuerpos, sino que se dirigió directamente a la caja fuerte abierta, donde llenó la funda de la almohada vacía con paquetes con bandas de billetes de cien dólares. También guardó unas cuantas monedas de oro en la improvisada bolsa. Ahora estaba en guerra, y las guerras eran muy caras.

Abajo, cuando entró en la cocina, descubrió que había sido invadida por coyotes.

32

Primos de los lobos, habrían sido muy hermosos en la naturaleza, tan parecidos a un perro como para engañar al ojo humano. Sin embargo, merodeando por la cocina, caminando con cautela a través de los vidrios rotos, eran delgados y harapientos en su pelaje empapado por la lluvia, con ojos de linterna en la oscuridad de la tormenta, haciendo un inventario con sus fosas nasales ensanchadas y sus lenguas caídas, como vengadores del infierno desatados para el Armagedón.

Cuando la vieron, sus labios negros se despegaron de los dientes capaces de destrozar huesos para llegar hasta el tuétano, y la saludaron con voces que eran mitad gruñidos amenazadores y mitad ronroneos de anticipación de su hambre satisfecha.

Tiró la funda de cojín al suelo, cogió la Uzi con las dos manos y disparó una ráfaga bastante alejada del Gurkha, con la intención de matar solo a uno de los coyotes, y con la esperanza de que fueran suficientemente listos como para reconocer un poder superior y los disparos los asustaran lo suficiente como para que no la persiguierar. De hecho, se revolvieron unos con otros, cinco, seis, siete, y salieron huyendo de la sala familiar por el agujero donde estaba la pared de cristal.

Cuando Dougal y ella salieron del vehículo blindado para enfrentarse a los Shenneck dejaron las puertas abiertas. Cogió la funda de cojín, caminó hasta el asiento del pasajero, puso el dinero en el asiento y cerró la puerta.

Afuera, en el patio trasero, los coyotes sonaban como si tuvieran una feroz lucha con algo; no le quitó el ojo al pasaje abovedado de la habitación familiar mientras iba al lado del asiento del conductor del Gurkha. Cuando abrió la puerta trasera para guardar la Uzi, se encontró cara a cara con una bestia que ya había invadido el vehículo.

Levantó la Uzi, no para disparar, sino para usarla como un palo, y el coyote saltó hacia ella no para atacarla, sino para, en su terror, pasar delante de ella y escapar. El impacto de la criatura la hizo tambalearse hacia atrás, oyó que apretaba los dientes con fuerza contra el cañón del arma, sintió que le arañaba el abrigo con las patas, olió la piel sucia, el aliento a almizcle picante y sangre agria, y luego la esquivó y se alejó.

Alterada y jadeando, se preguntó si el momento se había vuelto sobrenatural, si el rancho Zona Cero podría estar destinado a ser su cementerio; quería salir de allí rápido.

Pero tenía que encontrar las ampollas que contenían los mecanismos de control. Estaban en el segundo frigorífico, en el estante superior, donde Shenneck había dicho que estarían. Había dieciséis ampollas grandes colocadas en ranuras en un recipiente forrado de espuma, cada una perfectamente etiquetada.

Tenía que mantenerlas en frío.

La feroz pelea en el patio de atrás continuaba. Su imaginación le dibujó una imagen de los coyotes peleando con un oso pardo, aunque ya no había osos pardos en California.

¿Cómo mantener las ampollas frías? Shenneck tuvo que mantenerlas en frío cuando las trajo aquí desde el laboratorio de Menlo Park. Tal vez en un contenedor de poliestireno, en una nevera de camping o algo así.

En alerta por si regresaban los coyotes o lo que fuese con lo que se estaban peleando allí afuera, encontró el enfriador en la despensa, lo llenó de hielo y puso las ampollas en su interior.

Colocó la nevera y la Uzi en la parte trasera del Gurkha, cerró la puerta de golpe, se puso detrás del volante, cerró la puerta, encendió el motor y salió de la cocina. Avanzó con el todoterreno con forma de tanque a través de los muebles destrozados y salió de la casa, cruzó la terraza hacia el patio. No había ningún oso pardo. Los coyotes se peleaban entre sí bajo la lluvia. Dos de ellos se estaban comiendo a uno de los suyos al que habían matado.

Si el mundo entero no se había vuelto loco, esta parte de él, esta propiedad de vacaciones donde se suponía que la vida era una fiesta, sin duda alguna se había vuelto loca, con los depredadores devorándose entre ellos, la naturaleza corrompida por la gente que una vez vivió aquí, igual que esas mismas personas habían sido corrompidas.

Salió del césped, se internó en el pasto salvaje y subió por la larga pendiente hasta la cima, donde Dougal y ella habían observado la casa con los prismáticos. Allí frenó y miró hacia atrás. Los coyotes no la habían seguido, estaban en una guerra de todos contra todos.

Se dio cuenta entonces de la sangre de su mano derecha. No había notado el dolor del rasguño. Ahora sí lo notaba. Tenía unos cinco centímetros de largo y era poco profundo, y solo podía imaginar que se lo había hecho el coyote con una de sus patas al intentar huir.

Se quedó mirando la herida durante un largo y tranquilo momento. En este momento no podía hacer nada con ella.

Era poco profunda. Sangraba un poco. No era grave.

Cogió el teléfono móvil desechable y llamó a Ronnie Fuentes otra vez.

El helicóptero había aterrizado en Valley Air. Estaban en el Range Rover de Nora con Dougal, en ese momento estaban entrando en el garaje de Nora.

—Llame al doctor Walkins —dijo Jane—. Si aún está en Santa Rosa consiguiendo la sangre para Dougal, dígale que traiga también un kit completo de la vacuna contra la rabia.

—¿Han mordido al sargento? ¿Qué?

—No, no es para Dougal. Es para mí. Y es solo un arañazo.

Tras encontrar el camino de regreso a través de las praderas y los bosques abiertos hacia una carretera pavimentada, se bajó del coche y cambió las placas de las matrículas que Dougal y ella habían quitado de camino al rancho.

La lluvia cesó cuando acabó la tarea, y el día que se acababa se convirtió en un crepúsculo temprano bajo las nubes secas.

Al entrar en el camino del condado, encendió los faros y creyó oír un gemido agudo. Cuando bajó la ventanilla, las sirenas perforaban el aire limpio y fresco. Supuso que sabía adónde se dirigían, pero no estaba preocupada, porque ella iba en otra dirección.

Valley Air, sus hangares y pistas de aterrizaje estaban menos concurridos un domingo que otros días de la semana, y menos concurrido un domingo lluvioso que otros domingos, tan silencioso como un mausoleo en la húmeda y profunda oscuridad de una noche como esta.

En el baño contiguo a la oficina de Ronnie Fuentes, el doctor Porter Walkins observaba a Jane mientras se lavaba el rasguño de la mano con suavidad pero minuciosamente. Aunque ya se lo había limpiado antes, Walkins insistió en que lo hiciera otra vez, bajo su dirección, primero con agua y jabón y luego con solución de povidona yodada.

Vestido con una chaqueta deportiva de tweed con parches en los codos, una camisa a rayas, una pajarita hecha a mano, pantalones sujetados con tirantes y gafas de lectura de medio lente que se bajaba por la nariz para poder ver a través de ellas, Walkins parecía más un profesor universitario de poesía de la década de 1960 que un médico.

—Debería estar con Dougal —le dijo ella.

—Se encuentra estable. Consciente. Saldrá de esta. Ha perdido sangre, sí. Pero no hay daños importantes en los órganos. Nora puede ocuparse de él hasta que yo vuelva. Vale. Ya está bien limpia. Séquela con toques suaves.

Con una jeringa hipodérmica, le administró inmunoglobulina humana contra la rabia. Le infiltró una gran parte alrededor de la herida en la mano, y utilizó el volumen restante para una inyección intramuscular en la parte superior de ese mismo brazo.

—Ahora otra inyección. Vacuna de células diploides humanas. Esta vez en el otro brazo.

Sintió el calor de la vacuna al entrar a través del músculo deltoides.

—Hay que repetir la vacuna. Es esencial. Tres veces más. El miércoles. Otra el domingo. Y la última el domingo siguiente. Preferiría administrárselas yo mismo.

—No es posible, doctor. Tengo mucho que hacer y muy poco tiempo para hacerlo. Yo me las inyectaré.

—Eso no es lo más apropiado.

—Sé cómo hacerlo.
—Ya me había ido de Santa Rosa. Y luego Ronnie me llamó y me contó todo esto. Un médico de aquí me dio este tratamiento. Está a punto de caducar.
—Pero yo no —dijo ella.
—Todos lo estamos, señora Hawk. Venga a verme el miércoles. Para que le dé una vacuna nueva.
—No me convencerá, doctor Walkins. Aprecio el riesgo que está corriendo. Pero soy una cabrona obstinada. Yo misma me pondré lo que tenga.

Le dio una bolsa Ziploc que contenía tres ampollas de vacuna y tres jeringas hipodérmicas en envases estériles.

Mientras le colocaba una almohadilla de gasa sobre la herida de la mano, dijo:

—¿Conoce los síntomas de la rabia?
—Apuesto que me los ha escrito.
—Hay una lista con la vacuna.
—Puede que ni siquiera esté infectada.
—No importa. Es solo para que se ponga las inyecciones. —Cogió su bolsa de médico—. Me han dicho que no me estoy equivocando con ningún amigo del señor Trahern.
—Espero que eso sea cierto en mi caso, doctor. Y puedo preguntarle...
—¿Qué?
—¿Por qué se arriesga con este asunto extraoficial?
—Veo las noticias, señora Hawk.
—Eso será suficiente —dijo ella.

Cuando Walkins se fue, Jane se puso su chaqueta deportiva y se unió a Ronnie en la oficina de al lado, donde en las paredes, los helicópteros militares volaban en guerras eternas.

Le dio una botella de cerveza. Ella tomó un largo y frío trago.

—Dougal preguntó por usted en cuanto se despertó.
—Una vez me dijo que cualquiera estaría encantado de tener-

me como hija. Dígale que me hubiera sentido muy orgullosa de ser la suya.

Ronnie la ayudó a llevar sus maletas, la bolsa de informes de autopsias y el bolso de cuero que contenía sesenta mil dólares.

Lo cargaron todo en el Gurkha.

Mientras se alejaba, miró por el espejo retrovisor. Él la observó hasta que llegó al final de la carretera de acceso de Valley Air y la perdió de vista.

34

En la primera parada de camiones de la carretera Interestatal 5, llenó el depósito de combustible y se compró un sándwich de pavo y queso y una botella de cola. Sentada en el Gurkha, desarmó la Heckler & Koch del .45, con la que había matado a Robert Branwick, a William Overton y a la querida alma que una vez fue Nathan Silverman.

Cargó el Colt .45 que había sacado de la caja fuerte de Overton el viernes por la noche, que ahora sería su arma de servicio. Tendría que encontrar un lugar seguro para practicar y disparar un par de cientos de ráfagas hasta que entendiera el arma.

Condujo hacia el sur a través del vasto y solitario Valle de San Joaquín, recordó a Dougal en su áspero silencio preconfesión, cómo habían llegado al norte menos de veinticuatro horas antes, antes de que ella hubiera escuchado de su boca el nombre de su hermana, Justine.

Cada ochenta kilómetros más o menos, paraba junto a la carretera y, cuando no había tráfico cerca, tiraba una pieza de la pistola desmontada en un campo, en una caja en un estanque.

En la última de esas paradas, descubrió que había dejado atrás las nubes que encapotaban el cielo. El extenso valle estaba cubierto de estrellas, y la luna del oeste brillaba con la promesa de la luz del mañana. El aire de la noche de claridad cristalina llevaba consigo las luces lejanas de una y otra granja, de diminutas comunidades donde la gente vivía vidas que los líderes y agitadores consideraban tediosas, si no miserables. Todo era grandioso más allá de sus poderes de descripción, lleno de maravilla y potencial, todo precioso, por todo ello valía la pena morir.

Pasada la medianoche, no lejos de Buttonwillow, salió de la carretera Interestatal hacia otra parada de camiones, aparcó, compró hielo para la nevera portátil y luego se durmió en el asiento trasero, a salvo detrás de las ventanas tintadas. Se quedó dormida con el camafeo en la mano, y todavía lo tenía horas más tarde cuando se despertó con la luz de la mañana. No podía decir que fuese por el camafeo, pero, aunque había tenido mil pesadillas, ninguna le había impedido conciliar el sueño.

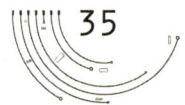

35

En su enorme garaje de Malibú, el actor le ayudó a moverlo todo, desde el Gurkha, a su Ford Escape.

—Creímos que tendría que soportar una gran cantidad de disparos, pero no le alcanzó ni una sola bala. Aunque estuvo bien tener las ventanillas a prueba de balas.

Si encontró la Uzi más curiosa o más interesante que las maletas, no lo comentó. Estaba feliz de saber que su antiguo sargento estaba vivo y que probablemente le vendería el vehículo blindado, pero no preguntó de qué herida casi mortal se estaba recuperando.

Cuando Jane estaba lista para irse, el actor le dijo:
—Primero, tengo algo que tiene que ver y alguien a quien debe conocer.
—Tengo una agenda muy apretada —dijo ella.
—Por favor, señora Hawk. Me debe un poco de diversión.

No podía llevarle la contraria con tal afirmación, y lo acompañó a un cine en casa con capacidad para veinticuatro personas en una elaborada recreación de una sala de cine de estilo Art Decó. No se sentó, sino que se quedó de pie en la opulenta oscuridad mientras él le ponía una grabación de una historia de las noticias de la mañana, en la pantalla grande. Se vio a sí misma con cabello largo y rubio, y luego, mientras miraba, oyó que la etiquetaban como una agente corrupta del FBI, una delincuente implacable acusada de terribles crímenes, sospechosa de dos asesinatos.

Cuando Nathan Silverman entró en el estudio de Shenneck en el Valle de Napa, supo que algo como esto podría estar pasando. Ya había pensado en los medios por los cuales podría permanecer libre el tiempo suficiente para llegar a David James Michael.

Nada en la historia le sorprendió, excepto que no hacía referencia a un suceso violento en un rancho en el valle de Napa. Quizá creyeran que vincular la muerte de Bertold Shenneck con ella despertaría a un medio de noticias adormecido y los llevaría a establecer conexiones entre Shenneck y Far Horizons, entre Far Horizons y David James Michael con sus miles de millones, hasta que, finalmente, alguien recordara la inocente historia sobre ratones reglamentados y viera en ella un potencial más siniestro que el valor que los implantes cerebrales podrían aportar a la cría de animales.

Cuando acabó la noticia y se encendieron las luces, le dijo al actor:
—Sí, eso era algo que tenía que ver, por supuesto. Ahora, por favor, dígame que la persona que tengo que conocer no me va a arrestar.

La miró con la solemne seriedad que podría tener en un papel de fiscal, sabio consejero o superhéroe.

—Lo que sea que tenga que hacer aún no ha terminado de hacerlo, ¿verdad?

—No.

—Y no se va a ir a México.

—No.

—Parece que tiene un mundo de chicos buenos que la persiguen, pero no son los buenos, ¿verdad?

—No.

—¿Tiene una idea sincera de cuáles son sus posibilidades?

—Casi cero.

La miró fijamente, ella no apartó la mirada y al final él le dijo:

—Necesita conocer a mi hermana.

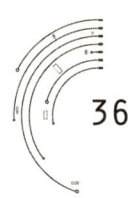

36

La hermana de la estrella de cine, Cressida, era propietaria de una cadena de salones de belleza de alta gama y una exitosa línea de cosméticos, pero afirmó, con una sonrisa, que no tenía antecedentes en la aplicación de la ley, aparte de estar, durante un breve periodo de tiempo en su juventud, en el lado equivocado.

En un baño de invitados, con una variedad de productos químicos y lo que ella llamó «electrodomésticos de calidad industrial», quitó el color moreno del cabello de Jane, tiñó los cabellos rubios de color castaño y agregó el rizo suficiente para engañar al ojo haciéndole creer que era una mujer diferente.

Más tarde, en el garaje, junto a su Ford Escape, el actor le dio a Jane unas gafas de pasta.

—Tengo bien la vista —dijo ella.

—Y la seguirá teniendo cuando se las ponga. Es un accesorio de película, solo cristal transparente para gafas. Consiga diferentes sombreros y úselos. No siempre vaqueros y chaqueta deportiva, un vestuario variado. Piense en diferentes personajes, papeles que puede interpretar y disfrace a cada uno de ellos de forma consistente. Solo se necesitan pequeñas cosas, como las gafas, para evitar que la gente la reconozca como la Bonnie de Clyde que ven en las noticias. —Le dio una tarjeta con el número de su teléfono móvil—. Solo puedo ofrecerle un consejo frívolo. He actuado como un agente del FBI corrupto, pero nunca he sido uno. ¿Tiene dinero?

—Sí.

—¿Suficiente?

—Más que suficiente.

—¿Sabe que puede volver aquí cuando quiera?

Sabía muy bien que las personas no siempre comprendían por qué hacían lo que hacían, que incluso cuando conocían sus verdaderos motivos, a menudo se mentían sobre ellos. Aun así, tuvo que preguntarle:

—¿Por qué hace esto? Tiene mucho que perder. ¿Por qué arriesgarlo todo?

—Por mi antiguo sargento.

—¿Eso es todo? ¿De verdad?

—No. No todo.

—Bien, ¿entonces?

—Cuando has actuado como el tipo bueno que aparece en el momento adecuado en tantas películas, llega un momento en el que tienes que intentar sincronizar tu vida real con la fantasía, o bien admitir que eres uno de los mayores farsantes de todos los tiempos.

Por fin le mostró la famosa sonrisa asesina. Esta vez vio en ella un sutil atisbo de tristeza, y se dio cuenta de por qué su sonrisa hacía que millones se desmayaran, pero también por qué rompía un millón de corazones.

37

Estacionó en el aparcamiento de un supermercado, donde usó un teléfono móvil desechable para llamar a la línea privada de su padre. Saltó el buzón de voz, tal y como esperaba. Hacía mucho tiempo que no hablaba con él, y ahora le iba a dejar un mensaje que estaba segura de que él compartiría inmediatamente con las autoridades.

—Lo siento si toda esta mala publicidad afecta a la venta de entradas para tu actual gira de conciertos. Pero esa es la menor de tus preocupaciones. Ambos sabemos la verdad de lo que sucedió hace mucho tiempo, y los dos sabemos que en el poco tiempo que me queda, no hay nada que necesite hacer más en la vida que llevarte las duras consecuencias de esa noche directamente a ti.

En muchas ocasiones, la única forma de tranquilizar a tu verdadera presa para que se sintiera segura era con una pequeña distracción como esa.

Tiró el teléfono por una alcantarilla.

38

De nuevo en la carretera, llamó a Gavin y a Jess Washington con otro teléfono desechable para avisarles de que iba, pero también para decirles que no tendría tiempo para visitarlos. Su vida era ahora un viaje por un tobogán de más de mil quinientos kilómetros, un camino cuesta abajo tan traicionero y escarpado que las estrellas de trineo olímpico suplicarían para poder abandonar la carrera. No quería decepcionar a Travis con una visita de una hora, que solo intensificaría más su anhelo de un reencuentro permanente.

Mucho después de caer la noche, Jane aparcó al principio del largo camino de entrada, protegida de la vista de la casa por las columnatas de robles de California. A las 9:40, Gavin fue hasta el coche para decirle que el niño estaba profundamente dormido. Juntos regresaron a la casa, donde Jess esperaba en una de las mecedoras del porche, con los perros a sus pies.

Jane entró sola en la casa.

Como antes, Travis dormía con la luz encendida. Tal inocencia en un momento de tanta corrupción. Tan pequeño, tan vulnerable en un mundo difícil gobernado por el uso agresivo de la fuerza.

Cuando lo llevaba en su vientre, nunca se imaginó que, cuando tuviera cinco años, el mundo al que lo había traído se volvería tan oscuro. Los niños eran el mundo como debía ser, y eran una luz dentro del mundo. Pero para cada luz parecía haber alguien empeñado en apagarla.

Decían que, si alguien le hacía daño a un niño, sería mejor para él que lo colgaran del cuello con una piedra de molino y lo ahogaran en las profundidades del mar. A pesar de lo que se había endurecido por la tarea a la que se estaba enfrentando, Jane aún conservaba la capacidad de sentir ternura, un arsenal de amor para dar cuando tuviera la oportunidad, una necesidad imperativa de ser madre de ese niño, y, todavía más, de todos los niños en su nombre. Estar separada de él le producía un profundo dolor en el corazón. A pesar de toda la muerte, cualquier día que acabara con la posibilidad de ver a este niño era un buen día. Esperaba que no se tratara del último buen día. Pero fuera lo que fuera lo que se avecinaba, se enfrentaría a la amenaza, porque a ella le había correspondido, sin haberlo elegido, moldear las piedras de molino y colgarlas alrededor del cuello de los condenados.

DEAN KOONTZ

JANE HAWK

1. La red oscura

Una cadena de suicidios inexplicables se está produciendo a lo largo de todo el país. Se trata de personas que no tenían razón alguna para acabar con sus vidas. Entre las víctimas se encuentra el marido de Jane Hawk, una joven agente del FBI que quiere saber por qué su pareja ha tomado esa drástica decisión. Y para eso, tendrá que investigar más casos como el suyo.

2. The Whispering Room

Nadie esperaba que una amable profesora de escuela provocara una auténtica carnicería y después se suicidara. Todo indica que la mujer se había trastornado y su cerebro había dejado de funcionar como debía. Pero Jane Hawk, una prófuga de la justicia, sabe que las cosas no se han producido como todo el mundo cree. Desde la muerte de su marido, Hawk ha decidido dar caza a gente que mueve los hilos en la sombra y decide sobre la vida y la muerte de los demás.

3. The Crooked Staircase

Jane Hawk aún huye de la justicia mientras busca respuestas. Su marido se suicidó y desde que decidió destapar la verdad, hay personas que están intentando acabar con ella cueste lo que cueste. Pero es muy escurridiza y no solo evita a sus perseguidores, sino que empieza a acercarse a su objetivo. Y lo que va a descubrir al final de la escalera es escalofriante.

4. The Forbidden Door

La fugitiva Jane Hawk se ha convertido en la mayor amenaza para un despiadado grupo que pretende dominarlo todo. Ella ya ha demostrado más de una vez su extraordinaria capacidad para golpear donde más duele y luego escapar de sus enemigos. Pero ahora acaba de entrar en juego un elemento que puede cambiar las reglas: la vida del hijo de Jane corre peligro. Se acabó huir. Ahora esa vida es lo que más importa.

5. The Night Window

Por fin Jane Hawk no se encuentra sola en su lucha por acabar con una amenaza que se cierne sobre todo el país. Hay más gente decidida a combatir a su lado en la batalla final. El problema es que el peligro ha aumentado, y lo que antes era un enemigo que hacía movimientos calculados, se ha transformado en algo sin control e imprevisible.